슬픔을 기쁨으로

슬픔을 기쁨으로
이광복 산문집

도화

슬픈 영혼들에게 작은 기쁨을

─이광복 소설가·(사)한국문인협회 이사장

한때 수저 계급론이 등장해 널리 회자되었다. 출생 때의 가정 환경과 그 신분에 따라 '다이아몬드 수저' '금수저' '은수저' '동수저' '플라스틱 수저' '흙수저' 등으로 분류했다. 그럴싸한 표현이었다. 많은 사람들이 공감했고, 자기 나름의 처지를 여러 계층의 수저에 대입해 보곤 했다. 필자의 경우 굳이 말하자면 이 수저 저 수저도 아닌, 아예 수저 자체를 갖지 못한 '무수저'로 태어났다.

슬펐다. 서러웠다. 분하고 억울했다. 공부를 하고 싶어도 할 수가 없었다. 답답했다. 좋은 대학에 가고 싶어도 갈 수가 없었다. 일을 하고 싶어도 일자리가 없었다. 이상은 높았지만 현실이 따라 주지 않았다. 세상을 원망하고 시절을 한탄하며 맨몸으로 고향을 떠나왔다. 사돈의 팔촌도 살지 않는 객지에 나와 헐벗고 굶주리며 거리를 헤맬 때의 그 고통과 아픔이란 이루 말할 수가 없었다. 굶어 죽지 않으려고 몸부림을 쳤지만 먹고살기가 너무 힘들었다. 산다는 것 자체가 고난의 가시밭길이었다.

그러므로 내 젊은 날은 피눈물의 자학으로 점철되었다. 작두날 위를 걷 듯 하루하루가 아슬아슬했다. 비참했다. 삶의 발자국마다 유혈이 낭자했 다. 그 무렵 내 사전에는 자중자애라는 말이 존재하지 않았다. 죽고 싶었 다. 실지로 이래저래 여러 차례 저승 문턱을 넘나들었다. 위태롭기 짝이 없는 벼랑 끝 삶에 기쁨이 있을 리 만무했다. 하지만 목숨은 꽤 질겼고, 용 케도 살아남아 어느덧 머리카락 희끗희끗한 고희의 언덕을 넘어섰다는 사실이 잘 믿어지지 않는다. 이렇듯 인생의 오후에 들어와 주절주절 기쁨 을 노래할 수 있다니 이 또한 신기할 따름이다.

지난해 산문집『절망을 희망으로』를 간행했다. 거기, 출생에서부터 성 장 과정을 거쳐 작금에 이르기까지의 궤적을 한 땀 한 땀 바느질하여 어설 픈 조각보를 만들었다. 민낯이 드러나 일면 창피하고 부끄러웠지만, 또 다 른 일면으로는 절망하는 영혼들에게 작은 희망을 줄 수 있으리라 기대했 다. 그 의도가 주효했던 것일까, 그 책은 독자들로부터 기대 이상의 과분 한 찬사를 받았다. 약간은 쑥스럽고 민망했다.

이제 그 후속편으로『슬픔을 기쁨으로』를 묶는다. 이 책은 당연히『절 망을 희망으로』의 연장선상에 있다.『절망을 희망으로』가 저간의 인생 고백이라면, 이 산문집은 지난날의 저 쓰라린 슬픔을 딛고 오늘의 기쁨을 이룩하기까지 그 과정에서 얻은 사색과 일상의 편린들이라 하겠다. 내 삶 은 결국 절망을 희망으로, 슬픔을 기쁨으로 뒤집은 인생 역전의 여정이었 다. 필자는 이처럼 슬픔을 딛고 일어나 기쁨을 '나의 것'으로 만들었다. 지 금까지 죽음의 나락으로 추락하지 않고 삶을 지탱할 수 있었던 끈질긴 인 내의 중심에 문학이 있었다. 문학이 아니었다면 나는 결코 생명을 부지하 지 못했을 것이다.

살아야 했다. 문학을 위해서는 죽지 않고 살아야 했다. 그동안 기쁜 일들이 참 많았다. 사랑하는 가족들이 건강한 것만으로도 크나큰 축복이었다. 이를 악물고 살다 보니 작으나마 '수저'도 생겼다. 좋은 수저는 못 되지만 그저 '흙수저' 정도라고나 할까, 아무튼 왕년의 '무수저'가 수저의 반열에 올라 눈비 가릴 오두막이라도 장만하고 최소한 삼시 세끼는 때울 수 있게 되었다. 그 험악했던 인생행로에서 불의와 타협하지 않고 정의롭게 살 수 있었던 것은 그야말로 기적이었다. 아무쪼록 이 책이 슬픈 영혼들에게 다소나마 기쁨을 줄 수만 있다면 더 바랄 나위가 없겠다.

여기저기 흩어져 있던 원고들을 찾느라 무척 애를 먹었다. 필자의 손을 떠난 뒤 행방불명된 원고는 포기했고, 책상 언저리에 남아 기웃거리는 원고들을 주섬주섬 그러모았다. 제1부와 제2부는 칼럼과 에세이들, 제3부는 일종의 기행문들, 제4부는 종교에 관한 단상들, 제5부는 아이들에 관한 이야기와 편지들로 엮었다.

필자의 오늘이 있기까지 적극 후원해 주신 모든 분들에게 감사드린다. 특히 이 어려운 시기에 기꺼이 출판을 맡아 주신 도화출판사에 고마운 뜻을 전하며 독자 여러분의 뜨거운 성원을 기대한다.

2021년 봄

차 례

책머리에 _ 슬픈 영혼들에게 작은 기쁨을

제1부

언어와 인격

문명과 문화의 극치
−제6회 세계한글작가대회 조직위원장 인사말

우리는 세계적으로 가장 우수한 민족입니다. 5천 년 역사와 저 찬란히 빛나는 문화가 이를 충분히 입증하고 있습니다. 우리 선현들은 어느 누구도 모방할 수 없는 독특한 문화를 창조했고, 일찍이 한민족이 살아온 터전 곳곳에는 눈부신 문화유산이 넘쳐납니다.

그중에서도 한글은 세계 최고의 가치입니다. 인류 문화의 중심에 한글이 우뚝 서 있습니다. 한글이야말로 문화의 본질이자 핵심입니다. 어떤 문화도 한글의 위대성을 뛰어넘을 수가 없습니다. 그런 점에서 한글이야말로 인류가 창출한 문명과 문화의 극치라 하겠습니다.

이 지구촌에는 숱한 종족이 각기 다른 문자를 사용하고 있습니다. 하지만 그 문자가 언제 누구에 의해 어떻게 생겨났는지 그 근원을 알 길이 없습니다. 그 반면, 우리 한글은 조선 시대 초기 세종대왕이 백성들을 위해 창제했다는 기록이 뚜렷합니다. 여러 문헌을 통해 당대 최고의 천재로서 세종대왕을 보필했던 집현전集賢殿 학자들의 면면까지도 소상히 알 수 있습니다.

　놀라운 것은 그뿐이 아닙니다. 한글은 이 세상 어느 문자보다도 가장 과학적입니다. 자음과 모음의 조합이 절묘합니다. 글자 수가 적습니다. 따라서 쉽게 배울 수 있습니다. 읽기도 쉽습니다. 쓰기에도 편리합니다. 무슨 소리든 다 표현할 수 있습니다. 그러므로 짧게는 몇 시간, 길게 잡아도 며칠이면 너끈히 한글을 깨우쳐 자유자재로 활용할 수 있습니다.

　저는 지금 컴퓨터로 이 글을 쓰고 있습니다. 한글 프로그램의 작동 원리를 살펴보면 참으로 신비롭습니다. 자음과 모음이 서로 결합하면서 글자를 척척 만들어 내는 현상 자체가 그야말로 신선한 충격입니다. 일찍이 세종대왕께서 장차 컴퓨터가 생겨날 것이라고 예견했던 것일까, 아무튼 한글은 컴퓨터의 기능과 딱 맞아떨어지는 가장 적합한 문자입니다.

　그렇습니다. 이제 5대양 6대주 어디를 가더라도 한글을 만날 수 있습니다. 재외 동포들은 두말할 나위도 없거니와 핏줄이나 살갗의 색깔을 초월하여 한글을 배우고 쓰는 사람들이 참 많습니다. 날로 번창하는 우리나라의 국력과 맞물려 앞으로 한글의 세계화는 더욱 가속화될 전망입니다.

　이렇듯 한글의 위상이 하늘을 찌르는 상황에서 국제PEN한국본부가 제6회 세계한글작가대회를 개최하게 된 것은 매우 뜻깊은 일입니다. 다만, 행사의 규모가 일부 축소되고 과거에 없던 비대면 방식이 도입되었습니다. 이는 신종 코로나바이러스 감염증(코로나19) 만연으로 인한 어쩔 수 없는 선택이라 하겠습니다.

　그럼에도 불구하고 이번 대회를 계기로 한글이 세계무대에 드넓은 지평을 확장하며 한층 더 높이 도약하리라 확신합니다. 우리 조직위원회는 이번 대회를 위해 온갖 지혜를 모아 각고의 노력을 기울였습니다. 국내외 참가자 여러분의 아낌없는 성원을 기대합니다.

끝으로 이 대회를 빛내 주신 모든 분들에게 건강과 행운이 가득하시기를 기원합니다. 감사합니다. (제6회 세계한글작가대회 조직위원장 인사말. 서울 프레지던트호텔. 2020. 10. 20~22)

세종대왕의 민본위민民本爲民,
세계사에 길이 빛날 리더십

세종대왕(1397~1450)은 우리나라 역사상 가장 위대한 현군賢君 중의 현군, 성군聖君 중의 성군이었다. 세종대왕께서 이룩한 치적은 한두 가지가 아니다. 세종대왕은 정치·경제·사회·문화 등 전 분야에 걸쳐 성공했다. 고대에서 현대에 이르기까지 역대 최고 통치권자 중 세종대왕만큼 큰 성공을 기록한 인물이 없다.

잘 알다시피 세종대왕은 1418년 8월부터 1450년 2월까지 조선 왕조 제4대 임금으로 재위하면서 만고청사에 길이 빛날 업적을 쌓아 우리에게 물려주었다. 그 업적의 밑변에 확고한 사상과 철학이 있었다. 필자는 지난 세월 세종대왕의 심오한 사상과 철학을 화두로 삼아 결코 짧지 않은 묵상의 시간을 가져 왔다.

國之語音 異乎中國 與文字不相流通 故愚民有所欲言 而終不得伸基情者多矣. 予爲此憫然 新制二八字 欲使人人易習 便於日用耳.
—우리나라 말이 중국과 달라서 한자와 서로 통하지 못한다. 그러

므로 어리석은 백성들이 말하고 싶은 바가 있어도 마침내 그 뜻을 실어 펴지 못하는 이가 많다. 내가 이것을 매우 딱하게 여기어 새로 스물여덟 글자를 만들어 내노니 사람마다 쉽게 익히어 나날의 소용에 편리하도록 함에 있나니라. (『훈민정음 해례본』)

누구나 다 아는 훈민정음 서문이다. 세종대왕의 사상과 철학은 이 짧은 문면에 전부 농축돼 있다. 세종대왕은 일찍이 나랏말의 중요성을 깊이 인식했다. 말의 중요성은 아무리 강조해도 지나침이 없다. 말은 정신의 표현이고, 입을 통해 나오는 말의 내용이야말로 곧 그 사람의 넋이다.

그럼에도 불구하고 우리 민족은 하 오랜 세월 한문을 사용해 왔다. 본래 아무리 정확한 말이라도 글로 표현해 놓으면 독특한 어감과 억양 등에서 약간은 어색한 괴리가 있게 마련이다. 하물며 우리말과 중국말의 언어 체계가 근본적으로 다르거늘, 우리말을 중국 문자로 적는다는 것이 얼마나 지난한 일인가.

예나 지금이나 말을 글로 표현한다는 것은 아주 까다롭고 힘든 작업이다. 예컨대 우리말로 하는 강의나 연설을 영어로 필기한다면 어떻게 될까. 그 불편함이야 그렇다 치고, 강의와 연설의 내용 또한 필기를 통해 제대로 옮겨질 리가 없는 것이다.

최근 FTA 협상 문안에서 숱한 오역誤譯이 발견되어 세인의 도마 위에 오른 적이 있었다. 그 협상 문안은 외국어에 능통한, 외국어 구사에서 둘째가라면 서러워할 직업 외교관들이 번역하였다. 하지만 너무 많은 오역이 불거져 국회와 언론의 뭇매를 맞았다. 글을 글로 번역하는 데에도 이처럼 오역이 수두룩하건만 우리말을 중국 문자로 옮겨 적는다는 것은 이만저만 어려운 일이 아니다. 그뿐 아니라 상호 의사소통과 내용 전달에도 한계가 있을 수밖에 없다.

그렇건만 우리 민족은 장구한 세월 한문을 썼고, 더 나아가 한문에 능통한 것을 최고의 덕목으로 여겼다. 그 밑바탕에 사대주의가 도사리고 있었다. 세종대왕은 그러한 현실을 정통으로 꿰뚫고, 우리말과 중국 문자가 다르다는 사실을 강조함으로써 중국 문자로부터의 해방과 독립을 선언하였다. 이는 곧 중국의 영향권으로부터 벗어나겠다는 강력한 자주정신의 발현이었다. 세종대왕의 이러한 발상은 당시의 시대적 상황에 비추어 누가 뭐래도 혁명적 결단에서 나왔다.

이와 함께 세종대왕은 소통을 아주 중요하게 인식하고 있었다. 나랏말과 중국 문자가 달라 문자로 상호 자유롭게 소통하지 못하는[不相流通] 현실을 직시했다. 우리나라 사람이 우리말에 맞는 문자를 쓰면 자유로이 소통할 수 있을 텐데, 우리나라 사람이 우리말에 맞지 않는 한문을 써야 하니 소통이 어려울 수밖에 없었다. 우리나라와 중국의 소통, 조정과 백성의 소통, 백성과 백성의 소통… 등 그 당시 한문을 중간 매개로 한 소통이 얼마나 어려웠을 것인가.

일부 선택 받은 양반 계층은 오랜 세월 학업에 전념하여 한문에 능통해질 수 있었다. 하지만 당장 입에 풀칠하기 바쁜 민초들이야 글공부에 관한 한 언감생심 꿈도 꿀 수 없었다. 단적으로 말하자면 한문이야말로 특권층의 전유물이었고, 나라의 기둥인 기층 민중들에게는 결코 다가갈 수 없는 세계라 해도 과언이 아니었다.

가령 상소문을 올리더라도 그건 식자층들이나 가능한 일이었다. 글을 배우지 못한 백성들은 상소문 하나 작성할 수가 없었다. 요컨대 아무리 억울한 사연이 있어도 그 뜻을 '실어 펴지' 못하는 실정이었다. 조정이나 지방 관청에서 문서를 보내도 그걸 읽을 수 있는 사람이 흔치 않았다. 서간도 예외가 아니었다. 멀리 있는 친인척이나 지인에게 편지 한 장 제대로써 보내기가 어려운 형편이었다.

얼마나 많은 백성들이 '말 따로, 문자 따로'에서 오는 불편을 겪었을까. 까막눈이 따로 없었다. 일부 식자층을 제외한 거의 모든 백성들이 까막눈이었다. 이때 세종대왕은 '어리석은 백성[愚民]'들을 '딱하게[憫然]' 여겼다. 바로 여기에 세종대왕 특유의 인본사상人本思想, 민본사상民本思想, 위민사상爲民思想, 애민사상愛民思想이 있다. 필자는 항상 이 부분을 주목했고, 남달리 사람을 사랑했던 세종대왕의 사상과 철학을 높이 흠숭해 왔다.

왕조 시대에는 역대 제왕들이 대부분 왕권 강화를 통하여 백성들 위에 군림하는 것이 상례였다. 하지만 세종대왕은 달랐다. 힘없는 백성들을 가엾게 여겼고, 그러한 사상이 훈민정음 서문에 그대로 잘 나타나 있다. 그것은 세종대왕의 탁월한 철학이었다. 세종대왕의 인품 중 가장 큰 덕망은 역시 이러한 인본사상, 민본사상, 위민사상, 애민사상에 기초한 일련의 솔선수범일 것이다.

세종대왕은 누구보다도 인간을 아끼고 사랑했다. 인간 중심의 사상과 철학. 재위 32년 동안 세종대왕은 황희黃喜와 맹사성孟思誠 같은 인물을 중용하여 20년 이상 측근에 두었고, 당대 최고의 인재들을 집현전集賢殿으로 불러들여 그들로 하여금 무한한 잠재력을 계발토록 활력을 불어넣었다. 세종 연간에 변계량卞季良 정인지鄭麟趾 김종서金宗瑞 이개李塏 성삼문成三問 박팽년朴彭年 신숙주申叔舟 최항崔沆 장영실蔣英實 같은 대가들이 쏟아져 나온 것도 우연이 아니었다. 특히 장영실은 천민 출신이었다. 하지만 세종대왕은 출신 성분에 관계없이 폭넓게 인재를 발굴하여 그 능력을 최대한 발휘할 수 있도록 성원함으로써 개인의 성공을 뒷받침했을 뿐만 아니라 그 성공을 국력 신장으로 확대 발전시켰다.

세종대왕의 선정은 거기에서 그치지 않았다. 그분은 항상 약자의 아픔을 살피면서 수시로 백성들의 세금을 감면해 주었고, 복역 중인 수형자들의 형량을 감형해 주었다. 신분을 가리지 않고 노인들을 초치해 잔치를 베풀었는가 하면 왕실의 재산을 줄여 백성들의 경작지를 확장했다. 유아 사망을 막기 위해 백방으로 노력했고, 만삭의 여성 노비에게는 백일 간의 출산 휴가를 주었다. 이와 함께 그 노비의 남편에게도 한 달 간의 휴가를 주어 산모와 신생아를 돌보도록 했으니 이 얼마나 복 받을 일인가.

세종대왕의 이 같은 통치 철학을 한마디로 요약하면 여민동락與民同樂이었다. 백성들과 동고동락하는 사상. 백성들을 위하여, 백성들과 함께, 백성들과 더불어 일찍이 국태민안國泰民安을 실천했던 세종대왕. 백성들의 눈물을 닦아 주고 가려운 데를 긁어 주었던 역대 최고의 임금 세종대왕.

두 말할 나위도 없이 백성은 국가 존립의 근간이다. 세종대왕은 옥좌에 앉아 떵떵거리는 제왕으로 군림하기보다는 스스로 몸을 낮추어 백성들을 지성으로 섬김으로써 백성들의 '삶의 질'을 한 차원 높여 주었다. 그러므로 세종대왕은 이미 5백 50여 년 전에 사실상 민주주의를 완성하고 복지 국가의 새로운 모델을 제시했다.

그분은 건강을 해칠 만큼 밤을 낮 삼아 학문을 천착했고, 만인의 모범이 되어 어느 누구라도 따르지 않을 수 없는 감동의 리더십을 발휘했다. 이렇듯 세종대왕은 우리나라 역사에서 가장 성공한, 세계사에 길이 빛날 위대한 현군이며 성군이었다. (단행본『내 안의 세종』문학의집·서울. 2011)

한글과 한국문학의 세계화

올해 9월 세계한글작가대회가 경상북도 경주에서 열린다. 이 대회는 국제펜클럽한국본부가 주최하고 문화체육관광부, 경상북도, 경주시가 후원한다. 만시지탄이 없지 않지만 아주 반가운 일이다. 이 대회는 모름지기 한글과 한국문학의 세계화에 새로운 이정표를 마련하는 결정적 계기가 되리라 확신한다.

이 대회의 집행위원으로 동참하면서 필자는 이것저것 참으로 많은 것을 생각했다. 우리나라가 그동안 한글과 한국문학을 세계에 널리 알리기 위해 과연 무엇을 했는가. 결론부터 말하자면 우리나라의 경우 한글과 한국문학의 세계화에 등한했다. 특히 정부는 이 분야에 관한 한 사실상 손을 놓고 있었다 해도 과언이 아니다.

여기에서 저간의 사정을 열거하자면 한이 없다. 저 1950년대에는 참혹한 전쟁을 겪어야 했고, 우리는 전쟁이 휩쓸고 간 폐허 위에서 겨우 목숨만을 부지한 채 오직 생존을 위해 처절한 몸부림을 치지 않으면 안 되었다. 60년대를 지나 70년대를 가로지르는 동안 우리는 민주화와 산업화에 매진했다.

그 결과, 우리나라는 반세기 내외의 단기간에 민주화와 산업화를 성공으로 이끌었다. 그 일거양득의 부피와 무게는 세계사에서도 유례를 찾아볼 수가 없다. 이제는 세계무대에서 우리나라의 위상이 크게 달라졌다. 경제 규모도 50년대나 60년대와는 비교할 수 없을 만큼 커졌다.

그럼에도 정부는 시종일관 정치 경제 등 다른 분야에만 방점을 찍을 뿐 문화 부문에는 여전히 소극적 자세를 보여 왔다. 이는 잘못 돼도 한참 잘못된 일이다. 정치도, 경제도, 그 궁극적 목표가 삶의 질을 높이기 위한 것이라면, 문화를 도외시한 채 인간다운 삶과 행복을 운위한다는 것은 그저 허구일 뿐이다.

무릇 문화의 중심에 인문학이 있고, 인문학의 뿌리가 문학인 점을 고려할 때 정부는 문학 부문의 중요성을 깊이 인식해야 한다. 하지만 현실은 그렇지 않다. 문학 부문에 대한 정부의 정책은 점점 더 퇴조하는 경향이 있다. 60년대와 70년대의 경우 정부는 그 나름대로 문학 부문 지원에 힘썼다. 예컨대 문인들에 대한 원고료 지원 사업은 그 대표적 사례였다. 국력이 지금 수준에 훨씬 못 미쳤던 시절 정부는 문예 진흥 차원에서 문인들에게 기꺼이 원고를 지원했던 것이다.

하지만 정부는 언제부턴가 문학 부문에 대한 지원을 축소해 나왔다. 오죽하면 올해에는 문학지 원고료 지원을 대부분 폐지 또는 삭감했다. 이에 따라 수많은 문학지들이 지원 대상에서 제외됐다. 극히 일부 문학지가 간신히 살아남기는 했으나, 그 알량한 지원금 예산을 대폭 감액해버렸다. 지금까지 주어 오던 기존의 지원금을 증액하지는 못할지언정 그걸 아예 없애버리면 도대체 뭘 어쩌자는 것인지 알 수가 없다.

그 반면, 이 같은 사정을 제대로 알지 못하는 국민들은 내심 노벨문학상에 대해 비상한 관심을 기울여 왔다. 한국문학은 언제쯤 노벨문학상을 받을 수 있느냐는 것이 노벨문학상에 대한 관심의 핵심이라 하겠다. 우리나라와 지리적으로 가까운 일본과 중국에서 노벨문학상 수상자가 나올 때마다 노벨문학상에 대한 아쉬운 탄식을 자아내곤 하였다.

사실 일본과 중국은 우리나라와 지리적으로 가깝다. 하지만 문학에 대한 그들 나라와 우리나라의 의식 수준까지 가까운 것은 아니다. 그들 나라와 우리나라 사이에는 문화 의식의 간극이 무척 크다. 그들 나라는 문학 부문에 대한 정책적 뒷받침을 아끼지 않고 있다. 이에 비해 우리나라의 경우 노벨문학상에 대한 관심은 높을지 몰라도 한국문학에 대한 지원은 거의 없는 편이다.

잘 알다시피 노벨문학상 수상이 문학의 궁극적 목표는 아니다. 노벨문학상 수상작이 노벨문학상에서 비켜나 있는 작품보다 훨씬 더 낫다는 보장도 없다. 이 지상의 명작 중에는 노벨문학상 수상작보다 노벨문학상과 관계없는 대작이 훨씬 더 많다. 그렇다고 해서 어느 누구라도 노벨문학상 그 자체에 대한 관심마저 저버릴 수는 없다. 이렇게 볼 때 노벨문학상에 대한 국민적 기대는 당연한 현상일 것이다.

하지만 노벨문학상을 아무한테나 주나. 그보다 앞서 우리는 노벨문학상을 이끌어낼 만한 저변과 토양을 먼저 마련할 필요가 있다. 달리 말하자면 노벨문학상을 받아 내고도 남을 만한, 당연히 노벨문학상이 돌아와야 할 세계적 공감대를 형성하는 것이 우선되어야 한다.

한편, 우리나라가 선진국 대열에서 우뚝 치솟으려면 반드시 문화 의식을 고양시켜야 한다. 문화 의식 없이는 어떤 부문도 발전을 기약할 수 없기 때문이다. 알 만한 사람은 다 아는 사실이지만, 현대가 문화의 세기라는 점에는 이의가 없다. 우리도 이제는 문학을 비롯한 모든 문화를 활짝 꽃피워 진정한 문화 국가를 건설하지 않으면 안 된다. 이와 함께 우리 문화와 한국문학의 우수성을 세계에 널리 알려야 한다. 그동안 우리 문학을 세계에 알리기 위한 노력이 전혀 없었던 것은 아니지만 그것만으로는 턱없이 부족했다.

한글만 해도 그렇다. 우리는 한글이 얼마나 뛰어난 문자인가를 잘 알고 있다. 하지만 우리끼리만 한글의 우수성을 논의하고 자랑한들 무슨 의미가 있을 것인가. 그걸 세계에 널리 전파해야 한다. 다행히 최근 지구촌 곳곳에서 다른 나라 사람들도 한글을 배우고 연구하는 상황으로 발전하고 있다. 이는 매우 고무적인 현상이라 할 것이다.

이러한 여러 정황들을 종합할 때 이번 세계한글작가대회가 갖는 의미는 각별할 수밖에 없다. 우리는 반드시 이번 대회의 성공을 이루어 내고, 그 여세를 몰아 이 세계한글작가대회를 제도적으로 정례화하는 방안을 강구할 필요가 있다. 물론 여기에는 정부의 강력한 뒷받침이 보장돼야 할 것이다.

이제 우리나라는 더 이상 변방의 약소국가가 아니다. 그렇다면 우리는 오늘의 국력에 걸맞은 수준으로 세계만방에 우리 문화와 한국문학의 우수성을 전파할 수 있도록 체계적이고도 집중적인 노력을 기울여야 할 것이다. (『펜문학』 가을호. 2015)

한글과의 혼연일체

아주 어린 나이에 일찍 한글을 깨우쳤다. 초등학교에 입학하기 훨씬 전이었다. 큰아버지 슬하에 양자로 들어간 나는 그 어른으로부터 '기역(ㄱ) 니은(ㄴ) 디귿(ㄷ) 리을(ㄹ) 미음(ㅁ) 비읍(ㅂ) 시옷(ㅅ) 이응(ㅇ) 지읒(ㅈ) 치읓(ㅊ) 키읔(ㅋ) 티읕(ㅌ) 피읖(ㅍ) 히읗(ㅎ)' '아(ㅏ) 야(ㅑ) 어(ㅓ) 여(ㅕ) 오(ㅗ) 요(ㅛ) 우(ㅜ) 유(ㅠ) 으(ㅡ) 이(ㅣ)' '가갸 거겨 고교 구규 그기'… '하햐 허혀 호효 후휴 흐히'… '가나다라마바사아자차카타파하'… 를 배웠다.

무슨 교본이나 교과서가 따로 있을 리 만무했다. 큰아버지께서 허름한 갱지나 신문지 여백에 한 자 한 자 써주시는 글씨를 받아쓰면서 그야말로 얼렁뚱땅 번갯불에 콩 구워 먹듯 한글을 모두 익혔다. 한 사나흘 배웠을까, 웬만한 글을 줄줄 읽을 수 있었다. 그 바람에 나는 동네 어른들로부터 '신동'이니 '천재'니 과분한 칭찬을 들었다. 우리 국민들의 태반이 문맹자 일색이던 시절이었다.

큰아버지께서는 한문도 가르쳐 주셨다. '하늘천天 따지地 검을현玄 누루황黃 집우宇 집주宙 넓을홍洪 거칠황荒'… 한 글자 한 글자 외우고, 쓰고, 그 뜻을 새기면서 천자문千字文을 뗐다. 그리고 나서 초등학교에 들어갔다. 최소한 공부를 하는 데는 이것저것 거칠 것이 없었다. 한글을 일찍 깨우친 데다 한자까지 배운 터라 뭐든 척척 읽어낼 수 있었다.

그때부터 나는 동네의 단골 대독자 내지 대필자가 되었다. 누군가의 집으로 고지서든 우편물이든 뭔가 날아들었다 하면 동네 어른들은 거의 어김없이 내게로 가져왔다. 군대 간 아들로부터 날아온, '군사우편' 고무도장이 선명하게 찍힌 편지 봉투를 뜯어 그 속의 사연을 대독한 것도 한두 번이 아니었다. 고향 떠나 나라 지키러 나간 그 군인 아들에게 아버지 명의의 대필 답장을 쓰는 것도 당연히 내 몫이었다.

어디 그뿐인가. 나는 어린 시절 내내 동네 어른들에게『춘향전春香傳』『심청전沈淸傳』『홍길동전洪吉童傳』『장국진전張國振傳』『유충렬전劉忠烈傳』『삼국지三國志』같은 고대 소설을 읽어드렸다. 그런 고전들을 읽으면서 나는 문학에 재미를 붙였고, 중학교 때에는 마침내 작가가 되기로 결심했다.

사실 한글을 깨우친 이후 나는 줄곧 국어에 비상한 관심을 기울였다. 그중에서도 맞춤법, 띄어쓰기 등 문법을 철저히 공부했다. 그건 바로 한글을 아끼고 사랑하는 내 인생의 기본 정신이었다. 필자는 결국 소년 시절의 꿈을 좇아 20대의 젊은 나이에 소설가가 되었고, 지난 세월 수백 권의 책을 편집하면서 살아왔다. 한글로 작품을 쓰고, 한글로 책을 편집하는 삶. 이렇듯 한글과 필자는 어린 시절 이후 떼려야 뗄 수 없는 불가분의 혼연일체가 되었다.

지난 수십 년 동안 이것저것 지구촌 곳곳의 여러 문자들을 기웃거려 보았지만, 단언컨대 이 세상에 한글처럼 위대한 문자는 없다. 한글이야말로 어느 누구나 가장 배우기 쉽고, 언제 어디에서 어느 모로 보나 가장 과학적이기 때문이다. (세계한글작가대회기념문집 『한글, 문학을 노래하다』 PEN. 2015)

건전한 생각, 즐거운 대화

말은 생각에서 나온다. 말을 들어 보면 그 사람의 내면을 알 수 있다. 생각이 건전한 사람은 착하고 올바른 말을 한다. 그 반면, 생각이 뒤틀린 사람은 언제나 꽈배기처럼 배배 꼬인 고약한 말을 하게 마련이다.

어쩌다 스치는 지인 중에 별난 사람이 있다. 그는 입만 열었다 하면 좋건 나쁘건 일단 '아니'부터 내뱉는다. "아니, 저 사람은 왜 저 모양이야?" "아니, 날씨가 왜 이렇게 거지 같아?" "아니, 그 소설은 정말 별 볼일 없던데." "아니, 오늘은 기분 나쁜 일만 생기네." "아니, 큰일 날 뻔했잖아." 등 등 이런 식으로 말의 첫머리를 들입다 '아니'로 시작하는 것이다.

누군가와 진지한 대화를 나눌 때에도 '아니'가 따발총 총알처럼 거침없이 튀어나온다. 상대방의 말이 옳건 그르건 일단 '아니'부터 쏘아댄다. 그 것도 모자라 어떤 때는 '아니, 아니'를 연발로 퍼부어 상대방의 자존심을 상하게 한다. 자기 말을 한층 더 강조하기 위한 반어법이냐 하면 그런 것 도 아니다. 그저 아무런 생각 없이 무턱대고 쏟아내는 말버릇이 그렇다.

더욱 가당찮은 것은 "아니, 그게 아니라 이렇잖아." "아니, 그건 자네가 잘 모르는 소리야." 등등 상대방을 무참히 무찌르면서 훈계조로 제 주장만 앞세운다는 사실이다.

아니나 다를까, 그의 속내를 면밀히 들여다보면 매사가 부정적이다. "아니, 그게 되겠어?" "아니, 그 사람이 아직도 안 죽었어?" "아니, 그 회사도 곧 망할 거야." "아니, 정말 되는 일이 없네." 등등 그의 마음속에는 부정적 심리가 가득하다. 애당초 상대방에 대한 존중이나 배려 따위는 찾아볼 수가 없다. 아무튼 그의 말을 듣고 있을라치면 이래저래 답답하고 여간 피곤한 것이 아니다.

본래 부정의 부정은 아주 강한 긍정이다. 예컨대 '아닌 게 아니라'와 '아닐 수 없다'는 '정말 그렇다'는 뜻이고 '없는 게 없다'는 '없는 것 빼놓고는 다 있다'는 뜻이며, '바라마지않는다'는 '꼭 그렇게 되기를 기대한다'는 뜻이다. 그렇다고 '아니'를 아무 데나 함부로 쓰는 것이 아니다. 부득이 '아니' 같은 부정적 어휘를 구사할 때에는 한 번 더 신중해질 필요가 있다.

말 한마디로 천 냥 빚을 갚고, 가는 말이 고와야 오는 말이 곱다고도 했다. "오, 그래." "옳거니." "맞았어." "아암, 그러면 그렇지." "그럴 줄 알았어." "옳은 말이야." "듣던 중 반가운 소식이군." "꼭 성공할 거야." "당신만 만나면 일이 잘 풀려." 등등 상대방을 존중하는 긍정적인 말을 골라 쓸 경우 만인이 즐겁다. 우리 사회에 옳은 말, 반듯한 생각, 즐거운 대화가 넘쳐난다면 얼마나 좋을까. (한국경제신문. 2020. 3. 4)

말의 묘미와 의미

언변이 뛰어난 사람은 때와 장소에 따라 담론의 화두를 잘 선택한다. 사리 분별이 명료하고 박학다식하여 풍부한 어휘를 능수능란하게 구사한다. 말을 받아 적으면 그대로 문장이 된다. 말이 진실하고 분명할 때 인격도 높아진다. 특히 차분하고 절제된 언설言說이야말로 그 어떤 웅변보다 설득력이 높다. 그렇다면 무엇보다도 머릿속에 많은 낱말을 기억해 놓고 그때그때 꼭 필요한 말만 정확히 골라 쓰는 것이 상책이라 하겠다.

한편, 낱말에는 저마다 그 나름의 색깔과 감칠맛과 깊은 뜻이 있다. 예컨대 '좌(左=왼쪽)'와 '우(右=오른쪽)'만 해도 그렇다. '좌'와 '우'는 본질적으로 방위를 가리키는 말이지만 좀 더 심층적으로 살펴보면 그 두 글자 속에 이념의 색깔이 내재돼 있음을 감지할 수 있다. 좌파(좌익)의 '좌'는 진보, 우파(우익)의 '우'는 보수의 이념이다. 그런가 하면 '좌'와 '우'에는 서열의 개념이 있다. 왕조 시대의 삼정승 서열은 영의정 다음으로 좌의정, 우의정 순이었다. 즉, 단순한 순번이 아니라 '좌'와 '우'로 서열을 매겼다.

현대 의전儀典에서도 왼쪽이 오른쪽보다 우선이다. 기旗를 게양할 때 대중이 바라보는 위치에서 왼쪽에 국기國旗를, 오른쪽에 사기社旗를 올린다. 교실 정면 왼쪽에 교훈校訓을, 오른쪽에 급훈級訓을 게시하는 것은 상식 중의 상식이다.

회장과 사장과 부사장이 회동할 경우 회장을 중심으로 왼쪽에 사장이, 오른쪽에 부사장이 앉는다. 이 기본 틀의 연장선상에서 전무와 상무와 이사와 부장과 또 다른 구성원들이 직급에 따라 좌우로 상호 교차하면서 차례차례 자리를 정한다. 학생과 군인 등 군중이 '좌우로 나란히' 도열할 때에도 그 기준은 통상 좌측 첫 번째 줄이다.

우리가 일상적으로 쓰는 말 또한 예외가 아니다. 좌고우면左顧右眄, 좌우기거左右起居, 좌우상칭左右相稱, 좌우지간左右之間, 좌우협공左右挾攻, 좌원우응左援右應, 좌지우지左之右之, 좌청룡우백호左靑龍右白虎, 좌충우돌左衝右突 등 항상 '좌'가 '우'보다 앞에 나온다.

그런데 특이한 예외가 있다. 우왕좌왕右往左往이 그것이다. 이 말에는 '좌'와 '우'의 자순字順이 뒤바뀌어 있다. 우왕좌왕이란 '오른쪽으로 갔다 왼쪽으로 갔다 하며 종잡지 못함' 또는 '사방四方으로 왔다 갔다 함'을 일컫는다. 좌우의 수순이 뒤바뀌고 헝클어졌으니 문자 그대로 갈팡질팡 뒤죽박죽일 수밖에 없지 않은가. 말을 기분 내키는 대로 아무렇게나 씨부렁거릴 일이 아니다. 무슨 낱말이든 잘 음미하면 그 안에 담긴 독특한 묘미와 심오한 의미까지도 느낄 수 있어 더욱 좋다. (한국경제신문. 2020. 4. 15)

언어와 인격

 화법話法 중에는 반어법反語法과 역설법逆說法이 있다. 가령 미운 사람에게 "야, 너 참 잘났다"고 비꼰다든지, 예쁜 아기에게 "넌 어쩌면 이렇게 밉냐?"고 꿀밤을 먹인다든지, 동작이 느린 사람에게 "번개처럼 빠르네" 하고 비아냥거리는 사례가 여기에 해당한다. 뭔가 일을 저지른 사람에게 "아주 잘했어" 하고 꾸짖는 어투 등, 이러한 반어의 경우 진술 자체에는 모순이 없고 겉으로 표현한 말과 그 속에 담긴 뜻이 서로 반대되는 것이 특징이다.

 역설은 약간 개념이 다르다. '불행 중 다행' '즐거운 비명' '찻잔 속의 태풍' '소리 없는 아우성' '차가운 여름' '뜨거운 겨울' '찬란한 슬픔' '상처뿐인 영광' '패배한 승리' '작은 거인ㅌㅅ' 등 앞말과 뒷말이 상호 모순 또는 이율배반적으로 결합돼 있다. 이렇듯 역설의 구조가 반어와 유사하므로 학술적으로는 역설법을 반어법에 포함시키기도 한다. 어쨌거나 반어와 역설은 그저 밋밋한 표현보다 의미 전달을 좀 더 강하게 도와주는 효과가 있다. 그럼에도 불구하고 이 같은 표현은 정상적인 진실을 비정상적으로 슬쩍 비틀거나 살짝 뒤집거나 슬슬 꼬는 변형된 화법이다. 이런 표현들은 대체로 문학 작품에서 자주 접할 수 있다.

누구나 다 알다시피 문학은 기본적으로 언어 예술이다. 문인이 시와 소설 등 문학 작품을 창작할 때에는 무궁무진한 상상력을 바탕으로 반어, 역설, 상징, 비유 등 모든 수사법修辭法을 총동원하게 마련이다. 그러므로 문인을 '언어의 연금술사鍊金術師'라 하고, 문학 작품을 일컬어 '언어의 보고寶庫'라 한다. 그만큼 문학 작품 속에는 이제껏 다른 사람들이 쓰지 않은 신선한 언어와 기상천외한 표현들이 넘쳐난다.

그렇다고 문학적 수사를 아무 데나 쓰는 것은 아니다. 예컨대 학술 논문, 검찰의 공소장, 법원의 판결문, 행정관서의 공문서의 경우 상상이나 허구가 아닌 사실事實을 생명으로 한다. 따라서 아주 특수한 경우가 아니고서는 개념이 모호하거나 추상적인 표현들을 찾아보기 어렵다. 그런 수사법을 잘못 쓰면 도리어 진실과는 거리가 멀어져 사실의 왜곡이나 해석의 오류를 불러올 수 있기 때문이다.

일상생활에서도 예외일 수는 없다. 때와 장소에 딱 걸맞은 화법을 구사해야 한다. 말이라고 해서 다 같은 말이 아니다. 말이란 '아' 다르고 '어'가 다르다. 모름지기 인격이 높은 사람은 점잖은 말을 쓰고, 점잖은 말을 쓰는 사람은 그로써 인격이 한층 더 높아지게 마련이다. 특히 반어를 쓸 때에는 표현 자체의 비정상적인 요소까지를 참작하여 누군가에게 상처나 주지 않을까 더욱 조심할 필요가 있다. (한국경제신문. 2020. 4. 28)

아우르다

평소 누군가와 대화를 나눌 때, 또는 글을 쓸 때 '아우르다'라는 우리말을 즐겨 쓴다. 우선 이 말의 뜻이 좋기 때문이다. 특히 이것저것 요즘 세상 돌아가는 꼬락서니를 볼라치면 이 '아우르다'라는 말이 감칠맛을 더해 준다.

이 말의 사전적 풀이를 보면 '1. 여럿을 모아 한 덩어리나 한 판이 되게 하다. 2. 〈운동·오락〉 윷놀이에서, 말 두 바리 이상을 한데 합치다'로 되어 있다. 요컨대 이 말은 '여럿을 한자리로 끌어 모은다'는 뜻을 담고 있는 것이다.

잘 알다시피 언제부턴가 우리네 인간 세상은 저마다 천 갈래 만 갈래 쩍쩍 갈라지기 시작했다. 특히 이 근래 들어와 인심이 부쩍 사나워지고 있다. 남이야 죽건 말건 저 혼자 잘 살겠다고 두 눈에 핏발을 세우는 세상. 저 혼자 잘 살려고 남의 몫까지 서슴없이 짓밟고 가로채는 서슬 시퍼런 세상. 그리하여 우리네 삶은 날로 팍팍해지고 있다.

재물을 많이 가진 자는 더 가지지 못해 기를 쓴다. 권세 있는 자들은 더 큰 권력을 틀어쥐기 위해 악을 쓴다. 어디 그뿐인가. 그들은 놀아도 그들끼리 놀고 사돈을 맺어도 그들끼리 맺는다. 이 과정에서 못 가진 자와 끗발 없는 자들은 속절없이 찬밥 신세가 되어 뒷전으로 밀려날 수밖에 없다.

말 그대로 끼리끼리, 따로따로, 네 편, 내 편, 편 가르기, 줄 세우기도 어제오늘의 문제는 아니다. 아마 이런 현상은 갈수록 더 심해질 것이 틀림없다. 그런 점에서 별 볼일 없는 나 자신부터 춥고 배고픈 우리 가족을, 친지를, 이웃을 눈물과 사랑으로 부여안고 한데 '아우르는' 사람이 되고픈 것이다. (서울문학인대회기념문집 『내가 좋아하는 우리말·우리글』 문학의집·서울. 2008)

'붉은 악마'의 계절

필자는 우리 태극 전사들의 첫 경기였던 대對 폴란드전을 우리 동네에 있는 목5동성당에서 관전했다. 성당 외벽에는 대형 스크린이 설치돼 있었고, 꽤 넓은 성당 마당에는 경기가 시작되기 전부터 붉은 티셔츠를 입은 지역 주민들로 초만원을 이루어 그야말로 입추의 여지가 없었다.

그 반면 성당과 근접한, 우리 동네의 명소인 파리공원은 한산했다. 본래 파리공원은 우리 동네 주민들의 휴식처로서 평소 인파가 넘쳐나는 곳인데, 그날만은 사람들이 발길이 뚝 끊겨 한겨울처럼 썰렁하게 느껴질 지경이었다. 그곳에 바람 쐬러 나왔던 주민들이 모두 성당 마당으로 합류했기 때문이었다.

아무튼 성당에 모인 군중은 경기가 시작되기 전부터 응원 구호를 외치고 박수를 치면서 함성의 불을 지폈다. '대~한민국' '필승 코리아'…. 어디 그뿐인가. 짝짝 짝짝짝 짝짝…. 박수 소리도 일사불란했다. 본래 '붉은 악마'들에 의해 보급된 이 응원 프로그램은 어느 사이엔가 모든 국민들에게도 익숙해져 있었다. 그러니까 원조 '붉은 악마'가 아니라 해도 전 국민 모두가 '붉은 악마'로 변신하여 그들과 합류한 셈이었다.

드디어 황선홍 선수의 첫 골이 터졌고, 이 천금 같은 득점을 시작으로 우리 태극 전사들은 세계 강호들의 골문을 잇따라 열어젖히며 승리의 행진을 계속했다. 이렇듯 한국 축구가 파죽지세로 4강에 오를 수 있었던 그 뒤안길에는 12번째의 선수, 즉 세계인들을 놀라자빠지게 한 '붉은 악마'들이 있었다.

그랬다. 이번 한일 월드컵대회를 통해 '붉은 악마'들이 보여 준 활약상은 가위 전대미문의 신기원을 이룩하면서 우리 역사에 또 하나의 찬란한 금자탑을 쌓았다. 우리가 언제 이토록 한마음 한뜻으로 뭉친 적이 있었던가. 물론 우리 선조들은 국난에 처할 때마다 일신을 돌보지 않고 신명을 바쳐 던져 살신성인하였다. 그러나 언제부턴가 개인 이기주의가 나타났고, 여기에 집단 이기주의, 지역 이기주의까지 겹쳐 계층 간·지역 간 감정의 골이 깊어진 것도 사실이었다.

따라서 평소에는 많은 불만과 불평의 목소리들이 쏟아져 나왔다. 그런데, 이번 월드컵대회 기간 중에는 비판이고 뭐고 '귀신 씻나락 까먹는' 목소리가 전혀 나오지 않았다. 어느 누구도 불평불만이나 이의가 없었고, 오직 한목소리로 태극 전사들의 선전과 '붉은 악마'들의 활약에 아낌없는 찬사를 보낼 뿐이었다. 그리하여 마침내 국민 모두가 '붉은 악마'의 그 모범적인 응원 대열에 자발적으로 동참했던 것이다.

필자는 이미 16강에 진출한 태극 전사들이 8강을 놓고 이탈리아와 격돌하던 날 강남구 삼성동의 한 전시장에서 대형 스크린으로 그 경기를 관전하였다. 물론 그 전시장 안팎에도 군중이 인산인해를 이루고 있었다. 그 자리의 모든 군중은 누가 시킨 것도 아니련만 전원 '붉은 악마'가 되어 목이 터져라 '대~한민국' '필승 코리아'를 외쳐댔다.

그 경기가 태극 전사들의 극적인 역전승으로 끝났을 때 거리는 온통 '붉은 악마' 일색이었다. 가슴 벅찬 감격의 눈물을 흘리며 '대~한민국' '세~계 최고' '필승 코리아'를 연호하는 '붉은 악마'들. 어디에서 왔는지 벽안 碧眼의 외국인들까지도 꽹과리와 북을 두들겨대는 '붉은 악마'들과 합세하여 열심히 태극기를 흔들고 있었다. 거리의 자동차들은 '대~한민국'의 리듬에 맞추어 클랙슨을 울리면서 거리를 질주하고….

삼성역 주변은 그야말로 '붉은 악마'와 태극기의 바다라 해도 과언이 아니었다. 그날 필자는 우리나라에 젊은이들이 이렇게도 많았다는 사실에 새삼 놀라움을 금치 못했다. 인도와 차도, 전철역을 가릴 것 없이 가득 메운 젊은이들. 물론 우리 같은 기성세대도 더러 끼어 있었지만 거리 곳곳에는 건강한 젊은이들이 넘쳐나고 있었다.

그런 인파를 헤집고 간신히 전철역에 도착했을 때, 발 디딜 틈도 없는 층계에서 웬 외국인 젊은이가 '대~한민국'을 선창했다. 그러자 층계는 물론 통로며 홈에 있던 시민들이 일제히 '대~한민국' 또는 '세~계 최고'로 화답했다. 그런가 하면 '대~한민국' 리듬을 '빵~빵빵빵' 나팔로 불어대는 청년도 있었다.

두말할 나위도 없이 전동열차는 만원이었다. 그런 전동열차 안에서도 승객들이 서로 짝짝꿍 손바닥을 마주치면서 '대~한민국'을 연호하는데 그 열기는 좀처럼 식을 줄 몰랐다.

필자가 영등포구청역에서 내렸을 때 시간은 이미 자정을 훨씬 지나 있었다. 그런데도 이곳 거리 역시 온통 '붉은 악마'가 홍수를 이루고 있었다. 삼성역의 '붉은 악마'들이 그랬던 것처럼 이곳의 '붉은 악마'들도 '대~한민국'을 연호하는 가운데 트럭이나 승용차를 몰고 거리를 질주했다. 자동차가 클랙슨을 울리며 내달릴 때마다 '붉은 악마'의 머리 위에서는 태극기가 신바람 나게 나부꼈다.

6월 25일, 필자는 공교롭게도 동부 전선의 어느 군인 콘도미니엄의 자그마한 홀에서 준결승전을 관전하였다. 평소 민간인들의 발길이 뜸한, 그리하여 적막감까지 자아내던 그 동부 전선에도 어김없이 '붉은 악마'의 열풍이 불어와 있었다. 그날 우리 태극 전사들은 독일에 한 골을 내줌으로써 석패하긴 했지만, 그러나 텔레비전 앞에 모여 있던 우리는 이제까지 잘 싸워 준 태극 전사들과 '붉은 악마'들에게 아낌없는 박수를 보냈다.

아무튼 이번 월드컵대회 기간 중 우리 국민이라면 애국자 아닌 사람이 없었다. 이번 월드컵대회를 계기로 우리 국민은 '하나'임을 재확인했고, 그 일체감 조성에 불을 붙인 주역은 바로 '붉은 악마'들이었다. 향후 우리가 '붉은 악마'의 정신으로 굳게 뭉친다면 무슨 일인들 못할 것인가. 전국을 뜨겁게 달군 '붉은 악마'의 그 기백이야말로 향후 우리가 미래로, 통일로 나아가는 데 크나큰 원동력으로 작용할 것이다. (『삶과꿈』 2002. 8월호)

자연에 관한 상식

종종 단체 여행을 할 때가 있다. 문학 관련 심포지엄 참석이나 문학 기행에 나설 때에는 자연히 여러 사람이 함께 어울려야 한다. 한 분 한 분 소중한 분들과 1박 2일 또는 2박 3일 이상 여행을 하다 보면 진지한 대화를 통해 많은 것을 배우게 된다.

그 반면, 실소를 금치 못할 경우도 없지 않다. 예컨대 도회지 출신 인사들과 여행을 하노라면 그분들이 자연에 대해 너무 무지하다는 것을 실감하게 마련이다. 이름만 대면 알 수 있는, 소위 유명 인사들 중에도 자연을 모르는 분이 부지기수로 많다. 특히 농작물과 잡초조차 구분 못하는 사람들이 지천으로 널려 있다.

언젠가 한번은 충남 보령의 한 휴양림에서 지인들과 하룻밤 묵은 적이 있었다. 우리 일행은 당대 최고의 지성인들이었다. 그런데 일행의 대부분은 도회지 출신이었다. 그분들은 산에 우거져 있는 나무와 풀들에 대해 모르는 것이 너무 많았다.

산에는 소나무, 참나무, 밤나무, 벗나무, 단풍나무, 오갈피나무, 엄나무, 오리나무, 옻나무… 등등 헤아릴 수 없는 나무들과 억새, 솔새, 잔디, 원추리, 엉겅퀴, 닭의장풀, 방동사니, 취나물, 쇠비름… 등등 무수한 풀들이 한바탕 생명의 잔치를 벌이고 있었다. 도회지 출신 인사들은 그런 식물들을 전혀 모른다 해도 과언이 아니었다.

휴양림 숙소 앞 공터에는 고추가 잘 가꾸어져 있었다. 아마도 관리인이 심심풀이로 고추 몇 포기를 심은 듯했다. 마침 고추가 주렁주렁 탐스럽게 익어 가고 있었다. 늦게 열린 풋고추는 파란색을 띠고 있었지만, 일찍 열린 고추는 붉게 익어 수확을 기다리고 있었다. 대학교수 한 분이 필자에게 다가와 정색을 하고 진지하게 물었다.

"저게 뭡니까?"

필자는 무슨 영문인지 몰라 잠시 어리둥절했다.

"네?"

그러자 그 교수가 재차 물었다.

"저거 마치 고추처럼 생겼는데요."

"허허허…. 고추처럼 생긴 것이 아니고 저게 바로 고춥니다."

"그래요?"

그제야 그 교수는 몰랐던 것을 새로 알았다는 듯이 '그래요?'의 말꼬리를 치켜 올리며 경이의 눈길로 고추를 바라보았다. 참으로 어이가 없었다.

"교수님은 평소 고추를 드시지 않나요?"

"먹지요. 종종 고추를 된장에 찍어 먹지요."

"그런데도 고추를 보고 고추를 모르신다니…. 허허허…."

낫 놓고 기역(ㄱ) 자를 모르고 똬리 놓고 이응(ㅇ) 자를 모른다더니 그 교수야말로 고추를 놓고 고추를 모르는 것이었다.

"사실 저는 고추가 저렇게 열리는지 몰랐어요. 그런데 참 이상하네요."

"뭐가 이상해요?"

"어떤 고추는 파랗고, 어떤 고추는 빨갛고…. 어떻게 한 나무에서 두 가지 고추가 열리는지 이상하지 뭡니까."

문제의 교수는 한 고춧대에 두 가지 색깔의 크고 작은 고추가 열린 것이 자못 신기한 모양이었다. 필자는 고추가 열려 익어가는 과정을 자세히 설명해 주었다. 그런데도 그 교수는 잘 이해되지 않는 듯 연신 고개를 갸우뚱했다. 그때쯤 해서는 필자도 한심하다는 생각을 뛰어넘어 충격을 지울 수 없었다. 강단에서 학생들을 가르치는, 은연중 학벌을 자랑하며 목에 힘을 주고 다니는 대학교수가 고추조차 모른다는 사실이 그저 놀라웠다.

하지만 냉정히 말하자면 그 교수뿐만 아니라 도회지 사람들의 대부분이 대자연의 식물을 잘 모른다. 서울 같은 대도시에도 군데군데 큰 산들이 있다. 도심에서 몇 발자국만 나서면 산을 오를 수 있다. 산에는 무수한 식물들이 자라고 있지만, 그런 식물들에는 관심을 두지 않았으니 그걸 모를 수밖에 없다.

산이 아니라도 좋다. 도심의 고궁이나 웬만한 공원의 경우 예외 없이 나무가 잘 가꾸어지고 있다. 그런데도 도회지 사람들은 대개 그 나무들을 예사로 보아 넘긴다. 오죽하면 소나무와 잣나무조차 구분 못하는 사람들도 한둘이 아니다.

특히 농산물이 없으면 살 수 없건만 벼농사와 보리농사를 어떻게 짓는지에 대해 아는 사람이 흔치 않다. 정말 안타까운 현실이 아닐 수 없다. 그건 자연에 관한 상식에서 크게 벗어난 일이다.

다행히 필자는 농촌에서 자랐다. 그래서 농사의 소중함, 대자연의 소중함을 피부로 느끼며 살아가고 있다. 제대로 된 사람이라면, 석사네 박사네 학벌을 자랑하기 전에 대자연의 소중함부터 알아야 할 것이다. (한국4-H 신문 제732호. 2011. 6. 11)

공해 없는 별천지

 며칠 전 서울 성동구 성수동에 있는 '서울숲'을 거쳐 충남 태안에 있는 '천리포수목원'을 돌아봤다. 모처럼 맑은 공기를 마시면서 나무와 숲, 그리고 자연의 고마움에 대해 다시 한 번 생각해 볼 수 있는 좋은 기회였다. 잘 가꾸어진 숲을 따라 걷는 동안 산뜻한 자연의 숨결이 몸에 들어와 박히는 듯했다.

 사실 도회지는 무미건조하기 짝이 없다. 특별히 큰맘을 먹지 않고서는 자연과 접할 기회가 많지 않기 때문이다. 눈만 뜨면 보이는 것이 콘크리트 숲이다. 거리에 나가도 아스팔트로 포장된 도로뿐이다. 멀리 남산을 비롯하여 군데군데 푸른 숲이 시야에 들어오기는 하지만, 자동차들이 매연을 내뿜으며 질주하는 복잡한 거리에 나서면 곧 질식할 것만 같다.

 우리 동네에는 용왕산이라는 나지막한 야산이 있다. 이 산에는 크고 작은 여러 나무들이 자라고 있다. 구청에서 관리하는 이 산의 능선 곳곳에는 각종 운동 기구 등이 설치돼 있고, 가장 높은 곳에는 알록달록 단청으로

치장된 용왕정이 세워져 있다. 그뿐 아니라 그 아래 널찍한 운동장에는 인
조 잔디가 카펫처럼 깔려 있다.

나는 늦둥이 아들 녀석과 함께 종종 이 용왕산을 오른다. 산에 오르면
집에 틀어박혀 있을 때보다는 한결 기분이 좋다. 그렇지만 다른 한편으로
는 께름칙한 기분을 떨칠 길이 없다. 산은 산이로되 높은 산이 아닐뿐더러
저 아래 도로에서 치솟아 올라오는 미세 먼지와 자동차 배기가스 등으로
살갗이 군실군실해지는 것은 물론 목까지 매캐해지는 것이다.

하지만 잘 가꾸어진 '서울숲'과 '천리포수목원'은 신선한 산소로 충만
해 있었다. 나는 정말 공해 없는 그런 별천지에서 살고 싶다. (제9회 자연사
랑문학제기념문집 『초록 꿈의 씨앗』 문학의집·서울. 2009)

생명의 잔치

    현명한 사람은 자연 속에서 자연과 함께 자연과 더불어 자연스럽게 산다. 자기 자신이 자연의 일부임을 잘 알기 때문이다. 그런 사람들은 자연의 고마움을 알고, 자연 앞에 겸손할뿐더러 자연을 더 잘 가꾸고자 노력한다. 예컨대 산이나 들에 나가더라도 풀 한 포기 다칠세라 조심하는 것은 물론이려니와 공들여 꽃을 가꾸고 지성으로 나무를 심는다.

    그 반면, 우매하고 아둔한 사람은 자연의 소중함을 알지 못한다. 그런 사람들의 경우 날씨가 추우면 춥다고, 더우면 덥다고 자연을 탓한다. 그리고 그들은 자기만의 작은 이익을 위해 자연을 무자비하게 해친다. 멀쩡한 동식물들을 학대하고 그것도 모자라 대지를 사정없이 파헤친다. 그런 파괴 행위가 곧 생명 멸살 행위라는 사실을 모르는 것이다.

    모름지기 사람은 물 흐르듯 자연스럽게 살아야 한다. 자연스럽다는 것은 '억지로 꾸미지 아니하여 어색함이 없다' '무리가 없고 당연하다' '힘들이거나 애쓰지 않고 저절로 되다'라는 뜻이다. 따라서 억지를 쓰지 않고 자연스럽게 살면 모든 일이 순리대로 술술 풀리게 되어 있다.

자연은 생명의 원천이다. 지금 이 시간에도 하늘이 내려 준 자연이라는 이 무대에서는 모든 생명체가 한바탕 생명의 잔치를 벌이고 있다. 그러나 우리 인간은 그 잔치의 주인일 수 없고, 다만 그 잔치에 동참하는 나그네일 뿐인 것이다.

따라서 잔치의 중심인 자연이 화창하면 사람의 기분이 화창해지고, 자연이 우중충하면 사람의 기분도 우중충해진다. 여름이 되어 날씨가 무더워지면 사람의 몸이 무더워지고, 겨울이 와서 자연이 추워지면 사람의 몸도 추워진다. 이 같은 현상만 보더라도 사람 자체가 곧 자연의 일부에 지나지 않음을 극명하게 알 수 있다.

그런데도 생각이 짧은 사람들은 자연의 법칙과 우주 만물의 이치에 따르기는커녕 도리어 하늘의 섭리와 질서에 역행하는 행위를 서슴지 않는다. 『명심보감明心寶鑑』「천명편天命篇」에 이르기를, 순천자順天者는 살고 역천자逆天者는 망한다고 했다. 하늘이 마련해 준 자연을 사랑하는 자에게는 큰 복이 들어오지만, 자연을 해친 자에게는 반드시 그에 상응하는 재앙을 되돌려 받게 될 것이다. (제10회 자연사랑문학제기념문집 『숲의 소리』 문학의집·서울. 2010)

영감과 예감

청상과부가 있었다. 시댁은 본래 양반집이었지만 한 번 가세가 기울어진 뒤로는 가난에서 헤어나지 못하고 있었다. 똥구멍이 찢어지게 가난했다. 과부에게는 코흘리개 어린 아들이 있었다. 거미 새끼 같은 그 아이를 데리고 살아갈 험난한 인생길을 생각하니 앞이 캄캄했다. 남들은 좋은 서방 만나 잘도 살건만 이 무슨 운명의 비극인지 알 수가 없었다. 그녀의 지아비는 얼마 전 젊은 아내와 어린 아들을 남겨 놓고는 하루아침에 속절없이 세상을 떠났다. 야속한 사람이었다.

개가改嫁가 용납되지 않던, 즉 수절守節을 미덕으로 여기던 시절이었다. 그렇다고 어떤 남정네와 눈을 맞춰 야반도주할 수도 없었다. 그건 말도 안 되는 소리였다. 처절했다. 시댁이든 친정이든 기댈 언덕조차 없었다. 누군가 의지할 사람이라도 있으면 좋으련만 주위에서는 도리어 곱지 않은 눈길을 보내오고 있었다. 개중에는 '서방 잡아먹은 년'이라고 차마 입에 담지 못할 막말을 퍼부으며 손가락질하는 사람들까지 있었다.

참으로 기가 막혔다. 앞날을 생각하면 그야말로 희망이 절벽이었다. 양반이면 뭐하나. 수염이 석 자라도 먹어야 양반이라는데 끼니 걱정을 면할 날이 없었다. 농토가 있을 리 만무했다. 일을 해야 먹고살 텐데 아무리 일을 하고 싶어도 일터가 없었다. 그녀는 날품팔이로 남의 집 부엌일을 하거나 논밭을 매는 가운데 근근이 입에 풀칠하며 목숨을 이어갔다. 목구멍에 거미줄 치지 않는 것이 다행이었다.

때로는 어린 아들과 함께 콱 죽어버리고 싶은 충동에 사로잡혔다. 산다는 것이 죽느니만 못하다는 생각까지 들었다. 이렇게 살 바에야 차라리 죽어버리는 것이 낫지 않을까. 그녀는 인생 그 자체를 비관하면서 한숨 반 눈물 반으로 하루하루를 살아가고 있었다.

그나마 실낱같은 가녀린 희망이 있다면 어린 아들뿐이었다. 그 어린 아들이 건강하게 잘 자라 훌륭한 인물이 된다면 무엇을 더 바랄 것인가. 하지만 과부의 눈에 비친 아들 녀석은 애물단지에 지나지 않았다. 이 녀석만 아니라면 어디론가 흔적도 없이 훌쩍 사라질 수도 있으련만 이 새끼 때문에 이럴 수도 저럴 수도 없었다. 사정이 이러한지라 아들이 거추장스럽기만 하였다.

더욱이 아들은 눈에 차지 않았다. 자신의 몸에서 태어난 한 점 혈육인데도 하는 짓마다 밉게 보였다. 과부는 걸핏하면 아들에게 화풀이를 했다. 자신의 인생이 비참하다고 느낄 때마다 시도 때도 없이 아들을 세워놓고는 회초리로 종아리를 때렸다. 말하자면 아들이야말로 유일한 화풀이 대상인 셈이었다. 아들은 종아리를 맞으면서 자지러지게 울었다. 그런데도 과부는 아들을 사정없이 두들겨 팼다.

손찌검은 마침내 버릇으로 굳어지고 있었다. 처음에는 아들로 하여금 말 잘 들으라고 회초리를 들었지만, 이틀이 멀다 하고 손찌검을 하다 보니 어느 사이엔가 매질이 일상처럼 돼버렸다. 과부는 신경질이 날 때마다 어린 아들의 종아리를 후려 갈겼다. 아들은 별로 잘못한 것도 없으면서 점점 더 매꾸러기가 되어가고 있었다.

아들은 아들대로 점점 더 절망 속으로 빠져들고 있었다. 다른 집에는 다 아버지가 있는데 우리집에는 왜 아버지가 없는 것일까. 아버지는 어찌하여 하늘나라로 간 것일까. 하늘나라에는 과연 무엇이 있기에 가족들을 남겨 놓고 홀쩍 떠난 것일까. 다른 아이들이 좋은 옷 입고 맛있는 음식을 먹으며 활기차게 뛰어놀 때 아들은 일찍 저세상으로 떠난 아버지를 원망하고 또 원망했다.

아들이 의지할 사람이라곤 이 세상에 오직 어머니밖에 없었다. 어머니가 안 계시면 어떻게 살아갈까. 아들에게는 어머니야말로 유일한 보호자이면서 삶의 등불이었다. 아들은 그런 어머니를 우러르며 자랐다. 그런데 웬걸 어머니가 돌변했다. 아버지가 돌아가신 이후 어머니의 신경이 좀 날카로워진다 싶었는데 언제부턴가 걸핏하면 회초리를 들고 나서는 것이었다. 별로 잘못한 것도 없는데 어머니는 왜 그렇게도 나를 미워하는 것일까. 어머니의 말씀을 잘 따르려고 노력했는데 어머니는 어찌하여 나를 이토록 구박하는 것일까.

아들은 실의에 젖었다. 기를 펼 수가 없었다. 아들의 내면에는 어머니에 대한 반감이 꿈틀거리기 시작했다. 어머니의 매질이 심해지면 심해질수록 무참한 절망의 수렁으로 깊이 빠져들었다. 어머니가 호랑이보다도 더 무서웠다. 아들은 삶을 비관하기 시작했다. 이대로 살아서 무슨 의미가 있을까. 어머니가 삶의 의욕을 잃은 것처럼 아들 또한 죽어버리고 싶은 충동에 사로잡혔다.

그러던 어느 날이었다. 과부는 그날도 어린 아들을 세워 놓고 종아리를 때렸다. 그때 마침 그 집 앞으로 지나가던 노스님이 있었다. 회초리를 맞으면서 자지러지는 어린 아이가 가엾기 짝이 없었다. 노스님은 걸음을 멈추고 목탁을 두드렸다. 과부는 난데없는 목탁소리에 매질을 멈추고 노스님에게로 눈길을 던졌다. 노스님이 혀를 끌끌 차면서 말했다.

"나무아미타불 관세음보살…. 보살님, 어찌하여 그 아이에게 매질을 하십니까?"

"말을 안 들어서 그러지 뭡니까."

"말을 안 든다니요? 그건 또 무슨 말씀이십니까?"

"이놈이 얼마나 속을 썩이는지 모릅니다. 이놈을 때리다 보면 제 팔이 아픕니다. 하지만 저는 반드시 이놈 버르장머리를 고쳐 놓고야 말겠습니다."

"어허! 나무아미타불 관세음보살…. 당장 매질을 거두십시오. 그 아이가 어떤 사람인지 아십니까? 장차 이 나라 정승 판서가 될 인물입니다. 그 귀한 몸에 손찌검을 하시다니요."

과부는 귀를 의심했다. 정승 판서? 이 녀석이 커서 정승 판서가 된다고? 그 말에 놀란 사람은 과부만이 아니었다. 어린 아들도 깜짝 놀라 어리둥절했다. 내가 장차 정승 판서에 오른다고? 그동안 모친한테 매 맞은 생각을 하면 저절로 진저리가 쳐지는데 정승 판서라니 이건 또 무슨 말인가.

바로 그 순간, 신의 계시가 섬광처럼 모자母子의 뇌리에 꽂혔다. 과부는 뭔지 모를 영감에 전율했다. 그렇구나. 우리 아들이 훗날 정승 판서에 오를 인물이구나. 과부는 즉각 회개했다. 그와 동시에 어린 아들도 놀라운 충격을 받았다. 그래. 내가 지금은 비록 이렇게 매를 맞을지라도 언젠가는 정승 판서로 뛰어오를 날이 있겠구나. 아들은 미래의 정승 판서를 예감했다. 노스님은 더 이상 아무런 말도 하지 않은 채 어디론가 바람처럼 떠나갔다.

그날 이후 그 가정에 큰 변화가 찾아왔다. 어머니는 즉각 회초리를 걷어치웠다. 그 대신 아들을 정승 판서 모시듯 지극정성으로 귀하게 여겼다. 아들은 아들대로 종래의 절망을 떨치고 일어나 정승 판서가 되기 위해 끊임없이 노력했다. 집안에 신경질과 짜증과 절망 대신 웃음과 화합과 희망이 솟구쳤다. 노스님의 말 한마디가 이처럼 모자의 운명을 바꾸는 기폭제로 작용했다.

　　아니나 다를까, 하늘은 스스로 돕는 자를 도왔다. 아들은 실지로 과거에 급제하여 정승 판서에 올랐다. 그는 힘없고 가난한 백성들을 위해 헌신적으로 일했다. 그 명성이 널리 퍼졌다. 어머니는 당연히 명망 높은 정승 판서의 자당님으로 만인의 존경을 받기에 이르렀다. 말하자면 장쾌한 인생 역전의 드라마를 연출한 셈이었다.

　　그랬다. 필자는 그동안 이런저런 작품을 쓰면서 독자들에게 신선한 영감과 예감을 주려고 끊임없이 노력했다. 우리 모두 문학을 통해 인생이 무엇인가를 깊이 성찰할 수 있으리라 기대한다. 그러므로 필자는 지금 이 시간에도 작품을 통하여 상처 받은 영혼들에게 따뜻한 위안을 주고자 안간힘을 쓰고 있다. 사실 이 세상에는 삶의 십자가를 짊어진 채 고해苦海를 헤쳐 나가는 사람들이 수를 헤아릴 수가 없을 만큼 많다. 그들이 어둠을 빛으로, 절망을 희망으로, 슬픔을 기쁨으로, 울음을 웃음으로, 실패를 성공으로, 불행을 행복으로 반전시킬 수만 있다면 더 바랄 나위가 없겠다.

(『한국소설』 2019. 5월호)

꽃과 예감

아파트 베란다에 양란 화분 하나가 있다. 지난 2005년 제1회 문학저널 창작문학상을 수상할 때 국제펜클럽한국본부 문효치文孝治 이사장이 보내 준 축하 화분이다. 지난 세월 귀하신 분들로부터 몇 차례 화분 선물을 받았지만, 난초든 행운목이든 그 화분 속의 식물은 오래 가지 못했다. 처음에는 싱싱했던 화초도 얼마 안 가 서서히 시들어 갔다. 물론 때 맞춰 물을 주고는 했지만, 애당초 식물 가꾸는 데 소질이 없는 터라 그 좋은 화초들을 꼼짝없이 죽이고 말았던 것이다.

이렇듯 그간 우리집에 들어온 식물들은 예외 없이 불행했다. 주인을 잘못 만난 탓이었다. 아, 가엾은 화초들이여. 하지만 문 이사장이 보내 준 예의 양란은 지난 몇 해 동안 잘 자라 주었다. 아니, 어쩌면 잘 견뎌 주었다는 표현이 더 적절한지도 모르겠다. 그늘진 환경에다 잘 가꿔 주지도 못하건만 이 양란만큼은 춘하추동 언제나 싱싱하였다.

딴에는 아침저녁으로 이 양란과 어김없이 눈인사를 나누곤 했다. 열악한 환경 속에서도 잘 자라 주는 네가 참으로 갸륵하구나. 눈인사는 어느덧 대화로 이어졌다. 말하자면 식물과의 교감이라고나 할까, 이 양란과는 언제부턴가 이처럼 절친한 대화를 나누게 되었다. 거실에 나서기만 하면 가장 먼저 베란다로 눈길을 보냈고, 양란의 그 강인한 생명력에 탄복하면서 앞으로도 계속 무탈하기를 기원했다. 말하자면 일종의 염원이자 기도인 셈이었다.

그 기도가 주효했던 것일까, 이 양란은 지난 2010년 정초 처음으로 튼실한 꽃대를 일으켜 세우더니 봄에 이르러 무려 열여덟 송이의 꽃을 활짝 피웠다. 그 경이로움은 이루 말할 수 없었고, 티 없이 해맑은 연분홍 꽃은 뭔가 좋은 예감으로 다가왔다. 아니나 다를까, 그해에는 모든 일이 술술 잘 풀렸다.

양란은 2012년 정초 또다시 꽃대를 올려 세웠다. 하지만 이번에는 어쩐 일인지 꽃 몇 송이가 필까 말까 망설이더니 이내 시들삐들 쭈글쭈글 말라 비틀어졌다. 그해에는 집안에 큰 우환이 있었다.

양란은 올해 정초 꽃대를 둘씩이나 올려 세웠다. 하나는 유리창 쪽으로, 또 하나는 거실 쪽으로 탐스럽게 솟아오른 꽃대. 녀석은 영리하게도 꽃대가 부러지지 않도록 유리창에 손을 짚은 채 또다시 열여섯 송이의 꽃을 활짝 피웠다.

거실 쪽으로 뻗어 나온 꽃대에는 열세 송이의 꽃이 만개했다. 송이송이 하도 탐스러워 유리창에 의지한 꽃대가 휘영청 휘늘어졌다. 아, 자연의 신비여. 화분에 물을 주면 청초한 연분홍 꽃이 싱글싱글 웃는다. 나는 지금 그런 양란과 서로 눈빛을 주고받으면서 좋은 예감 속에 내밀한 희망의 대화를 나누고 있다. (2015. 1)

내 소설 속의 「칡꽃」

지난 1999년 『조선문학』 12월호에 『만물박사』 연작으로 단편소설 「해
바라기」를 발표한 이래 그동안 각종 문예지에 「칡꽃」 「광대버섯」 「나팔
꽃」 「돼지풀」 「패랭이꽃」 「명아주」 「엉겅퀴꽃」 「쇠비름」 「채송화」 「분
꽃」 「강아지풀」 「장미」 「여뀌」 「익모초」 「달개비꽃」 「새삼」 「쥐똥나무
꽃」 「봉선화」 「버드나무」 「싸리꽃」 「오리나무」 「은사시나무」 「접시꽃」
「회화나무」 등 여러 편의 작품을 발표했다. 즉, 식물 이름을 제목으로 삼
아 이 연작을 써나가고 있다. 그러니까 자연에서 소재를 취해 이를 우리
인간의 문제와 상징적으로 교직交織하고 있는 셈이다. 예컨대 각 식물에
는 그 나름의 특성이 있고, 그 특성을 잘 관찰하노라면 우리 인간 군상의
단면과 많은 일치점을 찾아낼 수 있는 것이다.

특히 필자는 농촌에서 태어나고 성장하였다. 따라서 누구보다도 자연
의 소중함을 잘 알고 있다. 사실 자연과 더불어 자연 속에서 자라났다 해
도 과언이 아니다. 어느 누군들 자연 속에서 자라나지 않았을까만 필자의

경우 전혀 오염되지 않은 무공해 자연의 원형 속에서 자라났다. 따라서 필자는 앞에서 열거한 모든 식물들, 앞으로 다루게 될 각종 식물들의 특성을 잘 알고 있다. 그러므로 그런 식물들의 특성을 인간에 대입하면서 인간 군상을 그려 내고자 한다. 더욱이 세상 잡사에 조예 깊은 만물박사의 눈으로 이러한 식물들을 조명하고, 이와 함께 인간들의 내면과 여러 유형을 꿰뚫어 살펴봄으로써 문학 본연의 주제라 할 수 있는 삶의 자세랄까 태도, 즉 우리가 과연 어떻게 살아야 하느냐 하는 문제를 천착하려는 것이다.

이 과정에서 필자는 단편 「해바라기」를 통해 마치 해바라기처럼 권력이나 재물, 양지만을 좇는 이른바 향일성 식물 같은 인간상을 다루었고, 두 번째 작품 「칡꽃」에서는 강인한 생명력을 형상화하고자 심혈을 기울였다.

'이런들 어떠하며 저런들 어떠하리…'로 시작되는 이방원李芳遠의 「하여가何如歌」는 칡의 뒤엉킴을 빗대어 회유와 타협과 흥정을 시도하지만, 필자는 결코 화초가 될 수 없는 영원한 야생 식물인 칡을, 강인한 생명력의 상징으로 조명하면서 작품을 써냈다. 잘 알려진 바와 같이 칡은 깎아지른 바위틈에서도 튼실한 뿌리를 내리고 싱싱한 줄기를 내뻗으며 피보다 더 진한 진홍색 꽃을 피운다. 이를테면 그 어떤 악조건을 무릅쓰고 삶을 개척해 나가는 칡, 그리고 그 줄기에서 피어나는 자주색 꽃. 그러면서 우리에게 갈근葛根이라는 약재를 제공해 주는 칡의 그 특성을 자라나는 세대와 교직하면서 그 끈질긴 생명력을 예찬하였다.

이 연작의 주인공 김승우는, 아는 것은 많지만, 그러나 보잘것없는 학력으로 사회에서 별로 빛을 보지 못하며 고달프게 살아간다. 그에게는 늦둥이 아들 성현이가 있다. 뒤늦게 낳은, 눈에 넣어도 아프지 않을 금지옥엽金枝玉葉. 그러나 승우는 그런 아들 성현이가 결코 온실 식물 같은 유약

한 인간이 되는 것을 원치 않는다. 비록 가진 것 없는 영세민의 아들로 태어났지만, 그는 성현이가 장차 건전한 민주 시민으로 굳건하게 자라 주기를 소망한다.

그러던 어느 날, 승우는 늦둥이 아들을 데리고 동네 뒷산에 올랐다가 검게 우거진 칡덩굴 더미를 보고 신선한 충격을 받는다. 돌 틈을 비집고 싹이 터서, 홍수 때 사태 났던 산비탈과 깎아지른 절개지를 거무룩하게 뒤덮은, 그리고 자주색 꽃을 질펀하게 피워낸 칡넝쿨. 그런 칡넝쿨을 보면서 승우는 어린 아들 성현이가 칡처럼 강인한 생명력을 자라나, 언젠가는 저 경이로운 칡꽃 못지않은 삶을 꽃피우게 되기를 기원해 마지않는다.

그렇다. 칡은 강인한 삶의 상징이다. 이방원은 이리저리 휘고 뒤엉키는 칡의 특성을 들어 충신들을 회유했지만, 필자는 칡의 특성을 그렇게 받아들이고 싶지 않았다. 화제가 다소 빗나가는 줄 알지만, 이방원의 시조가 국정 교과서에도 수록된 것은 도저히 있을 수 없는 일이라고 생각한다. 적당히 회유하고, 타협하고, 흥정하는 글을 교과서에 실어 자라나는 세대들에게 무엇을 가르치겠다는 것인가. 그런 점에서 필자는 칡을 강인한 생명력의 화신으로 부각하면서, 자라나는 세대들이 어떠한 악조건 속에서도 누구에게도 의지하지 않으며 순전히 자력自力으로 칡처럼 줄기차게 뻗어 나가야 된다고 확신하는 것이다. (2004)

가을 단상斷想

흔히 봄을 여성의 계절이라 하고, 가을을 남성의 계절이라고 한다. 봄은 만물이 소생하여 꽃을 피우는지라 잉태의 계절이고, 가을은 도처에 열매가 맺히는지라 결실의 계절이라고도 한다.

그렇다. 겨우내 눈 덮였던 산야에 봄볕이 들면 어느 사이엔가 풀과 나무에 뾰족뾰족 새움이 튼다. 새들의 지저귐 속에 꽃이 피고, 따가운 여름 햇살을 받으며 저 드넓은 대지에는 드디어 왁시글왁시글 한바탕 초록의 잔치가 벌어진다.

하지만 그것도 잠시뿐 초록의 산과 들에 누런 물감이 번지면서 곧 가을이 온다. 이것이 순환의 법칙이다. 가을이 물러나면 또 그 뒤를 이어 겨울이 오고…. 이는 어느 누구도 부정할 수 없는 대자연의 섭리이다. 이렇듯 여러 의미가 농축돼 있는 절기인지라 가을을 사색의 계절이라고도 한다. 그뿐이 아니다. 하늘은 높고 푸르러지면서 우리로 하여금 깨끗이 살라고 가르쳐 주는 계절이기도 하다.

올해에도 어김없이 가을이 왔다. 새해를 맞아 새 달력을 벽에 건 지가 엊그제 같은데 한 해의 후반부에 와 있다. 이렇듯 후딱후딱 흘러가는 세월 속에 우리네 인생은 점점 더 나이테를 더하게 마련이다.

자라나는 세대의 나이는 성장과 비례한다. 따라서 한 살 두 살 나이를 보태면 보탤수록 그만큼 성장하게 된다. 예컨대 젖먹이가 소년으로, 소년이 성년으로 자라난다. 육신의 성장과 비례하여 정신적으로도 점점 성숙하게 된다. 그리하여 마침내는 사회의 일원으로 한 몫을 하게 된다.

그런데 이게 웬일일까, 나이를 먹을 만큼 먹었으면서도 나잇값을 못하는 사람들이 더러 있다. 부패의 온상으로 알려진 정치권은 말할 것도 없고, 여러 계층에서 물의를 빚어 지탄을 받는 사람들. 그들은 어찌하여 올바르지 못한 처신으로 남의 손가락질과 질타를 자초하는 것일까. 특히 문단에도 그런 덜 떨어진 협잡꾼들이 있다.

가령 낮이나 밤이나 시도 때도 없이 술 마시고 술 냄새 풀풀 풍기며 해롱거리는 사람, 걸핏하면 후배나 제자들에게 술값이며 밥값을 떠안기는 사람, 신인 등단 알선이나 문학상 등을 미끼로 음흉한 뒷거래를 하는 사람, 남의 작품집에 시답잖은 해설입네 뭐네 써주고는 금품을 우려먹는 사람… 문단 일각에서 벌어지는 일련의 너절한 행태를 열거하자면 한이 없다. 그런 협잡꾼들은 언제부턴가 은밀히 문단에 파고들어 일종의 '장사'를 해먹고 있는 것이다.

그 몇몇 추악한 협잡꾼들이 일으키는 흙탕물 속에 선량한 문인들이 입는 물심양면의 피해를 무엇으로 어떻게 설명할까. 그 못된 협잡꾼들이 벌이는 농간의 진상을 알게 되면 어느 누구라도 문인으로서의 자존심을 다치게 마련이고, 더 나아가 절대다수의 선량한 다른 문인들까지 욕을 먹게 마련이다. 오죽하면 협잡꾼들의 해악에 절망한 나머지 아예 문단에서 발을 끊어버린 사람들까지 있을까.

더욱 심각한 것은 협잡꾼들이 일말의 반성도 없이 계속 기승을 부리며 발호한다는 사실이다. 특히 그들은 문학 단체의 감투를 쓰기 위해 혈안이 되어 있다. 그 이유는 간단하다. 문학 단체의 감투를 쓰게 되면 단체를 이용해 이런저런 '장사'를 더 잘 해먹을 수 있기 때문이다.

선량한 문인들이야 멍들든 말든, 문단이야 썩어문드러지든 말든 문학 단체를 이용해 자기 잇속을 챙기려는 협잡꾼들. 말이야 바로 하지만, 아무리 천민자본주의 시대라 한들 문단마저 시정잡배들의 무대가 되어서는 안 된다.

자, 우리는 지금 가을의 한복판에 와 있다. 양심적인 문인이라면, 두 눈 부릅뜨고 문단의 협잡꾼들을 철저히 경계해야 한다. 가을은 결코 천박한 협잡꾼들의 계절이 아니다. 이 가을이야말로 인생을 올바로 살아가는, 속이 꽉 찬 사람들이 풍성한 결실을 거두는 그런 계절이어야 한다. (『뉴에이지』 2003. 가을호)

겨울나무

지난 시절, 조용하고 한적한 산촌에 머물며 작품을 쓴 적이 있었다. 사실은 작품을 쓸 때만이 아니라 세속의 현실적인 잡사가 번거롭다고 느껴질 때마다 그 산촌으로 달려가곤 하였다. 말하자면 현실 도피라고나 할까, 아무튼 이 숨가쁜 세속의 굴레에서 벗어나 잠시만이라도 평화의 한숨을 돌리기 위한 방편인 셈이었다.

그때 필자가 찾아간 곳은 충청도의 오지에 있는 한 산촌이었다. 그중에서도 W 마을은 가장 자주 찾아가 오래 머문 곳이었다. 필자는 한 해에도 서너 차례씩 그 마을을 찾았고, 한 번 찾아갔다 하면 보통 한두 달씩 그곳에 머물다 돌아오곤 하였다.

W 마을은 산기슭에 자리 잡은 아주 오래된, 아직도 군데군데 초가집이 남아 있는 고색창연한 마을로서 마을 전체가 절간처럼 조용하였다. 그리하여 그 마을에는 사법 고시다 행정 고시다 해서 청운의 꿈을 안고 국가 고시를 준비하는 청년들까지 모여들기도 하였다.

그런데 언제부턴가 영화나 텔레비전 드라마의 촬영이 잦아지면서 그 마을의 분위기가 달라지기 시작하였다. 물론 그 일에 종사하는 분들에게는 W 마을이야말로 시대적 배경이 가장 잘 드러나는 사건의 무대로서 더없이 좋은 촬영 현장이겠지만, 일찍이 뜻한 바 있어 큰 맘 먹고 일부러 한적한 곳에 은둔해 있던 필자와 고시생들에게는 그런 촬영이 결코 반가울 리 만무했다.

더군다나 한 번 촬영이 시작되었다 하면 여간 요란한 것이 아니었다. 연기자뿐만 아니라 제작에 참여하는 스태프들이 대거 동원되는지라 마을 어귀가 서울에서 내려온 자동차로 가득 차는 것은 물론이고, 거짓말 좀 보태서 말하자면 마을이 발칵 뒤집힐 정도로 북새통을 일구는 것이었다.

어느 해던가, 그해 여름에는 어떤 전쟁 영화를 촬영하는데 흡사 마을 전체가 전쟁터를 방불케 하였다. 그 소란에 놀란 고시생들은 뿔뿔이 떠났고, 필자 역시 정든 그 마을을 뒤로 한 채 다른 은둔처를 물색하지 않으면 안 되었다. 그 과정에서 필자는 해발 7백 미터에 육박하는 앞산 등성이를 넘어 K 마을을 찾아가게 되었다.

그 후 필자는 W 마을보다도 K 마을을 더 자주 찾았다. 물론 그 마을에도 공부에 전념하기 위해 들어오는 고시생들의 발길이 끊이지 않고 있었다. W 마을과 K 마을의 공통점이 있다면 산, 그것도 숲이 울창한 높은 산으로 둘러싸여 있다는 사실이었다. 그리하여 눈만 뜨면 보이는 것이 산이요 나무요 숲이었다.

아무튼 필자는 그때부터 K 마을을 비장의 현실 도피처로 삼게 되었다. 숨통을 옥죄어 오는 번잡한 일이 생길라치면 괴나리봇짐 같은 가방 하나 둘러메고 이 각박한 도시를 훌쩍 떠나 거의 예외 없이 찾아갔던 그 K 마을. 아니나 다를까, 그곳에 가서 맑은 공기 마시며 일상의 먼지를 털고 숨

고르기를 하다 보면 저절로 마음의 평화가 찾아오는 것이었다.

하지만 그곳에도 괴로움은 있게 마련이었다. 특히 여름이 가고 가을이 오면 그렇게 쓸쓸하고 허전할 수가 없었다. 온통 누렇고 붉은 산과 나무와 숲을 바라볼라치면 부질없게도 눈자위에 콧날 시큰한 눈물이 고이곤 하였다. 어디 그뿐인가. 가을이 좀 더 깊어져서 나뭇잎이 바람결에 우수수 쏟아질 때의 그 아픈 감상感傷이란 차라리 필자만이 아는 비밀이었다.

여름 내내 한껏 푸르렀던 나무들. 그 나무들이 어느덧 성큼성큼 다가오는 시린 겨울을 넘기 위해 자기 나름의 겨울나기를 준비하는 셈이었다. 속절없이 잎을 떨구고 가지만 남은 앙상한 나무들은 기나긴 겨울의 회랑을 돌아 새봄의 부활을 기약하겠지.

필자는 그때 아침저녁으로 낙엽이 수북하게 쌓인 헐벗은 나무들 사이를 걸으며 겸허한 마음으로 인생의 여정을 생각하곤 하였다. 그렇다. 우리의 인생도 결국은 대자연의 섭리대로 흘러가게 되어 있다. 천하의 왕후장상王侯將相인들 어찌 그 섭리를 거역할 수 있을까. 우리는 지금 우리보다 훨씬 위대한 신이 마련해 놓은 삶의 궤적을 따라 그 길을 가고 있을 뿐이다. 겨울로 가는 나무들이 마지막 남은 잎새들을 한 잎 두 잎 떨구는 오늘 다시금 K 마을이 그리워진다. (단행본 『겨울로 가는 나무』 문학의집·서울. 2002)

나무 이야기
―단편소설 「최후最後의 나무」 중에서

　머지않아 댐이 건설되면 송두리째 수몰될 그 마을에서 오직 남은 것이 있다면 한 그루의 늙은 감나무뿐이었다. 마침 그곳에서는 인부 세 명이 일을 하고 있었다. 창수가 다가가자 그들은 일손을 멈춘 채 의아한 눈길을 보내 왔다.

　창수는 그곳에 접근해 다시 한 번 감나무를 바라보았다. 아니나 다를까, 그 나무는 틀림없이 죽어 있었다. 인부들은 감나무 둘레를 파내고 있었는데, 굵은 뿌리들이 울퉁불퉁 용틀임을 하며 드러나 있었다. 창수가 인부들에게 물었다.

　"당신들이 이 나무를 죽였소?"

　"쳇, 죽이기는…. 사람이나 나무나 늙으면 죽는 법이지. 안 그러우?"

　사십대의 인부가 농담 비슷이 말했고, 나머지 두 청년은 키들키들 웃고 있었다.

　"작년까지도 멀쩡했었는데…. 한 가지만 물어 봅시다. 나무가 저절로 죽었다 이건가요?"

"낸들 알우? 궁금하거든 나무한테 직접 물어 보쇼."

삽을 든 청년이 빈정거렸다. 녀석의 말버릇이 몹시 불쾌했으나, 창수로서는 참을 수밖에 없었다.

"이 나무가 죽다니…."

"나무 한 그루 죽은 걸 가지고 뭘 그러슈. 할 일 없으면 집에 가서 낮잠이나 주무시지."

인부들은 다시 뿌리를 파헤치고 있었다. 어차피 없어질 나무라지만, 그러나 창수에게는 그 나무야말로 각별한 의미가 있었다. 창수가 그들에게 물었다.

"나무를 아예 없앨 작정인가요?"

"우리가 뭘 알우. 시키는대로만 할 뿐인데. 여기다가 뭐 전망대를 만든다고 합디다만, 우리 같은 잡역부가 상관할 일은 아니잖소. 한데 당신은 뭐하는 사람이우?"

"저에 대해서는 아무렇게 생각해도 좋아요. 전망대라니 도대체 무슨 말씀입니까?"

"참, 이 양반 답답도 하시네. 저기다 물을 철렁하게 가둔 뒤 여기서 바라다보면 얼마나 멋지겠소?"

인부는 낮은 지대를 가리켰다. 창수는 그제서야 그의 말뜻을 충분히 이해할 수 있었다. 하긴 전망대의 입지 조건으로 여기만큼 좋은 자리도 드물 것이었다.

창수는 곧 카메라를 꺼내 시전리의 곳곳을 촬영했다. 지난번에도 사진을 찍어 두긴 했지만, 시전리의 변해 가는 모습을 꼭 남겨 두고 싶었던 것이다.

그는 감나무도 촬영했는데, 사진이 나오면 아이들한테 두고두고 보여줄 작정이었다. 아직은 아이들이 어리지만 장차 세상 물정을 알게 되면 그들도 감나무의 존재를 깨닫게 되리라.

창수가 다시 시전리를 찾은 것도 사실은 이 감나무 때문이었다. 그동안 고향을 떠나 있으면서도 이 감나무만은 결코 잊을 수가 없었다.

언제 어딜 가나 고향을 생각할 때마다 가장 먼저 떠오르는 것은 이 감나무였다. 감나무는 시전리와 함께 살아온, 그리하여 마치 시전리의 산 역사 같은 존재이기도 했지만, 창수에게는 특별히 너무 많은 것을 일러주었다.

어린 시절, 그는 할아버지한테서 숱한 이야기를 들었다. 그중에서도 감나무와 관련된 이야기는 하나도 잊을 수가 없었다. 그랬다. 절대로 잊어서는 안 될 이야기가 감나무 가지마다 주렁주렁 매달려 있었다.

어느덧 불혹이 가까워 오는 나이지만 창수는 어렸을 때 들은 아픈 이야기들을 하나도 잊지 않았다. 할아버지한테서 들은 이야기뿐만 아니라 창수 자신이 직접 목도한 일들도 많았다.

그는 감나무 밑에서 벌어졌던 일들을 낱낱이 기억하고 있었다. 그는 감나무를 생각할 때마다 그 일들을 연상해 왔고, 뼈저린 추억들이 떠오를 때마다 감나무부터 떠올렸던 것이다.

동네 이름이 감밭골이라 불리는 것도 사실은 이 거목 때문이었다. 왜정 때 행정 구역이 개편되면서 시전리柿田里라는 새 이름이 생겨났지만 이 나무는 오랜 옛날부터 서 있었다.

그러나 어느 누구도 이 나무의 연륜을 헤아리지 못했다. 수백 년 묵은 것은 확실하지만 언제부터 자라 왔는지 그것을 알 만한 사람은 아무도 없었다. 하여간 이 나무는 늙을대로 늙어서 밑동이 바삭바삭 바스라져 삭고 있는 형편이었다.

아름드리 밑동에는 큼지막한 구멍이 뚫려 있었다. 한여름철에 장마가 시작되면 그 구멍으로 두꺼비가 기어들곤 하였다. 그곳에는 항상 검은 부스러기들이 쌓여 있었는데, 그것은 나무가 바스라져 삭아 내린 잔해들이었다.

창수는 어렸을 때부터 나무의 나이에 대해 무척 궁금해 하였다. 하지만 그것을 알아낼 방법이 없었다. 만물박사인 할아버지께서도 나무의 나이에 대해서만은 고개를 가로젓는 것이었다.

그 어른의 말씀으로는 먼 옛날 선조가 이 마을에 처음 정착하면서 이 나무를 심었다고 하였다. 그렇지만 그것이 언제쯤인지 모를 일이었다. 하여간 나무의 몸집이 말해 주듯 수백 년 묵은 것은 확실했다. 그리고 이 감나무는 대대로 창수네 소유로 되어 있었던 것이다.

할아버지는 평소 이 감나무를 자주 바라보았다. 안방에서, 또는 대청에 나앉아 하루에도 몇 번씩 이 나무를 쳐다보곤 하였다. 말하자면 그 어른은 거의 습관적으로 이 나무를 바라보는 것이었다.

어떤 때는 나무를 바라보며 한숨을 내쉬기도 하였고, 때로는 살아온 세월 서리서리 얽힌 사연을 더듬으면서 눈물을 글썽이기도 하였다. 그러면서 지나온 옛일들을 하나씩 반추해 보는 것이었다. (자연사랑문학제 단행본 『가을나무를 보여드립니다』문학의집·서울. 2001)

향기 있는 삶

　우리 국민들은 지난 50여 년 동안 참으로 숨가쁘게 살아왔다. 무엇이든 '빨리빨리' '싸게싸게' '후딱후딱' '얼른얼른' '대충대충' 해치우지 않으면 안 되었다. 이 과정에서 당초 목표치를 앞질러 나간 '조기 달성' '초과 달성'은 중요한 덕목으로 평가되었다. 오죽하면 실용과 효율을 외치는, 귀를 틀어막은 토건 전문 불도저 정권까지 등장해 무엇이든 마구 밀어붙이고 있다.

　그렇다. 역대 정부는 거의 예외 없이 경제 성장을 외쳤다. 그들은 마치 경제를 위해 태어난 사람들 같았다. 물론 경제의 중요성은 아무리 강조해도 지나침이 없다. 수염이 석 자라도 먹어야 양반이니까. 하지만 조금 잘 먹는다고 해서 어느 날 갑자기 수염까지 석 자로 자라는 것은 아니다.

　그동안 여러 정권이 명멸했다. 정직하지 못한 정권, 인권 탄압 정권, 친인척 비리로 얼룩진 부도덕한 정권, 특권층만 살찌우는 부자 정권 등등…. 그 색깔과 특징도 가지가지였다. 그래서 우리나라의 역대 대통령들은 대부분 실패했다. 국민들로부터 존경을 받지도 못했다.

나라가 선진국으로 도약하려면 사실은 대통령부터 성공해야 한다. 국민들로부터 존경을 받아야 한다. 하지만 유감스럽게도 우리나라 대통령들은 국민들로부터 존경 대신 불신을 받아왔다. 참으로 딱한 일이 아닐 수 없다. 그런 대통령 밑에 빌붙어 호가호위하던 정권 실세들도 도마 위에 올라 비판의 칼날을 받아야 했다.

어느 사이엔가 정치는 경멸의 대상이 되었다. 멀쩡하던 사람도 정치권에만 들어갔다 하면 이상하게 변질되는 풍토. 어쩌다 이 지경이 되었을까. 사태가 이렇게 되기까지에는 여러 가지 원인이 있지만, 그중에서도 가장 큰 원인은 위정자들을 비롯한 사회 전반의 정신문화 빈곤을 꼽지 않을 수 없다.

지난 세월 정부가 목이 터지도록 경제 성장을 외치는 동안 정신문화는 퇴행을 거듭했다. 정부와 정치권은 정신문화의 가치에 무지했다. 그 결과 황금제일주의가 우리 사회의 중심에 자리 잡게 되었고, 문화와 예술은 뒷전으로 밀려나다 못해 질식 상태에 와 있다.

두말할 나위도 없이 문화와 예술은 인생의 자양분이다. 인생에 대한 깊은 성찰이 전제되지 않는 한 경제 발전은 아무런 의미가 없다. 우리나라의 현실은 심각한 정신적 골다공증에 걸려 있다. 뿌리와 줄기가 허약한데 잎만 무성한 형국이다. 그런데도 정부와 정치권은 정신문화의 중요성을 망각한 채 오직 경제 발전을 위해 두 눈에 핏발을 세우고 있다.

정부와 정치권은 종종 삶의 질을 높이겠다고 외쳐왔다. 하지만 삶의 질은 지난 세월 경제 발전과 반비례하여 더욱 핍진해졌다. 남이야 죽건 말건 '나만 잘살면 그만'이라는 이기주의가 판치고 있다. 그래서 우리 사회의 인정은 황폐화되었다.

인정 없는 사회는 건강한 사회가 아니다. 인정이 고갈된 이후에는 약육강식으로 대변되는 정글의 법칙만 남게 된다. 이는 인간의 세계가 아닌, 바로 동물의 세계인 것이다.

우리의 삶에는 향기가 없다. 인문학을 도외시했기 때문이다. 인문학의 중심에 바로 문학이 있다. 문학은 인생의 윤활유와 같다. 아무리 좋은 기계라도 양질의 윤활유가 없으면 곧 고장 나게 마련이다. 문학이 홀대받는 사회에서 삶의 질을 논한다는 것은 공허한 잠꼬대에 지나지 않는다.

대관절 누구를 위한 경제인가. 당연한 말이지만 정치도, 경제도, 인간 중심이어야 한다. 인간을 위한 정치, 인간을 위한 경제가 아니라면 전혀 가치가 없다. 그런 점에서 정부와 정치권은 크게 뉘우쳐야 한다. 이제는 대통령부터 문화와 예술의 중요성을 깊이 인식하고 문예 창달에 역점을 두지 않으면 안 된다.

바야흐로 우리는 향기 있는 삶을 살아야 할 때가 되었다. 경제 제일주의도 좋고 실용이며 효율도 좋지만 하루 빨리 경제 일변도의 무분별한 행보를 되돌아보며 숨고르기를 할 때가 되었다. 배부른 돼지보다 굶어 죽는 소크라테스가 더 위대한 것은, 물질적 가치보다 정신적 가치가 그만큼 소중하기 때문이다. (『대산문화』 2011. 겨울호)

엿과 뻥튀기

근대에는 어떤 군것질거리가 있었을까. 근대라고 하면 너 나 할 것 없이 무척 가난하던 시절이었다. 그 가난하던 시절, 초근목피로 연명하기도 바쁜 마당에 무슨 군것질거리가 있을까 하고 의아해 하는 사람도 있겠지만 사실은 그렇지 않다. 우리의 일상적 주식인 삼시 세끼 밥 이외에도 당연히 군것질거리가 있었다.

군것질이란 끼니 외에 배가 출출할 때 과일이나 과자 따위의 군음식 먹는 행위를 말한다. 이와 비슷한 말로는 입치레가 있다. 주전부리라는 말도 있다. 이는 때를 가리지 아니하고 군음식을 자꾸 먹는 행위 또는 그런 입버릇을 말한다. 이를테면 주식과는 별개로 간식이라고나 할까, 심심풀이로 입에 넣는 음식을 군것질거리라고 해도 망발은 아닐 것이다.

이런 군것질과 관련해서 잠시 세시풍속을 살펴볼 필요가 있다. 가령 정월 대보름, 2월 초하루, 3월 삼짇날, 4월 초파일, 5월 단오, 6월 유두, 7월 칠석, 8월 한가위, 9월 중양절, 10월 상달, 11월 동지, 12월 섣달 등등 이런 날에는 주식 이외에 뭔가 색다른 음식을 만들어 먹었다. 그것이 곧 군것질이라고 말할 수는 없지만, 음식 문화와 군것질의 상관관계를 살펴볼 수 있는 좋은 사례임에 틀림없는 것이다.

정월 대보름에 부럼을 깨고, 2월 초하루에 콩이나 보리를 볶아 먹고, 강남 갔던 제비가 돌아오는 3월 삼짇날에는 화전놀이를 하면서 맛깔스런 음식을 만들어 먹었다. 2월 초하루의 경우 볶은 콩이나 보리는 좋은 군것질거리가 되고도 남았다. 그렇다고 군것질을 위해 그런 날들이 생겨난 것은 아니고, 사람이 모이게 되면 반드시 그럴싸한 음식이 있었다는 뜻이다.

이러한 세시풍속과 맞물려 그때 그 시절에는 무엇이든 군것질거리 아닌 것이 없었다. 워낙 궁핍하던 시절이기 때문이었다. 산과 들에 돋아나는 야생 식물의 새순과 열매가 모두 군것질거리였다. 봄에는 띠의 어린 새순인 삘기를 뽑아 먹었다. 그런가 하면 띠 뿌리를 캐어 먹기도 하였다. 삘기와 띠 뿌리는 다 같이 달착지근하였다.

수숫대, 옥수숫대도 농촌 사람들에게는 좋은 군것질거리였다. 수숫대와 옥수숫대의 경우 껍질을 벗기고 그 속살을 씹으면 약간의 단맛이 나왔다. 여름과 가을에는 까마중 열매를 따먹었고, 오다가다 눈에 들어오는 개똥참외도 행운의 군것질거리였다. 자연에서 얻을 수 있는 이런 군것질거리는 대부분 공짜였다.

이렇게 군것질 이야기를 하다 보면 빼놓을 수 없는 것이 있다. 서리가 바로 그것이다. 서리란 여러 사람이 떼 지어 남의 과일이나 곡식 또는 가축 따위를 훔쳐 먹는 일종의 장난을 말한다. 참외서리, 보리서리, 밀서리, 콩서리, 과일서리, 닭서리 등등. 누군가가 애써 농사지은 참외나 수박을 몰래 따다 먹고, 보리와 밀과 콩을 털어 구워 먹는가 하면, 복숭아와 사과와 배 같은 과일을 훔쳐 먹기도 하였으며, 심지어 닭을 훔쳐다 삶아 먹기도 하였다.

이러한 서리는 사회적 묵인, 즉 묵시적 용인 아래 이루어졌다. 남의 과일과 곡식과 가축을 훔쳐 먹는다고 해도 어디까지나 장난 수준이었고, 남의 재산을 훔쳐다 자기 재산을 불리는 개념이 아니었다. 하지만 지금은 사정이 달라졌다. 남의 과일이나 곡식 또는 가축을 잘못 건드렸다가는 절도죄로 처벌받기 안성맞춤인 것이다.

그런데 근대의 가장 대표적인 군것질거리는 뭐니 뭐니 해도 역시 엿이었다. 엿은 곡식으로 밥을 지어 엿기름으로 삭힌 뒤 겻불로 밥이 물처럼 되도록 끓이고, 그것을 자루에 넣어 짜낸 다음 진득진득해질 때까지 고아 만든 달고 끈적끈적한 음식이다. 아주 어린 아이를 빼놓고 아마 엿을 모르는 사람은 없을 것이다.

엿은 재료에 따라 종류도 다양했다. 옥수수엿, 쌀엿, 고구마엿, 밤엿 등등 여러 가지 엿이 오랜 세월 우리 겨레의 군것질거리로 각광을 받았다. 전국 각지 어디를 가나 사시사철 엿장수들이 있었다. 엿장수들은 좌판을 벌여 놓거나, 아니면 지게 또는 손수레에 엿을 싣고 다니며 엿을 팔았다.

어깨와 목에 멜빵을 걸어 엿판을 가슴 부위에 매달고 다니는 엿장수도 있었다. 한여름에는 넓적한 엿을 가지고 다녔고, 겨울철에는 대략 한 뼘 크기의 가래엿을 팔았다. 가래엿의 생김생김도 다양했다. 뿌옇게 밀가루를 바른 엿이 있는가 하면, 참깨를 묻혀 보기 좋고 먹음직스럽게 장식한 엿이 있었다. 또, 엿 중에는 말갛게 투명하고 불그스레한 갱엿이라는 것도 있었다.

엿장수들은 대개 큼지막한 가위를 가지고 다녔다. 그들은 쩔겅쩔겅 가위를 치면서 손님을 불러 모았다. 거기에 기막힌 재담과 사설까지 곁들인 엿장수들도 많아 서민 대중의 사랑을 듬뿍 받았다. 특히 아이들에게 인기가 좋았다. 덤으로 개평 잘 주는 엿장수의 인기는 더 말할 나위가 없었다.

장터나 난장판 등 군중이 모이는 곳에 반드시 엿장수가 있었다. 미술 작품이나 문학 작품에도 종종 엿장수가 등장한다. 예컨대 단원 김홍도의 「씨름도」에도 목판을 둘러멘 엿장수가 있다. 그밖에도 전설과 민담 등 엿장수에 얽힌 이야기는 일일이 열거하기 어려울 정도로 많다. 개화기의 사진들에서도 헐렁한 핫바지 입고, 상투 튼 엿장수가 엿판 메고, 가위 치는 장면들을 심심찮게 볼 수 있다. 이는 우리의 서민들이 그만큼 엿을 군것질 거리로 즐겼다는 방증인 것이다.

한편, 엿장수는 안 받는 것이 없었다. 현금 이외에도 고무신, 빈 병, 머리카락, 비녀, 솥단지, 양은그릇 등등 엿장수들은 갖가지 고물들을 받고 엿을 바꿔 주었다. 좀 더 과장해서 말하자면 엿장수는 각 가정의 고물, 집안에서 못 쓰는 물건은 다 거둬 갔다. 따라서 엿장수는 그 특성상 고물장수와 사촌 쯤 되는 셈이었다. 요즘 시각으로 해석한다면 엿장수는 자연 보호, 환경 보호의 첨병이자 주역이었다고 말할 수 있겠다. 그런 엿장수야말로 서민들로부터 사랑 받는 친근한 이웃이었다.

이와 함께 오랜 역사와 전통을 지닌, 제사상에도 오르는 강정과 떡을 생각하지 않을 수 없다. 강정은 찹쌀가루, 꿀, 엿기름, 참기름을 재료로 하여 만들어낸 우리 겨레의 전통 과자로서 견병이라고도 한다. 떡은 새삼 설명할 필요가 없을 만큼 예나 지금이나 군것질거리 이상의 고급 음식이다. 서양의 다른 나라에 빵이 있다면 우리나라에는 전통적으로 떡이 중요한 자리를 차지해 왔다. 떡이 주식은 아니다. 따라서 군것질거리의 일종으로 다루어도 크게 문제될 것이 없지 않을까 싶다.

아울러 한과 중의 한과라 할 수 있는 약과藥果, 유과油菓, 다식茶食 등도 격조 높은 군것질거리였다. 약과는 꿀과 기름을 섞은 밀가루 반죽을 판에 박아서 모양을 낸 후 기름에 지진 과자이고, 유과는 찹쌀가루에 술을 넣고 반죽하여 찐 다음 모양을 만들어 건조시킨 후에 기름에 지져 조청이나 꿀을 입혀 다시 고물을 묻힌 음식이다. 다식은 녹말, 송화, 신감채, 검은깨 따위의 가루를 꿀이나 조청에 반죽하여 다식판에 박아 만드는 음식으로 흰색, 노란색, 검은색 따위의 여러 색깔로 구색을 맞춘다.

이러한 음식들이 뿌리 깊은 군것질거리였다면 근대의 군것질거리로 뻥튀기를 그냥 지나칠 수 없다. 뻥튀기 기계의 등장은 우리의 군것질 문화에 새로운 전기를 가져왔다. 쌀, 보리, 옥수수, 감자 따위를 기계에 넣고 가열한 뒤 튀겨내는 뻥튀기는 종래의 엿과 더불어 군것질거리의 쌍벽을 이루었다. 과거에는 쌀과 보리와 옥수수 등을 가마솥에 볶았으나, 뻥튀기 기계는 '뻥!' 하는 폭음과 함께 새로운 군것질거리를 몇 배로 부풀려 쏟아냈다.

세월이 흘렀다. 개화기를 맞아 우리의 군것질에도 거대한 변화의 바람이 불어왔다. 마침내 서양의 과자가 들어와 새로운 물결을 일으켰다. 과자는 토종 군것질거리를 밀어내고 그 드넓은 자리를 차지하기 시작했다.

(『대산문화』 2016. 가을호)

더도 말고 덜도 말고 한가위만 같아라

1.

우리 겨레 최대의 명절은 단연 설과 추석이다. 설은 새해 첫날이니까 더 말할 나위가 없지만, 추석은 우리의 실생활과 관련해 여러 가지로 의미가 깊다. 우리 겨레는 오곡백과가 무르익는 음력 8월 보름을 추석으로 정해 연중 최대 명절로 지내왔다. 우리는 이 명절을 한가위·가위·가윗날·가배일嘉俳日·중추절仲秋節 등으로도 부른다.

추석의 역사는 깊다. 『삼국사기三國史記』에 의하면, 신라 유리이사금儒理尼師今 9년(AD 32) 왕은 전국을 6부로 나누고, 왕녀 두 사람을 내세워 각 부의 여인들로 하여금 7월 16일부터 매일 일찍 모여서 밤늦게까지 길쌈을 하도록 독려하였다. 그리고는 한 달째인 8월 15일에 이르러 그 성과의 많고 적음을 살펴 승자와 패자를 가렸다.

이때 진 쪽에서는 술과 음식으로 이긴 쪽을 축하하였고, 그날 밤에는 승자와 패자가 한데 어우러져 가무歌舞와 함께 각종 놀이를 즐겼다. 이를 가배嘉俳라 하였다. 이날, 진 쪽에서 한 여인이 나와 춤추고 탄식하며 '회소회소會蘇會蘇'라고 하는데 그 소리가 애절하고 청아하였다고 한다. 그리하여 뒷사람이 그 소리로 인하여 노래를 짓고 그 이름을 '회소곡會蘇曲'이라 하였다. 이것이 『삼국사기』에 나오는 기록이다.

2.

　추석의 대표적 세시풍속으로는 조상을 위한 의례와 뿌리 깊은 전통 민속놀이가 있다. 우리 겨레의 아주 중요한 추석 의례로 벌초伐草·성묘省墓·차례茶禮를 꼽을 수 있다.

　우리 조상들은 추석을 앞두고 반드시 조상 산소를 찾아 벌초부터 하였다. 벌초 날이 따로 정해져 있는 것은 아니지만, 통상 8월 초하루를 전후해 산소에 우거진 풀을 말끔히 깎았다. 이는 경건한 마음으로 추석을 맞이하기 위한 일종의 사전 준비 단계인 셈이었다.

　성묘와 차례는 재삼 설명이 필요 없다. 산업화 이후 외지로 뿔뿔이 흩어진 형제와 일가친척이 고향을 찾아 한자리에 모이는 것도 따지고 보면 성묘와 차례 때문이라고 말할 수 있다. 차례는 객지에서도 지낼 수 있다고 하지만, 성묘는 조상의 묘소를 찾는 일이므로 고향으로 모이지 않을 수 없다.

　그래서 해마다 추석이면 귀성 행렬이 꼬리를 문다. 최근 도로 정체 등 혼잡을 피하기 위해 일부 역逆 귀성이 없는 것은 아니지만, 추석이 되면 겨레의 대이동으로 전국의 도로가 몸살을 앓는다. 역시 우리는 조상을 잘 섬기고 고향을 사랑하는 민족이다. 따라서 도로가 아무리 막혀도 우리는 즐거움에 들뜬 마음으로 고향을 찾는 것이다.

　한편, 추석 때의 대표적 전통 민속놀이를 꼽자면 예로부터 강강술래·

소놀이·거북놀이·소싸움·가마싸움 등이 있었다.

강강술래는 한가윗날 둥근 보름달 달빛 아래 노래를 부르면서 손에 손을 맞잡고 둥그렇게 원을 그리며 도는 놀이이다. 가족과 친척, 이웃과 공동체의 상호 동질감을 극대화시켜 주는 놀이라고 말할 수 있다.

소놀이는 두 사람이 한지로 만든 '쇠[牛]'를 뒤집어쓰고는 소 흉내를 내면서 마을의 여러 집을 돌아다니며 음식을 나눠 먹는 놀이이다. 농경 시대에 소는 가장 중요한 가축이었다. 그러니까 이 놀이에는 소를 소중히 여기는 마음이 배어 있는 셈이다.

거북놀이는 수수 잎을 거북이 등판처럼 엮어 이것을 등에 메고 엉금엉금 기어 거북이 흉내를 내는 놀이이다. 거북이는 십장생에 등장할 만큼 장수를 상징하는 동물이다. 우리 겨레는 이런 거북놀이를 통해 무병장수를 기원하였다.

소싸움은 힘센 소를 내세워 싸움을 붙이고 구경하는 놀이이다. 이 소싸움은 소의 승패를 통하여 봄·여름 내내 어느 집에서 누가 더 소를 잘 먹이고, 잘 키웠는가를 겨루는 놀이라고 말할 수 있다.

가마싸움은 아이들이 나무로 만든 가마를 빼앗고 부수는 놀이이다. 이 놀이는 저 옛날 서당 훈장님이 명절을 쇠러 간 사이 서당 아이들이 가마를 훔쳐내 놀았던 데서 유래했다고 한다.

그밖에도 여러 전통 민속놀이들이 있었다. 하지만 세월과 함께 전통 민속놀이는 서서히 퇴색하였고, 그 대신 오늘날에는 추석 때 화투놀이 등 현대판 잡기가 더 인기를 끌고 있는 실정이다.

3.

　차례는 설에도 지내고 추석에도 지낸다. 그러나 추석에 지내는 차례는 각별한 의미가 있다. 설은 한겨울에 맞이하므로 제물 마련이 쉽지 않다. 겨우내 잘 갈무리해 두었던 제물을 사용할 수밖에 없다.

　하지만 추석 때는 다르다. 추석에는 햇곡으로 빚은 송편과 각종 음식을 얼마든지 차릴 수가 있다. 모든 햇곡식과 햇과일이 풍성하다. 마음만 먹으면 주과포혜酒果脯醯를 얼마든지 차릴 수 있다. 아무리 가난한 집이라 해도 이날만큼은 송편을 비롯하여 갖가지 음식을 차릴 만큼 차린다.

　특히 농촌의 추석, 고향의 추석은 도회의 추석은 다르다. 역시 추석은 도회지보다도 농촌에서 더욱 제 맛이 난다. 도회지에서는 차례상에 올릴 각종 제수祭需를 시장에서 구입할 수밖에 없지만 농촌에서는 눈에 보이는 것, 손에 잡히는 것이 전부 차례상에 올릴 제수라 해도 과언이 아니다.

　어디 그뿐인가. 벼가 누렇게 가득 찬 논, 콩이며 수수가 알알이 영글어 가는 밭, 과일나무에 주렁주렁 매달린 실과들, 심지어 산에는 명감이며 아그배 같은 토종 산과일에 이르기까지 어디를 봐도 풍성하지 않은 것이 없다. 그러므로 추석에는 먹지 않아도 저절로 배가 부르다.

　오죽하면 설에 굶어 죽은 거지는 있어도 추석에 굶어 죽은 거지는 없다는 말이 있다. 추석은 그만큼 풍요로운 명절이다. 춥지도 덥지도 않고 먹을 것까지 풍족한 우리 겨레의 최대 명절 추석. 더도 말고 덜도 말고 한가위만 같아라. 그래서 이런 말이 나왔다. 역시 추석은 좋은 명절임에 틀림없다. (『향기로운 삶』 2012. 가을호)

독선과 아집

독선이란 '자기 혼자만이 옳다고 믿고 행동하는 일'을 의미한다. 따라서 독선에 빠진 사람은 무슨 일을 진행할 때 남과 상의하지도 않고 혼자서 결정한다. 이를 독단이라 한다. 이렇게 볼 때 독선과 독단은 동전의 양면과 같다고 말할 수 있겠다.

유감스럽게도 우리 주위에는 독선적인 사람들이 적지 않다. 자기가 아니면 안 된다는 생각, 자기가 최고라는 생각이 제법 널리 퍼져 있다. 하지만 독선이야말로 자기 발전을 가로막는 최대의 걸림돌이라는 사실을 알아야 한다.

그런데 독선은 단순히 그냥 그 자리에 머무르지 않고 독버섯처럼 점점 더 자라나는 특성이 있다. 독선에 빠져 영영 헤어나지 못하는, 그 독선을 점점 더 키우는 사람들을 볼 때 이만저만 딱하고 가련한 것이 아니다.

그런 사람들 곁에는 좋은 친구, 좋은 조언자들이 붙어 있을 수가 없다. 저만 잘 났다고 우기면서 저 혼자 모든 일을 결정하는 사람 곁에 누가 붙어 있을 것인가. 남녀노소를 불문하고 독불장군에게는 미래가 있을 수 없다. 그런 사람에게는 그저 고립무원의 따돌림이 있을 뿐이다.

독선과 사촌쯤 되는 개념으로 아집이라는 것이 있다. 아집이란 '자기중심의 좁은 생각에 집착하여 다른 사람의 의견이나 입장을 고려하지 아니하고 자기만을 내세우는 것'을 말한다. 그런 사람에게는 아무리 좋은 말도 통하지 않는다. 말하자면 전후좌우 꽉 막힌 벽창호인 셈이다.

아집에 빠진 사람의 경우 상대방에 대한 배려가 있을 리 만무하다. 오직 자기 이외에는 다른 사람쯤이야 안중에도 없기 때문이다. 이런 아집 역시 독선과 마찬가지로 한곳에 멈추지 않고 점점 악화되게 마련이다. 그런 점에서 독선과 아집은 일종의 병이라고 말할 수 있는데, 그 치유 불능의 중병에는 백약이 무효일 수밖에 없다.

그런데 우리 사회에는 늙마에 이르러서도 계속 독선과 아집을 키우는 사람들이 있다. 젊고 건강한, 보다 더 유능하고 역동적인 인물이 많음에도 불구하고 괜히 전면에 나서서 뭘 해보겠다고 미주알고주알 감 놔라 배 놔라 모든 일을 챙기려 드는 이상한 노년들이 여기에 해당된다고 하겠다.

그렇다. 동서고금의 역사가 말해 주듯 사람은 노년에 이를수록 두 유형으로 확연히 갈린다. 한쪽은 흘러간 세월의 부피만큼 그 기품이 점점 더 고결하고 중후해지는 반면, 또 다른 한쪽은 덕지덕지 때 묻은 몸으로 여기 기웃 저기 기웃 이것저것 욕심을 부린다. 우리는 그것을 흔히 노탐 또는 노욕이라 하는데, 그런 노탐과 노욕에 눈멀면 눈멀수록 망령에 가까운 노추老醜로 이어져 만인의 눈살을 찌푸리게 한다.

말이야 바로 하지만, 어느 누구라도 한 분야에 종사하며 노년에 이르면 마땅히 원로의 예우를 받아야 한다. 그러나 눈꼴사나운 노추를 드러낼 경우 그 노년은 존경을 받지 못한다. 원로에 대한 존경이란 후학들에 의해 떠받들어질 때 자연스럽게 생겨나는 것일 뿐 자기가 스스로 존경받으려하면 존경의 정서가 도리어 멀리 달아난다는 사실을 알아야 한다.

그럼에도 불구하고 독선과 아집에 사로잡힌, 노탐 또는 노욕의 차원을 훨씬 넘어 노추를 보이는 노년들이 심심찮게 눈에 띈다. 참으로 안타까운 일이다. 알 만한 사람은 다 아는 사실이지만, 우리 주위에는 세 살 버릇 여든 간다는 말을 입증이라도 하려는 듯 인생의 끝자락 황혼에 서서 온갖 감언이설과 흑색선전과 언어폭력으로 선량한 후학들을 흠집 내는 가운데 자신의 야망 채우기에 급급한 극소수 노옹老翁들이 없지 않다. 이제는 그들도 능히 나설 때와 물러설 때를 준별할 연치가 되고도 남았으련만 독선과 아집의 포로가 되어 그런 변별력조차 잃은 탓이다.

사람은 누구나 늙게 되어 있다. 사실 산다는 것 자체가 노년을 향해 달려가는 과정이라 해도 과언이 아니다. 이렇게 볼 때, 우리는 연륜이 쌓이면 쌓일수록 더 고결해져야 한다. 그리하여 후학들에게 모범을 보이는 것은 물론 인생의 황혼을 품위 있게 장식하지 않으면 안 된다. 그 반면, 늙어쭈그렁박이 되도록 독선과 아집을 청산하지 못한 채 노욕만 앞세울 경우 후학들의 존경 대신 주위의 따가운 눈총과 손가락질만 받게 따름이다.

독선과 아집의 해악은 어느 한 개인의 추태만으로 끝나지 않는다. 독선과 아집은 상대방을 인정하지 않는 특성 때문에 불신과 반목과 불화와 갈등과 대립을 낳는다. 따라서 독선과 아집의 화신은 공동체의 발전에 악영향을 미칠 수밖에 없다. 바로 여기에 문제의 심각성이 있다. 그러므로 우리 자신들부터 중심을 잘 잡고 훗날 그런 노년이 되지 않도록 철저히 경계해야 할 것이다. (『수필과비평』 2010. 5·6월호)

기억 속의 내 책『만물박사』(전3권) 연작 30편

지난 40여 년 동안 숱한 작품을 썼다. 소설 이외에도 수필, 동화, 시나리오, 칼럼, 논문 등 여러 장르를 넘나들었다. 물론 교양서적에다 남의 연설문, 전기, 회고록, 기업체 사사社史 따위도 썼다. 익명으로, 또는 타인 명의로 쓴 글도 그 수를 헤아릴 수가 없다. 얼마나 컴퓨터 자판을 두들겼는지 지문이 닳아 없어질 지경이었다. 이렇듯 글을 써서 먹고산 세월이 어느덧 반세기를 바라본다.

올해에는 어영부영 고희를 맞이했다. 100세 시대에 고희가 뭐 대수일까만 내 딴에는 그런대로 감회가 새롭다. 적수공권으로 고향을 떠난 이래 고생깨나 했다. 애오라지 문학에 목을 매달고 외길을 걸어왔다. 물론 샛길의 유혹도 있었지만, 문학을 천직으로 삼아 오늘 여기까지 와서 고희의 언덕에 올라섰다. 하루에도 서너 차례씩 거울을 본다. 머리를 매만지고 넥타이를 고르면서 거울에 비친 나 자신과 자문자답을 할 때가 있다.

여보게 이광복, 그동안 나하고 사느라 힘들었지? 그래, 자네는 나를 만나 너무 고생했어. 좀 더 유복한 환경에 태어났더라면 호강도 했을 텐데 자네 사전에는 애당초 호강이라는 단어가 없었잖아. 그래도 지금까지 불의와 타협하지 않고 문학을 향해 뜨거운 열정을 쏟으며 살아온 것을 보면 참으로 용하네그려. 앞으로도 작품 열심히 쓰시게.

거울 속의 내가 헤설프게 웃는다. 그랬다. 글을 써서 가족들 호구를 꾸리기가 무척 힘들었다. 그렇다고 누구를 원망하거나 세상을 탓할 일이 아니었다. 문학은 나 자신이 선택한 길이었으니까 아무리 삶이 힘들다 해도 자업자득일 따름이었다.

지난 세월 약 30여 권의 저서를 간행했다. 소설집, 장편소설, 동화, 전기, 교양서적 등 종류도 다양하다. 올해에는 고희 기념 산문집까지 냈다. 이것이 내 삶의 소득이랄까 성과라고 말할 수 있겠다. 하지만 지금까지 쏟아 부은 땀과 눈물에 비해 이 성적표는 너무 초라하다. 만약 다른 계통에 뛰어들어 그 많은 노력을 기울였다면 아마도 눈부신 성공을 거두었을 것이다.

2018년 1월 『만물박사』(전3권)을 간행했다. 필자는 이 책에 30편의 연작소설을 묶었다. 이는 1995년에 간행한 『송주임』 이후 두 번째 연작소설로 1999년 12월부터 2009년 12월까지 장장 11년 동안 여러 지면에 발표한 작품들이다. 이 연작소설은 당초 치밀한 설계 위에서 출발했다. 작품을 한 편 한 편 발표할 때에는 꽃과 풀과 나무의 이름을 빌려 각기 독립된 단편소설 형식을 취했지만, 이 단편들을 끈이나 꿰미로 꿰듯 한자리에 순서대로 가지런히 모으면 『만물박사』라는 큰 제목과 더불어 주인공의 고달픈 삶이 총체적으로 드러나는 연작소설이 되도록 구성했다.

당초 의도는 어김없이 적중했다. 무형의 설계가 마침내 실물로 나타났다. 『만물박사』(전3권) 출간을 계기로 그 독립된 단편들이 나란히 일렬로 줄을 서서 연작소설로 거듭나게 되었다. 동일한 인물을 주인공으로 내세워 이렇듯 30편의 연작으로 구성한 사례는 흔치 않다. 말하자면 새로운 시도인 셈이었다. 나로서는 그만큼 야심만만했다.

특히 주인공 김승우를 만물박사로 형상화하는 데 주력했다. 그는 별로 잘나지 못한, 결코 못나지도 않은, 그러면서도 시대를 잘못 타고나 신세를 한탄하며 허덕허덕 처절하게 살아가는 인물이다. 그는 우리의 정다운 이웃이며, 어쩌면 또 삶이 너무 힘겨워 뼈마디에서 식은땀이 흐르는 우리 모두의 자화상일 수 있다. 필자는 그런 인물을 그림처럼 그려내면서 우리 사회의 여러 현상들을 현미경처럼 들여다보려고 심혈을 기울였다.

이 작품에는 김승우와 관련된 여러 유형의 인물들이 등장한다. 그들은 이 시대의 슬픔과 기쁨과 아픔을 함께 나누는 밑바닥 서민들이고, 그들의 애환을 통해 인간의 삶을 사실적으로 실감나게 묘사함으로써 만인의 사랑을 받을 것으로 기대했다.

하지만 이 책은 세상에 나와 별로 큰 빛을 보지 못했다. 허망했다. 책을 읽은 몇몇 독자들은 모처럼 좋은 작품을 읽었다고 찬사를 보내 주었지만, 이 책은 서점에서나 문단에서 별로 주목을 받지 못했다. 몹시 아쉬웠다. 그래도 나는 이 연작소설에 남다른 애정을 가지고 있다. 이 작품집의 행간마다 눈물겨운 나의 삶과 내가 축적해 온 내면의 세계관이 골고루 녹아 있기 때문이다. (『문학 에스프리』 2020 겨울호. VOL.35)

제2부

코로나 시대의 문학과 성찰

자연의 분노

새해 벽두 신종 코로나바이러스 감염증(코로나19)이 인류 사회를 기습했다. 이로 말미암아 지구촌 곳곳에서 많은 사람들이 속절없이 쓰러졌다. 우리나라라고 해서 바이러스가 비켜갈 리 만무했다. 건강 바이러스, 행복 바이러스라면 얼마나 좋을까만 지금까지 보지도 듣지도 못했던 이 바이러스는 우리의 생명을 겨냥하는 가운데 막강한 위력을 떨치고 있다. 벌써 수백 명이 목숨을 잃었고, 연인원 만여 명이 확정 판정으로 격리 치료를 받는 등 큰 고통을 겪고 있다.

그래도 우리나라는 다른 나라에 비해 월등히 선방하는 편이다. 지금까지 선진국이라고 자부하던 나라에서 더 많은 사망자와 확진자가 나왔다. 그 감염 속도와 파장도 크다. 이러한 현실에 비추어 우리나라의 경우 의료진의 헌신과 국민들의 자발적인 노력으로 다른 나라들이 부러워할 정도로 잘 대응하고 있으니 자부심을 가져도 좋을 것 같다. 차제에 의료진에게는 아낌없는 응원을, 국민 모두에게는 따뜻한 위로를 보내고 싶다.

필자는 코로나19 사태와 관련해서 참으로 많은 것을 생각했다. 결론부터 말하자면 이 바이러스의 발생과 유행은 결코 우연이 아니었다. 이렇듯 끔찍한 바이러스가 나타난 그 배경에는 여러 가지 원인이 있었다. 무엇보다도 먹고, 마시고, 여기저기 파헤치고, 아무 데나 마구 버리는 행위들이 너무 과도했다.

모든 생명은 거룩하고 존귀하다. 하지만 지구촌 곳곳에는 아직도 헐벗고 굶주리다 죽어가는 사람들이 넘쳐난다. 아프리카 어느 나라의 경우 갓 태어난 신생아가 엄마의 젖을 먹지 못해 속절없이 죽어가는 형편이다. 마실 물이 없어 쩔쩔 매는 종족도 한둘이 아니다. 유엔과 몇몇 종교 단체 등에서 사랑의 손길을 보내고 있지만, 그것만으로는 턱없이 부족한 실정이다.

사정이 이렇건만 숱한 사람들이 분별없는 과소비에 중독돼 있다. 그 결과, 지구가 각종 폐기물과 쓰레기로 중병을 앓고 있다. 자연이 크게 분노하고도 남을 일이다. 그렇다면 이제라도 우리 모두가 깊이 뉘우치는 가운데 우주와 지구와 자연과 생명에 대한 예의를 잘 지켜야 할 것이다. 그것만이 코로나19처럼 나쁜 바이러스를 떨치고 일어나 건강하게 사는 길이다. (2020 자연사랑문집 『그래도 꽃은 핀다』 문학의집·서울)

코로나 시대의 문학

신종 코로나바이러스 감염증(코로나19)의 대유행이 장기화되고 있다. 지난해 연초 느닷없이 나타난 이 역병은 삽시간에 지구촌 곳곳으로 번졌다. 속도와 파장이 충격적이었다. 세계 도처에서 숱한 사람들이 목숨을 잃었다. 확진 판정을 받았다가 완치된 사람도 있지만, 이 유행병으로 희생된 사람이 제2차 세계 대전 때의 희생자 수를 훨씬 뛰어넘었다. 코로나19와의 전쟁은 아직도 현재진행형이다. 지금 이 시간에도 의료진과 확진자 등 많은 사람들이 이 바이러스에 맞서 치열하면서도 혹독한 전쟁을 치르고 있다.

한편, 코로나19의 증상은 구구각각인 것으로 알려졌다. 이 바이러스에 감염되면 발열과 호흡 곤란 등 여러 고통을 받지만, 심지어 아무런 증상이 없이도 다른 사람들에게 세균을 전파시킬 수 있으니 참으로 해괴한 질병이라 하겠다. 최근에는 이상맹랑한 변종까지 나타나 우리를 한층 더 긴장시키고 있다. 그동안 각국 전문가들의 노력으로 백신이 개발되기는 했지만, 변종 바이러스는 그 백신을 피해 달아나면서 더 끈질기게 덤벼드는 형국이다.

　우리는 일찍이 이런 코로나19가 있다는 말을 들어 본 적이 없었다. 눈으로 본 적도 없고, 손으로 만져 본 적도 없었다. 그렇건만 이 못된 바이러스는 나타나자마자 일파만파로 번지면서 우리 인류를 곤경으로 몰아넣었다. 이에 따라 우리는 종래에 경험해 보지 못한 낯선 세상에 살고 있다. 생활 양식에 큰 변화가 일어났다. 마스크 착용은 물론이려니와 사회적 거리 두기가 일상생활로 자리매김했다. 대화를 삼가고 조용히 입을 굳게 다물어야 하는 시대가 되었다. 비말이 튀면 바이러스를 전염시킬 수 있기 때문이다. 집합이 분산으로, 대면이 비대면으로 바뀌었다.

　사정이 이렇다 보니 각계각층에서 심대한 타격을 입었다. 중소 상공인은 벼랑 끝으로 내몰렸다. 주위를 돌아보면 문 닫은 가게들이 즐비하다. 찻집과 음식점이 한산하다. 노래방과 사우나에도 손님이 없다. 평소 인파가 북적거리던 시장이나 백화점도 썰렁하다. 코로나19가 창궐하기 시작한 이후 서민들의 시름이 깊어가면서 억장 무너지는 한숨소리가 넘쳐난다. 축구 배구 농구 등 인기 종목 경기가 관중 없이 진행되고 있다. 텔레비전 화면에 비치는 텅 빈 관중석이 쓸쓸하기 짝이 없다.

　예술 분야라고 해서 예외일 수는 없다. 연극 영화 음악 무용 등 공연 예술이 직격탄을 맞았다. 관객이 북적북적 몰려들어야 할 공연 예술. 하지만 방역이 우선인지라 공연 예술이 관객을 불러 모을 수도 없고, 관객 쪽에서는 공연 예술을 찾아 즐거움과 행복을 누릴 수도 없다. 따라서 공연 예술은 코로나19 사태 이후 심대한 타격을 입었다. 더욱 안타까운 것은 아직도 그 어두운 터널의 끝이 보이지 않고 있다는 사실이다. 어느 모로 보나 코로나19는 역대급 유행병임에 틀림없다.

이러한 현실에 비추어 문학 분야의 경우 얼마간 숨통이 열려 있다. 서점에 독자들의 발길이 급감했지만, 그럼에도 불구하고 문학이 어차피 비대면 예술인 점을 감안한다면 문인들에게는 오늘의 이 위기가 도리어 기회일 수 있다. 문인은 본래 책상머리에 붙어 앉아야 작품을 쓰든 책을 읽든 뭔가를 하게 된다. 그렇다면 이런 때일수록 서재든 골방이든 어딘가에 장시간 들어앉아 더 많은 책을 읽고 더 좋은 작품을 쓰자는 것이다.

필자의 경우 지난 세월 위기를 기회로 뒤집으며 살아왔다. 미처 예기치 못했던 위기가 찾아오면 그것을 기회로 뒤집으려 노력했다. 그게 내 체질이라고나 할까, 지금까지 살아오면서 어려운 고비 앞에 그대로 주저앉은 적이 없었다. 어떻게 해서든 그 위기를 뛰어넘어 역전의 드라마를 연출하려고 몸부림쳤다. 그 결과, 나름대로 적지 않은 성과를 얻을 수 있었다.

이번 코로나19 시국에서도 꽤 많은 일을 했다. 여기저기 흩어져 있던 글을 그러모아 세 권의 책을 기획하고 그 첫 번째 성과물로 지난해 가을 산문집 『절망을 희망으로』를 간행했다. 이 책은 코로나19 시대와 맞물려 절망하는 영혼들에게 작은 위안을 드리고자 저 암울했던 시대의 이야기들을 가감 없이 담아냈다. 물론 그 어두웠던 절망의 담론들은 훗날 희망의 기폭제로 작용하면서 인생의 반전을 일구어 낸다. 그렇다면 오늘 이 위기를 겪고 있는 모든 분들이 이 책을 읽으면서 각오를 새롭게 다질 수도 있으리라 믿는다.

이제 필자는 그 여세를 몰아 두 권의 책을 더 준비하고 있다. 이 두 권은 『절망을 희망으로』의 연상선상에 있고, 제목도 『슬픔을 기쁨으로』『불행을 행복으로』라고 붙였다. 따라서 이미 나온 『절망을 희망으로』와 앞으로 나올 『슬픔을 기쁨으로』『불행을 행복으로』를 합치면 총 3부작으로 태어나는 셈이다. 특히 이 3부작은 제목이 암시하듯 위기를 기회로 뒤집어 반전의 지평을 열어가는 데 초점을 모았다.

이와 함께 필자는 코로나19 사태 이후 과거 어느 때보다도 책을 많이 읽었다. 그동안 읽지 못하고 쌓아 두었던 증정본 등 숱한 책을 코로나19 확산 이후 대부분 다 읽었다. 집합이 금지되어 아무것도 할 수 없다고 탄식할 일이 아니다. 각종 행사와 대인 접촉이 줄었다는 것은 나만의 시간이 그만큼 늘었다는 뜻이기도 하다. 이 소중한 시간을 어찌 그냥 무의미하게 흘려보낼 것인가. 최소한 내 사전에 시간 낭비는 존재하지 않는다. 시간을 낭비하는 것은 곧 인생을 낭비하는 것과 같다. 산문집 원고를 모으면서 다른 한편으로는 사정없이 책을 읽고 있다.

사실 코로나19는 전대미문의 괴질이다. 그렇다고 우리가 이 유행병에 질질 끌려 다닐 수는 없다. 특히 우리 문인들에게는 이 역병이 지구촌을 휩쓰는 지금이야말로 절호의 기회일 수 있다. 외출과 회합을 줄이고 그 대신 더 많이 쓰고 더 많이 읽는다면 기대 이상의 큰 성과가 나오리라 믿는다. 집에 콕 들어박혀 지내는 것을 '집콕'이라 하고, 방에 콕 들어박혀 지내는 것을 '방콕'이라 한다. 이 '집콕'과 '방콕'의 시간을 '내것'으로 만들어 비대면 예술의 특성을 극대화할 필요가 있다.

그렇다. 문학은 코로나19를 이겨도 코로나19가 문학을 이길 수는 없다. 우리 문인들이 솔선수범하여 방역 수칙을 잘 지키는 가운데 오늘의 이 위기를 기회로 뒤집는다면 더 바랄 나위가 없겠다. 이 암울한 시기, 우리 문인들은 주옥같은 작품을 줄기차게 쏟아 내고 내공을 더욱 다지면서 마침내 코로나19를 물리치고 일어나 그 위에 우뚝 설 것이다. (『한국문인』 2021. 4·5월호)

코로나 시대의 성찰

새해 들어와 신종 코로나바이러스 감염증(약칭 코로나19)이 지구촌을 급습했다. 세계 곳곳에서 많은 사람들이 확진 판정을 받고 속절없이 쓰러졌다. 이 역병의 유행은 현재진행형으로 언제 종식될지 모르는 상황이다. 앞이 캄캄하다. 세계 각국에서 백신과 치료약 개발에 나섰지만 아직 이렇다 할 희소식이 들려오지 않는다. 그래서 불안이 더욱 크다. 하루속히 명약이 개발되기를 바란다.

역사적으로 보면 과거에도 페스트, 장티푸스, 콜레라, 말라리아, 사스, 메르스 등 여러 전염병들이 있었다. 하지만 이번에 발생한 코로나19는 전파 속도 등 여러 측면에서 종래의 다른 유행병들보다 훨씬 더 까다로운 바이러스로 알려져 있다. 사람에 따라 증상이 다르게 나타나고, 심지어 무증상 상태로도 다른 사람에게 감염시키니 방역 당국과 의료진이 더욱 애를 먹을 수밖에 없다. 일찍이 보지도 못했고, 듣지도 못했고, 만져 보지도 못했던 전대미문의 바이러스가 우리 인류를 이렇게까지 위협할 줄이야 꿈에도 생각하지 못했다. 지금 이 시간에도 확진자가 계속 발생하고 있으니 참으로 안타깝기 짝이 없다.

사실 우리는 그동안 우주와 지구와 자연에 대한 예의에서 크게 벗어나 있었다. 이는 선진국과 부유층일수록 더 극심했다. 한마디로 말하자면 우주만물과 대자연의 질서에 역행했다. 우주에 상처를 입히고, 지구를 괴롭히고, 자연을 무참히 파괴했다. 선진국은 후진국보다, 부유층은 빈곤층보다 쓰레기를 훨씬 더 많이 쏟아냈다. 이로써 생태계 교란은 물론이려니와 환경이 극도로 오염되었다.

선진국들은 시도 때도 없이 인공위성을 쏘아 올려 우주 공간을 어지럽혔다. 오존층 파괴는 말할 것도 없고, 수명을 마친 각종 인공위성들이 우주에서 정처 없이 떠돌고 있다. 그 결과, 이제는 더 이상 우주의 쓰레기를 방치할 수 없는 단계에 이르렀다. 오죽하면 최근에는 여러 선진국들이 우주 청소를 위한 투자와 기술 개발에 나섰다. 이 사업은 벌써부터 유망 업종으로 떠올라 세계 기업가들 사이에 비상한 관심을 불러 모으고 있다.

지구는 한 군데도 온전한 데가 없다. 땅을 파헤치고, 바다를 메우고, 강물을 막고, 지하수의 수맥을 끊고, 콘크리트로 마천루를 쌓고, 숨 쉬는 대지 위에 아스팔트로 칠갑을 하고, 공장 굴뚝과 자동차 꽁무니를 통해 유독가스 같은 매연을 내뿜고…. 그런가 하면 땅속 깊이 구멍을 뚫어 천연가스와 석유 등 각종 광물을 채굴하고 있다. 이 같은 자연 파괴 행위는 하루도 거르지 않고 매일 끊임없이 이루어진다. 사정이 이렇다 보니 지구가 몸살을 앓다 못해 중병으로 신음할 수밖에 없는 것이다.

우주와 지구가 무참히 파괴되는 마당에 자연인들 어찌 배겨날 것인가. 인간들이 분별없이 버린 쓰레기가 넘쳐나면서 환경 오염은 이미 오래 전에 위험 수위를 훌쩍 넘어섰다. 기후 변화도 심각하다. 해마다 세계 도처에서 태풍과 폭우와 해일이 꼬리를 물고 일어나 인류에게 심대한 타격을 가하고 있다. 이런 재해와 함께 물고기들의 떼죽음, 동식물의 멸종 등 자연의 비극은 끝이 없다. 놀랍게도 죽은 고래의 뱃속에서 플라스틱 폐품을 비롯하여 나일론 어망 등 온갖 잡동사니가 쏟아져 나오는 실정이다.

그렇다. 지금 이 시간에도 남극과 북극의 빙하가 녹고 있다는 엄연한 사실을 상기할 때 코로나19의 내습은 여러 측면으로 시사하는 바 크다. 어쩌면 이 괴질이야말로 우주와 지구와 자연이 인간에게 보내는 반격이거나 강력한 경고일 수 있다. 우주와 지구와 자연이 참고 또 참다가 도저히 견딜 수 없는 임계점에 이르러 이처럼 끔찍한 경종을 울리는지도 모른다. 그렇다면 우리 인간들이 오늘의 이 재앙을 자초했다 해도 과언이 아니다.

한편, 코로나19는 우리의 문화에 거대한 변화를 몰고 왔다. 생활 양태가 대면에서 비대면으로 바뀌었고, 사회적 거리두기는 새로운 행동준칙이 되었다. 악수 대신 '주먹 인사'가 등장했다. 정부 주관의 국경일 행사가 대폭 축소되었다. 예식장에 하객이 없고, 장례식장에 조문객의 발길이 끊겼다. 음식점에도 고객이 부쩍 줄었다. 공연장과 경기장 또한 예외가 아니다. 야구 축구 농구 등 인기 종목이 무관중 경기로 치러진다. 마스크 착용은 선택이 아닌 필수가 되었다.

이 같은 코로나19 상황과 맞물려 가장 먼저 서민 경제가 무너졌다. 영세 상공인들은 살기가 너무 어렵다고 아우성이다. 폐업이 속출하고 있다. 일자리가 줄어들고 실업자가 늘어난다. 이렇듯 코로나19의 파장이 일파만파로 번지는 동안 서민들의 삶이 핍진해짐으로써 사회 전체의 시름이 깊어간다. 더구나 코로나19 사태가 언제 해소될지 모르는 상황인지라 우려가 더욱 증폭될 수밖에 없다.

그렇다고 이대로 주저앉을 수는 없다. 이처럼 어려운 때일수록 우리는 정신을 가다듬고 호흡을 고르면서 자신을 엄숙히 돌아볼 필요가 있다. 달리 말하자면 깊은 성찰의 시간을 갖자는 뜻이다. 그 각성의 중심에 바로 우주와 지구와 자연에 대한 외경심이 있다. 지구촌의 모든 인류가 우주만물의 질서를 경건히 존숭하는 가운데 지금보다 덜 먹고, 덜 입고, 덜 쓰고, 덜 버릴 때 코로나19와 같은 역질로부터 멀리 벗어날 수 있을 것이다. (『한국전력기술』 명사칼럼. 2020)

코로나와 부동산 투기

춘래불사춘春來不似春이라, 봄이 와도 봄 같지 않다. 특히 이번 봄은 유례없이 칙칙하고 우울하다. 봄이 왔으면 마음이 포근해지면서 그 한복판에 꽃이 피어나야 하건만 그렇지 못해 사뭇 씁쓸하다. 신종 코로나바이러스 감염증(코로나19)은 아직도 현재진행형인데 LH 직원들의 땅 투기까지 맞물려 민심이 사납다. 나라 안팎이 전대미문의 역병으로 고통 받는 이 마당에 공직자들의 부도덕한 투기가 무더기로 불거졌으니 정직하고 청렴하게 살아가는 선량한 시민들의 분노가 하늘을 찌른다.

지난해 정초 코로나19가 지구촌을 기습했다. 인류는 이 역병 앞에 한없이 나약했다. 세계 각국에서 많은 사람들이 확진 판정을 받고 속절없이 쓰러졌다. 지금 이 시간에도 도처에서 투병의 신음 소리가 끊이지 않고 있다. 백신 접종이 본격화되었지만 이 괴질이 언제 종식될지는 아무도 모른다. 역질은 백신을 비웃기라도 하듯 변이를 거듭하면서 인류의 추격을 교묘하게 따돌리고 있다. 코로나19 입장에서는 어떠한 백신에도 살아남기 위해 둔갑술을 쓰면서 요리조리 신출귀몰하는 셈이다. 우리는 지금 술래가 되어 이 고약한 바이러스와 힘겨운 숨바꼭질을 벌이고 있는 형국이다.

이 유행병이 내습했을 때 여러 나라들이 백신과 치료제 개발에 뛰어들어 앞을 다투었다. 물론 우리나라도 이를 위해 총력을 기울였다. 필자는 국내 전문가들에게 큰 기대를 걸었다. 여러 부문에서 세계 1등으로 질주하는 대한민국인 점을 감안한다면, 백신이나 치료제 개발에서 남의 나라에 뒤질 이유가 없다고 예상했다. 하지만 우리나라는 한 발 늦었고, 결국 다른 나라의 백신을 수입하는 처지가 되었다. 세계만방에 한국인의 저력을 보여 주지 못해 아쉽고 안타깝다.

한편, 사람을 일컬어 흔히 '만물의 영장'이라고 한다. 사실 사람의 존귀함은 아무리 강조해도 지나침이 없다. 우리가 사람으로 사는 이상 마땅히 서로가 서로를 존중하고 사람 중심의 사고 체계를 갖추어야 한다. 하지만 '만물의 영장'이라는 칭호야말로 우리 인간들이 자처하는 것일 뿐 다른 생명체들이 우리 인간들에게 씌워 준 영광의 월계관은 아니다. 코로나19는 눈에 보이지도 않고 손으로 만져 볼 수도 없다. 미세먼지보다도 더 미세한 바이러스 앞에 우리 인간들이 무기력하게 시달리고 있다. 따라서 자칭 '만물의 영장'이라는 존재가 얼마나 허약한가를 절감하지 않을 수 없다.

특히 서민 대중은 이중, 삼중의 고통에 시달리고 있다. 코로나19의 위협으로 생계의 위기가 절박하다. 지금 이 상황에서 어느 누구라도 사회적 거리두기를 외면할 수는 없다. 아니, 사회적 거리두기를 능동적으로 실천하는 것이 방역의 첫걸음이다. 사정이 이렇다 보니 서민들은 생업에 큰 타격을 받았고, 오래 전부터 생계유지에 적신호가 들어왔다. 정부에서 찔끔찔끔 재난 지원금을 풀고 있지만, 그것은 일시적인 응급 처치일 뿐 근원적인 처방이 아니다. 서민들은 코로나19 사태가 장기화되면서 지칠 대로 지쳐 가고 있다.

이처럼 엄중한 시기에 LH 직원들은 신도시 예정지의 땅을 사들였다. 그들은 업무상 지득한 기밀을 이용하여 일신의 영달을 노렸다. 목표는 시세 차익이었다. 하기야 부동산 투기는 어제오늘의 문제가 아니었다. 언제부턴가 아파트와 땅 등 부동산 투기가 광풍을 일으켜 왔지만, 이번 LH 직원들의 투기는 해도 너무했다는 생각을 지울 수 없다.

그들은 공공 기관의 봉급을 받으면서 성실한 근무를 내팽개친 채 전문적으로 개인의 '투기사업'에 몰입했다. 직업의식 따위는 안중에도 없었다. 이로써 국가의 신뢰 추락은 물론 코로나19로 지친 국민들의 심신에 실망과 허탈과 분노를 떠안겼다. 하찮은 바이러스에 질질 끌려 다니는 인생, 살면 얼마나 살고 치부를 하면 얼마나 치부를 한다고 그토록 몰염치한 부동산 투기에 나섰는지 몹시 딱하고 가증스러워 더 이상 할 말을 잃었다. 정말 한심한 세상이다. (대전일보. 2021. 3. 24)

사회적 거리두기, 인간적 어울리기

　정부는 신종 코로나바이러스 감염증(코로나19) 방역 지침으로 '사회적 거리두기'를 제시했다. 당연한 결정이다. 눈에 보이지 않고, 손으로 만져 볼 수도 없는 바이러스의 전염을 막으려면 일단 사람끼리의 거리를 두는 것이 상책이다. 따라서 '사회적 거리두기'는 폭넓은 공감대를 형성하는 가운데 코로나19에 대처하는 시대적 행동 양식으로 자리매김했다. 이를테면 바이러스의 위협에 내몰린 우리 모두가 '안전거리 확보'에 주력하는 형국이다.

　필자의 경우 사회적 접촉면이 꽤 넓은 편이다. 각종 모임, 회의, 행사 등으로 무척 바쁘게 살아왔다. 평일이건 주말이건 하루 일정이 두세 군데씩 겹칠 때에는 몸이 모자라 애를 태우곤 했다. 하지만 코로나가 널리 번지기 시작한 이후 모든 약속을 취소하거나 뒤로 미루었다. 회의와 행사도 축소 또는 조정했다. 만남의 빈도를 낮추고, 노출면을 좁히고, 행동반경을 대폭 축소했다.

이에 따라 외근과 출장이 줄고 그 대신 내근이 늘었다. 퇴근 후 귀가를 앞당겼다. 특별한 이변이 없는 한 주말도 '내 것'으로 챙길 수 있게 되었다. 시간을 벌었다고나 할까, 아무튼 종전보다는 훨씬 숨통이 트였다. 필자는 이 절호의 기회를 놓칠세라 재빨리 두 가지 방안을 마련했다. 코로나 사태를 슬기롭게 극복하면서 금싸라기 같은 '자유 시간'을 요긴하게 활용하고자 나름대로 일거양득의 전략을 세운 것이다.

첫째, 독서량을 대폭 늘렸다. 책 읽는 기쁨은 무엇과도 바꿀 수가 없다. 책 속에는 삶의 지혜가 가득하다. 특히 동서고금의 문학 작품에는 위안과 희망의 메시지가 있다. 독서야말로 외출을 삼가고 주말을 가장 값지게 활용할 수 있는 최선의 선택이다. 독서에 몰입하다 보면 나도 모르는 사이 모든 근심 걱정이 사라져 정말 행복하다.

둘째, 그동안 연락이 뜸했던 지인들에게 전화, 문자 메시지, 이메일 등으로 일일이 안부를 묻고 소식을 전하며 '인간적 어울리기'에 더욱 정성을 쏟고 있다. '사회적 거리두기'가 장기화되면 자칫 인간적 거리까지 소원해질 개연성이 없지 않다. 그러므로 이런 때일수록 긴밀한 소통을 통해 서로 위로하고 응원하면서 마음의 거리를 좁히는 것이 인간적 도리라 생각한다.

무릇 위기와 기회는 동전의 양면이다. 의료 전문가들이 문제의 바이러스 퇴치를 위해 과로 누적을 무릅쓰고 불철주야 총력을 기울이는 지금, 우리 모두가 오늘의 이 난국을 도약의 기회로 역전시킬 획기적인 묘책을 찾아야 한다. 코로나19가 물러가면 '사회적 거리두기'가 자동 해제되고, 우리는 곧 '인간적 어울리기'와 함께 활기찬 일상으로 복귀하게 될 것이다.
(한국경제신문. 2020. 4. 1)

바다, 그리고 인연

지난 1997년 해군사관학교 제52기 순항훈련을 참관할 기회가 있었다. 과거 종종 해외 나들이를 했지만, 소싯적 이후 주로 달팽이처럼 골방에 틀어박혀 글만 써서 살아가고 있는 사람에게 이러한 기회가 주어진 것은 그야말로 큰 행운이 아닐 수 없었다. 더욱이 순수 민간인 신분으로 현역 해군 장병들과 이 큰 훈련에 동참하게 되어 여간 가슴 뿌듯한 것이 아니었다.

훈련 기간은 9월 4일부터 12월 18일까지 104일간으로, 항해 거리는 총 24,427마일인데, 이는 지구 둘레 21,713마일보다 훨씬 더 멀고 긴 항정이었다. 훈련 코스는 진해를 출항하여 미국(괌)—미국(하와이)—캐나다(밴쿠버)—미국(샌디에이고)—멕시코(아카풀코)—과테말라(푸에르토게트살)—에콰도르(과야킬)—칠레(발파라이소)—타히티(프랑스)—미국(사모아)—미국(사이판)을 거쳐 다시 진해에 귀항하는 것으로 되어 있었다.

이 훈련을 위해 순항훈련분대가 편성돼 있었고, 참가 세력은 천지함(AOE—57), 마산함(FF—955), 청주함(FF—961) 등 우리 해군의 정예 함정

세 척이었으며, 순항훈련분대에 배속된 참가 인원은 사령관을 위시하여 생도에게 이르기까지 총 652명이었다. 그러니까 이들이 이번 순항훈련의 주역들인 셈이었다.

출항 전날인 9월 3일 저녁, 해군 수뇌부가 임석한 가운데 기함인 천지함 비행갑판에서 리셉션이 열렸다. 이 리셉션은 출항을 앞둔 전야제라고 할까, 장도에 오르는 장병들을 위한 환송 파티인 셈이었다. 그날, 우리 대원들은 너 나 할 것 없이 원양遠洋에 나간다는 기대와 설렘 속에 얼마간 들떠 있었다.

그 이튿날 아침, 우리 순항훈련분대는 해군 수뇌부와 가족들의 뜨거운 환송을 받으며 군항 진해를 떠났다. 가을 하늘은 높고 푸르렀는데, 시간이 흐르면 흐를수록 내 조국 내 산하가 점점 멀어져 갔다. 그때 투실투실 살오른 갈매기들까지 끼룩끼룩 노래 부르며 우리의 머나먼 항해를 축복해 주었다.

아무튼 필자는 그날부터 본격적인 함상 생활에 들어가 현역 해군 장병들과 똑같이 지내게 되었다. 문자 그대로 순항훈련분대의 일원으로서 '해군 가족'이 된 것이었다. 로마에 가면 로마의 법칙에 따라야 하는 것처럼 일단 함상에 오른 이상 해군의 근무 수칙을 비롯하여 함상 규범에 따르는 것은 당연한 일이었다.

물론 순항훈련분대 장병들은 필자에게 특별히 과분한 대우를 해주었다. 그러나 필자는 스스로 해군과 한몸이 되고자 노력하였다. 민간인이라고 해서, 또 순항훈련에 초대받은 작가라고 해서 특별 대우를 받는 것이 몹시 부담스럽기도 했지만, 그보다 더 중요한 사실은 장병 모두가 남이 아닌 내 형제라는 인식 때문이었다.

순항훈련분대 함대는 진해를 떠난 지 얼마 안 되어 다도해를 벗어나 망망대해로 들어섰다. 과거 인천에서 여객선을 타고 서해를 가로질러 중국 산동반도山東半島 위해威海까지 항해한 적이 있었지만, 이렇듯 엄청난 태평양에 들어서게 되리라고는 꿈도 꾸어 보지 못한 일이었다.

순항훈련은 순조롭게 진행되었다. 난생 처음 보는, 해상에서 실시되는 각종 훈련들이 모두 경이롭기만 하였다. 특히 군수지원함에서 전투함에 연료를 공급해 주는 해상 보급은 훈련의 백미白眉라고 말할 수 있었다. 그 훈련은 기술도 기술이지만, 함정과 함정 사이에서 승조원들의 손발이 척척 맞지 않으면 안 되는 것이었다.

사랑하는 사람들이 눈빛만으로 상대방의 마음을 읽어낼 수 있듯이, 그리고 단체로 뛰는 운동 경기에서는 고도로 훈련된 선수들일수록 서로 호흡을 잘 맞추듯이 우리 대원들은 조금도 거칠 것이 없었다. 말하자면 우리 대원들은 무언의 교감交感 속에 서로의 내면을 읽어내는 듯했다.

그밖에도 거의 매일이다시피 실시되는 각종 훈련이 큰 감동으로 다가왔다. 무엇보다도 사령관 이하 모든 장병들이 한마음으로 똘똘 뭉쳐 일사불란하게 움직일 수 있다는 사실은 가슴 뭉클한 감동을 자아내기에 충분했다.

그랬다. 사람이 서로 뜻을 모으면 태산도 움직일 수 있다지 않는가. 하찮은 작은 톱니라도 서로 맞물려 돌아가면 엄청난 힘을 발휘하거늘 하물며 우리 인간이 뜻을 합치면 무슨 일인들 못할 것인가. 최소한 순항훈련분대 장병들과 생도들은 그 교훈을 실천하기 위해 노력하는 사람들이었다.

한편, 함대가 기항지에 닿으면 어김없이 우리 교민들이 부두에 나와 기다리고 있었다. 그들은 태극기를 흔들고 꽹과리나 북을 치면서 우리를 열렬히 환영해 주었다. 아, 이 낯선 땅에도 내 동포가 살고 있었구나. 현지 교민들을 보면 그런 생각이 들어 저절로 콧날이 시큰해지곤 하였다.

특히 캐나다나 미국에 비해 상대적으로 교민 수가 많지 않은 과테말라나 에콰도르, 칠레나 타히티 같은 곳에서 동포를 만났을 때의 그 기쁨은 주체할 길이 없었다. 물론 교민들 입장에서도 감격적으로 우리를 맞이하였다. 그들 중에는 태극기를 흔들며 목청이 터지도록 애국가와 아리랑을 부르다가 숫제 엉엉 우는 사람도 있었다.

그러나 동포들과의 만남은 오래 갈 수가 없었다. 이틀이나 사흘 만에 또다시 바다를 향해 출항할라치면 우리는 언제 다시 만날지 기약도 없는 이별을 서러워하며 목울대가 울컥해짐을 느껴야 했다. 그래서 항구의 이별은 더욱 뼈저린 것일까, 아무튼 우리는 그런 식으로 이국異國의 여러 항구를 드나들었다.

그런데 항해는 그 자체로서 여간 힘든 것이 아니었다. 문학 작품이나 영화에서는 흔히 바다가 낭만적으로 묘사되곤 하지만, 해군처럼 바다를 누비는 사람들에게는 바다야말로 육상과 다른 여러 조건들을 이겨내야 하는 '극복'의 대상이었다. 해역에 따라 물빛은 물론이려니와 파도의 높낮이까지 달라지는 바다. 더욱이 저 끝도 없는 수평선에 저녁노을이 붉게 물들고 뉘엿이 해가 기울면 본국에 남아 있는 가족들이 그리워 눈시울이 화끈해지곤 하였다.

이렇듯 우리가 항해한 그 머나먼 항로에는 대원들의 땀과 눈물이 어렸다. 우리는 그런 노고를 공유하는 가운데 더욱 단단한 인간애人間愛로 뭉칠 수 있었다. 그리하여 애당초 완벽한 준비를 갖추고 필승의 신념으로 '원정'에 들어간 우리 순항훈련분대는 한 점 오차도 없이 '대장정'을 확실한 성공으로 장식하면서 당당히 진해 기지로 '개선'했다.

이 순항훈련 과정에서 필자는 영광스럽게도 천지함의 명예승조원이 되었고, 훈련을 마치고 귀국한 뒤에는 이 순항훈련 참관기를 정리하여 『태평양을 마당처럼』이라는 단행본으로 묶어 냈다. 어디 그뿐인가. 그해 순항훈련에 동참했던 우리 '전우'들은 오늘날까지 자주 연락을 취하면서 종종 모임을 갖고 있다. 모임이 열리는 날에는 자연히 순항훈련에서 보고, 듣고, 배우고, 느꼈던 일들로 화제의 꽃을 피우며 시간 가는 줄 모르게 마련이다.

이렇듯 바다에서 맺은 우리의 소중한 인연은 그로부터 수년이 지난 지금까지 조금도 퇴색하지 않았다. 아니, 퇴색하기는커녕 세월이 흐르면 흐를수록 그 인연의 색깔은 더욱 짙어지고 있다. 우리는 앞으로도 한층 더 굳게 결속하여 그 인연을 확대 발전시키는 가운데 '97순항훈련을 기념할 것이다. (국방부『마음의 양식』 2002. 가을호)

조카의 전자 우편

내게는 남모르는 즐거움이 있다. 그중에서도 고향에 살고 있는 조카들과 인터넷으로 전자 우편을 주고받는 즐거움이란 이루 말할 수가 없다. 기성세대인 아우들은 여전히 '컴맹'에 머무르고 있지만, 신세대 중의 신세대인 조카들은 이 시대의 추세가 말해 주듯 그야말로 '컴도사'들인 것이다.

조카 녀석들은 종종 전자 우편으로 안부를 물어 오면서 저희들 동향은 물론 기쁜 고향 소식까지 전해 준다. 특히 성탄절이나 설날에는 조카들이 서로 경쟁이라도 하듯 카드와 연하장을 보내오기도 한다. 이렇듯 조카들과 전자 우편을 주고받을라치면 이만저만 기쁜 것이 아니다.

그러나 조카들이 시험공부 등으로 바빠지면 전자 우편 교환도 뜸해질 수밖에 없다. 요때나 조때나 조카들의 전자 우편이 들어오기를 기다리다가 한동안 소식이 없을라치면 이쪽에서 먼저 장난기 섞인 전자 우편을 띄우기도 한다. 굳이 아이들이나 쓰는 용어를 섞어 가며 장난기 섞인 전자 우편을 띄우는 까닭은 이 큰아버지가 아직은 늙지 않았음을 과시하기 위한 일종의 '호기豪氣'인 셈이다.

물론 우리집 아이들도 시골에 있는 제 사촌들과 종종 전자 우편으로 대화를 나눈다. 특히 우리집에는 명원이라는 늦둥이가 있는데, 어떤 때는 이 녀석까지 끼어들어 전자 우편으로 제 사촌 형이나 누나에게 뭐라 잔재롱을 떨어댄다. 말하자면 전자 우편에 관한 한 아직 일곱 살밖에 되지 않은 우리 명원이도 한몫하는 것이다.

지난봄에는 대학에 다니던 고향의 조카 동원이가 집에서 가까운 육군 모 사단 신병훈련소에 입소하게 되었다. 우리 조카 동원이는 일찍 공익 근무 요원으로 판정받았는데, 본격적인 근무에 앞서 소정의 기본 훈련을 받아야 했던 것이다.

동원이가 입소를 앞두고 있을 때에도 우리는 자주 전자 우편을 교환했다. 서로가 가까이에 살면 조촐한 저녁식사 자리라도 마련했겠지만 그럴 수 없는 현실이 안타깝기만 했다. 그러나 아주 어렸을 때부터 말썽 한 번 부리지 않고 착하게 자란 동원이는 아무리 어려운 훈련이라 해도 잘 소화해 내리라 믿었다.

그뿐이 아니었다. 조카가 벌써 군대에 가게 되었다니 여간 대견스런 것이 아니었다. 그런데 동원이가 신병훈련소에 입소한 이후 우리가 수시로 교환하던 전자 우편도 자연히 끊길 수밖에 없었다. 짐작컨대 군대의 특성상 외부와 컴퓨터 통신을 교환할 수 없는 듯했고, 설령 자유로이 인터넷을 할 수 있다 해도 훈련병에게는 전자 우편을 띄울 만한 여가가 주어지지 않는 모양이었다.

시일이 흐르면 흐를수록 이 녀석이 훈련은 어떻게 받고 있는지 몹시 궁금했지만, 이미 오래 전에 고도로 민주화된 우리 군軍이 어련히 잘 보살펴주랴 확신하였다. 그러던 차에 조카한테서 기다리던 전자 우편이 들어왔다. '받은편지함'에서 조카의 아이디(ID)를 발견하는 순간 얼마나 반가웠던지…. 곧 편지를 열어 봤더니 그 본문 내용은 이러했다.

> 큰아버지께.
> 안녕하셨어요?
> 동원이에요.
> 어제 훈련소 퇴소했습니다.
> 그동안 훈련도 하고 얼차려도 받으며 잘 이겨내고 돌아왔어요.
> 큰집에는 별 일 없이 모두 잘 지내고 계시죠?
> 참, 명원이도 잘 있어요?
> 4주 훈련이라 가볍게 보고 들어갔는데 몸으로 배우면서 여러 가지 좋은 경험을 얻어 왔어요. 자신감도 늘었구요.
> 월요일부터는 부여군청으로 출근합니다. 앞으로 27개월 정도 그곳에서 공익 근무 요원으로 복무하게 됩니다.
> 정확히 어느 부서에 근무하게 될지는 내일 출근해 봐야 알 수 있습니다. 어느 부서가 되든 큰 어려움은 없을 듯합니다.
> 출퇴근 업무여서 집에 있는 시간도 많고 저만의 여유 시간도 가질 수 있겠지요.
> 안녕히 계세요.
> 동원 올림.

나는 우리 가족들을 불러 이 내용을 보여 주었는데, 우리 가족들 모두 우리 동원이가 대견하다는 반응을 나타냈다. 보다시피 별로 과장 없는 이 글에는 동원이가 훈련소에 다녀온 소감이 솔직담백하게 잘 드러나 있지 않은가. 내 느낌으로는, 동원이가 훈련을 마친 이후 한층 더 성숙해진 것 같았다. 그로부터 며칠 후 동원이한테서 다시 한 통의 전자 우편이 도착하였다.

> 큰아버지께.
> 안녕하셨어요?
> 날씨가 갑자기 더워졌는데 별일 없으시죠?
> 큰어머니와 누나들, 명원이도 잘 지내죠?
> 저는 부여군청에 출퇴근하면서 직원 업무 보조를 하고 있어요.
> 낮에는 군청에서 일하고 밤에는 아르바이트로 학생들을 가르치고 있지요.
> 날씨가 갑자기 더워져서 힘들긴 하지만, 다행히도 사무실 안에서 내근을 하기 때문에 쉽게 적응할 수 있었습니다.
> 도시에서는 월드컵 열기로 축제 분위기라는데 이곳 부여는 선거 열기가 더 뜨겁습니다.
> 이번 주말 부여에 오신다구요?
> 그럼 그때 뵙겠습니다.
> 더운 날씨에 안녕히 계십시오.
> 동원 올림.

한편, 나는 그 며칠 후 고향에 갔다. 아니나 다를까, 동원이의 말처럼 고향에서는 지방자치단체장과 의회 의원을 뽑는 선거 열기가 뜨거웠다. 서울에서는 월드컵 열기가 '붉은 악마'의 응원전과 함께 하늘을 찌를 듯한데, 우리 고향에서는 예상 밖으로 선거전이 월드컵 열기 이상으로 과열돼 있었다.

나는 이번 선거에 출마한 재종 아우를 격려해 주었고, 합동 유세장에 들러 정다운 고향 사람들과 어울렸다. 입후보자 모두가 평소 잘 알고 지내는 가까운 사람들이어서 나는 특정인의 당락과 관계없이 이번 선거가 깨끗한 축제의 한마당으로 승화되기를 기원했다.

유세가 끝난 뒤 나는 아우 집으로 가서 조카들을 만났다. 조카들은 모두 건강했다. 특히 동원이는 한층 더 늠름해진 느낌이었다. 이렇듯 나에게는 동원이를 비롯하여 지원이, 재원이, 현정이처럼 착하고 귀여운 조카들이 있다. 언제 보아도 사랑스럽고 든든한 그 녀석들이 있어 나는 고향에 갈 때마다 더욱 행복해지는 것이다. (국방부 『마음의 양식』 2002. 가을호)

[주: 조카 동원이는 어느덧 가정을 이루어 자녀를 두었고, 현재 충남 당진시청 공무원으로 근무하면서 행복하게 살고 있다. 지원이와 재원이와 현정이도 모두 장성하여 직장생활을 하며 건실하게 살아간다. 내게는 참으로 소중하고 자랑스러운 보배들이다.]

젊은이여, 힘을 내자

4형제 중 맏이인 나만 객지로 나왔고, 내 밑으로 3형제는 모두 고향에 살고 있다. 나 자신 젖 떨어지자마자 백부모님 슬하에 양자로 들어가 외롭게 자랐지만, 큰집 살림이 워낙 빈한했던 터라 당장 먹고살아야 한다는 절박한 현실 속에서 어디론가 일감을 찾아 고향을 떠나야 했다.

우리집에는 송곳 꽂을 땅뙈기 한 뼘 없었다. 농촌에서 농토 없이 살아간다는 것은 사실상 상상하기도 어려운 일이었다. 지금이야 도시와 농촌 간의 격차가 좁혀졌지만, 내가 자라날 때만 해도 농촌에서는 농업 이외에 다른 산업이 존재하지 않았다. 따라서 농사채가 없으면 살림이 곤궁할 수밖에 없었다.

농토를 갖지 못한 사람은 이 집 저 집 기웃거리며 간혹 품팔이를 할 수도 있었다. 하지만 그것도 농번기에만 가능한 일이었고, 농사철이 지나면 아무런 대책이나 희망도 없이 빈둥빈둥 놀아야 했다. 그리하여 농토 없는 농민은 남의 집 머슴살이를 하여 가족들을 부양하기도 하였다.

그러나 머슴도 머슴 나름이었다. 남의 집 머슴살이를 하려면 농사일을 제대로 할 줄 알아야 하는데, 나는 성년成年이 될 때까지 학교에만 다녔으므로 농사일에는 까막눈일 수밖에 없었다. 머슴살이도 아무나 할 수 있는 것이 아니었다.

학창 시절 모범생이었던 내가 목마르게 갈구했던 것은 학업에의 길이었다. 하지만 집안 형편이 형편인지라 그 꿈 또한 눈물을 머금은 채 조용히 거둬들이지 않을 수 없었다. 학업이 뭐 밥 먹여 주나? 필설로 형언키 어려운 곤궁함 속에서 뭔가 밥벌이를 찾아 나서지 않으면 안 되었던 화급한 현실이 나로 하여금 고향을 떠나게 하였다.

그 후 나는 정말 피와 땀과 눈물로 얼룩진 인생길을 걸어야 했다. 일찍부터 문학에 뜻을 두고 있었지만, 당장 발등에 떨어진 불을 끄기 위해서는 문학이고 뭐고 우선 입에 풀칠할 방편을 찾지 않으면 안 되었다. 예로부터 제 집 문을 나서면 고생길이라 했지만, 달랑 맨손으로 고향을 떠나온 나는 그때부터 사회의 밑바닥을 박박 기면서 험난한 고생길을 헤쳐 나왔다.

삶이 힘들면 힘들수록 고향에 대한 그리움은 더욱 간절했다. 의지가지없는 타관 객지를 헤매는 동안 나는 시도 때도 없이 고향으로 돌아가고 싶은 충동에 사로잡히곤 하였다. 하지만 나는 고향으로 돌아갈 수가 없었다. 고향에 돌아가 봤자 이렇다 할 생계 수단이 없기 때문이었다.

내가 가야 할 길은 한 가지뿐이었다. 그것은, 앞이 보이지 않는 미래를 향해 내 길을 스스로 개척해야 할 각오의 노력을 의미했다. 사실 그것은 노력이라기보다 차라리 살기 위한 몸부림이자 힘겨운 '투쟁'인 셈이었다.

그랬다. 배수지진背水之陣이란 말도 있지만, 고향에 돌아갈 수 없는 막다른 현실을 감안한다면 나는 오직 앞으로 나아갈 수밖에 없었다. 이를테면 내게는 뒤를 돌아볼 겨를이 없었고, 이 험난한 세상에서 살아남기 위해 오직 '돌격 앞으로'가 있을 뿐이었다.

물론 아무런 기반이 없는 상태에서 앞으로 나아간다는 것은 쉬운 일이 아니었다. 두 주먹 불끈 쥐고 용기를 냈다가도 앞에 가로놓인 장벽이 얼마나 높고 험한가를 실감할 때에는 저절로 몸이 움츠러드는 것이었다. 그 과정에서 나는 실의와 좌절, 때로는 절망까지도 맛보았다. 그러나 나는 또다시 용기를 북돋아 절망의 나락奈落에서 나 자신을 구해 내곤 하였다.

이렇듯 힘에 부치는, 어쩌면 진작 포기했을지도 모를 기구한 운명의 궤적을 걸어 나오는 동안 양가와 생가 부모님들이 차례차례 세상을 떠나셨다. 한평생 좋은 꼴 한 번 못 보고 고생만 하시다가 돌아가신 부모님들을 생각할라치면 지금도 온몸이 저려 온다.

그러나 이런 우여곡절 속에서도 나는 줄곧 문학 수업을 쌓았고, 스물여섯 살 되던 해 전통과 권위를 자랑하는 당대 최고의 순수문예지 『현대문학現代文學』 추천을 받아 마침내 문단 말석에 끼게 되었다. 이와 함께 다른 한편으로는 조금씩, 아주 조금씩 생활 기반을 닦으면서 마음씨 착한 여성을 만나 결혼함으로써 마침내 가정을 이루었다.

물론 앞으로도 내가 가야 할 길은 멀다. 문단에 얼굴을 내민 지도 어언 4반세기가 훌쩍 지난 오늘, 나는 오래오래 두고두고 독자들에게 읽힐 만한 작품을 쓰지 않으면 안 될 절실한 과제를 안고 있다.

또, 가정적으로는 아이들이 자립할 때까지 교육, 결혼 등 뒷바라지를 해주어야 한다. 어디 그뿐인가. 우리 가정을 책임지는 것은 너무나 당연한 일이고, 한 걸음 더 나아가 집안의 장남이자 종손으로서 아우들과의 우애를 돈독히 하는 것은 물론이려니와 당내간堂內間 문제까지도 보다 더 폭넓게 챙겨야 할 입장이다.

그러나 나는 이런 무거운 책무 속에서도 하루하루를 기쁘게, 그리고 늘

감사하는 마음으로 살아가고 있다. 빈털터리 적수공권赤手空拳으로 객지에 첫발을 내디뎠을 때에는 앞으로 어떻게 살아야 할지 두렵고도 막막했었지만, 어찌어찌하여 가정을 이루고 사랑하는 가족들과 함께 이렇게라도 살 수 있다는 사실이 얼마나 기쁘고 감사한 일인가.

그렇다. 낯선 객지에 첫발을 디뎠던 지난 시절을 회상할라치면 그 고생이 너무 끔찍해서 지금도 닭살이 돋으면서 진저리가 쳐질 지경이다. 하지만 그런 시련 속에서도 이렇게 살아남아 내 길을 가고 있다는 자체가 정녕 하느님의 축복이 아니고 무엇일까.

역시 모든 인간사人間事는 생각하기 나름이다. 지난날의 시련들은 어쩌면 나의 의지를 한층 강인하게 단련시켜 주기 위한 하느님의 섭리였을지도 모른다. 그래서 나는 지난 세월 내게 고통을 안겨 주었던 사람들까지 모두 고맙게 생각할 뿐만 아니라, 지금의 삶이 힘겹고 고통스럽게 느껴질 때마다 저 암울하기 짝이 없던 과거를 돌이켜보곤 한다.

초년고생은 돈 주고 사서라도 한다고 했던가, 사실 그 쓰라렸던 아픔들에 비하면 지금의 어려움쯤이야 아무것도 아니라는 위안이 들기 때문이다. 말하자면 젊은 시절에 역경을 겪을 만큼 겪었기 때문에 어떤 고난 앞에서도 굴하지 않는 저력이 붙었다고나 할까.

내가 만약 온실에서 자란 화초처럼 나약했더라면 진작 좌절의 늪으로 굴러 떨어졌을지도 모른다. 그러나 나는 고향 떠나 객지로 나온 이후 야생초처럼 굳세게 살아왔고, 어느 정도 인생의 의미를 알게 된 뒤로는 지난날의 고통들이 도리어 값진 자산資産으로 반전되었음을 깨달았다.

그런 점에서 험난하기 짝이 없던 지난날의 아픔과 그 상처들은 내 삶의 튼튼한 밑변이자 원동력으로 작용하였다. 나무가 온갖 상처를 입으면서 더욱 단단하게 자라듯 인생도 아픔과 역경 속에서 한층 더 강인하게 자라는 것 같다.

젊은이여! 어떤 어려움 속에서도 한 번 더 힘을 내자. 그대에게는 구만 리 장천 같은 미래가 있지 않은가. 오늘 그 어떤 시련이 닥쳤다 해도, 그것은 먼 훗날을 위해 젊은 그대를 단련시키려고 하느님께서 주시는 특별한 은총임을 잊지 말자. (국방부 『마음의 양식』 2002. 가을호)

검바위 느티나무

나는 한 해에 서너 차례 또는 너덧 차례 고향을 찾는다. 집안의 대소사 大小事는 물론 마을의 경조사慶弔事 등 필연적으로 고향을 찾아야 할 일이 생기기 때문이다. 고향이 있어도 가지 못하는 실향민들에 비한다면, 나는 마음만 먹으면 언제라도 고향으로 달려갈 수 있어 무척 행복하다.

고향에 갈 때는 더러 논산까지 열차편을 이용하기도 하지만, 대부분은 고속도로와 국도를 번갈아 이용하게 된다. 천안까지는 경부고속도로를, 그리고 천안 인터체인지를 벗어난 다음에는 공주를 거쳐 부여 고향 마을에 이르기까지 내처 국도를 따라 달린다. 고향에서 일을 마친 뒤 서울로 돌아올 때는 그 길을 되짚어 올라오게 된다.

누구나 그렇겠지만, 고향으로 향할 때에는 언제나 가슴이 설렌다. 그리운 얼굴들, 어렸을 때 뛰어 놀던 동네 고샅길, 그리고 푸근한 고향 인심까지 한데 어우러져 향수鄕愁의 절정에 이르기 때문이다. 마치 초등학교 때 소풍 떠나는 하루 전날 밤의 기분과 흡사하다고나 할까.

그러나 돌아올 때의 기분은 어딘지 사뭇 헙헙하다. 뭔가를 빠뜨리고 돌아선 듯한 아쉬움과 함께 허전한 느낌이 드는 것은 어쩐 일일까. 고향에 돌아가 뿌리내리고 살 수만 있다면 얼마나 좋을까만, 생계 문제 등 여러 가지 사정으로 그럴 수 없는 현실을 어찌하랴.

그런데 나는 언제부턴가 고향에 오르내릴 때마다 어김없이 도로 연변을 유심히 살펴보는 습성을 갖게 되었다. 물끄러미 창밖을 내다보노라면 나무 한 그루, 바윗돌 하나까지 그렇게 정겨울 수가 없다. 더욱이 고향이 가까워지면 가까워질수록 자연에 대한 정감이랄까 애착의 부피도 그만큼 확대되게 마련이다.

지난 수십 년 동안 고향 가는 길은 너무 많이 변했다. 도로 자체가 확장된 것은 두말할 나위도 없거니와 그 연변 풍경 또한 이만저만 변한 것이 아니다. 그동안 개발이다 뭐다 해서 얼마나 많은 변화들이 있었던가. 특히 지난 수년간 고향 가는 길은 몰라볼 정도로 급변하였다.

예로부터 상전桑田이 벽해碧海된다는 말도 있지만 이제는 도시와 농촌을 구분하는 것 자체가 거의 무의미해지는 단계에 이르렀다. 우리의 산천은 지금도 하루가 다르게 변화하고 있다. 산허리가 뭉툭뭉툭 잘려 나가고, 기름진 옥토 위에 거대한 건물이 들어선 것을 보면 참으로 안타깝다.

물론 개발의 당위성 자체를 부정하자는 것이 아니다. 또, 그런 공사가 시작되기 전에 이미 타당성 조사를 비롯해 환경 영향 평가 등 적절한 조치가 선행되었으리라는 것을 믿어 의심치 않는다. 그럼에도 불구하고 수려한 자연이 무참히 훼손되는 것을 보면 사뭇 안타까운 것이다.

국토는 좁고, 인구는 많고…. 이 비좁은 땅에서 많은 사람들이 복작거리며 살아가려면 어쩔 수 없이 자연을 잠식할 수밖에 없으리라. 그러나 한번 훼손된 자연은 원상 복구가 안 된다는 데 문제의 심각성이 있다. 따라서 자연에 손을 대려면 그에 앞서 충분한 검토가 이루어져야 할 것이고, 최소한 관계 법령을 강화해서라도 무분별한 난개발亂開發만은 막아야 할 것이다.

그런데 고향 가는 국도 연변에는 예나 지금이나 거의 유일하게 별로 변치 않는 곳이 있다. 공주와 부여 사이의 국도변에 있는 검바위가 그곳이다. 검바위라는 지명은 전국 곳곳에 산재해 있지만 이곳 검바위는 특별한 관광 명소도 아닐뿐더러 마을 어귀에 있는 이 고장 주민들의 작은 쉼터에 지나지 않는다.

국도에 연접한 검바위는 단조롭기 짝이 없다. 집채만 한 바위 덩어리 사이에 해묵은, 굽이굽이 자라난 느티나무가 서 있을 뿐이다. 그 밑으로는 논이 펼쳐져 있다. 평범하기 짝이 없는, 전국 어디에서나 흔히 볼 수 있는 자연의 한 단면이지만, 그러나 나는 그동안 이 검바위를 지나면서 변함없이 서 있는 느티나무를 바라보고는 가슴 쩌릿한 묵상의 샘물을 길어 올리곤 하였다.

그랬다. 검바위 느티나무는 정말 내게 뭔가를 가르쳐 주려고 거기 서 있었다. 그 느티나무는 좋은 땅 쌨게 놔두고 왜 하필이면 그 바위틈에 뿌리를 내렸을까. 좀 더 비옥한 땅을 차지했더라면 큰 어려움 없이 미끈하게 자랐을 것을, 그 느티나무는 어째서 그 옹색한 바위틈에 자리를 잡아 힘겨운 삶을 살아왔을까.

그 나무는 바위틈을 비집고 자라느라 고생깨나 한 듯 모양이 요리 꼬불조리 꼬불 기묘하게 휘어져 있지 않은가. 좋은 환경에서 자랐어도 그 오랜 세월을 견디기 어려웠을 텐데 처음부터 그 척박한 땅에 발을 붙인 검바위 느티나무는 지난 세월 얼마나 모진 풍상을 겪었을까. 그것이 바로 화두話頭와도 같은 내 묵상의 출발점이었다.

나는 고향 길을 오르내릴 때마다 그런 느티나무를 눈여겨보다가 언젠가 나름대로 소중한 해답을 얻을 수 있었다. 보면 볼수록 그 느티나무는 강인한 생명력의 표상으로 다가왔다. 그 나무는, 아무리 열악한 환경이라 해도 그것을 극복하면서 너끈히 살아가는 지혜를 내게 말없이 가르쳐 주었던 것이다.

만약 그 나무가 바위 옆 다른 땅, 즉 바위틈이 아닌 좋은 땅에 뿌리를 내렸다고 가정해 보라. 그 땅은 논을 만들거나 도로를 확장할 때 진작 파헤쳐졌을 것이고, 따라서 나무는 제 수명도 다 채우지 못한 채 무참히 뽑혀 나가지 않았을까. 그러나 다행히도 나무는 거대한 바위틈에 뿌리를 내린지라 바위와 함께, 바위와 더불어, 바위의 덕택으로 그런 참화를 면하면서 오래오래 수령樹齡을 이어올 수 있었던 것이다.

어디 그뿐인가. 그 나무는 바위틈에서 자란 억센 저력이 있었기에 어떤 시련도 거뜬히 극복할 수 있지 않았을까. 그토록 무거운 바위틈을 비집고 나와 우뚝 자라난 나무에게 그까짓 풍상 따위가 무슨 대수란 말인가. 나무는 어쩌면 바위틈에 뿌리를 내릴 때부터 극기克己와 인고忍苦의 삶을 선험적으로 통찰하고 있었는지도 모른다.

결국 검바위는 몇 해 전 아담한 휴식 공원으로 조성되었다. 비록 규모는 작지만 느티나무와 바위가 한데 어우러진 공원 풍경은 여간 아름다운 것이 아니다. 그러니까 이 휴식 공원은 인위적으로 만든 공원이 아니라, 이미 오래 전부터 주어진 자연 조건 위에서 훌륭한 공원으로 거듭난 것이다.

한편, 이 근래 이 국도 곁으로 별도의 넓은 지방도로가 개설 중에 있다. 따라서 검바위 공원은 개발이라는 명목의 또 다른 위협으로부터 완전히 벗어나게 되었다. 말하자면 도로 확장으로 인한 참화를 면할 수 있게 된 것이다.

우리는 종종 태어난 환경을 탓하는 경우가 있다. 나 자신 지난 시절에는 가난의 굴레가 너무 힘겨워 부모님을 원망하며 자학自虐의 나날을 보낸 적이 있었다. 그러나 그것은 내 삶에 아무런 도움도 주지 못했다. 아니, 도움은커녕 도리어 삶을 피폐한 절망의 언덕으로 몰아세웠다.

　그런 나에게 검바위 느티나무는 많은 것을 일러주었다. 환경을 탓하지 말라. 나는, 바위와 함께 상생相生하며 굳세게 살아온 그 느티나무를 통해서 열악한 환경이 오히려 고진감래苦盡甘來라고 할까 대기만성大器晩成의 조건일 수 있다는 희망과 함께 어떤 여건에서도 굴하지 않는 끈질긴 생명의 환희를 발견하는 것이다. (국방부 『마음의 양식』 2002. 가을호)

조국과 가정

나는 소풍과 관련하여 나만이 아는 비밀이라고 할까 가슴 아린 추억을 가지고 있다. 초등학교 시절 이후 꽃피는 봄이나 누렇게 단풍 드는 가을이 되어 담임 선생님께서 소풍 계획을 말씀하실라치면 나 자신도 모르게 은근히 한풀 꺾여 몸을 움츠려야 했기 때문이다.

소풍 그 자체가 싫은 것은 아니었지만, 내게는 소풍 날 챙겨 가지고 가야 할 먹거리가 큰 걱정으로 다가왔다. 다른 아이들이야 맛깔스런 도시락은 기본이고 사탕에다 오징어하며 목마를 때 마시는 사이다라든가 아무튼 푸짐한 주전부리를 준비하게 마련이지만 우리집 형편으로는 변변한 도시락 하나 장만하기도 힘든 실정이었다.

더욱이 교통비나 숙박비 등 얼마간 경비가 소요되는 수학여행일 경우에는 아예 포기할 수밖에 없었다. 실지로 중학생이 된 이후 나는 단 한 번도 수학여행이라는 것을 가 보지 못했다. 공식적으로 부담해야 하는 여행 경비를 마련할 길이 없기 때문이었다.

수학여행을 앞둔 학우들은 누구나 할 것 없이 즐거워했다. 낯선 세계를 향해 멀리 떠나는 즐거움의 부피는 목적지에 대한 기대만큼 비례하게 마련이었다. 그러나 나는 수학여행 일정이 잡히면 한껏 풀이 죽어야 했다. 동료 학생들에 대한 부러움 때문이 아니라, 남들 다 가는 수학여행조차 가지 못하는 빈한한 처지에 저절로 위축되지 않을 수 없었던 것이다.

수학여행을 마치고 돌아온 학우들이 현지에서의 감상을 이야기할라치면 나는 당연히 꾸어다 놓은 보릿자루가 되어야 했다. 수학여행을 가지 못했으니 할 이야기가 없지 않은가. 나는 지금도 이따금 졸업 앨범을 들춰보곤 하는데, 수학여행 기념으로 촬영한 단체 사진에는 어김없이 내 얼굴이 빠져 있다. 사진 찍을 때 어디론가 '땡땡이'를 쳐서 그런 것이 아니라 애당초 '어쩔 수 없는 결석'을 했기 때문인 것이다.

하지만 사회생활을 시작한 뒤로는 사정이 달라졌다. 직업상 취재다 뭐다 해서 미지의 세계를 여행할 기회가 많았다. 어떤 경우에는 생각지도 않은 곳에서 초대해 주어 '공짜로' 비싼 여행을 하였고, 누구 말마따나 역마살이 끼어서 그런지 아니면 띠가 토끼띠여서 그런지 먹고살아야 할 일 때문에 어쩔 수 없이 여기저기 팔딱팔딱 뛰어 다니기도 하였다.

정말 그동안 우리나라의 산간 오지에서부터 해외 각국에 이르기까지 많은 곳을 밟아 보았다. 물론 아직도 가 본 곳보다는 못 가 본 곳이 비교할 수도 없을 만큼 훨씬 더 많지만, 내 형편으로서는 주위에서 부러워할 정도로 여행 복이 괜찮은 셈이었다.

그런데 여행도 여행 나름이었다. 아주 즐겁고 부담 없는 여행이 있는가 하면 별로 내키지 않는 여행도 있게 마련이었다. 예컨대 업무상으로 불가피한 단체 여행 따위가 그런 사례라고 하겠다. 오래도록 여러 단체에 관여하다 보니 어떤 때는 단체를 인솔해야 할 경우도 없지 않은 것이다.

사실 단체를 인솔한다는 것은 쉬운 일이 아니다. 가령 회사나 군대 같은 곳에서는 직급이나 계급 등 뚜렷한 위계질서가 있어 상명하복의 원칙이 철저하게 준수되지만, 문학 단체나 그밖의 공동체에는 형식상의 직책만 있을 뿐 그것이 계급은 아닌 것이다. 그래서 나는 어떤 단체의 임원이 되더라도 그것을 직급으로 생각하지 않고, 주어진 '직분'으로 받아들이면서 어떻게 하면 내 이웃과 동료에게 좀 더 나은 양질의 서비스를 제공할 수 있을까 고심해 왔다.

그럼에도 불구하고 단체의 운영에 관여하다 보면 실로 예기치 않은 일이 종종 발생하게 된다. 특히 단체 여행에서는 더 말할 나위가 없다. 단체가 이동하는 과정에서 일일이 인원 파악을 해야 하고, 당초 일정에 차질이 발생하지 않도록 신경을 써야 하는 것은 물론, 혹여 긴급 환자 등 불미스런 일이라도 발생하지 않을까 가슴을 졸여야 하는 것이다.

장기간에 걸친 여행일 경우에는 더 말할 나위가 없다. 군대의 지휘관도 아니면서, 여행사의 전문 가이드도 아니면서 많은 인원을 이끌고 해외 같은 곳을 여행하게 되면 그만큼 심리적 부담도 컸다. 그러나 나는 그동안 아무런 소득도 없이 여러 차례 그런 일을 해왔는데, 그때마다 여행에서 돌아온 다음에는 누적된 스트레스로 인해 사나흘씩 몸살을 앓아야 했다.

그렇다면 그것은 무모한 짓이었다. 누군가를 위해 봉사한다는 것은 좋은 일임에 틀림없지만, 그럼에도 불구하고 힘에 버거운 과제를 무리하게 추진한다는 것은 결코 바람직한 일이라고 말할 수 없다. 온갖 위험 부담을 안고 지금까지 그런 일을 하면서도 별다른 대과大過가 없었던 것은 하느님의 은총이 아니고 무엇이었을까.

돌이켜보면 그동안의 여행 과정에서는 잊지 못할 일도 많았다. 더욱이 일행 때문에 애먹은 경험 등은 잊으려 해도 잘 잊히지 않는다. 언젠가 한

번은 중국에서 일행 한 사람을 잃어버려 발을 동동 구른 적도 있었고, 또 언젠가는 일행 중 어떤 사람이 해외여행 도중 큰 병이 나서 본국으로 긴급 후송하는 사태를 겪기도 하였다.

그런 와중에 불평이나 불만은 왜 그렇게도 많은지…. 나는 상업적으로 여행을 알선하는 사람도 아닐뿐더러 공동체의 일원으로서 여행 경비 등 똑같은 조건에서 단체를 위해 봉사하고 있건만, 가는 곳마다 음식이 어떠네 잠자리가 어떠네 불평불만을 토로하는 사람이 있게 마련이었다.

예로부터 도박이나 여행을 함께 하게 되면 사람의 속내를 안다고 했다. 나는 본래 도박과는 거리가 먼 사람이지만, 여행 과정에서 느낀 바로는 그 옛말이야말로 거짓말이 아니라 두고두고 가슴에 새겨야 할 잠언箴言 중의 잠언이었다.

그 반면, 즐겁고 유익한 여행도 참 많았다. 좋은 일행과 어울려 여행을 하다 보면 피로 같은 것은 아예 생각할 겨를조차 없었다. 서로 돕고, 이해하고, 양보할 것은 양보하면서 신사적으로 여행을 할라치면 어느덧 일행과 일행 사이에 더욱 진한 인간적 유대가 생기는 것이었다.

그러나 여행이 길어지면 길어질수록 집이 그리워지는 것은 무슨 까닭일까. 아무리 즐거운 여행이라 해도 집에 대한 그리움은 어쩔 수가 없다. 오래 전, 장장 104일간에 걸친 해군사관학교 순항훈련에 참가했을 때에도 나는 집에 대한 간절한 그리움을 몸 전체로 체험했다.

해군 당국은 내게 과분한 대우를 해주었다. 사실 순항훈련에 참가했다는 것 차체가 '선택 받은' 축복이었다. 하지만 집에 대한 그리움만은 어쩔 도리가 없었다. 가도 가도 끝이 없는 망망대해의 수평선 저 너머로 해가 뉘엿이 기울라치면 왜 그렇게도 집이 그립던지….

집에 있을 때에는 별것 아닌 일을 가지고 티격태격 말다툼을 벌이기 일

쑤인 가족들. 멀리 떠나 있는 동안에는 한날한시도 가족들을 잊을 수가 없었다. 나이도 먹을 만큼 먹었건만 시도 때도 없이 집에 남아 있는 가족들이 그리워 눈시울이 화끈해지곤 하였다.

그렇다. 내 조국 내 가정만큼 좋은 곳이 어디 있을까. 군대에 가 봐야 부모님 고마운 줄 알고, 남의 나라에 가서 살아 봐야 조국의 소중함을 안다는 말이 있지만, 내가 이제까지 수많은 국내외 여행에서 얻은 결론이 있다면 이 세상이 아무리 좋다 해도 역시 내 나라 나의 집이 가장 좋다는 사실이었다. (국방부 『마음의 양식』 2002. 가을호)

영광 있으라!

저명한 원로 법조인이 있었다. 그분은 법으로 시작해서 법으로 끝나는, 그러니까 법밖에 모르는 분으로 정평을 얻고 있었다. 따라서 그분은 매사를 법적으로만 해석하곤 하였다. 법조계의 대부代父로 통했던 그분이 남긴 일화는 이제 법조계의 전설이 되었다.

언젠가 하루는 남달리 조신했던 새 며느리가 그분에게 차를 내다가 그만 찻잔을 떨어뜨리고 말았다. 그 바람에 찻잔은 산산조각 박살이 났고, 그 파편은 산지사방으로 튀어 흩어졌다. 근엄하기 짝이 없는 시아버지 앞에서 결정적 실수를 저지른 새 며느리 입장에서는 당장 그 어디 쥐구멍에라도 들어가고 싶은 심정이었다. 그때 원로 법조인이 물었다.

"아가, 고의냐? 실수냐?"

법조인다운, 법리적 사고思考가 물씬 풍겨 나오는 질문이었다. 시아버지 앞에서 고의로 찻잔을 깨뜨릴 새 며느리가 어디 있을까. 하지만 그분은 법에 살고 법에 죽는 분이었으므로 그렇게 물은 것이었다.

며칠 전이었다. 어느 저녁식사 자리에 초대된 적이 있었다. 그 자리에 모인 사람은 모두 일곱 명이었다. 다른 분들은 부부 동반으로 그 자리에 나왔고, 공교롭게도 필자만 외톨이로 나가게 되었다. 아내와 함께 그 자리에 참석했더라면 더 좋았을 텐데, 그날따라 그럴 형편이 못 되었던 터라 부득이 혼자만 나갔던 것이다.

저녁식사 자리는 화기애애하였다. 필자는 오래 전에 술을 끊었지만, 나머지 일행은 가벼운 반주를 곁들이면서 즐거운 대화를 나누었다. 특히 그 자리에는 주빈격인 W 제독提督도 함께 있었다. 우리는 그날 W 제독의 승진을 축하하기 위하여 그 자리에 모인 것이었다. 본래 W 제독은 넉넉한 가슴을 가진 분인데, 그날도 격의 없고 재치 있는 우스갯소리로 우리들을 즐겁게 해주었다.

우리는 그 자리에서 식사를 마치고 누군가의 제의로 단란주점에 가기로 하였다. 말하자면 식사 자리에서 도도해진 기분을 한층 돋우기 위하여 2차를 가게 된 셈이었다. 우리는 음식점 근처에 있는 한 단란주점으로 옮겨가서 자리를 정하고 앉았다.

이윽고 단란주점 종업원이 음료를 가지고 들어왔다. 그런데 그 종업원은 테이블 위에 이것저것 음료를 놓아주다가 그만 큰 실수를 저지르고 말았다. 쟁반 위에 받쳐 든 컵을 바닥에 떨어뜨린 것이었다. 그 바람에 컵은 마치 수류탄이 폭발하듯 박살이 나서 유리 조각이 튀었고, 우리 일행은 이게 웬 날벼락인가 싶어 촉각을 곤두세웠다.

바로 그 순간이었다. W 제독이 마치 장풍掌風이라도 일으키려는 듯 컵 깨진 자리를 손바닥 전체로 가리키면서 소리쳤다.

"야, 영광 있으라!"

기합을 넣는 듯한 그의 기발한 제스처는 여간 우습지 않았다. 귀밑머리

희끗희끗한 현역 제독의 동작이라고는 도저히 믿어지지 않는, 어쩌면 천진난만한 개구쟁이 같은 그의 몸짓에 우리는 그만 한바탕 뱃살을 쥐고 웃었다. 그리하여 다소 머쓱해졌던 분위기가 한순간에 즐거운 분위기로 일전하였다.

고객 앞에서 최고의 서비스를 제공해야 할 종업원은 본의 아닌 실수를 저지른 터라 몸 둘 바를 몰라 쩔쩔 매고 있었다. 그러나 우리가 한바탕 웃음바다를 연출함으로써 그 역시 안도의 한숨을 내쉬는 듯했다. 얼굴이 홍당무처럼 벌겋게 달아오른 종업원에게 W 제독이 말했다.

"괜찮아요. 우리를 더욱 즐겁게 해주려고 그런 것 아닌가요? 우리가 생각하기 나름이죠 뭐."

그 말에 종업원도 긴장을 풀었고, 우리는 곧 언제 그런 일이 있었느냐는 듯 애창곡을 부르며 기분 좋게 놀았다. 그랬다. 문제는 생각하기 나름이었다. 기쁜 자리에서 컵이 깨졌다고 해서 기분 나쁘다고 생각하면 기분이 나빠지게 마련이지만, 도리어 기분 좋은 일이라 생각하면 기분이 더 좋아질 수도 있는 것이다. (천주교 목5동성당 홈페이지. 2000)

튼튼한 안보는
평화와 통일의 원동력

안보와 통일은 동전의 양면

'호국의 달'인 6월, 더욱이 6·25 한국전쟁 54돌을 맞는 6월 24일, 필자는 국방부가 마련한 문화예술계 인사 초청 정책설명회에 참석하고 서부 전선 최전방을 둘러보았다. 이 행사에 동참한 문화예술계 인사는 필자를 포함하여 모두 26명이었다. 결론부터 말하자면 국방부가 매년 개최해 온 이 행사는 매우 유익한, 국군과 문화예술계의 일체감 조성을 위해 더욱 확대되어야 할 아주 중요한 사업이라고 하겠다.

그날 필자는 조영길 국방부 장관이 주재한 정책설명회에서 주요 국방 현안을 청취하였다. 그동안 신문·방송 등 언론을 통해, 또는 항간에 떠도는 담론 등을 통해 남북문제, 한미 관계, 해외 파병 문제 등을 접할 수 있었지만, 국방 당국으로부터 공식적인 국방 현안을 청취할 수 있었던 것은 정부의 중장기 국방 정책과 우리가 나아가야 할 방향을 이해하는 데 큰 도움이 되었다.

특히 철책선 저 너머로 북한 땅이 손에 잡힐 듯 빤히 건너다보이는 서부전선을 시찰할 때에는 군사적 긴장 상황을 몸 전체로 실감할 수 있었다. 지구상에서 유일한 분단국가로 남아 있는, 그러나 언젠가는 반드시 통일을 이룩해야 할 우리 겨레. 끝 간 데 없이 이어진 철책선 앞에서는 안보가 걱정되는 반면, 최근에 준공된 도라산역에서는 급기야 통일의 기운이 움트고 있음을 느꼈다.

그렇다. 안보와 통일은 동전의 양면과 같다. 튼튼한 안보는 곧 통일의 밑거름이자 원동력이고, 통일이야말로 굳건한 안보 위에서 평화적으로 성취되지 않으면 안 된다. 그런 점에서 안보와 통일은 떼려야 뗄 수 없는 불가분의 관계에 있다고 하겠다. 일부 통일지상주의자들이 국가 안보를 망각한 채 어떤 통일도 좋다는 식의 논지를 전개하고 있지만, 그것은 위험천만한 발상이 아닐 수 없는 것이다.

마침내 통일의 그날은 온다

필자는 서부전선의 한 전망대에서 저 무심한 비무장지대와 북녘 땅을 바라보았다. 군사분계선을 중심으로 남쪽에는 남방한계선, 북쪽에는 북방한계선···. 비무장지대의 북쪽 구역에는 북한의 선전 마을인 기정동이 있고, 남쪽에는 '자유의 마을'로 더 널리 알려진 우리의 대성동이 있다. 이들 두 마을은 비무장지대 안에서 서로 마주보면서 분단의 아픈 역사를 말해 주는 듯했다.

녹음방초 울창하게 우거진 그 고요한 비무장지대에는 백로들이 군사분계선을 가로지르며 한가로이 날아다니고 있었다. 한갓 날짐승에 지나지 않는 백로들도 자유로이 남북을 넘나들건만 만물의 영장이라는, 정작 이

땅의 주인인 우리는 지난 세월 첨예한 대립과 단절 속에 살지 않으면 안 되었다. 이 근래 금강산 관광 등 부분적으로나마 남북 왕래가 시작되긴 했지만 그럼에도 불구하고 군사적 대치 상태까지 완전히 해소된 것은 아니다.

하지만 최근 남북 장성급 회담이 일련의 가시적 합의를 이끌어 낸 것은 무척 다행스런 일이 아닐 수 없다. 이번 장성급 회담은 해상에서 남북 함정의 우발적 충돌을 방지하기 위해 쌍방의 연락망, 신호 체계 등을 구축하고 더 나아가 휴전선에서 상호 비방을 중지키로 합의함으로써 남북 간 신뢰 구축의 새로운 이정표를 마련하였다.

이렇듯 남북 쌍방이 불필요한 소모전을 자제하고, 군사적 긴장을 상당 부분 완화하게 된 것은 분명 남북 화해와 협력을 향한 진일보라 하겠다. 앞으로 남북이 반목과 대립을 뛰어넘어 차곡차곡 신뢰의 기틀을 쌓아 나간다면 반드시 통일의 그날은 앞당겨질 것이다.

전선을 누빈 문학인들

일행이 제3땅굴, 멸공관 등을 둘러보는 동안 필자는 문득 6·25 한국전쟁 때 국군을 도와 구국의 대열에 동참한 문화예술인들을 생각하였다. 예컨대 한국전쟁이 발발하자마자 그 이튿날인 6월 26일 전국문화단체총연합회(약칭 문총) 간부들이 문예사(문학지 『문예文藝』를 발행하던 회사)에 모여 자발적으로 비상사태에 대한 대책을 논의하고 '비상국민선전대'를 조직한 것은 세계 역사상 유례를 찾아보기 힘든 발 빠른 행보가 아닐 수 없었다.

어디 그뿐인가. 그들은 시인·소설가·극작가·아동문학가를 망라한 '문총구국대'를 결성하였고, 전쟁이 장기화되자 '종군작가단'을 구성하여 육

·해·공 국군과 더불어 전선을 누볐다.

당시 육군종군작가단으로는 최상덕 김송 박영준 이덕진 장덕조 최태응 조영암 정비석 김진수 정운삼 성기원 박인환 방기환 김팔봉 구상 황준성 양명문 박기준 윤석중 유치환 손소희 하대응 등 당대 최고의 시인·작가들 이외에도 만화가 김용환이 동참하였다.

해군종군작가단으로는 이선구 염상섭 이무영 안수길 등이 해군 기관지 『해군』지를 편집하는 등 활발한 종군 활동을 벌였으며, 공군에 종군한 마해송 조지훈 박두진 박목월 황순원 김동리 구상 등은 창공구락부를 조직하고 공군에서 발행하는 『창공』 『코메트』에 깊이 관여하면서 보도선전 활동에 큰 몫을 담당하였다.

민족 동질성 회복의 견인차

그들은 종군 과정에서 군가 작사는 물론이려니와 시·소설·희곡·동화 등을 통해 국군의 사기 진작에 심혈을 기울였다. 그 반면, 적에게는 그들이 써낸 글이야말로 그 어떤 무기보다도 간담을 서늘케 하는 무시무시한 위력을 발휘하였다. 그리고 전쟁 중 또는 휴전 후 전쟁 체험을 토대로 그들이 써낸 주옥같은 작품들은 우리 문학사에 소중한 자산으로 남게 되었다.

아무튼 국방부가 마련한 이번 문화예술인 초청 정책설명회 및 안보현장 시찰은 여러 모로 의미가 컸다. 우리 문화예술인들이야말로 언제나 깨어 있는 올바른 안보관을 바탕으로 조국의 통일과 민족의 동질성 회복에 견인차 역할을 해야 할 것이다. (『국방소식』 2004)

통일로, 미래로, 세계로…

지난 1995년 봄이었다. 필자는 공보처 국립영상제작소의 의뢰를 받아 광복 50년 기록 영화 대본을 썼다. 제목은 「시련과 영광」이었다. 그 당시 필자는 국립영상제작소의 이지완 감독과 함께 이 영화를 만드느라 몇 달 동안 국립영상제작소 작업실에서 밤을 지새웠다.

이 감독은 국립영상제작소 감독 중에서 가장 역량이 뛰어난, 자타가 공인하는 베테랑 감독이었다. 그는 일찍이 제24회 서울올림픽 공식 기록 영화를 만든 실력자였다. 광복 50년 기록 영화 「시련과 영광」이 그런 이 감독에게 배당된 것은 아주 당연한 일이었다.

이 감독은 왕년의 정부 기록 영화, 대한늬우스(대한뉴스), 미국 등 해외 여러 나라의 각종 기록 필름 등에서 역사적으로 아주 중요한 희귀 자료들을 찾아내 새 역작을 만드느라 진땀을 뺐다. 광복 당시 세계 최빈국이었던 우리나라가 6·25 한국전쟁 등 저 쓰라린 시련을 뛰어넘어 오늘의 영광을 이룩하기까지 광복 50년 역사를 한 편의 영화로 담아내기란 결코 쉬운 일이 아니었다.

희끄무레한 필름을 보고, 또 보고…. 날이면 날마다 편집기 앞에 붙어 앉아 편집용 필름을 이어붙였다가 잘라내고, 잘라낸 필름을 다시 이어붙이는 고된 작업을 되풀이했다. 눈 깜짝할 사이 필름의 서슬에 손가락을 베어 피를 흘린 적도 한두 번이 아니었다. 이때 필자는 이 감독 곁에 붙어 앉아 계속 대본을 고쳐 쓰면서 영화의 완성도를 높여 나갔다.

봄이 가고, 어느덧 여름이 오고 있었다. 마침내 120분짜리 대작 「시련과 영광」이 서서히 윤곽을 드러내기 시작하였다. 이 감독과 필자는 얼마나 필름을 들여다보았던지 나중에는 눈이 짓무를 지경이었다. 음향 효과와 음악을 넣고, 최종적으로 내레이션을 녹음할 때에는 성우와 녹음 기사 등 여러 스태프들이 또다시 스튜디오에서 밤을 지새웠다.

그렇게 해서 마침내 광복 50년 기록 영화 「시련과 영광」이 완성되었다. 필자는 그때 이 영화의 마지막 장면을 인상적으로 장식하기 위해 나름대로 심혈을 기울였다. 이 영화의 기본 주제는 광복 50년이었지만, 광복 50년을 맞이한 우리의 지향점은 궁극적으로 민족의 평화 통일이었다. 따라서 필자는 이 영화의 에필로그 장면으로 휴전선 철책선, 백두산 천지, 태극기 등을 웅장하게 보여 주면서 강력한 통일 의지와 미래에의 비전을 내레이션으로 깔았다.

＃휴전선 철책선·백두산 천지·태극기
내레이션 : 광복 50년 역사는 분단 50년 역사였다. 우리는 이제 통일을 향해 새로운 지평을 열어가고 있다. 통일로, 미래로, 세계로… 통일된 조국, 인류 사회에 기여하는 21세기 세계 중심 국가를 이룩하는 그날까지 우리 모두 힘과 지혜를 모으자.

한편, 국립영상제작소는 그해 8월 15일 오후 2시 세종문화회관 대강당에서 「시련과 영광」 시사회를 가졌다. 그 자리에는 광복 50주년 경축식에 참석한 독립유공자, 재외동포, 이북5도민 등 3천여 명이 만원을 이루었다. 이날 케이블 TV 한국영상(채널 14)은 세종문화회관 시사회와 동시에, KBS1 TV는 오후 3시부터 앞서거니 뒤서거니 이 영화를 전국에 방영했다.

영화가 앞의 내레이션으로 대단원의 막을 내리면서 스태프 자막이 올라갈 때 세종문화회관은 우레 같은 박수 소리와 감격의 눈물로 뒤범벅되었다. 필자도 가슴이 울컥해짐을 느꼈다. 그야말로 만감이 교차했다. 영화를 만들 때의 고생도 고생이지만, 광복 이후 우리 겨레가 걸어온 길과 앞으로 나아가야 할 길을 생각할라치면 가슴이 저절로 멍쿨해지는 것이었다.

지성이면 감천이라 했지만, 우리 스태프들이 총력을 기울여 만든 「시련과 영광」은 크게 히트했다. 정부 주요 기관과 국내외 기업은 물론 각급 학교에서 앞다투어 국립영상제작소에 이 영화의 초청 상영을 의뢰했다. 이렇듯 각계각층의 관심이 빗발치자 국립영상제작소는 이 영화를 비디오테이프로 제작하여 전국 각지에 보급했다.

어디 그뿐인가. KBS 영상사업단은 아예 이 영화의 비디오테이프를 본격적으로 판매했다. 그리하여 「시련과 영광」은 급기야 범국민적 시청각 교재로 자리매김하였다. 이지완 감독과 필자는 이 영화를 만든 공로로 대통령 표창을 받았다.

그로부터 10년이 지났다. 필자는 그때 한국문인협회 편집국장이 되어 있었다. 한국문인협회는 2005년 8월 13일부터 14일까지 1박 2일 일정으로 백담사 만해마을에서 '광복 60년 한국문인대회'를 개최했다. 필자는 이 행사를 진행하느라 이래저래 여간 땀 흘린 것이 아니었다. 이 행사에는 전국의 문인 천여 명이 참가했다. 음식점, 숙박 시설이 여의치 않아 애를 먹었지만, 문인 천여 명이 한자리에 모여 광복 60년 기념행사와 심포지엄을 연 것은 아주 뜻깊은 일이었다.

또다시 세월이 흘렀다. 필자는 어느덧 한국문인협회 부이사장이 되었고, 내년이면 광복 70년을 맞이하게 된다. 광복은 모두가 경축할 일이지만, 그러나 아직도 통일은 이루어지지 않았다. 우리 겨레는 남북으로 갈라선 채 어언 70년 세월을 살아온 것이다.

언제부턴가 필자는 수시로 한반도 지도를 들여다본다. 북한은 그렇다 치고, 휴전선 남쪽의 우리 대한민국은 외딴 섬이나 다름없다. 하늘 또는 바다를 통하지 않고서는, 즉 육로로는 다른 나라로 나갈 길이 없다. 그것도 북한의 하늘과 바다를 피해 먼길로 빙빙 우회하지 않으면 안 된다. 그런 악조건 속에서도 우리는 인류 역사상 유례가 없을 만큼 단기간에 민주화와 산업화를 이룩하면서 세계 속에 우뚝 섰다.

그렇다면 이미 해답은 정해져 있다. 북한은 이제 쓸데없는 아집을 버리고 대화의 광장, 통일의 광장으로 나와 우리와 함께 분단의 역사를 청산하고 평화 통일을 이룩해야 한다. 따라서 「시련과 영광」의 에필로그 내레이션은 여전히 유효하다. 통일로, 미래로, 세계로…. 통일된 조국, 인류 사회에 기여하는 21세기 세계 중심 국가를 이룩하는 그날까지 우리 모두 힘과 지혜를 모으자. (서울문학인대회 광복 70년 기념문집. 문학의집·서울. 2014)

인권과 '삶의 질'

　인권이 있는 곳에 문화가 있고, 문화가 있는 곳에 인권이 있다. 인권이 존중되지 않는 사회에 문화가 존재할 수 없고, 문화가 없는 사회에서 행복을 이야기한다는 것은 허구라고 말할 수밖에 없다. 그런 점에서 인권은 인간의 행복을 보장하는 가장 기본적인 요소라고 하겠다. 요컨대 인권이 철저히 보장되는 사회야말로 가장 인간다운 삶을 영위할 수 있는 건전한 사회가 아닐까. 하지만 불법·탈법이 판치는, 그리고 정당한 목소리가 묵살되는 사회에서는 인권이고 뭐고 인간다운 삶을 기대할 수가 없다.

　인권이 무시되는 사회에서 우리가 무엇을 기대할 것인가. 그런 사회에서는 억눌린 신음 소리와 절망만 넘쳐날 뿐이다. 우리는 동서고금의 역사를 통해 인간의 기본권마저 짓밟혔던 시대의 병폐를 너무 잘 알고 있다. 그 반면, 인권이 보장되었던, 국가가 힘없는 국민들의 작은 목소리에도 귀를 기울일 줄 알았던 시대, 즉 인간이 인간답게 살 수 있었던 시대에는 태평성대太平聖代의 노래가 끊이지 않았다.

인간이 다른 동물과 결정적으로 다른 점은 우리 인간이야말로 존엄과 가치를 추구하는 존재라는 사실이다. 그리고 우리 인간이 추구하는 가치는 참으로 다양하지만, 그중에서도 특히 문화와 예술은 그 중심에 있다 해도 과언이 아니다. 문화와 예술은 '삶의 질'과 직결되기 때문이다. 바꾸어 말하자면 문화와 예술을 배제한 '삶의 질'은 애당초 생각할 수가 없는 것이다.

우리는 문화와 예술의 수준으로 그 사회의 전모를 평가한다. 가령 먼 옛날 우리 조상들이 남기신, 국보와 보물을 위시한 저 유명한 각종 문화유산이야말로 문화와 예술의 산물임은 두말할 나위가 없다. 그러므로 우리는 그런 문화와 예술의 산물인 문화유산을 보고 그 시대의 정치·경제·사회 전반을 알아내게 된다. 즉 정치·경제·사회 등 모든 분야가 안정되어 국태민안國泰民安 부국강병富國强兵을 이루었던 시대에는 찬란한 문화가 꽃을 피우게 마련이고, 그러한 역량을 바탕으로 탁월한 문화적 산물을 낳아 후손들에게 길이길이 전해 주는 것이다.

국력이 미흡하면, 그리하여 그 시대를 살아가는 인간들의 삶이 고달프면 고달플수록 그 문화는 조잡할 수밖에 없다. 특히 천재지변이나 전란이 일어나면 문화와 예술은 생각할 수가 없다. 그런 절박한 상황에서는 오직 목숨만이라도 건사하여 살아남기 위한 연명의 몸부림이 존재할 뿐인 것이다.

그 반면, 생활이 안정되면 인간은 한층 고상한 삶, 우아한 삶, 품위 있는 삶, 즉 보다 더 격조 높은 행복한 삶을 추구하게 된다. 바로 그 과정에서 문화와 예술이 한껏 꽃을 피우는 것이다. 그러므로 미개한 민족에게서는 문화유산을 찾아볼 길이 없고, 일찍 개명한 선진 민족은 우수한 문화유산을 남겨 그 시대를 살았던 인간들의 '삶의 질'을 여실히 증언해 주는 것이다.

우리 민족은 불행하게도 일제의 식민 통치를 거쳐 장기간 군사 정권을 체험했다. 그 어두웠던 시대, 나라의 주인인 민초들이 인권을 이야기한다는 것은 언감생심 꿈도 꿀 수 없었다. 만약 인권이 어떠네 저떠네 주장했다가는 더 큰 억압을 받아야 했다. 따라서 그 시대에는 하고 싶은 말도 못한 채 숨을 죽여야 했다. 그런 사회에서 문화와 예술이 꽃필 리 없었고, 국민들은 권력에 짓눌려 마땅히 추구해야 할 행복까지도 뒷전으로 미뤄 놓아야 했던 것이다.

잘 알려진 바와 같이 우리나라 헌법 제10조는 '모든 국민은 인간으로서의 존엄과 가치를 가지며, 행복을 추구할 권리가 있다'고 규정하고 있다. 하지만 독재 정권에서는 법보다 권력이 앞섰다. 그리하여 법은 법전 속에서 잠자고, 공중에 뜬 새도 떨어뜨릴 무소불위의 권력 남용만 존재할 따름이었다. 그 시대에는 국민들의 목소리 따위야 서슬 퍼런 권력의 그늘에 묻혀 아무런 영향력을 행사할 수가 없었던 것이다.

우리 동네에는 군사 정권 시절에 세워진 쓰레기 소각장이 있다. 이른바 자원회수시설. 그 명칭은 제법 번드르르하지만, 하늘을 찌르는 높은 굴뚝이 군사 정권의 시건방진 독재자처럼 주민들을 위압적으로 내려다보고 있다. 필자의 경우 바로 그 아스라이 높은 굴뚝 밑에서 가족들과 함께 살고 있다. 굳이 말하자면 '굴뚝 밑 인생'인 것이다. 좀 더 공기 맑고 물 좋은 곳으로 이사를 가고 싶어도 형편이 따라 주지 않으니 언제 이곳을 벗어날 수 있을지 기약이 없다.

쓰레기 소각장의 해악은 다이옥신 배출, 대기 오염, 악취 발생 등 알려질 만큼 잘 알려져 있다. 어찌하여 쾌적해야 할 주거 지역에, 그것도 엎어지면 코 닿을 만큼 근접한 위치에 이런 시설을 그대로 두어야 하는지 알수가 없다. 더군다나 이 근래 행정 당국은 소위 쓰레기 소각장 광역화 조치를 취했다. 이를 계기로 우리 동네 소각장은 우리 동네만이 아닌 다른 지역의 쓰레기까지 반입해 소각하는 것으로 알려졌다.

그러자 주민들이 분연히 일어나 소각장 광역화 반대 운동을 벌이는 한편, 다른 동네의 쓰레기 반입을 막기 위해 몸싸움까지 벌였다. 하지만 관계 당국은 우리 주민들이 겪는 고통과 환경 문제는 도외시한 채 '님비 증후군'이니 뭐니 얼토당토않은 주장을 늘어놓아 주민들을 더욱 분노케 하고 있다. 그렇다면 우리 주민들이 아무런 피해도 없는데 괜히 소각장 광역화를 둘러싸고 생트집을 잡는단 말인가. 천만의 말씀이다.

만약 단 하루만이라도 굴뚝 밑에서 살아 보면 우리 주민들의 실정을 충분히 납득할 수 있을 텐데 겉으로 드러난 현상만 보고 무조건 집단이기주의쯤으로 몰아붙이는 한심한 사람들. 우리 주민들은 최소한의 생존권·환경권을 요구할 뿐이건만 아직도 그런 한심한 공직자들이 존재하는 한 인권이니 뭐니 그런 것을 운위한다는 자체가 너무 먼 나라의 이야기일 수밖에 없지 않은가.

우리 주민들은 맑은 공기, 쾌적한 환경에서 살고 싶다. 하지만 주민들의 목소리에 귀를 기울여 쾌적한 환경 보전에 앞장서야 할 행정 당국이 잠꼬대 같은 억지 주장만 늘어놓는 이런 현실 속에서 '삶의 질'을 운위하고 더 나아가 우리나라가 문화와 예술이 꽃피는 문화 국가로 우뚝 서기를 기대한다는 것 또한 공염불에 지나지 않는다. 단언컨대 주거 지역에 밀착되어 주민의 건강을 위협하는 쓰레기 소각장은 우리 시대가 후손에게 물려줄 문화유산이 못 되는 것이다. (『휴먼필』 2007)

굴뚝 밑 인생의 재채기

우리 동네에는 이른바 골칫거리 중의 골칫거리인 자원회수시설이 있다. 그 이름은 제법 그럴싸하고 번드르르하지만 실상을 들여다보면 한마디로 말해서 쓰레기 소각장이다. 그런 쓰레기 소각장이 공동 주택인 아파트와 일정한 거리를 두지 않은 채 사실상 찰싹 맞붙어 있다 해도 과언이 아니다. 보다 구체적으로 말하자면 아파트와 쓰레기 소각장의 거리는 불과 10미터도 되지 않는다. 그러니까 아파트 단지 안에 쓰레기 소각장이 들어서 있고, 바꾸어 말하자면 쓰레기 소각장에 아파트 단지가 몸을 맞대고 있는 셈이다.

나는 바로 그 쓰레기 소각장의 굴뚝 밑에 살고 있다. 이웃의 다른 주민들도 그렇겠지만, 내 경우 문제의 쓰레기 소각장 때문에 이만저만 고통을 겪는 것이 아니다. 손에 닿을 듯 창문으로 빤히 바라보이는, 높이 치솟아 있는 쓰레기 소각장의 굴뚝이 무슨 흉물보다도 더 무시무시하게 느껴진다. 더군다나 쓰레기 소각장 인근에는 어린이집까지 있어 여간 걱정되는 것이 아니다.

마음 같아서는 당장 이곳을 벗어나고 싶지만, 형편이 형편인지라 그럴 처지도 못된다. 아마 우리 이웃들도 대부분 이런저런 사정이 있어 이 동네를 벗어나지 못하는 것 같다. 앓느니 죽는다는 말도 있지만, 특히 우리 같은 서민들 입장에서는 쉽게 이사를 결행할 수도 없는 노릇인 것이다.

나는 동네 뒷동산에 오를 때마다 거의 예외 없이 쓰레기 소각장을 건너다본다. 그것은 언제부턴가 몸에 붙은 버릇처럼 되었는데, 하늘을 찌를 듯 높이 치솟아 입을 떡 벌리고 있는 굴뚝과, 그 곁에 우뚝우뚝 솟아 있는 열병합발전소의 굴뚝들을 보고 있을라치면 저절로 숨이 막힐 것만 같다.

며칠 전이었다. 그날도 나는 초등학생인 늦둥이 아들을 데리고 뒷동산에 올라 쓰레기 소각장을 건너다보았다. 그때 억장이 무너지는 듯한 탄식을 금할 길 없었다. 우리 가족은 언제쯤 쾌적한 환경에서 살아 볼까. 눈에 넣어도 아프지 않을 늦둥이 아들에게 맑은 공기를 마시게 할 수는 없을까. 쓰레기 소각장을 내려다보는 동안 이런저런 생각들이 난마처럼 얽혀 괴롭기 짝이 없었다.

웬만한 사람은 다 알고 있는 사실이지만, 쓰레기 소각장 문제는 어제오늘에 불거진 것이 아니다. 쓰레기 소각장의 해악은 다이옥신 배출, 대기 오염, 악취 발생 등 알려질 만큼 잘 알려져 있고, 수많은 전문가들이 다이옥신 등 맹독성 물질 배출로 인한 재앙을 예고하고 있지 않은가.

지금까지 알려진 바에 의하면, 다이옥신은 베트남 전쟁 때 제초제로 사용되었던 화학 물질로서 참전 군인들이 20여 년이 지난 지금까지 암, 중추 신경 이상, 피부 질환, 생식기 이상 등으로 고통을 받고 있다. 동물 임상 실험 결과 다이옥신은 동물에게 암을 일으키는 것으로 밝혀졌고, 우리 인간에도 암을 비롯한 여러 가지 병을 초래하는 것으로 알려져 있다. 만약 우리 아들과 이웃의 어린이들 등 자라나는 새싹들에게까지 다이옥신으로 인한 그처럼 무서운 재앙이 미친다면 어찌할 것인가.

과연 어느 누가 주거 시설과 쓰레기 소각장을 한곳에 찰싹 붙여 놓았을까. 아무리 국토가 좁고 땅값이 금값이라 하지만, 쾌적해야 할 주거 시설과 각종 공해 유발의 혐오 시설인 쓰레기 소각장을 한자리에 붙여 놓았다는 것은 도저히 이해할 수가 없다. 주거 환경을 고려한다면 쓰레기 소각장을 먼 곳에 세웠어야 하고, 쓰레기 소각장이 먼저 들어와 있었다면 그 인근에는 주거 시설을 건설하지 말았어야 하는 것이다.

하지만 문제는 거기에서 끝난 것이 아니었다. 우리 동네의 경우 주민 동의도 없이 쓰레기 소각장의 소각로가 증설됐고, 관계 당국은 주민들과의 당초 약속을 어긴 채 소위 광역화라는 명분을 내걸고 다른 동네의 쓰레기까지 우리 동네 쓰레기 소각장으로 반입하기 시작했다. 그러자 주민들이 분연히 일어나 비상대책위원회를 결성하고 쓰레기 소각장 광역화 반대를 외치면서 관계 당국에 줄곧 이의를 제기했지만 관계 당국이 '님비 현상'이니 '집단 이기주의'니 뭐니 얼토당토않은 주장만 늘어놓음으로써 주민들을 더 자극했다.

그렇다면 우리 주민들이 쓰레기 소각장 광역화 문제를 놓고 괜히 생트집을 잡는단 말인가. 관계 당국의 인식이 그 정도에 머물고 있는 한 우리 주민들의 외침은 쇠귀에 경 읽기나 다름없지 않은가. 지금도 비상대책위원회에서는 법정 투쟁을 비롯, 우리 아파트 단지의 홈페이지 등을 통해서 쓰레기 소각장 문제와 관련해 다양한 의견들을 제시하고 있다. 나도 종종 그 홈페이지에 짧은 글을 올려 비상대책위원회 위원들의 활동에 응원을 보내곤 한다.

그동안 나는 직업상 책상 앞에서 거의 매일 밤을 지새우다시피 하며 살아왔다. 그런데 밤이 깊어지면 깊어질수록 코끝이 매캐해지면서 콧물이 줄줄 흐르고, 눈자위가 아릿아릿 쓰라리고 따끔따끔한 것은 물론, 나중에는 안면 전체가 따끔거려서 여간 괴로운 것이 아니다. 그뿐 아니라 고약한 악취까지 뭉클뭉클 풍겨 들어와 숨을 쉬기가 곤란할 지경인 데다 지끈지끈 두통까지 몰려와서 그 고통이란 이루 말할 수가 없다.

그럴 때마다 수시로 몸을 씻지만, 공기가 워낙 탁한지라 끊임없이 지독한 기침과 재채기가 터져 나온다. 에취, 에취, 에에취…. 내가 요란한 재채기를 터뜨릴라치면 거기에 화답이라도 하듯 바깥에서 누군가 다른 주민이 거의 어김없이 고통스런 기침과 재채기를 터뜨리곤 한다.

최루탄이 난무하는 시위 현장이 무색할 만큼 시도 때도 없이 터져 나오는 기침과 재채기를 무엇으로 어떻게 설명해야 할 것인가. 시내에 나가 일을 보고 돌아올 때에도 우리 동네에만 들어서면 여지없이 기침과 재채기가 쏟아져 나오고 골치가 딱딱 아프건만, 관계 당국은 그동안 쓰레기 소각장의 다이옥신 배출 허용 수치까지 조작하여 발표하는 가운데 환경 보전에 아무런 문제가 없다면서 잠꼬대 같은 소리만 늘어놓고 있으니 참으로 한심한 노릇인 것이다.

두 말할 나위도 없이 각종 공해를 유발하는 쓰레기 소각장 문제는 기본적 인권과 직결돼 있다. 쓰레기 소각장의 해독으로부터 벗어나려는 우리 주민들의 노력이야말로 쾌적한 환경에서 행복하게 살고 싶은 가장 기본적인 인권, 즉 환경권이며 행복추구권과 직결된 문제가 아니고 무엇일까. 이는 굴뚝 밑에 사는 우리 동네 주민들만의 문제가 아니라 환경을 잘 보전해야 할 우리 모두의 과제인 것이다.

눈만 뜨면 창문을 통해 바라보이는 저 흉물스런 굴뚝을 어떻게 하면 좋을까. 나는 굴뚝으로 상징되는 쓰레기 소각장으로 인해 오늘도 엄청난 스트레스를 받고 있다. 그뿐 아니라 지금 이 순간에도 맹독성 악취 속에 계속 재채기를 해대면서 환경과 인권 문제를 심각하게 고민하고 있다. (국가인권위원회 『인권』 2007. 11·12월호)

집 이야기

몇 해 전까지만 해도 내 집 장만한 이야기가 심심찮게 매스컴에 오르내리곤 했다. 특히 집값이 하늘 높은 줄 모르고 천정부지로 치솟던 시절, 집 장만한 이야기는 무슨 신화처럼 들리기도 하였다.

어쩌다 여성지를 들추면 내 집 장만한 알뜰주부의 이야기가 대단한 성공 사례처럼 나와 있었다. 어디 그뿐인가. 신문이나 라디오 또는 텔레비전에서도 집 장만한 비결, 즉 어렵게어렵게 내 집을 장만하기까지의 힘겹고 눈물겹던 일화들을 소개하곤 하였다.

그런데 이 근래에는 그런 기사들을 접하기가 어렵게 되었다. 필자가 과문한 탓인지는 몰라도, 과거에 비해, 내 집 마련과 관련한 화제는 많이 퇴색한 것 같다. 실지로 내 집 장만한 이야기는 매스컴에서도 그전보다 훨씬 덜 취급하고, 그 대신 재테크 어쩌구 하면서 부동산 정보를 더 많이 싣고 있다.

이제 식상이 난 탓일까, 여러 사람이 모인 자리에 가더라도 집 장만한 이야기를 별로 들을 수 없게 되었다. 얼마 전까지만 해도 가까운 사람들끼리 모인 자리에 가면, 누가 시작했는지도 모르게 집 장만한 이야기가 약방의 감초처럼 입에 오르내리곤 했는데, 언제부턴가 그런 이야기를 별로 들어 보지 못했다.

아직도 내 집을 갖지 못한 사람들에게는 시건방진 이야기로 들릴지 모르지만, 적어도 최근에 만나고 있는 필자 주변 사람들은 별로 집에 관한 이야기를 하지 않는다. 간혹 집 이야기가 나오면 집의 구조, 집의 분위기, 집에서 있었던 일 등에 초점이 맞춰질 따름인 것이다.

왜 그럴까. 거기에는 분명 그럴 만한 배경이 있지 않나 생각된다. 그중에서도 가장 큰 이유는 뭐니 뭐니 해도 과거보다는 주택난이 많이 해소되었기 때문일 것이다. 지금도 자기 집이 없어 남의 집에 세 들어 사는 사람들이 많지만, 그래도 집이 절대적으로 부족했던 1960년대나 1970년대에 비하면 그 형편이 훨씬 나아진 것만은 분명하다.

이와 함께 집에 대한 개념도 크게 달라졌다. 과거에는 주택이 투기의 대상이었던 적도 있었다. 물론 지금도 소위 '인기 있는' 아파트 분양 현장에는 시세 차액을 노린 '꾼'들이 몰려다닌다는 소문을 듣고 있지만, 과거처럼 집값이 아침저녁으로 널뛰던 시대는 지나지 않았나 생각된다.

필자는 남들이 다 그랬던 것처럼 20대 후반에 결혼했다. 그런데 웬걸 결혼할 당시 내 형편이라곤 문자 그대로 적수공권이었다. 부모님으로부터 물려받은 재산이 있는 것도 아니었고, 그렇다고 신분이 보장되는 번듯한 직장을 가진 것도 아니었다.

문단에 갓 나온 새내기 햇병아리 소설가로, 의욕만은 대단했지만, 그럼에도 불구하고 별로 미래가 보장돼 있지 않은 불투명한 상황에서 얼떨결에 결혼이라는 걸 하게 되었다. 참으로 막막했다. 개뿔이나 가진 것도 없으면서 위로는 노모를 모시고, 밑으로는 아우들을 돌보면서 신접살림을 꾸려 나가는데 이만저만 힘든 것이 아니었다.

본래 나 한 사람이야 일찍이 총각 시절부터 고생길로 들어서서 이것저것 온갖 시련을 겪을 만큼 겪어 온 터였지만, 보랏빛 꿈을 안고 면사포를 썼던 아내는 나 같은 엉터리 청년에게 걸려들어 그야말로 죽을 고생을 하지 않으면 안 되었다. 순진하기 짝이 없던 아내는 정말 뭣도 모르고 덜렁 필자 같은 사람에게 시집 와서 생전 처음 피눈물 나는 고생을 하는 가운데 호랑이 굴을 쑤시게 된 셈이었다.

살아갈 길은 참으로 막막하기만 했다. 그때나 지금이나 달라진 것이 없지만, 그까짓 원고료 몇 닢 받아 봐야 입에 풀칠하기도 빠듯한 형편이었다. 이 설움 저 설움 집 없는 설움이 가장 크다고 했던가. 노모를 모시고, 또 젖먹이 어린것들을 데리고 이 동네 저 동네로 떠돌기를 거듭할 때 그 설움이란 이루 말할 수가 없었다.

그러다가 너덧 번 이사 끝에 정말 기적처럼, 억지로 열한 평짜리 작은 아파트를 장만하여 난생 처음 내 집이라는 것을 지니게 되었다. 그 당시만 해도 너덧 번 이사는 이사 축에도 들지 못했다. 어떤 사람들은 철따라 이사를 하였고, 또 어떤 사람들은 연중행사처럼 1년에 한 번 꼴로 이사를 다니곤 했다.

그런 상황에서 내 집을 장만하게 되다니…. 평생 내 집이라곤 가져 볼 수 없으리라 생각했었는데, 막상 다리 뻗고 누울 수 있는 내 집을 장만했을 때의 그 감격을 무엇으로 형언할까. 그 뒤로 필자는 무리에 무리를 거듭하면서 조금씩 평수를 넓혀 이제는 크지도 작지도 않은 국민주택 규모의 아파트에서 살게 되었다.

남들은 우리집이 너무 낡았다고 한다. 하지만 나는 이런 집이라도 지니고 사는 것을 하느님의 은총으로 생각한다. 생활 그 자체야 예나 지금이나 불안하기 짝이 없지만, 집도 절도 없이 괴나리봇짐을 화물차에 싣고 여기 저기 떠돌던 저 힘들었던 시절을 회상할라치면 이렇게 좋은 집에서 살게 된 사실이 그저 과분하게 느껴지는 것이다. (2005)

[주 : 최근 부동산 시장에 투기 광풍이 불어닥쳤다. 이로 말미암아 많은 국민들이 고통을 받고 있다. 정부의 획기적인 부동산 대책이 절실하다.]

달변보다 침묵이 낫다

1.

불가에 묵언수행默言修行이라는 것이 있다. 입을 굳게 다물고 침묵하는 고행. 수행 중에는 입을 닫고 아예 말을 하지 않는다. 가톨릭에서도 성직자나 수도자들이 이런 수련을 통해 종교인으로서의 내면을 키운다.

사실 말을 할 줄 아는 사람이 말을 하지 않고 견딘다는 것은 결코 쉬운 일이 아니다. 그것은 고통스럽기 짝이 없는 일종의 극기克己라고 말할 수 있다. 하지만 침묵의 의미를 간단히 설명할 수는 없다. 침묵할 줄 모르는 사람은 진정으로 말의 중요성을 알지 못한다.

침묵과 웅변은 동전의 양면과 같다. 때로는 침묵이 웅변보다 훨씬 더 큰 위력을 발휘할 때가 있다. 그런가 하면 아무리 목이 터져라 웅변을 하더라도 차라리 침묵만 못한 경우가 얼마나 많은가.

말 한마디 하지 않고 면벽 수행하는 큰스님의 뒷모습엔 감동과 위엄이 있다. 그 반면, 입만 열었다 하면 시도 때도 없이 희번들한 연설이나 늘어

놓는 정치꾼들의 웅변에는 귀담아 들을 만한 '영양가'가 없다.

장부일언중천금丈夫一言重千金이라 했다. 본래 인격적으로 훌륭한 분들은 말을 아낀다. 말을 하되 꼭 필요한 말만 한다. 하지만 빈 수레가 요란하고 소문난 잔치에 먹을 것 없듯 속이 텅텅 빈 '날라리 골빈당'들은 예외 없이 떠벌거리기를 좋아한다. 두어 사람이 앉아 있어도 남이 먼저 말을 할세라 주절주절 저 혼자 떠들어댄다.

예로부터 사기꾼 치고 말 못하는 사기꾼은 없다. 사기꾼 고수일수록 달착지근한 말에다 초 치고 된장 풀고 갖은 양념 다해서 상대방을 현혹한다. 이것이 그들의 공통된 수법이다. 그걸 감언이설이라고 한다. 그렇다면 쓸데없이 귀에 솔깃한 말을 필요 이상으로 많이 늘어놓는 사람을 일단 의심해 보지 않을 수 없다.

이심전심以心傳心이란 말이 있다. 진실한 사람끼리는 말이 아닌 마음만으로도 통하게 마련이다. 가족이나 죽마고우가 아닌 이상, 이 복잡한 세상에서 오다가다 만나는 사람들끼리 그 경지에까지 이르지는 못한다 할지라도 말을 할 때에는 반드시 진실을 담아내야 한다. 그렇지 않고서는 어떤 경우에라도 신뢰를 얻기 어렵다.

2.

대화는 서로 주고받는 말을 뜻한다. 사람과 사람 사이에 대화처럼 중요한 것이 없다. 우리는 대화를 통해 서로를 이해하고, 새로운 것을 깨닫고, 공동의 목표를 향해 힘을 모을 수 있다. 따라서 대화야말로 소통의 가장 중요한 조건이라고 말할 수 있다.

소통이 불통이면 먹통이 되고, 먹통은 결국 저 혼자만 아는 빈 깡통이 될 수밖에 없다. 그래서 대화가 필요하다. 하지만 우리 주위에는 소통을 모르는 사람들이 너무 많다. 극단적으로 말하자면 오늘날의 우리 사회는 대화가 단절된 사회라 해도 과언이 아니다. 가족끼리, 동료끼리, 더 나아가 계층 간의 진실한 대화가 메말라 가고 있다. 사정이 이렇다 보니 우리 사회에는 흉금을 터놓고 이야기할 수 있는 상대가 흔치 않다.

뭔가 은밀한 속내를 감추고 있는 사람들. 특별히 감추고 자시고 할 것도 없으련만 서로가 서로를 경계하면서, 혹여 선뜻 마음을 열었다가 손해나 보지 않을까 하는 음침한 계산들이 도처에 널려 있다. 아파트의 출입문을 꽁꽁 닫아건 채 이웃과 담을 쌓고 지내는 사회. 남이야 죽건 말건 저만 챙기는 이기주의가 만연된 이런 사회는 결코 좋은 사회가 아니다.

그런가 하면 대화 자체를 아예 모르는 사람도 적지 않다. 대화의 전제조건은 먼저 나 자신의 부족함을 인정하고 들어가는 일이다. 나는 부족하다. 그러므로 상대방으로부터 더 많은 것을 배워야겠다는 생각, 그런 생각이 전제되지 않고서는 진정한 대화가 성립되기 어렵다.

종종 텔레비전의 토론 프로그램을 본다. 하지만 왜 그렇게 못난 사람은 없고 잘난 사람들 일색인지 이해할 수가 없다. 상대방의 말을 귀담아 듣기는커녕 코뿔소처럼 끝까지 자기주장만 내세워 사정없이 밀어붙이는 사람들. 낱낱 그런 사람들일수록 자가발전이라고나 할까, 자아도취에 함몰돼 계속 얼토당토않은 억지를 부리게 마련이다.

억지는 또 다른 억지를 낳는다. 따라서 대화나 토론이 제대로 전개될리 없다. 그런 억지를 앞세우다 보면 대화와 토론은 실종되고 감정 대립만 증폭될 수밖에 없다. 배울 만큼 배우고, 국회의원이네 대학교수네 뭐네 행세하면서 제법 목에 힘주는 사람. 그런 사람들이 텔레비전 프로그램에 나와 진지한 대화보다는 기껏 입씨름, 말씨름, 신경전이나 벌이는 것을 볼 때마다 여간 실망스러운 것이 아니다. 따라서 그런 토론의 경우 대부분 서로 감정만 악화시키다가 아무런 결론도 없이 흐지부지 끝나고 만다.

어느 누구라도 다른 사람으로부터 신뢰를 얻으려면 상대방을 존중하고 자기와 다른 견해까지도 겸허히 받아들일 줄 알아야 한다. 그렇지 않고서는 마주 보고 달리는 기관차처럼 정면충돌이 있을 뿐이다.

3.

모름지기 지성인이라면 말을 삼갈 줄 알아야 한다. 말을 많이 하면 반드시 실수하게 되어 있다. 술꾼이 취중에 실수하는 것은 말을 많이 하기 때문이다. 말을 하지 않으면 실수할 일도 없다. 하지만 술에 취한 나머지 횡설수설 지껄이다 보면 자기도 모르는 사이 안 해도 될 말, 해서는 안 될 말까지 내뱉기 때문에 엄청난 실수를 저지르는 것이다.

말을 하고, 누군가와 대화를 나누고, 토론에 참여하려면 겸손해야 한다. 괜히 아는 체를 한답시고 너벌너벌 거짓말과 억지를 내세울 바에는 차라리 입을 굳게 다물고 침묵하는 편이 낫다. 영국 속담에도 웅변은 은이요 침묵은 금(Speech is silver, silence is gold)이라 했다. 역시 말 잘하는 사기꾼보다 말 못하는 정직한 사람이 훨씬 더 위대하다. (『향기로운 삶』 2012. 여름호)

건강을 위한 투자와 비법

이 세상에 거저 얻어지는 것은 없다. 그 어떤 목표와 목적에 달성코자 하면 시간이든 자본이든 거기에 값할 만한 그 무엇인가를 투자하고 공을 들여야 한다. 건강도 예외가 아니다. 건강은 건강할 때 지키라는 말이 있지만, 건강을 잃지 않고 잘 지키기 위해서는 그만한 시간과 운동 등 일련의 투자가 필요하다고 생각한다.

더욱이 필자처럼 온종일 책상머리에 앉아 일하는 사람에게는 항상 운동이 부족할 수밖에 없다. 사실 필자뿐만 아니라 어린 학생들과 사무직 종사자 등 대부분의 도회지 시민들이 겪는 운동 부족 현상은 심각한 수준인 것 같다. 가령 어린 학생들은 입시다 뭐다 해서 운동할 틈이 없고, 필자와 가까이 지내는 여러 계층의 정신노동자들 역시 눈코 뜰 새 없이 바빠 운동 시간을 할애하기가 여의치 않다고 어려운 사정을 이야기한다.

물론 경제적으로 넉넉한, 그래서 시간의 여유까지 누리는 사람들은 골프다 헬스클럽이다 해서 그 나름대로 열심히 운동을 하는 것으로 알려져 있지만, 그럼에도 불구하고 필자처럼 늘 생활에 쫓기며 허덕이는 서민들은 사실 운동 같은 것을 생각할 겨를이 없다. 하지만 노골적으로 말해 손에 쥔 것 없이 오직 몸뚱이 하나로 살아가는, 그래서 한평생 보약 한 첩 먹기 어려운 우리 같은 서민들일수록 건강이 얼마나 중요한 밑천인가를 깊이 인식해야 한다. 그렇다면 우리가 건강을 지킬 수 있는 방안은 무엇인가. 그것은 돈 안 드는 운동 이외에 달리 마땅한 수단이 없다고 하겠다.

단언컨대 건강과 운동은 동전의 양면과 같다. 건강한 사람이 운동할 수 있고, 운동하는 사람이 건강을 유지할 수 있다. 이렇게 볼 때 건강을 지키고, 더 나아가 그것을 증진시키려면 운동이야말로 필수적 과제라 하겠다. 말하자면 건강을 지키기 위해 그만큼 시간과 노력을 쏟아야 한다는 뜻이다. 아무리 무쇠 같은 몸이라 해도 한 번 건강이 무너지기 시작하면 걷잡을 수 없는 사태로 발전하게 마련이다. 따라서 건강과 운동의 중요성은 아무리 강조해도 지나침이 없다 할 것이다.

필자의 경우 어린 시절 이후 비교적 건강하게 잘 지내왔다. 예컨대 초등학교에 들어가 고등학교를 마칠 때까지 내리 12년 동안 개근할 수 있었던 것도 별 잔병치레가 없었기에 가능한 일이었다. 특히 중·고등학교 때에는 장장 30리 길을 도보로 통학했다. 학교에 다녀오려면 일요일과 공휴일, 방학 때를 제외하고 매일 왕복 60리 길을 걸어야 했다. 어린 나이에 그 머나먼 길을 걸어서 통학한다는 것은 결코 쉬운 일이 아니었다. 하지만 나는 6년 동안 그 먼길을 꼬박꼬박 걸어서 다녔는데, 지금 와서 돌이켜보면 결과적으로 그것이 건강을 더욱 뒷받침해 주었던 것 같다.

중·고등학교 때 도보로 통학하는 동안 저력이 붙어서 그런 것일까, 어쨌든 나는 주위 사람들로부터 걸음걸이가 무척 빠르고 씩씩하다는 말을 자주 듣는다. 그래서 다른 사람들과 동행할 때에는 보조를 맞추기 위해 의

식적으로 속도를 낮추곤 한다. 학교 다닐 때에는 그 먼길을 걷기가 너무 힘들어 이래저래 고생을 많이 했지만, 건강이라는 측면에서 본다면 내게 는 참으로 소중한 시기였다고 생각한다. 그뿐 아니라 고등학교 때에는 태권도 유단자가 되었고, 객지에 나와 사회생활을 시작한 이후에도 나는 이런저런 운동을 골고루 했다. 생활 형편상 골프니 뭐니 비용이 수반되는 운동은 언감생심 감당할 수가 없는지라 큰돈 안 들이고 그럭저럭 부담 없이 할 수 있는 운동만을 골라서 했다.

얼마 전까지만 해도 아침 여섯 시에 일어나 집에서 가까운 국선도國仙道 도장에 다녔다. 어느덧 50대 후반에 들어선 필자에게는 국선도야말로 참 적합한 운동이라고 생각했다. 격렬한 스포츠 같으면 체력의 한계를 느꼈겠지만, 국선도는 노인들도 할 수 있는 운동이어서 얼마든지 감당해 낼 수 있었다. 그런데 어느 사이엔가 함께 운동하던 동료들이 하나 둘 슬금슬금 떨어져 나갔고, 그 바람에 결국 도장은 흐지부지 문을 닫고 말았다. 아주 저렴한 실비만으로 하루도 거르지 않고 지속적으로 운동을 할 수 있어 참 좋았는데 도장이 문을 닫게 되자 여간 서운한 것이 아니었다.

그 뒤로 나는 혼자서 운동을 할 수밖에 없게 되었다. 틈이 날 때마다 도장에서 연마한 기본 실력을 바탕으로 내 나름의 운동을 하고 있다. 하지만 매일 도장에 나가던 때와 비교한다면 운동량이 크게 줄어들었다는 것은 숨길 수가 없다. 그렇다면 이 부족한 운동량을 어떻게 벌충할 것인가. 나는 모자란 운동량을 채우기 위해 잠깐씩 쉴 때마다 어김없이 각종 스트레칭을 한다. 시간에 다소 여유가 있는 날에는 동네 뒷산을 오르내리는 가운데 체육 공원에 설치된 여러 운동 기구들을 적절히 이용하면서 나름대로 체력 단련에 힘쓰고 있다.

그뿐 아니라, 시내에 외출할 일이 생기면 한 발자국이라도 더 걸으려고 노력한다. 가령 지하철역을 이용할 경우 에스컬레이터를 타지 않고 층계를 걸어서 오르내린다. 시간 약속이 되어 있더라도 집에서 조금 일찍 나서기만 하면 얼마든지 여유 있게 걸을 수 있다. 그런가 하면 나는 버스나 전동열차를 탈 때 가급적 좌석에 앉지 않는다. 그 대신, 머리 위에 매달린 손잡이를 잡고 꼿꼿이 서서 어느 누구도 모르게 열심히 단전호흡을 한다. 하찮다면 하찮은 이런 모든 것들이 내 나름대로 건강을 지키기 위한 일종의 투자요 비법인 셈이라고 하겠다. (『생활체육』 2008. 5월호)

나는 오늘도 걷는다

중학교 입학 이후 고등학교를 졸업할 때까지 6년 동안 장장 30리 길을 도보로 통학했다. 물론 소나기나 큰 눈이 내리는 날에는 어쩌다 버스를 탈 때도 있었다. 하지만 그런 특수한 상황이 아니라면 그 머나먼 길을 걸어서 다닐 수밖에 없었다. 문제는 뼈저린 가난 때문이었다. 우리 동네 인근의 학생들은 읍내에서 하숙을 하거나 자전거로 통학했다. 하숙? 자전거? 우리집 형편으로는 그런 것을 생각할 겨를이 없었다. 그 빈한한 형편에 중학교를 거쳐 고등학교에 다니는 것만으로도 사치로 여겨지던 시절이었다.

국도는 아직 포장되기 전이었고, 주먹만 한 자갈들이 불쑥불쑥 불거져 나와 있었다. 그런 도로 위로 이따금 버스와 화물차가 지나갔다. 날이 가물 때는 자동차가 지나갈 때마다 뿌연 흙먼지가 연기처럼 풀풀 날아오르곤 하였다. 울퉁불퉁한 자갈길에 운동화가 뭉텅뭉텅 닳았다. 다른 친구들에 비해 신발을 훨씬 자주 사 신어야 했다.

추운 겨울날, 행여 지각할세라 부랴부랴 걸을라치면 허연 입김이 홀홀 날아가면서 온몸이 후끈후끈 달아올랐다. 손이 시리고 귀가 떨어져 나갈 듯 얼얼해도 몸에서는 열이 치솟았다. 학교에 도착해 교모를 벗고 나면 머리에서 푸짐한 김이 부얼부얼 피어올랐다. 땀이 잦아들 때면 으실으실 추위를 느끼곤 했다.

한여름에는 거의 땀으로 멱을 감다시피 했다. 힘들었다. 먹는 날보다 굶는 날이 더 많았던 시절, 부모님이 생계의 위협을 받고 있는데 이렇게 고생을 하면서까지 과연 학교를 다녀야 하는가. 차라리 신문팔이를 하든 구두닦이를 하든 생활 전선으로 뛰어드는 편이 훨씬 낫지 않을까. 그 비참한 내면의 갈등을 겪으며 딴에는 공부를 한답시고 열심히 걸어서 다녔다. 그 결과, 초등학교 6년 개근에 이어 중고등학교 6년을 합쳐 통산 12년 개근이라는 대기록을 세울 수 있었다. 이 기록은 깨려야 깰 수 없는, 어느 누구라도 기껏 타이기록에 미칠 수밖에 없는 불멸의 대기록인 것이다.

이 기록을 세우는 동안 내 하체는 얼마나 단단해졌을까. 과학적으로 정밀하게 측정한 적은 없지만, 하루에 왕복 24킬로미터를 걸었다면 그 운동량은 물어볼 필요가 없다. 그때부터 나는 하체에 관한 한 자신을 가질 수 있었고, 60대 중반에 이른 지금까지 누구 못지않은 걸음걸이를 자랑하고 있다. 아무튼 이런 걷기가 몸에 배어 예나 지금이나 일단 집을 나섰다 하면 무조건 걷는다.

집에서 사무실까지는 꼭 30분 걸린다. 버스를 타면 다섯 정거장이지만, 필자는 거의 예외 없이 이 길을 걷는다. 왕복 1시간. 학창 시절에 그랬듯 폭우와 폭설 등 악천후에는 부득이 버스를 탄다. 그런 사유가 발생하지 않는 한 여지없이 걷는다. 집을 나와서 사무실로, 사무실을 나와서 집으로 걸으면 기분이 저절로 상쾌해진다.

시간에 다소 여유가 있는 날에는 일부러 이리 꼬불 저리 꼬불 코스를 길게 늘여서 걷는다. 이는 운동량을 조금이라도 더 늘이기 위한 방편이다. 보통 걸음보다는 빠른 속도의 걸음. 가령 지하철을 이용할 때에도 역에서 에스컬레이터를 타지 않고 꼬박꼬박 층계로 오르내리곤 한다.

한편, 우리 동네에는 저 유명한 용왕산과 안양천이 있다. 그런가 하면 아파트 단지 곳곳에 공원과 산책로가 조성돼 있다. 따라서 동네 전체가 생활 체육의 요람이라 해도 과언이 아니다. 잘 정비된 산책로에다 쾌적한 주변 환경을 살펴보면 우리나라도 이제는 선진국에 들어섰다는 느낌이 든다. 우리는 참으로 행복한 시대에 살고 있는 것이다.

용왕산에 오르면 걷기, 달리기는 기본이고 철봉에다 평행봉이며 농구와 축구까지 할 수 있다. 안양천 제방과 둔치에도 여러 운동 기구들이 갖춰져 있어 여간 좋은 것이 아니다. 마음만 먹으면 언제든지 그곳에 나가 운동을 할 수가 있다.

사무실에 나가지 않는 날, 필자는 용왕산을 오르거나 안양천 제방을 따라 걷는다. 그곳에는 남녀노소 주민들의 발길이 끊이지 않는다. 걷는 사람, 달리는 사람, 자전거를 타는 사람, 배드민턴을 치는 사람, 농구 하는 사람, 배구 하는 사람, 축구 하는 사람, 게이트볼을 즐기는 노인… 등등 건강을 지키기 위해 운동을 즐기면서 땀을 흘리는 것이다.

필자의 경우 사실상 돈 드는 운동을 할 형편이 못 된다. 예컨대 골프 같은 것은 생각해 본 적이 없다. 청소년 시절, 얼마나 혹독한 가난에 시달렸던지 헬스클럽에도 관심이 없다. 적든 많든 돈 한푼 들이지 않고 끊임없이 할 수 있는 운동으로 걷기보다 더 좋은 운동이 어디 있을까. 건강을 지키기 위해 필자는 오늘도 걷고 또 걷는다. (『생활체육』 2005. 2월호)

여름 방학과 독서

해마다 여름이 되면 숱한 사람들이 더위를 피해 산과 바다 등 물 좋고 경치 좋은 피서지를 찾는다. 산을 좋아하는 사람들은 산을 찾고, 바다를 좋아하는 사람들은 바다를 찾는다. 특히 동해 서해 남해에 산재한 여러 이름난 해수욕장은 발 디딜 틈도 없이 인산인해를 이룬다.

그런데 사람이 모이는 곳에 반드시 크고 작은 사건과 사고가 있게 마련이다. 전국 어디를 가릴 것 없이 행락 인파가 모이는 곳에서는 바가지 물가 시비가 일어나는가 하면, 피서객들이 들락거린 뒤에는 각종 쓰레기로 전 국토가 몸살을 앓는다.

잘 알려진 일이지만 매년 무더위가 기승을 부리게 되면 도심은 텅 빈 느낌을 주게 된다. 그 반면, 전국의 거의 모든 고속도로가 피서객들의 자동차 행렬로 극심한 정체를 빚고, 교통사고에다 물놀이 사고에 이르기까지 각종 사건과 사고가 꼬리를 물게 되는 것이다.

그런가 하면 여름 휴가철을 맞아 공항에는 해외로 나가는 사람들이 장

사진을 이룬다. 과거에는 일부 계층만 해외로 나갈 수 있었는데, 해외여행 자유화 이후 이제는 너도나도 해외에 나가 외화를 허드렛물 쓰듯이 낭비하는 것을 볼 수 있다.

그러나 출판계와 서점은 여름에 가장 어려운 고비를 맞게 된다. 책이 팔리지 않기 때문이다. 산과 바다로 피서를 떠나면서 책 한 권이라도 가지고 떠난다면, 그리하여 시원한 대자연 속에서 책을 가까이 할 수 있다면 얼마나 좋을까만 우리 국민들의 대부분은 아예 독서 같은 것을 생각하지 않는 것이다.

어른이나 아이들을 막론하고 실컷 먹고 신바람 나게 노는 데에만 정신을 판다. 도대체 언제부터 이런 풍토가 조성되었을까. 물론 이러한 현상은 국민 소득이 높아지면서 나타난 현상이다. 지난날 국민 경제가 어려웠을 때에는 피서니 뭐니 언감생심 꿈도 꾸기 어려웠던 일이다.

필자의 경우 빈한한 가정에서 유년 시절을 보냈다. 그 당시에는 부잣집도 피서 같은 것을 생각하지 않았다. 더우면 더운 대로 추우면 추운 대로 각자 주어진 환경 속에서 자기 일에만 매달렸을 뿐이다. 그러던 것이 언제부턴가 여름 휴가철만 되면 당연히 피서 여행을 떠나야 하는 것처럼 여기게 되었다.

이런 풍조가 만연되다 보니, 어린 학생들도 여름 방학만 되면 대부분 부모님 등 집안 어른들을 따라 피서를 떠나게 된다. 그러나 인파가 많이 모이는 곳에서는 온갖 무질서와 탈법이 있을 뿐이다. 어린 우리 학생들이 그런 피서지 같은 곳에서 과연 무엇을 배울 것인가. 그런 곳에 가서 혼탁한 분위기에 휩싸이는 것보다는 황금 같은 여름 방학을 맞아 세계 명작을 한두 권이라도 읽는다면 두고두고 인생의 자양분이 될 것이다. (2005)

잃어버린 볼펜

　며칠 전, 양복 안주머니에 끼고 다니던 볼펜 한 자루를 잃어버렸다. 여간 서운한 것이 아니다. 잉크가 제법 남아 있을 텐데 마지막 한 방울까지 다 쓰지 못하고 잃어버림으로써 아깝기 짝이 없다. 그 볼펜을 잃어버린 지 며칠이 지났건만 아직도 미련이 가시지 않는다.

　그날 나는 큰 행사의 사회를 맡고 있었다. 따라서 사회자 석에서 이것저것 메모를 해가며 행사를 진행하고 있었는데, 행사가 끝나자마자 서둘러 뒷정리를 하고 단상에서 내려오느라 아마 그 자리에 볼펜을 놓고 내려온 것 같다.

　값으로 치면 2, 3백 원 정도에 불과한 볼펜. 얼마 동안 쓴, 이른바 중고품이기 때문에 값으로도 환산할 수 없는 하찮은 물건. 그러나 심(대롱)에 남아 있는 마지막 한 방울의 잉크까지 다 쓰지 못하고 중간에 잃어버린 터라 이만저만 안타까운 것이 아니다.

　그 볼펜의 몸통에는 알록달록한 그림이 그려져 있었다. 몸통에 각角이 없고, 동그랗게 디자인되어 있는 데다 굵기까지 내 손에 딱 맞았다. 그 감촉 또한 매우 부드러워서 내 취향과 잘 어울렸다.

시중에 나가면 그와 똑같은 볼펜을 얼마든지 구할 수 있겠지. 그러나 새 볼펜을 구한다 해도 잃어버린 볼펜에 묻어나 있던 소중한 애정까지 회복할 수는 없으리라. 나는 그만큼 잃어버린 볼펜에 애정을 붙이고 있었던 것인데, 순간적인 부주의로 깜빡하는 사이에 그 소중한 물건을 잃어버린 것이다.

매우 부끄러운 고백이지만, 사실 나에게는 그동안 각종 소지품을 분실한 경험이 있다. 언젠가는 신분증을 포함해 지갑까지 통째로 잃어버린 적이 있었고, 그밖에 우산·라이터·담배·동전 등등 별별 소지품을 잃어버리기도 하였다.

주위의 친구들과 소지품 분실과 관련한 대화를 나누다 보면, 그래도 나는 소지품을 잃어버리지 않는 편에 속한다는 것을 알 수 있다. 어떤 친구의 경우 소지품을 너무 자주 잃어버려 그것을 일일이 열거할 수도 없다고 한다. 나는 그런 친구들의 경험담을 들으면서 내심 작은 위안을 삼곤 하지만, 그렇다고 잃어버린 소지품에 대한 미련까지 거둘 수 있는 것은 아니다.

사실 나는 비교적 소지품을 잘 간수하는 편이다. 나는 앞에서 지갑·우산·라이터·담배·동전 등을 잃어버린 경험이 있다고 했지만 빈번히 그런 것은 아니었고, 고작 한두 번의 경험을 가지고 있는 것이다. 그러나 크든 작든 소지품을 잃어버리고 나면, 그 소지품의 물질적 값어치에 관계없이 뒷맛이 사뭇 씁쓸한 데다 두 번 다시 찾을 길 없는 분실물이 영 잊히지 않는다.

며칠 전에 잃어버린 볼펜만 해도 그렇다. 그 볼펜은 어느 회사에 갔다가 기념품으로 받은 것인데, 그것을 처음 사용할 때부터 잉크 색깔을 비롯하여 볼의 굵기 등 모든 것이 마음에 꼭 맞아 늘 양복 안주머니에 찔러 넣고 다녔다. 그만큼 메모하기에 적합한 필기구였던 것이다.

특히 나처럼 글을 써서 먹고사는 사람에게는 필기구야말로 제2의 생명이라고 말할 수 있다. 필기구 없이는 글을 쓸 수 없기 때문이다. 더욱이 내 경우에는 필기구에 매우 민감하고 까다로운 편이다. 이를테면 필기구가 손에 꼭 맞아야만 글을 제대로 쓸 수 있는 것이다.

가령 간단한 메모를 하거나 뭔가를 적어야 할 때에도 손에 꼭 맞는 필기구를 선택해야 거리낌 없이 글을 쓸 수 있다. 연필이든, 볼펜이든, 플러스펜이든, 사인펜이든, 만년필이든 좌우간 무엇이든 간에 내 마음에 꼭 드는 필기구라야 자유자재로 글을 쓸 수 있는 것이다.

그렇다고 필기구를 주문해서 쓰는 것도 아니다. 나는 주로 모든 필기구를 문방구점에서 사서 쓴다. 그럼에도 불구하고, 내 손에 맞는 필기구가 있고, 그렇지 않은 필기구가 있다. 예컨대 잉크가 뻑뻑하게 나온다거나, 그 반대로 줄줄 흐른다거나 하는 필기구는 별로 좋아하지 않는다. 내 글씨 속도와 비례해서 잉크가 적당히 흘러나오는 필기구면 그만인 것이다.

글씨의 굵기도 그렇다. 너무 굵게 나오거나, 또는 너무 가늘게 나와도 곤란하다. 내 취향에 맞도록 나와야 직성이 풀린다. 말하자면 필기구에 관한 한 꽤 까다로운 셈인데, 그러나 한 번 손에 들어온 필기구는 어떻게 해서라도 내 취향에 맞도록 잘 길을 들여 쓰는 습성이 있다.

더군다나 나는 한 가지 필기구를 손에 넣었다 하면 다 닳아서 못 쓸 때까지 버리지 않는다. 볼펜·플러스펜·사인펜은 잉크가 고갈될 때까지, 만년필은 촉이 몽당비처럼 다 마모돼서 더 이상 쓸 수 없을 때까지 사용한다. 실지로 지금까지 내가 써서 없앤 볼펜·플러스펜·사인펜·만년필은 그 수를 헤아릴 수가 없다.

이렇듯 필기구를 아끼는 습성은 어렸을 때부터 비롯되었다. 초등학교 다닐 때, 연필이 다 닳게 되면, 그 몽당연필을 대나무 대롱에 끼워 쓰곤 하였다. 또 중학교에 들어가 펜을 쓰기 시작한 뒤로는 펜촉이 다 닳아 끝이 뭉뚝해지고 가운데의 틈이 확 벌어져서 펜촉으로서의 기능을 완전히 상실할 때까지 썼다.

그 버릇은 훗날 소설가가 된 뒤까지 이어졌다. 지금이야 컴퓨터로 글을 써내지만, 그 이전까지는 순전히 원고지에 글을 쓰지 않으면 안 되었다. 그때 나는 정말 필기구를 가장 소중하게 생각하였다. 요컨대 필기구가 좋아야만 거침없이 글을 써 내려갈 수 있기 때문이었다.

물론 컴퓨터로 작업을 해도 필기구는 여전히 필수 도구로 남아 있다. 작품을 구상할 때 메모를 하거나, 컴퓨터로 작업하여 출력한 초고를 필기구로 교정하고 퇴고하기 때문이다. 따라서 필기구의 소중함은 아무리 강조해도 지나침이 없다고 하겠다.

이렇듯 애지중지하는 필기구. 특히 마음에 쏙 드는 그런 볼펜을 잃어버렸으니 얼마나 서운한지 모른다. 너무 소심한 탓일까, 아무튼 마지막 잉크 한 방울까지 다 쓰지 못하고 잃어버린 볼펜에 대한 미련은 차라리 나만이 아는 작은 고통이라 하겠다. (2005)

커피는 내 친구

평소 커피를 아주 즐긴다. 남들은 하기 좋은 말로 커피를 너무 마시면 뭐가 어떠네 저떠네 하지만 내게는 전혀 상관없는 일이다. 나는 하루에 보통 서너 잔씩 커피를 마신다. 특히 식사 후에는 거의 어김없이 커피를 마신다.

찻집에서 손님을 만날 때에도 예외는 아니다. 다른 사람들이 무슨 차를 마시든 간에 나는 오직 커피를 주문한다. 물론 자판기에서 음료를 사 마실 때에도 나는 오직 커피만 뽑는다. 이렇듯 내가 커피를 즐기기 시작한 것은 20대 초반의 일로서, 이제 나와 커피는 불가분의 관계에 있다 해도 과언이 아니다.

지나온 세월, 나는 그야말로 밤을 낮 삼아 일했다. 나는 거의 모든 작품을 밤에 썼다. 낮에 자고 밤에 일하는 올빼미 같은 생활. 작품을 쓰기에는 번잡한 낮보다 조용한 밤이 훨씬 유리했기 때문이다. 아마 왕년의 방범대원 빼놓고는 나처럼 밤잠을 못 잔 사람도 드물지 않을까 생각한다.

이처럼 야간 작업에 몰두할 때, 밀려드는 잠을 떨치고 정신을 모아 작품을 쓰려면 커피보다 더 좋은 것이 없었다. 그윽한 커피 향을 음미하며 작품을 써내려 가노라면 온갖 잡념이 저절로 사라지곤 하였다. 말하자면 커피야말로 그만큼 정신 통일의 보약이라고나 할까, 아무튼 내 체질에 딱 들어맞는 식품이라 믿어 의심치 않는 것이다.

과거 지금보다 훨씬 젊었을 때, 나는 거의 매일 술을 억수로 퍼마셨다. 작품을 쓰다가 지치거나 좋은 친구들을 만나면 세월 가는 줄 모르고 술을 마셨다. 막걸리, 소주, 맥주, 양주… 등등 무슨 술이든 닥치는 대로 마셨다. 지금 와서 생각해 보면 무슨 힘, 무슨 돈으로 그 엄청난 술을 마셨는지 저절로 고개가 갸웃거려질 뿐이다.

그때에도 나는 커피를 즐겨 마셨다. 술을 거나하게 마신 다음에는 거의 예외 없이 찻집에 가서 커피를 마셨고, 집에서 술을 마실 때에도 스스로 커피를 타 마시곤 했다. 물론 술독에 빠졌다가 취기에서 헤어날 때에도 커피를 마셨다. 그러니까 나는 언제 어떤 상황에서도 늘 커피를 가까이한 셈이다.

그런데 나는 오래 전 어느 날 갑자기 벼락처럼 술을 끊었다. 내가 술을 끊었다고 선언했을 때, 우리 가족은 물론 주위의 지인들은 전혀 믿으려 하지 않았다. 술고래가 술을 끊다니, 그것은 실로 해가 서쪽에서 뜰 일이 아니고 무엇인가. 그러나 나는 금주禁酒를 선언한 이후 10년이 가깝도록 술을 한 모금도 입에 대지 않았다. 나의 이러한 결단을 보고 많은 사람들, 특히 왕년의 술친구들이 혀를 내두르는지라 사실은 나 자신 다소 황당할 때가 없지 않다.

이제는 술맛이 어떤 것인지 기억조차 가물가물하다. 술값이 얼마인지 관심조차 없다. 술꾼들에 의하면, 이 근래 여러 종류의 신종 소주가 등장했다고 하는데 내게는 관심 밖의 일에 지나지 않는다. 술값이 오르든 내리든, 신제품이 나오든 말든 그것은 나하고 하등 관계없는 일이기 때문이다.

그런데 나는 몇 해 전, 졸지에 뜻하지 않은 변고를 당한 적이 있었다. 그것도 한 번이 아니라 두 번씩이나…. 그날도 나는 밤늦게까지 일하고 새벽녘에 혼자 잠이 들었는데, 느닷없이 허리 쪽부터 굳어오기 시작해서 나중에는 숨조차 쉴 수가 없었다. 혀까지 굳고 입안에 침이 말라 외마디소리조차 지를 수가 없었다.

건넌방의 아내에게 구원이라도 요청해야 할 텐데 온몸이 굳어 도대체 신호를 보낼 수가 없었다. 꺼져 가는 신음을 토하며 가까스로 내 방에서 조금씩 기어 나와 어찌어찌 아내에게 신호를 보냈고, 잠결에 놀란 아내는 이게 웬일인가 싶어 119 구급대에 구조를 요청했다. 꿈인 듯 생시인 듯 119 구조 요원들이 들이닥쳤고, 나는 구급차에 실려 어느 종합병원의 응급실로 넘겨졌다.

얼마나 아프던지 전신이 마비되어 정신까지 오락가락하였다. 나중에 알고 보니, 내 증세는 '요로결석증'이라는 것이었다. 그 병원 의료진의 도움으로 간신히 살아나긴 했지만, 그때 나는 꼭 죽는 줄만 알았다. 사실 그때의 기억을 되살린다면 아예 저승에 갔다 왔다 해도 지나친 말이 아니다. 통증을 견디느라 병상의 마구리를 잡고 늘어지던 생각을 하면 지금도 모골이 송연해질 따름인 것이다.

의료진의 말에 의하면, 요로를 가로막은 결석이 빠지지 않을 경우 수술을 할 수밖에 없다고 했다. 겁나는 순간이었다. 그런데 얼마나 다행인지 문제의 결석이 하루 만에 저절로 빠져 나와 수술만은 면할 수 있었다. 이제는 살았구나. 나는 비로소 안도의 한숨을 내쉬면서 하느님의 도우심에 그저 감사하고 또 감사하게 생각했다.

그런데 이게 웬일일까, 그로부터 얼마 후 나는 또다시 똑같은 증상으로 구급차에 실려 재차 응급실 신세를 지지 않으면 안 되었다. 요로결석증의 재발이었다. 의료진은 이번에도 지난번과 똑같은 진단 소견을 내놓았다. 없는 살림에 수술까지 해야 한다면 이거 보통 일이 아니었다. 그러나 이번에도 결석이 저절로 빠져 나와 그 무시무시한 통증을 떨친 데다 수술까지 면할 수 있었다.

그때부터 나는 의료진의 조언을 귀담아 듣고 물을 많이 마시기 시작했다. 그뿐 아니라 커피도 더 많은 양을 마시게 되었다. 의료진은 물 또는 맥주를 수시로 마시거나 수박처럼 수분이 많은 과일을 자주 먹는 것도 좋다고 권고했다. 하지만 술은 두 번 다시 입에 대고 싶지 않다. 그 대신 나는 커피를 더 마시기로 했다. 큼지막한 잔에 커피를 타 놓고 물 마시듯 죽죽 마시면 자연 화장실을 자주 들락거리게 된다. 나는 과거 술 마시던 시절을 떠올리면서, 술 대신 커피로 소변 배설을 촉진하는 것이다.

생각만 해도 소름 끼치는 요로결석증은 언제라도 재발할 수 있다고 한다. 그러므로 나는 그 무시무시한 요로결석증의 예방 차원에서도 더욱 커피를 많이 마시고 있다. 커피는 특유의 그윽한 향기와 더불어 정신을 맑게 해 줄 뿐만 아니라 이뇨利尿 작용에 이로워 내게는 더없이 좋은 친구라 하겠다. 아무런 미련도 없이 어느 날 갑자기 술을 확 끊어버린 나는 앞으로도 커피만은 즐겨 마실 것이다. (2006)

제3부
독도를 찾아서

모교 방문기

1999년 11월 12일 금요일.

이른 아침, 승용차에 올라 시동을 걸었다. 승용차는 꽤 나이든 '90년형 엑셀인데 엔진음 만은 다른 날보다 훨씬 경쾌하게 느껴졌다. 가슴이 설레었다. 고향을 찾아가는 기쁨도 기쁨이지만, 실로 35년 만에 모교인 석양초등학교를 방문한다고 생각하자 벌써부터 사뭇 기분이 들뜨는 것이었다.

필자는 그동안 집안의 대소사大小事 관계로 한 해에 서너 차례씩 고향을 내왕하곤 하였다. 그러나 정작 모교를 방문할 기회는 흔치 않았다. 가장 큰 원인은 성의가 부족한 탓이라고 해야겠지만, 굳이 변명을 하자면 고향 마을과 학교가 상당한 거리를 두고 있기 때문이었다.

더욱이 우리 모교는 부여↔논산 간 국도에서 얼마쯤 들어간 곳에 위치한 터라 고향에 가더라도 큰 맘 먹지 않는 한 그냥 지나칠 수밖에 없었다. 그뿐 아니라 모처럼 고향에 가면, 오라는 데는 없어도 여기저기 들러야 할 데가 많아 모교를 방문할 만한 시간적 여유가 없었다.

필자는 그동안 고향에 갈 때마다 부여↔논산 간 국도를 지나면서 먼발치로나마 꼭꼭 모교를 쳐다보곤 하였다. 그러나 국도와 학교 사이의, 하늘 높이 웃자란 나무들이 시야를 차단하여 학교의 전모를 제대로 파악할 수가 없었다.

그러다가 필자는 몇 해 전 여름 총동창회 창립총회 때 잠깐 모교에 들른 적이 있었다. 하지만 그때는 동창들이 편의상 모교를 '모임의 장소'로 잠시 '빌린' 것에 불과했고, 필자는 졸업생의 일원으로 '스쳐 지나가듯' 그 자리에 참석했을 뿐이었다.

그런데 이번 모교 방문은 근본적으로 성격이 달랐다. 이번에는 어디까지나 한 사람의 소설가 신분으로 '읽으면 행복합니다…. 전 국민 책읽기 캠페인'이라는 캐치프레이즈 아래 '우리 학교 출신 이광복 작가와의 독서생활화를 위한 만남'을 갖기 위한 것이었다.

간밤에는 잠을 설쳤다. 실로 오랜만에 모교를 찾는다는 그 자체도 소풍 전야의 초등학생 기분으로 돌아가게 했지만, 특히 어린 후배 재학생들에게 무슨 이야기를 어떻게 들려 줄까 생각하면 잠이 멀찌감치 달아나는 것이었다.

장거리 운전을 하려면 잠을 충분히 자 둬야 할 필요가 있었다. 그런데도 새벽이 다 되도록 도저히 잠을 이룰 수가 없었다. 불과 한두 시간이나 눈을 붙였을까, 자는 둥 마는 둥 하고는 해가 뜨자마자 서둘러 운전석에 올랐다.

승용차에는 사랑하는 아내와 이제 한창 말을 배우는, 그리하여 아예 '잔소리꾼'이 되어버린 늦둥이 아들 녀석이 동승하고 있었다. 그리고 트렁크 안에는 아직 채 인쇄잉크 냄새도 채 가시지 않은 『한 권으로 읽는 삼국지』 18권이 실려 있었다.

때마침『한 권으로 읽는 삼국지』가 간행된 것은 더욱 뜻깊은 일이었다. 『한 권으로 읽는 삼국지』는 필자가 지난 수개월 동안 공들여 어린이용으로 꾸민 책인데, 운 좋게도 모교 방문을 하루 앞두고 출판사에서 이 책 견본이 갓 나온 것이었다.

어쨌든 우리 일행은 점심때가 조금 지나 필자의 모교가 있는 충남 부여군 석성면 증산리에 도착하였다. 필자는 아내와 아들 녀석을 학교 앞 십자가(십자거리) 마을에 내려놓았다. 필자가 그들 모자母子를 모교까지 대동하지 않고 학교 앞 마을에 내려놓은 데에는 그럴 만한 까닭이 있었다.

아내는 필자와 모교까지 동행하는 것을 못내 부담스럽게 생각했지만, 다른 한편으로는 서울에서 태어난 어린 아들과 더불어 눈으로나마 농촌을 '체험'코자 하였다. 그러니까 필자가 모교에서 공식적인 용무를 보는 동안 역시 도회지 출신인 아내는 잠시만이라도 농촌을 둘러보면서 어린 아들에게 '농촌 견학'을 시키러 했던 것이다.

사기장골 너머에 내가 낳고 자란 원증산마을이 있었다. 그 산등성이 하나만 넘으면, 논산 방면으로 나가다가 과수원을 끼고 좌회전만 하면 그 마을이 나오건만, 그러나 이번 귀향의 주목적이 모교 방문인지라 지금은 그럴 계제가 아니었다.

일단 모자와 헤어진 뒤, 필자는 곧 태조봉을 바라보며 석양초등학교 교정으로 들어섰다. 비 내린 뒤끝이라 운동장은 꾸들꾸들하였고, 아직 물기가 덜 가신 곳은 흙이 질척해 보였는데, 목조 건물이었던 본관이 콘크리트 건물로 바뀐 것을 제외한다면, 모교는 교사校숨며 운동장이며 외형상 별로 변한 것이 없었다.

그런데 이게 웬일일까, 필자는 운동장에 첫발을 내딛는 순간, 그 춥고 배고팠던 시절 이 학교에서 공부하던 옛 추억의 편린들이 떠올라 난데없이 콧날이 시큰해짐을 느꼈다. 그때, 윤용하 교장 선생님과 교직원 여러분이 현관 밖까지 나와 따뜻이 맞이해 주었다.

그뿐이 아니었다. 농협 조합장으로 있는 허태원 선배님을 비롯하여 고향의 동문들이 모교로 속속 모여들었다. 같은 마을에서 자란, 초등학교부터 중·고등학교까지 동기동창인 최병만 학우는 물론 홍귀선 윤석태 이재남 유재원 학우에다 재종 아우이자 후배인 경복까지 득달같이 달려왔다.

필자는 그러잖아도 일손이 턱없이 모자란, 눈코 뜰 새 없이 바쁜 농촌 사정을 감안하여 소리 소문 없이 모교를 방문하고 돌아오려 하였다. 특히 우리 고향 사람들은 벼농사 이외에도 아가리쿠스(신령버섯), 양송이 등을 재배하기 때문에 사시사철 숨 돌릴 틈이 없었다.

그렇건만 그들은 각자 생업을 제쳐 놓고 인근 여러 마을에서 부랴부랴 달려온 것이었다. 먼저 윤용하 교장 선생님께서 학교 현황을 설명해 주었는데, 필자는 그제서야 언제부턴가 모교의 학생 수가 부쩍 줄어든 것을 알았다.

필자가 재학 중일 때는 한 학년에 두 학급씩 편성돼 있었고, 우리 7회의 경우 5학년 때까지 줄곧 두 학급을 유지하다가 6학년 때 한 학급으로 통합되어 84명이 졸업하였다. 그런데 지금은 한 학년 학생 수가 30명 안팎이어서 1학년부터 6학년까지 각 학년이 전부 한 학급으로 편성돼 있었다. 그러니까 전교생이라야 고작 6개 학급 180명에 불과했던 것이다.

이른바 가족계획이 실시된 이후 대가족 형태가 붕괴되었고, 여기에 급격한 산업화의 물결이 맞물리면서 농촌 인구가 감소되었다는 것은 잘 알려진 사실이지만, 그럼에도 불구하고 모교의 학생 수가 그렇게 줄어들었다니 필자는 참으로 이상야릇한 감회에 젖지 않을 수 없었다. 필자가 『한권으로 읽는 삼국지』를 18권 준비한 것도 사실은 한 학년을 대략 세 학급

정도로 예상하여 한 학급에 한 권씩 돌아가도록 6(학년)×3(학급)=18(권)으로 최소한의 수요를 산출했기 때문이었다.

그런데 그 산술적 추산은 여지없이 빗나가고 말았다. 그 대신 『한 권으로 읽는 삼국지』는 한 학년(학급)에 3권씩, 그러니까 전교생 기준으로 10명에 한 권씩 돌아가게 된 셈이었다. 책이야 더 많이 선물할수록 좋은 일이지만, 학생 수가 늘지는 못할망정 그렇게 줄었다는 사실이 못내 아쉽고 안타깝기만 하였다.

그러나 어쩌랴. 필자는 후배 재학생들의 환영을 받으며 한국소설가협회에서 기증하는 100여 종의 도서를 전달한 뒤 곧바로 강연에 들어갔다. 강당에 모인 후배 재학생은 1, 2학년을 제외하고 3, 4, 5, 6학년을 통틀어 총 120명이었다. 비록 수강 학생은 얼마 되지 않았지만, 강연이 진행되는 동안 그들의 눈망울은 밤하늘에 빛나는 별처럼 초롱초롱하였다.

필자는 간밤 내내 궁리한, 어린이들의 눈높이에 걸맞은 수준으로 강연을 이끌어 나갔다. 그 과정에서 학생들의 질문도 받아 친절히 답변해 주었는데, 그 자리에는 윤 교장 선생님과 전 교직원, 그리고 동문들까지 배석하여 조금도 긴장을 늦출 수가 없었다.

다소 늦은 감이 없지 않지만, 이제라도 이런 기회가 마련된 것은 그나마 다행한 일이었다. 우선 농촌의 후배들에게 비록 소량이기는 하지만 도서를 전달했다는 사실이 기뻤고, 도시 학생들에 비해 상대적으로 소외된 그들로 하여금 독서의 중요성을 재인식케 하는 계기가 되었다는 점에서 이번 모교 방문은 매우 보람이 있었다.

강의를 마치고 학교 앞 마을에 나왔을 때, 아내와 아들 녀석은 농촌에서 느낀 소감을 진지하게 이야기하고 있었다. 이렇게 볼 때, 이번 모교 방문은 본래의 목적 이외에 개인적으로는 아내와 아들 녀석에게 큰 유익을 안겨 준 셈이었다. (한국소설가협회 편, 모교방문기 『작가와 모교, 고향과 책 읽기』 개미출판사. 2000)

부여扶餘 정림사지定林寺址 5층 석탑

백제의 국력

고도古都 부여는 백제의 찬란한 영화와 망국亡國의 아픈 상처가 뒤엉켜 스민 땅이다. 따라서 눈에 보이는 산천이 모두 문화유산이라 해도 과언이 아니다. 부여의 상징인 부소산扶蘇山과 백마강白馬江이 저 옛날 백제의 흥망성쇠를 극명하게 증언해 주고 있는 것이다.

잘 알려진 바와 같이 부여는 백제의 도읍지였다. 일찍이 삼국 중에서 가장 찬란한 문화를 꽃피웠던 백제는 성왕聖王 16년(서기 538년) 웅진(熊津, 지금의 공주)을 떠나 사비(泗沘, 지금의 부여)로 천도하였다. 그로부터 부여는 성왕 위덕왕威德王 혜왕惠王 법왕法王 무왕武王 의자왕義慈王 등 6대 왕을 거치면서 123년간 백제의 중심지가 되었다.

성왕의 천도는 역사적으로 매우 중요한 의미를 갖는 백제 흥륭의 일대 분수령이었다. 성왕은 역대 어느 임금보다도 탁월한 군왕으로서 백제 중흥의 웅지를 품고 이러한 결단을 내린 것이었다.

혹자는 백제가 남진南進하는 고구려 세력에 밀려 후퇴한 것으로 역사를 왜곡하기도 하지만, 여러 가지 사료史料와 정황들을 종합적으로 분석할 때 그것은 사실과 전혀 다르다.

성왕은 산으로 둘러싸인 공주를 벗어나 드넓은 평야를 중심으로 강대국 건설이라는 원대한 꿈을 실현코자 하였다. 실지로 백제는 사비 시대를 열면서 국력을 극대화하였고, 찬란한 문화와 예술을 꽃피웠을 뿐만 아니라, 그 세력을 해외까지 뻗쳐 왜倭와 당唐에 막대한 영향을 끼쳤다.

그러나 백제는 애석하게도 의자왕 20년(서기 660년) 나당연합군羅唐聯合軍에 의해 막을 내렸다. 신라는 외세를 끌어들여 백제를 점령하였고, 백제의 수도 부여는 점령군의 말발굽 아래 무참히 짓밟혔던 것이다.

패자敗者는 말이 없다

동서고금을 막론하고 역사는 이긴 자의 기록이다. 따라서 패자는 일방적으로 매도되게 마련이다. 백제의 역사 또한 예외는 아니었다. 그동안 백제는 그릇된 사관史觀에 의해 무참히 폄하되었고, 특히 '방탕한 의자왕이 패망을 자초한 그렇고 그런 국가' 정도로 억울한 누명을 쓰기도 했다.

더욱이 백제의 문화유산은 나당연합군의 침공으로 대부분 소실되었고, 그 기록 또한 온전하게 남아 있을 리 만무했다. 그러나 다행히도 1,300여 년의 침묵을 깨고 세상에 모습을 드러낸 무령왕릉武寧王陵이나 백제금동대향로百濟金銅大香爐는 백제 문화의 진수를 만천하에 유감없이 보여 주었다.

이러한 문화재들을 볼 때, 백제의 국력이나 문화적 역량이 어떠했는가를 얼마든지 미루어 짐작할 수 있다. 그런데 백제와 백제 문화를 운위하는 자리에서 반드시 명심해야 할 전제가 있다. 그것은 이제까지 발굴된 문화재야말로 빙산의 일각에 불과하고, 점령군에 의해 말살된 문화재가 훨씬 더 무궁무진했다는 것을 상기해야 한다는 사실이다.

이 같은 맥락에서 부여읍 한복판에 우뚝 서 있는 정림사지 5층 석탑은 참으로 시사하는 바 크다고 하겠다. 이 탑은 바로 백제 문화의 백미白眉일 뿐만 아니라, 만고풍상을 겪어 오면서 백제의 영욕榮辱을 온몸으로 증언해 주고 있는 것이다.

석탑 문화의 극치

국보 제9호로 지정돼 있는 정림사지 5층 석탑은 목탑 기법이 적용된 최초의 석탑이라는 점에서 우리나라 석탑 양식의 계보를 정립시키는 데 없어서는 안 될 귀중한 문화유산이다. 이 석탑의 구조는 지대석地臺石을 구축하고 기단부基壇部를 구성한 다음 그 위에 5층의 탑신부塔身部를 놓고 정상에는 상륜부相輪部를 형성하였다.

좁고 아트막한 기단, 기둥석 배흘림 기법, 목조 건물을 본뜬 지붕받침, 끝을 맵시 있게 들어 올린 지붕석 등은 아름다움의 극치를 이루고 있다. 석탑을 구성하고 있는 돌은 모두 149매인데, 각 층의 짜임새나 체감률이 알맞게 조화되어 유구한 세월이 흐르도록 모진 풍우風雨를 이기고 오늘날까지 빼어난 자태를 유지하고 있다.

두 말할 나위도 없이 이 석탑은 그 후에 세워진 우리나라 석탑에 지대한 영향을 미쳤다. 즉, 이 탑은 백제 시대 이래 두고두고 우리나라 석탑의 모체가 되었다. 따라서 이 탑이야말로 한국 석탑의 모범이자 전형이라고 말할 수 있는 것이다.

특히 이 탑은 목조 양식의 단순한 모방이 아니라, 잘 정돈된 형태에서 세련되고 창의적인 조형을 보여 줌으로써 전체적으로 장중하면서도 명쾌하여 격조 높은 기품이 살아 숨 쉰다. 이는 두말할 나위도 없이 백제인의 슬기와 뛰어난 건축술에서 비롯되었다.

그런데 이 탑의 맨 아래층 탑신에는 당나라 장수 소정방蘇定方의 백제 평정 기공紀功이 새겨져 있다. 이로 말미암아 이 탑은 한때 '평제탑平濟塔'이라는 터무니없는 오명汚名 속에 그 건립 연대도 당나라 현경5년(서기 660년)인 것으로 잘못 알려져 있었다.

그러나 1942년 절터 발굴 당시 출토된 기와 조각에서 '定林寺'라는 명문銘文이 확인됨으로써 이 탑도 '평제탑'이 아닌, 현경5년 이전부터 그 자리에 있었던 백제 시대의 정림사 석탑으로 판명되어 본연의 위상을 되찾게 되었다. 요컨대 소정방은 기존의 석탑 탑신에 오만불손하게도 자신의 공적을 새겨 넣었던 것이다.

백제가 쓰러진 지 1,300여 년…. 그러나 그 장구한 세월이 흐른 오늘도 정림사지 5층 석탑은 부여 시가지 한복판에 의연히 버티고 서서 백제인의 혼과 숨결을 도도히 전해 주고 있다. (1998)

계룡산鷄龍山 갑사甲寺

아침 일찍 승용차를 몰고 집을 나섰다. 마침 생일을 맞이한 아내와 이제 마악 말을 배우기 시작한 늦둥이 아들 녀석이 이번 취재 여행의 동반자로 따라나섰다. 그들은 필자가 운전하는 승용차 안에서 아주 훌륭한 말동무가 되어 주었다.

경부고속도로 천안 톨게이트를 빠져 공주 땅으로 들어서자 급기야 계룡 일맥이 시야에 들어오기 시작했다. 반가웠다. 우리는 살을 에는 찬바람을 맞으며 마침내 계룡산 기슭 갑사 입구 주차장에 도착하였다.

잘 알려진 바와 같이 계룡산은 차령산맥의 연봉으로 공주시, 논산시, 대전광역시에 걸쳐 있는 명산이다. 태백산맥에서 갈려 나온 차령산맥이 서남쪽으로 달려 나가다가 금강의 침식으로 일단 허리가 끊겼다가 다시 이처럼 웅대한 산을 일으켜 세운 것이다.

계룡산이란 이름은 주봉인 천왕봉에서 연천봉, 삼불봉으로 이어지는 능선이 마치 닭벗[鷄冠]을 닮았다 하여 붙여진 것이라고 한다. 계룡산은 우리나라 4대 명산 중의 하나로 꼽힐 뿐만 아니라 관광지로도 이름이 높아 일찍이 국립 공원으로 지정되었다.

특히 계룡산은 풍수지리상 대단한 명산으로 알려져 있고, 이 같은 맥락에서 태조 이성계는 조선 왕조 개국 직후 이 산 기슭에 도읍을 정하려고 대규모 토목 공사를 벌인 적도 있었다. 그러나 이성계의 계룡산 천도 계획은 조정 중신들의 강력한 반대에 부딪쳐 전면 수정되었고, 그 대신 조선 왕조는 한양에 새 도읍지를 건설했던 것이다.

그 뒤, 계룡산에는 새 세상이 열리기를 바라는 신흥 종교 내지 유사 종교가 우후죽순처럼 생겨나 그 신앙을 추종하는 사람들이 구름처럼 몰려들었다. 이 과정에서 자칭 구세주들까지 등장하여 계룡산은 한때 신흥 종교의 본산으로 널리 알려지기도 했다.

그러나 신도안 일대에 육·해·공 3군 본부가 들어서면서 신흥 종교와 유사 종교는 이곳을 떠나게 되었고, 계룡산은 이 나라 국토방위의 중심으로 역사의 옷을 갈아입게 되었다.

어쨌든 계룡산은 그 명성이 말해 주듯 전통적으로 수많은 사찰과 암자, 그리고 소중한 문화재를 그 안에 품고 있다. 예컨대 갑사, 신원사神元寺, 동학사東鶴寺 등 유서 깊은 대사찰은 그 대표적인 사례라 할 것이다.

이 가운데 갑사는 계룡산에서 가장 큰 가람이다. 공주시 계룡면 중장리에 위치한 이 절은 화엄종 10대 사찰의 하나로 꼽는다.

갑사는 백제 구이신왕久爾辛王 원년(서기 420년) 아도화상阿道和尙이 창건한 것으로 알려져 있는데, 일설에 의하면 위덕왕威德王 3년(556년) 혜명대사惠明大師에 의해 창건되었다고도 한다. 그런가 하면 아도화상이 창건하고, 혜명대사가 중창했다는 설도 있으나 정확히 확인할 길은 없다.

어쨌든 갑사는 백제 시대의 사찰로서, 훗날 의상대사義湘大師가 진광명

전, 대광명전을 중수하고 화엄대학지소華嚴大學之所를 설치하면서 신라 화엄종 10대 사찰의 하나로 크게 번창, 전국적인 대찰로 명성을 떨치게 되었다.

특히 임진왜란이 일어났을 때, 갑사는 호국 도량이 되어 구국의 횃불을 드높였다. 승병장 영규靈圭 대사가 바로 이 절에서 승병을 일으켜 본격적으로 왜적과의 싸움에 나섰던 것이다.

영규 대사는 천여 명의 승병을 이끌고 청주성 전투에 참가, 왜적을 대파하여 연전연패하던 아군에게 최초의 승리를 안겨 주었다. 이를 계기로 전국 각지에서 승병이 일어나 왜적의 예봉을 꺾으며 혁혁한 전공을 세웠던 것이다.

그 후 영규 대사는 금산 전투에서 장렬히 전사하였고, 갑사는 선조宣祖 30년(1597년) 정유재란 때 왜적에 의해 전소되는 비운을 맞이하였다. 그로부터 수년이 지난 선조 37년(1604년)부터 대웅전과 진해당을 중건하기 시작, 마침내 갑사가 새로운 모습으로 단장하여 오늘에 이르고 있는 것이다.

한편, 갑사 경내에는 강당, 대웅전, 대적광전, 표충원 등 뛰어난 목조 건축물들이 있다. 이들 일련의 건축물들은 우리 조상들의 숨결이 듬뿍 배인 문화유산으로서, 우리 민족이 얼마나 목재를 절묘하게 다루었던가를 웅변으로 입증해 준다 하겠다.

강당은 충청남도 유형문화재 제95호로서, 승려들이 법문을 강론하던 곳인데, 자연석 위에 주춧돌을 배열하고 이렇다 할 기교를 부리지 않음으로써 친근감을 더해 주고 있다.

대웅전은 충청남도 유형문화재 제105호로 지정돼 있는데, 높이 1.8미터의 화강암 기단을 쌓고 그 위에 주춧돌을 놓은 뒤 건물을 축조하였다. 앞면 5칸과 옆면 3칸 규모로 맞배지붕의 다포집으로 조선 시대의 전형적인 건축 양식을 보여 주고 있다.

대적광전은 조선 시대 후기의 불전으로, 삼국 시대 이래 갑사의 금당으로 전해져 오던 것을 선조 37년에 복원하였다. 이 건축물 역시 목재가 빚어낸 걸작으로서 현재 충청남도 유형문화재 제106호로 지정되어 있다. 크기는 앞면과 옆면이 모두 3칸이며, 지붕 형태는 팔작지붕이다.

그밖에도 갑사 경내에는 보물 제256호로 지정된 철당간 및 지주, 갑사 부도, 갑사 동종, 선조 2년에 간행된 월인석보 판목 등 여러 문화재들이 산재해 있다. 이렇듯 계룡산과 갑사는 그 품안에 유형무형의 숱한 문화유산들을 간직하고 있는 것이다.

필자가 이번 취재를 위해 갑사를 찾았을 때, 그 입구의 음식점들과 기념품 가게들은 텅텅 비어 있었다. 어쩌다 등산객들이 눈에 띄긴 했지만, 겨울바람에 휘날린 흙먼지가 우리의 마음을 더욱 차갑게 하였다.

뉘엿이 해가 기울 무렵, 필자는 사랑하는 가족을 이끌고 계룡산 맑은 정기를 호흡하며 갑사 입구 주차장을 벗어나기 시작하였다. 연천봉의 잔설을 뒤에 두고 계룡산을 빠져 나와 국도로 들어서자 쌀쌀한 겨울바람이 차창에서 위잉위잉 울부짖으며 줄기차게 따라오고 있었다. (1998)

관동關東의 대찰 품은 오대산五臺山

손대지 않아도
열리는 문
언제나
거기 있었다.

왠지 오늘은
선뜻 두 손 털고
들어서지 못해
바라만 보는 눈
숨 막히는 적막이었다.

문지방 넘나들듯
들어선 곳에
덜컹
내 마음이 붙잡히고 마는

민망한 나의 푯대

소외된 피가
떠돌아다니는 동안
문 저쪽 손님
언젠가 돌아올
내 혈관을 훔쳐보고 있었다.

얼마 전, 김영희 시인의 첫 시집 『이상한 섬』을 읽다가 그 안에 수록된
오대산 시편을 읽게 되었다. 이 오대산 시편은 「월정사月精寺 일주문」「꽃
잎 위에 뜬 해탈」(상원사上院寺) 「적멸보궁寂滅寶宮」 이렇게 세 편의 연작
으로 구성되어 있는데, 앞에 인용한 시는 이 가운데 첫 수首인 「월정사 일
주문」의 전문全文이다.

이 시를 읽으면서 연전에 가 보았던 오대산을 떠올리게 된 것은 당연한
귀결이었다. 이 시를 읽고 있노라니 어느 사이엔가 오대산의 전모가 눈앞
에 선연히 펼쳐지는 것이었다.

얘기가 잠깐 빗나가게 되겠지만, 우리는 이따금 국토의 협소함을 탄식
할 때가 있다. 인구 밀도라든가 부존자원에 관해 운위할 때 약방의 감초처
럼 등장하는 것이 국토의 면적에 관한 대목이다.

그 상당수의 사람들은 은연중 우리나라를 '작은 나라'로 인식하고 있
다. 무릇 국토의 넓고 좁음은 상대적 개념에 불과할진대 무턱대고 내 나라
를 '작은 나라' 또는 '좁은 땅'으로 비하시키는 것은 아주 좋지 않은 습성
이자 그야말로 못난이의 발상이 아닌가 한다. 이 말에 어폐가 있다고 생각
하는 사람이라면 지금 당장 오대산에 가 보아야 할 것이다.

저 웅장하고 늠름한 오대산을 모르면서 어찌 이 나라 산천을 좁다고 탄

식할 것인가. 오대산 정상에 오른 연후 천지 사방을 둘러보면 이 나라 이 강토의 진면목이 무엇인가를 어림할 수 있으리라 믿는다.

각설하고, 연전에 젊은 벗들과 오대산을 찾은 적이 있었다. 우리 일행은 서울을 떠날 때부터 명산을 찾는다는 즐거움으로 설레는 가슴을 주체할 길이 없었다. 때는 늦가을이라 하늘은 한껏 높았고 햇볕은 따사로웠으며 누렇게 물들어 가는 산야 또한 가슴을 더욱 울렁거리게 하였다.

시원한 바람이 불어오는 해거름녘 우리 일행은 월정사 입구에 도착해 우선 여장을 풀었다. 혼탁한 공기, 잡다한 세사世事에 시달려 녹초가 되었던 심신도 이 산간으로 들어서는 동안 어느새 생기를 되찾고 있었다.

일행은 간단히 요기를 하고 물가에 나가 손발을 씻었다. 오대산 저 머나먼 계곡에서 흘러 내려온 물은 맑기도 그만이었지만 뼛속까지 스며들 정도로 차가웠다. 세속에서 찌든 일상의 티끌들이 한꺼번에 씻겨 내려가는 것만 같았다.

행여 해가 져서 어두워질세라 일주문을 지나 월정사 뜨락으로 들어섰다. 해가 뉘엿이 지고 있어, 관광객들의 발길이 부산하기만 하였다. 뜨락 곳곳에 피어 있는 맨드라미들도 저물어 가는 가을을 서러워하는 듯 닭볏[鷄冠]처럼 더욱 붉게 보였다.

이 유서 깊은 사찰은 본래 신라 선덕여왕 때 왕가 불교王家佛敎의 최고봉이었던 자장율사慈裝律師가 창건하였다. 자장율사는 신라의 국사國師였고, 당唐에 유학하여 중국에서도 고승으로 숭앙받았던 분이다.

월정사 뜰에는 국보 제48호인 팔각구층석탑八角九層石塔과 보물 제139호인 석조보살좌상石造菩薩坐像이 있었다. 팔각구층석탑은 높이 15.2미터로 상륜부上輪部의 보륜寶輪까지는 돌이고, 그 윗부분은 금동金銅으로 만들어진 수작 중의 수작이다. 또한 이 탑에는 부처님 진신사리 37과顆가 봉안돼 있다고 한다.

이 아름다운 탑을 마주보며 기도를 드리는 듯 석조보살상이 그윽한 모습을 보여 주고 있었다. 화강암 연꽃 대좌 위에 왼쪽 무릎을 세우고 앉아 있는 이 불상의 높이는 1.8미터이고 원통처럼 생긴 관을 쓰고 있었다. 이 불상은 눈, 코, 입이 작은 데 비해서 얼굴은 길고 풍만하여 넉넉함과 인자함이 넘쳐흐르고 있었다.

팔각구층탑 정면에 월정사의 본당인 적광전寂光殿이 있었다. 그 적광전 안에 대불이 모셔져 있었고, 네모 번듯한 뜰을 중심으로 주위에 보장각寶藏閣 동별당東別堂 서별당西別堂 등 부속 가람들이 질서정연하게 세워져 있었다.

이 월정사에는 당대의 고승 한암漢岩 대종사가 있었고, 그의 수상좌首上佐 탄허呑虛 스님이 있었으며, 한암 스님과 함께 입정入定한 효봉曉峰 스님이 있었다. 그런가 하면 조지훈趙芝薰 시인은 1941년 혜화전문 문과를 졸업하고, 이곳 월정사에 와서 불교전문강원 강사로 활약한 적이 있었다.

한편, 역사적으로 볼 때 이 월정사는 창건 이래 수차 수난을 당했다. 그 내력에 대해서는 선우휘鮮于輝 소설가의 단편소설 「상원사上院寺」에도 잘 나타나 있지만, 6·25 때 완전히 불타버리는 엄청난 수난을 당했다. 당시 월정사에는 공산군이 은신하고 있었으므로 그들은 소탕하기 위해 불을 지른 것이다.

따라서 상원사도 불태워질 위기에 처해 있었다. 그때 상원사에 입정해 있던 한암 스님이 법당 안에서 좌이대사坐而待死의 결연한 의지를 보여 현대의 한 신화를 창조했을 뿐만 아니라, 상원사를 화마火魔의 소실로부터 구해 낸 일화가 전설처럼 이어져 내려오고 있다.

이러한 저간의 내력을 더듬어 생각하면서 우리는 하늘을 찌를 듯 울울창창한 전나무 숲 그늘을 따라 숙소로 돌아왔다. 해가 지면서 산중의 어둠은 빠른 속도로 몰려왔다.

부끄러운 고백이지만, 속인俗人은 이런 선경仙境에 들어와서도 속인일 수밖에 없었다. 참새가 방앗간을 보고 그냥 지나치지 못하는 것처럼, 우리는 이런 대자연의 품에 안겨 맨숭맨숭한 정신으로는 도저히 잠을 이룰 수가 없었다.

그리하여 우리 일행은 숙소 마당에 멍석을 깔아 놓고 술잔을 기울였다. 산 좋고 물 맑은 데다가 공기까지 청정하여 두주斗酒에도 취하는 줄 몰랐다. 우리는 밤늦게까지 술을 마시면서 이곳에 오기를 참 잘했다고 골백번도 더 이야기했다. 월정사 입구 언저리의 밤 풍경 또한 기가 막혔다.

일행은 자는 둥 마는 둥 잠시 눈을 붙이고 나서 새아침을 맞이했다. 이런 산중에서 맞이하는 새아침은 더욱 신선할 수밖에 없었다. 간밤에 엄청난 술을 마셨는데도 모두들 언제 술을 마셨느냐는 듯이 팔팔하였다. 아마 서울 같은 곳에서 그만한 경음鯨飮을 했다면 너 나 할 것 없이 몸을 추스르기 어려웠을 것이다.

그렇건만 우리는 거짓말같이 멀쩡한 정신으로 아침을 맞이하였고, 간단한 식사를 마치자마자 각자 수통에 물을 채워 넣었다. 그러고 나서 우리는 곧 그곳을 출발, 해발 1,563미터의 비로봉毗盧峰 정상을 향한 등정에 돌입했다.

오대산은 행정구역상으로 볼 때 강원도 명주군溟州郡 홍천군洪川郡 평창군平昌郡에 걸쳐 있는 산이다. 이 산은 태백산맥에 속하는 고봉으로 설악산과 더불어 국내 유수의 명산으로 꼽히는데, 근세의 지리학자 이중환李重煥은 그의 『택리지擇里志』에서 '강릉 서쪽에 대관령이 있고, 영 북쪽에 오대산이 있는데 우통수于筒水가 여기 바위에서 나오며, 이것이 한강의 근원이 된다(江陵西 爲大關嶺 嶺北爲五臺 于筒之水 於是乎岩 寔爲漢江之源)'고 하였다. 여기에 나오는 우통수란 평창군 진부면珍富面에 있는 강을 말하는 것이다.

한편, 이 산에는 동쪽에 만월대滿月臺, 서쪽에 장령대長嶺臺, 남쪽에 기린대麒麟臺, 북쪽에 상삼대象三臺, 중앙에 지공대知工臺가 있는데 여기에서 오대산이라는 명칭이 나왔다는 설도 있고, 중·동·서·남·북의 오대五臺는 각기 석가釋迦 관음觀音 미타彌陀 지장地藏 문수文殊의 부처가 상주하며 설법하는 성지이므로 그런 이름이 나왔다고도 한다.

어떻든 오대산은 주봉인 비로봉을 비롯, 남서쪽으로 소대산小臺山 호령산虎嶺山이 이어져 있으며, 동쪽으로는 상왕산(旺山 두로봉頭老峰 동대산東臺山 노인봉老人峰 등이 우뚝 솟아 있다. 이 봉우리들은 모두 1,000미터 이상의 준령으로 장관을 이루는 명산인데, 오대산은 이미 1975년 2월 국립 공원으로 지정돼 세계적으로 명성을 드높이게 되었다.

이처럼 유명한 산이므로 우리는 더욱 기쁜 마음으로 정상을 향해 발길을 옮겨 놓았다. 간밤에 잠을 설친 탓으로 모두들 피곤해야 할 텐데 사실은 그 반대로 일행 모두가 활기에 넘쳐 있었다. 역시 명산에 와서 정기를 받으면 저절로 힘이 솟아나는 모양이었다.

오대산이 신불神佛 깃든 영산이라는 사실에 대해서는 이의가 있을 수 없다. 그런 때문인지 이 산은 험준하지 않고 봉우리마다 부드러운 느낌으로 다가온다. 요란스럽게 뾰족하지도 않고, 험한 단애斷崖도 없을뿐더러 둥글둥글한 봉우리들이 끊어질 듯 이어지면서 묵중하게 눌러 앉아 있는 것이다.

이렇듯 둥글둥글한 산들이 모여 있으면서도 골짜기가 깊은 것을 보면 참으로 희한하다. 오대산 골짜기는 곧 끝날 것 같으면서도 실지에 있어서는 한없이 깊고, 정상으로 오르는 길 또한 그렇게 수월한 편은 아니다.

우리는 가을 햇살에 땀을 흘리며 상원사에 다다랐다. 이 절은 월정사의 말사末寺로 6·25 때 전소될 뻔한 위기에서 한암 스님의 강력한 의지에 의해 화를 면한 바로 그 사찰이다.

이 절에는 국보 제36호인 동종銅鐘이 있다. 이 종은 경주 불국사佛國寺에 남아 있는 에밀레종보다 20년 전에 만들어진 것으로, 종신鐘身의 상하 견대肩帶와 구연대口緣帶에는 당초문唐草紋이 새겨져 있고, 우아한 주악천奏樂天과 비천상飛天像이 양각되어 있다.

그런데 상원사 본당인 청량선원淸凉禪院에 봉안돼 있는 문수동자상文殊童子像에는 신묘한 전설이 있다. 즉, 조선 왕조 제7대 임금인 세조世祖와 관련된 전설이 그것이다.

세조는 왕위에 오른 지 얼마 안 되어 온몸에 종기가 나서 이곳 오대산을 찾게 되었다. 그는 먼저 월정사에 불공을 드리고 상원사로 오르던 중 계곡에 뛰어들어 목욕을 하였다.

그때 동승童僧 한 사람이 숲속에서 걸어 나왔다. 그를 본 세조는 이리 와서 등을 밀어 달라고 청했다. 그러자 동승은 아무 말 없이 물속으로 들어와 세조의 등을 밀어 주었다.

목욕을 마친 세조가 동승에게 타이르기를 "나는 이 나라의 임금이다. 그러니 너는 아무한테도 옥체를 씻어 주었다고 말해서는 안 된다. 내 몸에 종기가 생겼다는 말을 입 밖에 내서는 안 된다"고 하였다.

그러자 동승의 대답인즉 "임금님도 어디를 가든 문수보살이 몸을 씻어 주더라는 말을 하지 마시오"라고 하는 것이었다. 그러고 나서 그 동승은 자취를 감추어버렸다. 그 일이 있은 이후 세조의 몸에 돋아났던 종기가 말끔히 없어졌다고 한다.

이에 감격한 세조는 불상 만드는 사람을 불러 자기가 보았던 동승의 모습을 불상으로 만들게 하였고, 이를 상원사에 봉안했다. 그것이 바로 문수동자상이라고 한다. 우리는 이런 전설을 음미하면서 적멸보궁을 지나 정상을 향해 열심히 올라갔다.

이처럼 영험 어린 곳을 둘러보고 비로봉 정상에 올랐을 때 우리는 희열의 탄성을 자아내지 않을 수 없었다. 발 밑 아래 골짜기들에는 솜사탕 같은 운무가 가득 고여 있었고, 굽이굽이 이어진 장대한 봉우리들을 보면서 여기가 내 나라, 내 강토의 한 비경임을 감지할 때 울컥 눈물이 치솟을 지경이었다.

우리들은 그곳 정상에서 도시락으로 점심을 때운 뒤 시월의 눈부신 햇살을 받으며 하산을 서둘렀다. 아, 실로 장엄한 오대산이여! (단행본 『어제의 강산 오늘을 산하』 고려원. 1991)

서울의 궁궐

잘 알려진 바와 같이 서울에는 5대 궁궐이 있다. 경복궁景福宮 창덕궁昌德宮 창경궁昌慶宮 경희궁慶熙宮 덕수궁德壽宮 등이 그것이다. 조선 왕조에 창건된 이들 궁궐은 무엇보다도 소중한 우리의 문화유산이다.

이들 5대 궁궐에는 각기 정문이 있다. 경복궁에는 광화문光化門, 창덕궁에는 돈화문敦化門, 창경궁에는 홍화문弘化門, 경희궁에는 흥화문興化門이 있다. 이렇듯 모든 궁궐의 정문 이름에 공통적으로 '될 화化'가 들어 있는 것이 큰 특징이라고 하겠다.

덕수궁에는 대한문大漢門이 있다. 그러나 이 문은 본래 덕수궁의 정문이 아니었다. 덕수궁의 본래 정문은 남쪽에 있던 인화문仁化門이었다. 따라서 5대 궁궐의 정문에는 이렇듯 모두 '될 화化'자가 들어 있었던 것이다.

그런데 일제는 1900년대 초 덕수궁 앞으로 도로를 내면서 인화문을 철거하고 대한문을 정문으로 사용토록 하였다. 대한문의 본래 이름은 대안문大安門이었다. 그러나 '편안할 안安'자를 파자破字하면 '계집[女]'이 '갓

194

(모자)'을 쓴 형국이어서 글자를 바꾸어야 한다는 여론이 일어났다.

실지로 이토 히로부미(伊藤博文)의 양녀 배정자裵貞子가 일제의 사주를 받아 간첩 역할을 하며 고종高宗을 만나기 위해 들락거린 문도 바로 그 문이었다. 특히 모자를 즐겨 썼던 배정자는 대안문으로 출입하는 가운데 일제 침략의 앞잡이 역할을 하였다.

그때 대안문의 명칭을 갈아야 한다는 상소가 빗발쳤고, 특히 풍수의 대가였던 비서승秘書丞 유시만柳時滿이 '대안大安' 대신 '대한大漢'으로 고치면 국운이 창성한다고 건의하였다. 더욱이 고종이 꿈에서 좋은 영감까지 얻어 그 이름을 대한문으로 고쳤다고 한다.

경복궁은 조선 왕조의 정궐正闕이었다. 1392년 역성혁명으로 조선을 건국한 태조太祖 이성계李成桂가 개경으로부터 한양성漢陽城으로 천도할 때 이 궁궐을 짓게 되었다. 그리하여 이 궁궐은 1395년 창건 때부터 1952년 임진왜란 때까지 정궁으로 사용됐다.

경복이란 명칭은 『시경詩經』의 '군자만년 개이경복君子萬年 介爾景福'이란 글귀에서 따온 것으로 정남에는 광화문, 정북에는 신무문神武門, 동쪽에는 건춘문建春門, 서쪽에는 영추문迎秋門을 두었고, 그 중앙에 왕궁의 정전正殿인 근정전勤政殿을 세웠다. 이와 함께 그 주변에 강녕전康寧殿 교태전交泰殿을 비롯하여 각종 부속 건물을 조성하였다.

강녕전과 교태전은 바로 왕과 왕비의 침전寢殿이었다. 이들 두 건물에는 용마루를 두지 않았다. 왕은 곧 용이고, 그 용이 대통을 이어갈 왕자, 즉 또 다른 용을 생산하는 곳이 침전인지라 용마루를 두지 않은 것이었다.

그런데 경복궁은 임진왜란 때 소실되었고, 그 후에는 조선의 역대 임금들이 주로 창덕궁에서 정사를 펼쳤다. 그러다가 1868년 경복궁이 중건된 이후 1896년 아관파천俄館播遷 때까지 왕이 이곳에서 나라를 다스렸다.

따라서 경복궁은 조선 왕조 500년 역사에서 약 230년간 정궁으로 사용되었다.

한편, 정종定宗의 뒤를 이어 왕위에 오른 태종太宗은 1404년부터 경복궁 옆 향교동鄕校洞에 이궁離宮을 짓기 시작하여 그 이듬해 완공하고 창덕궁이라 명명하였다. 이 궁궐은 정전인 인정전仁政殿을 중심으로 선정전宣政殿 소덕전昭德殿 대조전大造殿 등 여러 건물을 지어 왕궁의 면모를 갖추었다.

이 가운데 대조전은 왕비의 침전으로 경복궁의 강녕전이나 교태전처럼 용마루를 만들지 않았다. 이 궁궐도 임진왜란 때 불탔고, 선조宣祖 40년 (1607) 중건에 들어가 광해군光海君 2년(1610) 거의 복구되기에 이르렀다. 그러나 1623년 3월 실화로 말미암아 인정전을 비롯한 대부분의 전각이 소실되어 인조仁祖 25년(1647)에야 비로소 중건을 완료할 수 있었다.

이렇듯 목조 건물은 화재에 약한 것이 큰 흠이었다. 창덕궁은 그 후에도 여러 차례 화재를 입었고, 1917년에는 대조전을 중심으로 내전 여러 채가 소실되는 수난을 겪었다. 그리하여 조정에서는 경복궁의 교태전과 강녕전 등을 해체하여 이곳에 옮겨 짓기도 하였다.

정궐인 경복궁이 약 230년간 조선 왕조의 왕궁으로 사용된 반면, 조선의 역대 임금들은 1405년 이궁으로 창건되었던 이 창덕궁에서 약 270년간 나라를 경영하였다. 즉, 1611년 중건 때부터 경복궁이 복구된 1868년까지, 그리고 순종純宗이 즉위한 1907년부터 국권을 침탈당한 1910년까지 조선의 역대 왕들이 이곳에서 정사를 보았다.

따라서 창덕궁은 조선 왕조 500년의 빛과 그림자가 함께 어우러진 역사의 현장이었다. 숱한 임금들이 이곳에서 선정善政을 베풀었는가 하면, 비운의 왕이었던 단종端宗과 연산군燕山君이 폐위된 곳도 바로 이 궁궐이었다.

그런데 창덕궁은 간단없는 재난을 당하면서도 비교적 원형대로 잘 보존돼 있다. 1912년부터는 인정전을 비롯하여 후원인 금원禁苑까지 일반에게 공개하기 시작했는데, 지난 1997년 12월 유네스코 세계문화유산으로 등록되어 세계적인 명성을 얻게 되었다.

창경궁은 본래 왕궁이 아니었다. 이 궁궐은 성종成宗 15년(1484), 당시 생존해 있던 세 왕후, 즉 세조世祖 덕종德宗 예종睿宗의 왕비를 모시기 위해 지었다. 이 궁궐 역시 임진왜란 때 모두 소실되었다가 광해군 8년(1616)에 재건되었다. 하지만 그 후에도 몇 차례 소실과 복구를 거듭하면서 오늘날과 같은 형태를 유지하게 되었다.

경희궁은 광해군 9년(1617년)부터 짓기 시작하여 3년 뒤인 1620년 10월에 완공되었다. 처음에는 경덕궁慶德宮이라 부르다가 영조英祖 36년(1760) 경희궁으로 고쳤다. 경희궁 자리는 본래 인조의 아버지 정원군(定遠君, 나중에 元宗으로 추존)의 잠저潛邸였는데, 이곳에 왕기가 서렸다 하여 광해군이 빼앗아 궁궐을 짓기 시작한 것이었다.

경희궁에는 숭정전崇政殿 융복전隆福殿 등 여러 전각이 있었으나 순조 29년(1829) 대부분 소실되었다. 그나마 이 궁궐의 여러 건물들은 일본인들에 의해 다른 곳으로 이축移築되는 비극을 겪지 않으면 안 되었다.

덕수궁은 본래 세조의 장손자인 월산대군月山大君의 개인 저택이었다. 그가 죽은 지 104년, 선조 25년 임진왜란이 일어나 의주義州까지 몽진했던 선조가 도성으로 돌아왔을 때 모든 궁궐은 잿더미가 되어 있었다.

선조는 1593년 10월 월산대군의 옛집을 행궁으로 정하고 정릉동행궁貞陵洞行宮이라 하였다. 그러고는 그 주변을 확장하여 1608년 승하할 때까지 이곳에서 정사를 보았다. 그 뒤 이곳에서 즉위한 광해군은 창덕궁을 대대적으로 중건하고 웅장한 법궁法宮을 이룩하여 그곳으로 이거하였다.

그는 창덕궁으로 옮겨갈 때 자기가 등극한 정릉동행궁에 경운궁慶運宮이라는 명칭을 붙였다. 그러나 창덕궁에서 정사를 보던 그는, 정서 불안이라고나 할까 단종과 연산군의 비극을 떠올리고는 다시금 경운궁으로 옮겨오기도 했다.

그 후 1897년 아관에 머물던 고종이 이곳으로 돌아옴으로써 이곳은 다시 왕조의 정궁으로 자리매김하게 되었다. 그 후 여러 전각이 증축되었고, 열강의 침략이 가속화되는 가운데 고종은 대한제국의 황제가 되어 자주 독립 의지를 불태웠다.

일제의 폭압으로 고종이 퇴위하자 이곳에서 순종이 즉위하였으나 그는 곧 창덕궁으로 옮겨 국사를 다스렸다. 그때 순종은 태황제太皇帝가 머물던 경운궁을 덕수궁이라 개칭하였다. 그 후 고종이 승하함으로써 덕수궁은 사실상 일제의 손아귀로 넘어가는 비운을 겪어야 했다.

알 만한 사람들은 다 알고 있는 사실이지만, 일제는 우리나라의 역사를 짓밟고 문화를 말살하기 위해 수단과 방법을 가리지 않았다. 그 과정에서 그들은 정궐 중의 정궐, 정전 중의 정전인 경복궁 근정전을 가로막아 조선총독부 청사를 지은 것은 물론, 경희궁의 여러 전각들을 해체하여 여기저기 흩어 놓았다.

어디 그뿐인가. 창경궁이라는 이름까지 창경원昌慶苑으로 바꾼 데다 그 안에 동물원과 식물원을 들여 놓음으로써 궁궐을 일개 위락 시설 정도로 격하시켰다. 그뿐 아니라 그 뜰에는 벚나무를 심어 이른바 왜색倭色으로 뒤덮어 놓은 바 있었다.

광복 후에도 서울의 궁궐은 오랜 세월 방치돼 있었다. 그러다가 문민정부 때 저 흉측했던 조선총독부 청사를 철거했고, 문화재 당국은 막대한 인력과 예산을 투입하여 각 궁궐에 대한 복원 공사를 계속하고 있다. 만시지탄이 없지 않지만, 이러한 문화유산이 속속 본래 모습을 되찾을 때 우리의 서울은 더욱 빛나는 문화 도시로 우뚝 서게 될 것이다. (『내가 만난 서울·Ⅱ』 문학의집·서울. 2003)

창경궁 추억

촌놈이 어쩌다 장에 갔다 오면 사랑방꾼 잠을 못 자게 군다는 말이 있다. 장에서 본 것, 들은 것을 줄줄이 늘어놓으며 제 자랑하느라 시간 가는 줄 모르고 화제를 독점한다는 뜻이겠다.

아주 오래 전, 필자가 고향에서 고등학교 다닐 때의 일이다. 동네에 J라는, 고등학교를 마치자 부모를 따라 서울로 이사 간 한 선배가 있었다. 그의 집안은 우리 동네에서 비교적 부농에 속했는데, 무슨 까닭에선지 그 일가가 우리 마을에 농토를 남겨둔 채 돌연 서울로 이사 간 것이었다.

들리는 말에 의하면, J의 부모는 서울 어디에선가 음식점을 운영한다고 했다. 이를테면 시골의 농사꾼 일가가 서울로 올라가 음식점 주인으로 직업을 바꾼 셈이었다. 그러나 세상에 태어나 서울 구경도 못해 본 사람이 태반인, 그리고 여간해서 서울 갈 일도 없는 우리 동네 사람들은 J의 부모가 서울에서 무슨 일을 하는지 알 길이 없었다. 다만, 그들이 음식점을 운영한다고 하면 믿거나 말거나 그런가 보다 생각할 따름이었다.

J는 종종 고향에 내려오곤 하였다. 고향에서 학교 다니는 동안 거의 매일 땡땡이나 치면서 학교 성적이라야 꼴찌를 면치 못했던 J. 그는 자신의 고향인 우리 마을에 내려왔다 하면 거의 예외 없이 창경원 이야기를 늘어놓았다. 식물원·동물원 이야기에다 벚꽃놀이 이야기에 이르기까지 그의 화제는 끝이 없었다. 어쩌다 장에만 다녀와도 사랑방군 잠을 못 자게 구는 것이 촌놈의 생리일진대 하물며 서울에서 살다 잠시 내려온 그의 화제는 더 말할 나위가 없었다.

그중에서도 창경원 벚꽃놀이는 그가 쏟아 놓는 화제의 하이라이트라고 말할 수 있었다. 창경원 벚꽃놀이 이야기가 나오면 그는 손짓 발짓도 모자라 입에서 침까지 튀기며 열을 올리곤 하였다. 창경원 벚꽃놀이…. J한테서 그 이야기를 얼마나 많이 들었던지 내게는 창경원과 벚꽃놀이가 거의 동의어로 각인되었다. 그러니까 창경원 하면 벚꽃놀이, 벚꽃놀이 하면 창경원이 저절로 떠오르는 것이었다.

그 후 필자도 서울에 올라와 몇 차례 창경원을 관람하였다. 아니나 다를까, 창경원은 서울의 명소임에 틀림없었다. 특히 벚꽃이 만발하는 봄에는 행락 인파가 몰려 발 디딜 틈이 없었다. 필자는 몇 번인가 창경원을 들락거리면서 J네 음식점이 바로 창경원 앞에 있다는 사실을 알게 되었다. 그러니까 부모 따라 서울에 올라온 J는 창경원을 제 놀이터처럼 뻔질나게 들락거렸던 것이다.

그러나 불행하게도 J는 바로 창경원에서 엎어지면 코 닿을 곳에 살면서도 가장 중요한 역사적 사실을 모르고 있었다. 창경궁이 창경원이란 명칭으로 격하되고 식물원·동물원을 들여 놓고 기껏 위락 시설로 이용되었던, 존엄하기 짝이 없던 궁궐의 내력조차 모르면서 무슨 말이 그렇게도 많았던지 기가 찰 노릇이었다.

다른 시민들도 예외가 아니었다. J뿐만 아니라 서울 시민의 대부분이 모두 창경궁을 창경원으로 부르는 것이었다. 그러니까 그들은 '궁'과 '원'의 뜻조차 모르고 있었다. 그런가 하면 정부를 비롯한 행정 당국에서도 공공연히 창경원으로 불렀다. 말하자면 그만큼 역사의식이 투철하지 못했던 탓이라 하겠다.

'조선'이란 국호가 족보에도 없는 '이씨조선'으로 폄하돼 왔듯이 창경궁 또한 오랜 세월 창경원이란 명칭으로 격하돼 있었다. 그러다가 만시지탄이 없지 않지만 1983년 12월 30일 이 유서 깊은 고궁은 창경궁이란 본래의 명칭을 되찾았다. 이로써 조선 왕조의 궁궐이 비로소 역사적 복권을 맞이한 셈이었다. 물론 식물원·동물원도 이전되었고, 복원 사업이 활발하게 진행됨으로써 창경궁은 본래의 위상으로 거듭나게 되었다. 이는 역사의 복원이라는 차원에서 매우 다행한 일이 아닐 수 없었다.

한편, J의 부모는 노년에 접어들면서 창경궁 앞 음식점을 접었고, J는 평범한 회사원이 되었다가 지금은 현직에서 물러나 무위도식하는 처지로 전락하였다. 얼마 전 길에서 우연히 J를 만났다. 흘러가는 세월과 함께 그도 어느덧 초로에 접어들어 있었다. (2003)

남산, 별빛과 불빛과 문학의 잔치

남산은 이래저래 인연이 깊은 산이다. 저 1970년대의 어느 날 후암동 방면에서 남산 어린이회관을 찾아간 적이 있었다. 그곳에서 어린이 잡지 『어깨동무』와 『꿈나라』와 『보물섬』이 발간되고 있었다. 『꿈나라』 편집부에 근무하던 선배를 만나러 올라갔던 것인데, 그 빌딩에서 내려다본 서울의 경관은 그야말로 장관이었다.

그로부터 몇 달 뒤 이번에는 예장동 쪽에서 오르막길을 거쳐 케이블카를 타고 남산 정상에 올랐다. 팔각정에서 사면팔방으로 바라본 서울의 전경은 더욱 웅장했다. 아, 저절로 감탄사가 쏟아져 나왔다. 지난 세월 그런 남산을 오르내리며 숱한 작품을 구상했다. 글을 쓰다가 막힐 때, 고향이 그리워 미치고 환장할 지경에 이를라치면 어김없이 남산에 올라 인생과 문학 등등 이런저런 생각들을 정리했다.

언젠가 한번은 팔각정에서 서울의 야경에 취하기도 했다. 하늘에는 별빛이 반짝반짝, 땅에는 불빛이 너울너울 아롱지고 있었다. 그 무수한 별빛과 불빛들은 한바탕 절묘한 잔치를 벌이면서 저 유장한 한강을 더욱 찬란하게 수놓고 있었다.

하늘의 별빛은 하느님의 소유겠지만, 땅의 불빛은 서울 시민들의 불빛이었다. 저 불빛의 주인은 누구일까. 아무리 살펴봐도 저 많고 많은 불빛들 중에 내 불빛은 없었다. 억장 무너지는 탄식이 나왔다. 내가 누울 잠자리는 고사하고, 내가 밝힐 전등 하나가 없다니 참으로 기막힌 일이었다.

그 뒤 수시로 남산을 오르내렸다. 안중근의사기념관, 남산도서관 쪽은 물론이고 장충동 국립극장이나 필동 동국대학교 방면 길을 이용하기도 했다. 그런가 하면 몇 해 전 식목일에는 우리 재경부여군민회 회원들이 남산 기슭에 여러 그루의 나무를 심었다. 또, 양지 바른 곳에 세워진 김소월 시비 앞에서는 「산유화」를 콧노래로 흥얼거리기도 했다.

세월이 흘렀다. 그동안 나도 작으나마 아파트 한 채를 마련했다. 이로써 드디어 이 드넓은 서울에 불빛 하나를 밝힐 수 있게 되었다. 말하자면 이제는 지난날 남산에서의 탄식을 잠재우고 제법 옛말을 하게 되었다고나 할까. 아무튼 나름대로 문학에 전념하고, 더 나아가 즐기기까지 할 수 있는 얼마간의 정신적 공간을 갖게 된 셈이라 하겠다. 돌이켜보면 남산은 문학적으로 내게 참 많은 것을 가르쳐 주었다.

그뿐이 아니다. 철따라 옷을 갈아입는 남산에는 문학의집·서울이 있고, 남산도서관에는 한국소설가협회가 입주해 있다. 이런저런 이유로 이제 남산과 문학은 떼려야 뗄 수 없는 불가분의 관계를 맺고 있다. 문학의집·서울에 가면 문학이 살아 숨 쉬고, 한국소설가협회에 가면 거대한 담론이 가득하다.

별빛과 불빛과 문학이 어우러진 남산. 나는 언제부턴가 이런 남산을 내집처럼 드나들며 문학을 즐기고, 노래하는 가운데 이 시대의 행복한 문학

인으로 살아가고 있다. 남산은 문학의 향기가 넘쳐나는 곳이다. (서울문학
인대회 기념문집 『남산에서 문학을 즐기다』 문학의집·서울. 2016)

독도를 찾아서

    그동안 여러 차례 관련 기관으로부터 독도 탐방 초청을 받은 적이 있었다. 하지만 무슨 까닭인지 그때마다 불가피한 사정이 생겨 독도에 가지 못했다. 심지어 몇 해 전에는 독도에 가기 위해 동해시에 있는 해군 제1함대 사령부까지 가서 비로봉함에 승함했으나, 기상 악화로 출항하지도 못한 채 그 배에서 하룻밤을 묵고 그냥 발길을 돌렸다. 허망하기 짝이 없었다. 어쩌면 독도의 수호신이 필자의 방문을 허용하지 않아 그런 사태가 발생했는지도 모른다.

    올해 한국해양재단에서 문화예술인 독도 탐방 기회를 마련해 주었고, 우리 한국문인협회에서는 임원과 회원 등 29명이 왕복 3박 4일 일정으로 독도 탐방에 나섰다. 6월 7일 우리 일행은 아침 일찍 전세버스가 기다리는 서울역 앞으로 속속 집결했다. 주룩주룩 비가 내리고 있었다. 단비였다. 전국적으로 가뭄이 심해 더 많은 비가 내려야 할 형편이었다. 그러므로 그날 대지를 촉촉이 적시며 하염없이 내리는 비는 축복 그 자체라고 말할 수 있었다.

인원 점검을 마치자 버스는 곧 서울을 떠나 강원도를 향해 달려 나갔
다. 비는 여전히 내리고 있었다. 일행은 참 점잖은 분들이었다. 우리가 고
성 화진포에 도착할 무렵에는 소리 없이 비가 걷히고 있었다. 해안선 너머
로 저 검푸른 동해의 물결이 넘실대며 우리를 반겨 주었다.

우리는 해양박물관을 관람한 뒤 동해시로 이동했다. 일찍이 명주의 묵
호와 삼척의 북평이 합쳐져 새로운 시로 태어난 동해. 우리는 묵호항에서
동해 해양경비안전서를 방문하고, 내항에 들어와 정박해 있는 5000톤급
경비함 5001호를 견학했다. 해경 소속인 이 함정의 또 다른 명칭은 삼봉
호三峰號로서, 이는 바로 독도의 옛 이름인 '삼봉도三峰島'에서 따온 호칭
이다. 우리는 비행갑판, 함교 등을 둘러보았다. 건너편 부두에는 1500톤
급 경비함 두 척이 몸을 맞댄 채 정박해 있었다.

과거 군함을 타고 태평양을 종횡으로 누볐던 경험이 떠올라 사뭇 감회
가 새로웠다. 필자는 1997년 9월 4일부터 12월 18일까지 104일간 미주 7
개국 11개 항구를 순방하며 해군사관학교 제52기 생도들의 순항훈련을
참관했다. 항해 거리는 총 24,427마일(NM)로서 지구 둘레 21,713마일보
다 훨씬 더 길고 먼 항정이었다. 적도를 두 번이나 넘나드는 가운데 해군
들과 고락을 함께 했다. 이런 인연으로 필자는 대한민국 명예해군이 되었
고, 지금도 바다를 보거나 부두에 서면 어김없이 그 머나먼 항해의 추억이
되살아나는 것이다.

아무튼 삼봉호 함교에 들어섰을 때에는 타륜을 비롯한 각종 조타 장비
들이 친근하게 다가왔다. 다른 분들은 함교 내부를 살펴보며 신기하게 여
겼다. 특히 여성들 중에는 여객선이 아닌 이런 경비함에 처음 승함한 사람
들도 있었다. 하기야 경비함은 아무에게나 공개하는 선박이 아니니까 배에

올라 함교에 들어섰다는 것 자체가 경이롭게 느껴질 수도 있었을 것이다.

그날 밤 묵호의 한 호텔에서 일박한 우리 문인 일행은 그 이튿날 묵호 항에서 정도산업 소속 씨스타1호에 올랐다. 필자의 좌석 번호는 1층 32K. 선내에는 우리 이외에도 훨씬 더 많은 승객들이 뒤섞여 타고 있었는데, 씨스타1호는 09:00 정각 부두를 뒤로 밀어내면서 슬금슬금 출항하더니 점점 더 항속을 높였다. 바다에는 일렁일렁 너울이 일고 있었다. 모처럼 뭍을 떠나 먼 바다로 나서자 가슴이 탁 트이는 느낌이었다.

배는 경쾌하게 물살을 가르며 미끄러지듯 달려 나갔다. 3시간쯤 지났을까, 마침내 저만치 울릉도가 보이기 시작했다. 우리는 사동항에 입항하여 중형 버스를 타고 이동한 뒤 점심식사부터 해결했다. 산해진미가 따로 없었다. 울릉도 특산의 명이, 부지깽이 나물은 담백하고 맛깔스런 별미였다.

우리는 울릉도·독도해양과학기지 등 명소 몇 군데를 돌아보고 숙소에 여장을 풀었다. 새파란 바다, 신선한 공기. 울릉도는 그야말로 공해 없는 청정 지역이었다. 밤이 깊어가는 동안 은근히 날씨 걱정을 했다. 갑자기 기상 상태가 나빠지기라도 하면 독도로 가는 배가 결항할 수도 있기 때문이었다.

그 다음날 꼭두새벽 잠자리에서 일어났다. 기분이 상쾌했다. 서둘러 아침식사를 마친 우리 일행은 어제의 그 사동항으로 이동했다. 날씨가 좀 긴가민가하였다. 아주 쾌청한 편이 아니었지만, 그렇다고 배가 뜨지 못할 만큼 나쁜 편은 아니었다. 아니나 다를까, 우리가 여객터미널에 도착했을 때 부두에서는 돌핀해운 소속 돌핀호가 승객들을 맞아들이고 있었다.

필자의 좌석 번호는 1층 라-07. 출항 시간은 07:20. 마침내 돌핀호가 부두에서 몸을 떼어내 먼 바다로 들어섰다. 뱃길은 괜찮은 편이었다. 독도를 찾아가는 기대와 설렘. 동해의 물결이 출렁출렁 우리의 가슴을 더욱 울렁거리게 했다. 너울의 서슬에서 풀썩풀썩 날아오른 물보라가 좌우 현측 선창船窓을 후려치고는 후룩후룩 후루루룩 선미 쪽으로 날아갔고, 망울망울 선창에 맺힌 물방울이 또르르 또르르르 흘러내리며 알쏭달쏭한 무늬들을 그려 놓고 있었다.

시야가 흐렸다. 군함과 여객선은 확연히 달랐다. 군함을 탈 때에는 함교에도 드나들고 갑판에도 나갈 수 있었지만 그럴 수 없는 것이 못내 아쉬웠다. 로마에 가면 로마의 법칙을 따르는 것이 상식 중의 상식이다. 무엇보다도 안전 수칙을 지키는 것이 선상 예절의 본질이자 핵심인 것이다.

약 1시간 30분 정도 달렸을 때 희뿌연 좌현으로 마침내 독도의 일각이 나타났다. 필자는 아, 하고 가슴 벅찬 탄성을 자아냈다. 배가 뒤우뚱거리면서 동도의 접안 시설에 닿았고, 우리 일행은 현문을 통해 독도 선착장에 첫발을 디뎠다. 여기저기서 와, 와, 감탄사가 터져 나왔다. 누가 먼저랄 것도 없이 자연발생적으로 솟구쳐 오른 감격의 환호성. 갈매기들도 멋진 날갯짓과 함께 끼룩끼룩 노래하며 군무를 펼치고 있었다. 6월 9일이었다.

그랬다. 독도의 첫 인상은 평소 생각했던 것보다 훨씬 더 장엄했다. 바다로, 세계로, 미래로, 통일로! 독도는 거기 짙푸른 동해 한복판에 웅혼한 기상으로 우뚝 서서 우리의 조국을 늠연히 수호하고 있었다. 동도와 서도 주위에는 바다에서 솟아오른 크고 작은 기암괴석들이 세계 최강의 특공대인 듯 동도와 서도를 옹위하는 가운데 굳건한 조국 수호 결의를 다지고 있었다. 달리 말하자면 우리가 독도를 지키는 것이 아니라 독도가 우리나라를 지켜 주고 있다는 느낌이었다.

하늘은 맑았고, 저 멀리 흰 구름 몇 점이 드문드문 흩어져 있었다. 문득 머릿속에 컴퓨터 그래픽인 양 우리 조국의 지도가 선명하게 그려졌다. 동해에 울릉도와 독도가 있고, 서해에 백령도와 연평도가 있고, 남해에 제주

도와 마라도가 있다. 이들 도서야말로 우리의 조국을 지켜 주는 첨병 중의 첨병이자 전초 기지 중의 전초 기지라 하겠다. 그 많은 섬들이 우리나라를 수호하기 위해 지금 이 시간에도 온갖 어려움을 극복하며 군말 없이 불침번을 서고 있는 것이다.

필자는 난생 처음 독도 땅에 두 발을 딛고 태극기를 흔들며 이것저것 참으로 많은 것을 생각했다. 두 말할 나위도 없이 독도는 자랑스러운 대한민국의 영토로서 영원무궁토록 후손에게 물려 주어야 할 우리의 보물섬이다. 그렇건만 일본은 걸핏하면 자기네 땅이라고 생떼를 쓴다. 어디 그뿐인가. 그들은 교과서에까지 독도를 일본 영토로 표기하는 등 몰상식한 망언과 도발을 서슴지 않고 있다.

독도가 일본 땅이라고? 어림도 없는 천만의 말씀이다. 남의 나라 영토에 대하여 괜히 군침을 삼키면서 이러쿵저러쿵 망발을 일삼는 행위야말로 양심을 저버린 채 국제 질서까지 어지럽히는 추악한 작태라 하겠다. 그런데도 일본은 시도 때도 없이 가당찮은 잠꼬대를 되풀이하고 있는 것이다.

분명히 강조하건대 일본은 독도를 자기네 땅이라고 우길 일이 아니다. 일본이 진정한 국제 사회의 일원으로서 인접 국가와의 선린 우호를 조금이라도 인식한다면 그 엉터리 주장을 즉각 철회하고 대마도부터 우리에게 내놓아야 한다. 역사적으로나 지리적으로나 대마도는 본래 우리 땅이었다. 그렇건만 저들은 대마도를 차지한 채 독도까지 집어삼키지 못해 얼토당토않은 궤변을 늘어놓고 있으니 참으로 한심하고 어처구니가 없어 부글부글 적개심만 끓어오를 뿐이다. 적반하장도 분수가 있지 일본의 그따위 억지 주장은 도저히 용납할 수가 없다.

그렇다면 우리는 언제까지 일본의 도발을 좌시할 것인가. 인내에도 한계가 있게 마련이다. 일본이 계속 억지를 부린다면 최악의 경우 남북한이 힘을 모아 일전을 불사해야 한다. 그런 불행한 사태가 오기 전에 일본이 즉각 생각을 고쳐먹어야 할 텐데…. 그런저런 상념에 젖어 있을 때 돌연 헬기 한 대가 나타나 요란한 엔진 소리와 함께 프로펠러를 돌리며 독도경비대 쪽으로 날아왔다. 아뿔싸, 낯선 헬기의 출현에 화들짝 놀란 갈매기들이 일제히 솟구쳐 올라 일대 장관을 이루었다.

우리는 미리 준비해 간 간식거리 등 얼마간의 작은 선물을 독도경비대에 전했다. 그분들의 노고에 비해 미약하기 짝이 없는 선물이었지만, 그러나 거기에는 독도를 아끼고 사랑하는 우리의 마음이 담겨 있었다. 독도에 발을 들여 놓은 지 약 30여 분. 이제는 떠나야 할 작별의 시간이 다가오고 있었다. 접안 시설에서는 날렵한 돌핀호가 우리를 기다리고 있었다.

발걸음이 떨어지지 않았다. 필자는 여러 각도에서 사진을 찍고 또 찍었다. 지금 떠나면 언제 또다시 독도에 올 것인가. 하지만 되돌아갈 시간이 되었으니 배에 오르지 않을 수 없었다. 선착장으로 발길을 옮기면서 동도와 서도, 그리고 그 언저리에 오순도순 모여 있는 암초들에게 연신 손을 흔들었다. 짧은 만남이 아쉬웠던 것일까, 갈매기들까지 이리저리 어지럽게 날면서 뭐라 끼룩거리고 있었다.

선실로 돌아와 의자에 기대어 앉자 돌핀호가 서서히 움직이기 시작했다. 창밖으로 멀어져 가는 독도에서 눈길을 뗄 수가 없었다. 작별의 아쉬움 속에 선미 쪽으로 가서 끝까지 독도를 바라보았다. 시간이 흐르면 흐를수록 돌핀호는 점점 더 독도에서 멀리 벗어나고 있었다. 스크루에서 일어난 포말이 바다를 가르며 줄기차게 따라왔다. 날씨가 흐려지기 시작했고, 어느 사이엔가 독도는 저 멀리 수평선 쪽으로 시야를 벗어났다.

오래 전부터 그렇게도 가 보고 싶었던 독도. 필자는 이번에 그 꿈을 이루었다. 날씨가 청명했고, 바닷길이 순탄했기 때문에 가능한 일이었다.

아무튼 독도는 우리 일행에게 기꺼이 문을 열어 주었고, 비록 짧은 시간이었지만 우리는 독도의 동도와 서도와 암초들과 갈매기들로부터 엄청난 환대를 받았다.

독도와의 만남은 형언할 수 없을 만큼 기뻤다. 하지만 다른 한편으로는 미안하기 짝이 없었다. 좀 더 일찍 독도를 방문하지 못한 것이 못내 송구스럽기만 했다. 그럼에도 이처럼 뒤늦게나마 독도 상륙에 성공할 수 있었던 것은 큰 행운이었다. 이는 필자만의 소회가 아니라, 우리 일행 모두가 그렇게 생각하고 있었다. 우리는 이번 독도 탐방을 통해 국토의 소중함을 되새기며 다시금 비장한 결의를 다지고 또 다졌다.

두 말할 나위도 없이 독도는 언제부턴가 영토 수호와 해양 주권의 상징이 되었다. 일본이 독도에 함부로 범접하지 못하도록 우리 국민 모두가 일치단결하여 그들의 불순한 음모와 추악한 억지를 철저히 분쇄하고 독도의 물 한 방울, 풀 한 포기, 갈매기 한 마리까지도 철통같이 지켜내지 않으면 안 된다. 그뿐 아니라 국민 모두가 바다의 중요성을 깊이 인식하는 것은 물론, 국력과 해양력을 결집하여 해양 강국으로 우뚝 서야 할 것이다.

어느덧 뭍이 보이기 시작했다. 돌핀호는 오전에 떠났던 사동항 부두에 뭉기적뭉기적 몸을 들이밀고 있었다. 배에서 내린 우리 일행은 그날 오후 울릉도 전망대에 올라 줄곧 독도 방향을 응시했다. 전망대에서 독도까지의 거리는 87.4킬로미터. 맑은 날에는 그곳에서 육안으로도 독도를 바라볼 수 있다고 하는데 그날은 아무리 뚫어져라 바라보아도 날씨가 흐려진데다 바다에 운무까지 끼어 시야가 흐렸다.

우리는 태평양으로 이어지는 저 일망무제의 동해를 바라보며 이심전심으로 독도의 무사안녕을 기원했다. 우리 국민이라면 독도를 사랑하지 않을 사람이 어디 있겠는가. 우리 일행은 발길을 재촉해 독도박물관을 관람

했고, 그 인근에 있는 청마 유치환 시인의 「울릉도」 시비를 살펴보았다. 신선놀음에 도끼자루 썩는 줄 모른다더니, 우리는 통구미와 나리분지 등 여러 명소들을 둘러보면서 울릉도 특유의 빼어난 경관에 흠뻑 매료되어 시간 가는 줄도 몰랐다.

뉘엿이 해가 기울고 있었다. 우리는 다시 사동항여객터미널로 달려 씨스타1호에 승선했다. 필자의 좌석 번호는 1층 27G. 일행은 질서정연하게 지정된 자리에 앉았고, 우리를 태운 여객선은 18:00 정각 부두를 떠나 묵호를 향해 물살을 가르기 시작했다. 독도에서 그랬듯 울릉도와의 작별 또한 아쉽기 짝이 없었다.

그런 아쉬움 속에 묵호로 돌아와 하룻밤을 지낸 우리는 그 다음날 아침 일찍 그곳을 떠나 전세버스 편으로 상경했다. 6월 10일 한낮이었다. 며칠 전 서울을 떠날 때에는 주룩주룩 비가 내렸었는데, 서울에 도착했을 때에는 언제 그랬느냐는 듯 눈부신 햇살이 빌딩 숲 사이로 좌악좌악 쏟아지고 있었다.

아무튼 이번 독도 탐방은 모두가 행복했던, 일행 모두가 국토 사랑과 나라 사랑을 다짐한 값진 여정이었다. 따라서 일상으로 복귀한 뒤에도 그 여운이 점점 더 증폭되었다. 앞으로도 기회가 닿으면 언제든지 더 독도를 탐방할 작정이다. (한국해양재단 『내 가슴에 담아 온 독도』 2017)

독립기념관 개관 30년

1.

지난가을 참으로 오랜만에 독립기념관을 찾았다. 약 7, 8년 만의 방문이었다. 흑성산과 독립기념관 경내에는 단풍이 물들어 가고 있었다. 감회가 새로웠다.

1980년대 초였다. 일본 교과서의 역사 왜곡이 심각한 사태로 치닫고 있었다. 우리나라의 국권을 강탈했던 그들은 우리나라에 대한 침략 행위까지 정당화하는 등 역사적 사실을 정면으로 왜곡했다. 우리 국민들의 분노가 하늘을 찔렀다. 일제강점기의 피어린 항일 투쟁, 투철한 민족정신과 올바른 국가관 정립에 대한 논의가 봇물처럼 터져 나왔다.

이 과정에서 독립기념관 건립이 시대적 당면 과제로 떠올랐다. 1982년 8월 28일 서울 중구 필동 '한국의 집'에서 독립기념관 건립 발기대회가 열렸고, 우리 국민들은 분연히 일어나 성금을 모으기 시작했다. 이를 계기로 그해 10월 5일 독립기념관건립추진위원회가 재단법인으로 발족되었다.

잠시 위원장직을 맡았던 정치가 출신 박순천朴順天 여사가 사임하고, 곧 바로 안중근安重根 의사의 당질이자 광복회 회장을 지낸 독립운동가 출신 안춘생安椿生 장군이 그 뒤를 이어받았다.

아무튼 국민들의 성금 모금 운동은 요원의 불길처럼 번져 나갔다. 여기에는 남녀노소나 여야가 따로 없었다. 경향 각지, 국내외의 각계각층 모든 국민이 혼연일체로 뭉쳐 자발적으로 성금을 기탁했다. 독립기념관 건립 성금 모금 운동은 그 자체로서 국민 통합을 일궈낸 거대한 감동의 드라마였다.

2.

추진위의 모든 실무는 사무처에서 총괄했다. 초대 사무처장은 박종국朴鍾國 한국문화재보호협회 이사장이었다. 초창기 사무처 직원들의 경우 대부분 한국문화재보호협회, 한국문화예술진흥원, 한국영화진흥공사, KBS, 한국국제문화협회 등 문화공보부 산하 기관의 직원들이 파견 형식으로 근무했다. 이는 인건비 등 경상비 부담을 줄임으로써 국민 성금을 조금이라도 아끼기 위한 방편이었다. 그러다가 업무가 점점 증가하면서 기구와 인원이 조금씩 확대되기 시작했다. 추진위는 사무처 조직이 커지자 사무실을 종래의 필동 '한국의 집'에서 용산 삼익빌딩으로 이전했다.

그 당시 추진위는 사무처장 휘하에 건설본부와 전시본부를 두고 있었다. 건설본부는 충남 천원군(현재는 천안시) 목천면(현재는 목천읍) 남화리 현장에서 독립기념관 건물을 지었고, 전시본부는 독립기념관 안에 채워 넣어야 할 독립운동 관련 자료 수집에 주력했다.

필자는 추진위 시절 영화인 이형표李亨杓 감독, 방송인 이남섭李南燮

PD와 함께 전시연출 자문위원으로 참여했다. 이형표 감독은 일찍이 저 유명한 영화 「말띠 여대생」 등으로 크게 히트한 영화계의 팔방미인이었고, 이남섭 PD는 우리나라 방송사상 최고의 시청률을 기록한 KBS-TV 드라마 「여로」를 쓰고 연출한 당대 최고의 PD로 명성을 떨쳤다. 그분들에 비하면 필자는 아직 새파란 나이의 젊은 소설가일 따름이었다.

우리 전시연출 자문위원들은 그 이전까지 아무도 가 보지 않은 전인미답의 새로운 길을 걸어야 했다. 사실 독립기념관 자체가 무無에서 유有를 창조하는 작업이었다. 참고할 만한 선례가 없었던 터라 모든 업무를 창조 또는 창의적 각도에서 접근하지 않으면 안 되었다.

전시연출 역시 예외가 아니었다. 독립기념관 건립이 본격화되기 이전까지는 사실상 전시연출이라는 용어 자체가 없었다. 다만 몇몇 박물관이나 기념관 또는 백화점 등에서 실물의 나열에다 일부 소박한 인테리어를 가미하고 있을 뿐이었다.

사정이 이러할 때 우리 전시연출 자문위원들은 추진위 회의실에서 수시로 회의를 열고 방대한 각 전시관의 공간에 들어갈 자료들을 어떤 매체로 어떻게 표현할 것인가 연구했다. 물론 모든 전시 자료는 실물 위주여야 하지만, 그럼에도 불구하고 실물이 존재하지 않거나 실물만으로는 역사의 진실을 제대로 표현할 수 없는 사례도 적지 않았다.

표현과 전달은 동전의 양면이다. 예나 지금이나 무엇을 전시하든 간에 동일한 주제라 하더라도 어떻게 표현하느냐에 따라 전달은 얼마든지 달라질 수 있게 마련이다. 더욱이 독립기념관은 종래의 박제된 박물관이 아닌, 모름지기 보다 더 활성화된 국민 교육 도장이어야 한다는 공감대가 형성되어 있었다. 그렇다면 독립운동 관련 자료에 담긴 역사적 진실을 보다 더 효과적으로 전달할 방안을 광범위하게 강구할 필요가 있었다.

특히 독립운동 관련 자료는 구조적으로 희귀할 수밖에 없었다. 독립운동가들이 일제의 검속을 피하기 위해 스스로 증거를 인멸한 경우, 일제가 우리 겨레의 자주독립 의지를 원천적으로 차단하기 위해 자료 자체를 왜곡하거나 모조리 말살한 경우 등등 그 사례를 열거하자면 한이 없었다. 그럼에도 불구하고 전시본부 소속 각 연구원들은 만난을 무릅쓴 채 관련 자료를 한 점이라도 더 수집하기 위해 백방으로 뛰었다.

우리 전시연출 자문위원들은 각종 상징조형물, 파티션, 디오라마, 밀랍, 기록화, 영상물, 재현, 복제, 모형, 패널, 의상, 효과, 소품 등등 전시 자료의 주제와 전달 매체가 상호 부합하면서 전시 효과를 극대화할 수 있도록 다양한 아이디어를 개발했다. 이와 함께 각 전시 주제에 어울리는 조명, 색채, 음향까지도 연구했다.

흑성산 아래에서 건축 공사가 한창이던 그때 우리 전시연출 자문위원들은 아예 종로구 운니동의 한 여관방에 따로 임시 사무실을 차렸다. 밤낮없이 일을 해야 했기 때문이었다. 우리는 그 임시 사무실에서 숙식을 함께하며 제1전시관에서부터 제6전시관까지의 입구, 공간, 벽면, 천장, 바닥, 출구 등 입체와 평면 등 모든 전시 공간에 대한 전시연출계획을 수립했다.

이 과정에서 기발한 아이디어가 백출했다. 이형표 감독이나 이남섭 PD는 유럽과 미국, 일본 등지를 내 집 안방 드나들듯 내왕하며 각종 기념관, 박물관, 미술관 등 숱한 전시관을 섭렵한 분들이어서 그 해박한 지식을 따를 자가 없었다. 우리는 모든 상상력까지 총동원하여 기념비적 전시연출에 총력을 기울였다.

그때 각 전시관 담당 연구원들의 노고가 무척 컸다. 두말할 나위도 없이 연구원들은 학부와 대학원에서 사학을 전공한 엘리트 인재들이었다. 그들은 여관방의 임시 사무실에 와서 애써 수집한 자료의 목록을 제시하며 그 자료들의 역사적 의의와 독립기념관에 어떻게 부각되어야 하는지를 잘 설명해 주었다.

우리 전시연출 위원들은 연구원들의 견해를 최대한 존중하며 모든 전시물의 성격과 특성을 한 점 한 점 정밀 분석했다. 이는 곧 전시물의 주제와 연출 방식의 일체감 조성을 위한 세심한 배려에서 비롯된 작업이었다. 우리의 연구 결과는 대본 형식으로 작성되어 전시 기본 설계에 그대로 반영되었다.

이렇듯 어마어마한 전시연출 작업이 모두 끝난 뒤 우리 위원회는 사실상 해체되었다. 하지만 필자는 추진위 전문위원으로 다시 부름을 받았다. 이로써 필자는 종래의 비상근 자문위원에서 상근 전문위원으로 근무하게 되었다. 말하자면 신분이 바뀐 셈이었다. 그때 필자는 각종 전시물의 설명문을 윤문하고 교정하는 업무 이외에도 『독립기념관건립사』 집필을 담당했다.

이윽고 목천 현장에서 독립기념관이 웅장한 자태를 드러내기 시작하자 추진위는 1986년 봄 용산 삼익빌딩을 떠나 목천으로 이전했다. 그 무렵 법률 제3820호로 독립기념관법이 발효됨에 따라 독립기념관이 '건립추진위원회' 꼬리표를 떼고 공식 출범했다. 안춘생 위원장이 초대 관장으로 취임하였고, 독립기념관은 그해 가을로 예정된 아시안게임을 겨냥하면서 8월 15일 광복절에 개관한다는 방침 아래 건축 공사와 전시 작업에 더욱 박차를 가하고 있었다. 그때쯤 해서는 벌써 『독립기념관건립사』(제1권)가 제본에 들어가 있었다.

그런데 웬걸 그해 8월 4일 밤 충격적인 화재 사고가 발생했다. 이 화재로 본관(겨레의집) 지붕이 전소되었다. 초창기부터 독립기념관 건립을 실질적으로 진두지휘했던, 그러나 화재와는 전혀 관련이 없었던 박종국 처장이 도의적 책임을 지고 물러났다. 건설본부 소속 주요 간부들도 지울 수 없는 아픔을 간직한 채 목천을 떠나갔다. 독립기념관은 이처럼 뼈아픈 상처를 겪으며 개관을 1년 연기하는 한편 제7전시관을 추가로 짓게 되었다.

3.

필자는 화재 직후 실의에 젖어 사직서를 제출했다. 하지만 독립기념관과의 인연은 그것으로 끝나지 않았다. 또다시 제7전시관 전시연출 자문위원으로 위촉 받았고, 그 이듬해 독립기념관 개관 때에는 독립기념관 건립 당시부터 개관까지의 기획 전시를 맡아 동분서주했다.

1987년 8월 15일 마침내 독립기념관이 개관되었다. 그날 독립기념관은 전국 각지에서 모여든 관람객들로 인산인해를 이루었다. 그로부터 며칠 후 필자는 독립기념관 건립 유공자로 대통령 표창을 받았다.

세월이 흘렀다. 독립기념관과 인연을 맺은 지 35년. 지난가을 독립기념관을 방문했을 때, 초창기 직원들 몇 분을 만날 수 있었다. 무척 반가웠다. 하지만 안춘생 관장님, 박종국 처장님, 이형표 감독님, 이남섭 PD님은 벌써 유명을 달리했다. 다른 직원들도 많은 분들이 세상을 떠났고, 대부분의 직원들 또한 정년 등으로 퇴직하였으니 세월의 무상함을 실감하지 않을 수 없었다.

독립기념관은 어느덧 올해 8월 15일로 개관 30년을 맞이한다. 아, 선열들의 애국애족 정신과 겨레의 강인한 의지가 가득한 독립기념관. 국민의 힘으로 국민이 지은 독립기념관의 앞날에 무한한 영광이 넘쳐나기를 기원한다. (『월간 독립기념관』 2017. 1월호)

군산 여행

어렸을 때의 일이다. 한여름 동네 냇물에서 멱을 감곤 하였다. 그런가 하면 둠벙에서 붕어나 메기 등 민물고기를 잡기도 하였다. 또 농사철에는 논에서 모내기를 하다가 수렁에 빠져 허우적거린 적도 있었다. 그럴 때마다 어른들께서 하시는 말씀이 있었다.

"조심해라. 그러다가 잘못하면 군산 간다."

"예에? 군산 가다니요?"

"우리 동네 물길이 군산으로 이어져 있다는 말이랑게. 한 번 풍덩 빠져서 강물로 떠내려가기 시작하면 군산까지 가는 겨."

필자의 고향은 충남 부여로서 저 유명한 백마강이 흐르는 곳이다. 이 백마강은 저 아래 군산으로 흘러가 서해와 합류하게 된다. 하지만 어린 시절에는 군산이 어디쯤 붙어 있는지 잘 모르는지라 '군산 간다'는 말을 실감하기 어려웠다. 그러다가 훗날 채만식蔡萬植 선생의 장편소설 『탁류濁流』를 읽으면서 백마강이 군산으로 흘러간다는 사실을 좀 더 자세히 알게 되었다. 『탁류』의 배경은 바로 백마강白馬江에서부터 시작하여 논산 강경을 거쳐 군산으로 이어지는 것이다.

학창 시절을 거쳐 성년이 된 이후, 더욱이 문단에 뛰어든 이후로는 군산을 자주 내왕하였다. 군산 여행은 언제나 행복했다. 그곳에 갈 때마다 채만식문학관을 둘러보는 것은 기본이고, 언젠가는 뱃길로 선유도까지 다녀온 적도 있었다.

한편, 군산에는 일제강점기의 잔재들이 도처에 남아 있다. 아파트로 우거진 다른 도시에서는 보기 어려운 일본식 건물들. 그런 까닭에 영화나 드라마에서 일제강점기 풍경을 담아내려면 대부분 군산에서 촬영하는 것으로 널리 알려져 있다.

일제의 조선은행 군산지점, 군산세관 등 여러 건물과 시설들이 지난 역사를 증언하고 있다. 도처에 적산 가옥이 잘 보존돼 있고, 군산항 일대를 찬찬히 돌아다니다 보면 어느덧 타임머신을 타고 일제강점기의 한복판으로 들어선 듯한 착각을 일으킬 때도 없지 않다.

그 중심에 군산근대역사박물관과 진포해양테마공원이 자리 잡고 있다. 이곳은 군산의 새로운 명소로 떠올라 이 도시를 찾는 사람들의 필수 코스가 되었다. 이렇게 볼 때, 군산이야말로 국내 제일의 '살아 있는 근대역사교육도시'인 것이다.

군산은 빛나는 문인들도 많이 배출했다. 필자는 올 가을에도 군산에 가서 친절한 현지 문인들의 안내를 받아 여러 명소들을 골고루 돌아보았다. 군산이 좋고, 군산 사람들이 정말 좋다. 산세도 좋고, 바다 풍경도 좋다. 그래서 더욱 자주 군산을 드나든다. 냇물이나 수렁에 풍덩 빠져서 군산으로 떠내려가는 것이 아니라, 정감 넘치는 따뜻한 사람들과 그 고장의 풍광을 만나려고 기꺼이 군산을 찾는 것이다. (군산문인협회보 2015. 겨울호)

대구 이야기

어쩐지 대구가 좋다. 그동안 대구를 드나들 때마다 대구는 전혀 낯설지 않게 반겨 주었다. 대구의 말씨는 우리 고향 충청도 말씨와는 비교할 수 없을 만큼 판이하다. 내가 세계 어디를 가도 충청도 사람 티를 내고 다니는 것처럼 대구 사람들은 어디를 가더라도 대구 말씨를 쓸 수밖에 없을 것이다.

대구 말씨에는 특유의 매력이 있다. 특히 여성들의 말씨에는 뭔가 나긋나긋한 애교 같은 것이 깃들어 있다. 그걸 뭐라고 꼭 집어서 말할 수는 없지만, 나는 대구 말씨에 내 나름의 깊은 정감을 만끽하고 있다. 이와 함께 대구에 가면 좋은 사람들을 만날 수 있다.

대구 사람들은 너 나 할 것 없이 모두가 좋다. 나는 그동안 대구 사람들과 어울리면서 좋은 추억을 많이 만들어 왔다. 나쁜 추억은 한 가지도 없다. 그만큼 대구 사람들에 대한 기억과 인식이 좋다는 뜻이다.

한편, 대구라면 흔히 경북과 더불어 TK로 통한다. 누군가가 대구와 경북의 영문 머리글자를 따서 그렇게 부르기 시작했다. 예컨대 부산과 경남을 아우르면서 PK로 부르는 것과 마찬가지라 하겠다. 이렇듯 대구와 경북이 TK로, 부산과 경남이 PK로 통하는 현실에 비추어 우리 고향의 경우 충남과 충북과 대전과 세종시를 합쳐 그냥 두루뭉술하게 충청권이라 불린다. 나는 바로 충남 부여 출신으로 문자 그대로 충청권 사람이라 하겠다.

대구와 경북을 TK로, 부산과 경남을 PK로 통칭하게 된 저간의 이면에는 언론의 역할이 크지 않았나 짐작한다. 특히 신문의 경우 제목을 뽑을 때 한정된 지면에 글자를 키우기 위해 낱말을 줄일 대로 줄여야 하는지라 이 같은 영문 이니셜을 즐겨 쓰곤 하였다. 더욱이 정치 관련 기사를 쓸 때에는 거의 예외 없이 이런 제목을 뽑았다. 따라서 우리에게는 TK니 PK니 하는 명칭이 일정 부분 정치적 뉘앙스로 다가오는 것이 사실이다.

하기야 대구는 정치적으로 높은 비중을 차지하고 있다. 역대 대통령 중에는 대구에서 태어났거나, 아니면 대구에서 학교에 다닌 분들이 많다. 대구의 지세地勢가 얼마나 뛰어나면 그처럼 많은 대통령을 배출했는지 부럽기 짝이 없다. 그러므로 대구와 정치는 불가분의 관계에 있다 해도 과언이 아니다.

이렇듯 정치적으로 유명한 도시이다 보니 문화, 특히 문학에 대한 인식은 상대적으로 다소 손해를 보는 것 같다. 말하자면 문학적 빛이 정치의 빛에 가린 느낌이 없지 않다. 일찍이 대구는 이상화李相和 시인, 현진건玄鎭健 소설가를 배출했다. 그분들은 우리 문학사에 찬란한 금자탑을 쌓았다.

어디 그뿐인가. 대구에는 그분들 이외에도 숱한 문인들을 배출했고, 현역 문인들 또한 활발한 창작 활동을 통해 주옥같은 작품을 줄기차게 생산하고 있다. 그런 점에서 대구는 문자 그대로 문학이 살아 숨 쉬는, 아니 문학의 향기가 가득 넘쳐나는 고장이라고 말할 수 있다.

대구 사람들이 한결같이 좋은 것은 모두가 양반이기 때문이다. 양반은 아무나 되나. 천만의 말씀이다. 진짜 양반이 되려면 인문학을 알아 언행으로 실천해야 하고, 그 중심에 있는 문학을 몸 전체로 깨달아 인간 중심의 사고를 가져야 한다. 그렇다. 대구 사람들은 언제부턴가 인문학을 선험적으로 통찰하여 높은 경지에 올랐다.

따라서 대구야말로 사람이 사람답게 사는 격조 높은 도시의 전형이라 말할 수 있다. 사람이 사람을 사랑하면 삶의 질은 저절로 높아지게 되어 있다. 이러한 맥락에서 나는 인간 중심의 도시 대구를 아낌없이 사랑하고 또 사랑한다. (단행본 『밖에서 본 대구 안에서 본 대구』 2016. 8)

함평 기행

지난 5월 6일부터 7일까지 1박 2일 일정으로 전남 함평에 다녀왔다. 한국문인협회 전남지회(회장 조수웅 소설가) 주최 '제4회 전국 문인 초청 전남 기행' 행사에 참가하기 위해 모처럼 함평 땅을 밟고 돌아온 것이다.

사실 필자는 이 행사 참석을 앞두고 며칠 전부터 설레는 마음을 다스리느라 적잖이 애를 먹었다. 전국에서 참가하는 문인들, 그 정답고 훌륭한 문인들을 만날 가슴 벅찬 기대 속에 벌써부터 마음이 들뜬 까닭이었다.

아니나 다를까, 행사 당일 전국 각지의 유수한 문인들이 속속 함평 행사장으로 모여들었다. 반가웠다. 이 척박한 시대, 문학의 위기가 날로 심화되는 이 답답한 시대에 좋은 작품을 쓰기 위해 각고의 노력을 기울이는 여러 문인들을 만났을 때 저절로 가슴 뭉클한 동지애同志愛가 발동하면서 그렇게 반가울 수가 없었다.

본래 문인은 문인이라는 그 자체만으로도 존경받아야 한다. 너도 나도 권력을, 돈을, 명예를 좇아 허둥대는 이 혼탁한 세태에 휩쓸리지 않고 빛나는 작품을 쓰기 위해 심혈을 기울이는 문인들이야말로 얼마나 존귀한 분들인가. 좋은 작품이란 언제나 독자들의 청정한 정신과 따뜻한 인간미를 일깨워 우리 인간이 인갑답게 살 수 있는 순도 높은 고단위 자양분을 제공해 주는 것이다.

모처럼 뵙는 선배와 동료·후배 문인들이 참으로 반가웠다. 여기에 행사의 주제가 좋고, 함평 현지의 인심과 음식은 물론이려니와 풍광까지 수려한 데다 날씨까지 청명했으니 이만저만 흡족한 것이 아니었다. 지난 겨우내 쌓이고 쌓였던 심신의 묵은 찌꺼기들이 말끔히 씻겨 나가는 기분이었다.

널리 알려진 바와 같이, 이번 행사가 열린 함평은 실로 유서 깊은 고향이다. 저 유명한 남도창南道唱 「호남가湖南歌」의 첫 대목만 보더라도 함평의 위상을 짐작하고도 남는다.

함평천지(咸平天地) 늙은 몸이 광주(光州) 고향을 보자하고 제주어선(濟州漁船) 빌려 타고 해남(海南)으로 건너갈 제 흥양(興陽)의 돋는 해는 보성(寶城)에 비쳐 있고 고산(高山)들 아침안개 영암(靈巖)을 둘러 있다…

호남의 여러 지역을 두루두루 더듬어 노래한 이 단가短歌가 다른 곳도 아닌 이곳 함평에서 시작하는 것은 결코 우연이 아니다. 그것도 '함평'과 '천지'를 묶어 '함평천지'라 했으니 거기에 담긴 뜻이야말로 시사하는 바 크다고 하겠다.

개회식과 문병란 시인 초청 특별 강연 등 공식 일정도 아주 인상 깊었고, 나비축제를 비롯한 현장 체험, 용천사 기행, 일강 김철선생기념관 방문 등 일련의 관광 프로그램 또한 알차게 마련돼 있었다. 특히 제12회를 맞이하는 함평의 나비축제는 이 고장의 대표적 브랜드가 되었다. 앞에서 소개한 단가의 경우 '함평' 하면 '천지'로 연결되고 있듯이 이제 '함평' 하면 '나비'가 연상될 정도로 함평과 나비는 동전의 양면처럼 굳어졌다. 그뿐 아니라, 함평의 나비축제는 전국 지방자치단체의 가장 탁월한 성공 사례이자 그 모범이 되고 있는 것이다.

나비를 소재로 이렇듯 다양한 정보와 내용을 담아냈다는 사실이 놀라웠다. 이와 함께 함평 전역이 친환경 무공해 청정 지역으로 잘 가꾸어져 있어서 발길 닿는 곳마다 신선한 느낌으로 다가왔다. 매연, 소음, 미세먼지 등 각종 공해로 찌든 도시를 벗어나 잠시나마 그런 고장에 머물 수 있었다는 것이 그야말로 큰 행운이었다.

한편, 오두 한옥마을에서의 민박도 필자에게는 더 없이 좋은 기회였다. 닳고 닳은 숙박업소가 아닌, 산 좋고 물 좋고 공기 좋은 마을에서 하룻밤 묵고 나자 트릿했던 머리가 산뜻해지는 것은 물론 찌뿌드드했던 몸이 가뿐해지는 느낌이었다.

모든 일정을 마치고 함평을 떠나올 때 모든 것이 아쉬웠다. 정겨운 전국의 문인들과 좀 더 어울릴 수 없는 것이 아쉬웠고, 그 좋은 함평 땅에서 보다 더 오래 머무를 수 없는 것이 아쉬웠다. 마음 같아서는 그곳에 척 눌러 앉아 살고 싶었지만, 이래저래 그럴 수 없는 현실이 사뭇 안타까울 따름이었다. 아무튼 이번 행사를 주관한 한국문인협회 전남지회의 노고가 컸고, 그 노고가 컸던 만큼 함평은 물론 더 나아가 전남에 대한 좋은 추억을 오래 간직할 것이다. (전국 문인 초청 전남문학기행문집 『내가 나빈가 나비가 난가』. 2010)

설화산과 광덕산

원고지에 글을 쓰던 시절, 필자는 종종 어디론가 훌쩍 떠나곤 하였다. 삶이 고달프다고 느껴질 때, 뭔가 복잡한 일들이 난마처럼 뒤엉켜 잘 풀리지 않을 때 필자는 온다간다 말도 없이 조용한 곳을 찾아 바람처럼 떠났다. 여행용 가방에다 원고지 열댓 권, 만년필과 잉크, 속옷 두어 벌과 양말 몇 켤레, 세면도구 등을 챙겨 넣으면 그만이었다.

그때 가장 자주 드나든 곳이 충남 아산시 송악면 외암리 오양골이었다. 경기도 용인 민속촌이 인위적으로 조성된 반면, 오양골은 인위적으로 손대지 않은 옛 시골 모습을 고스란히 간직하고 있었다. 말하자면 새마을운동의 바람조차 타지 않은 마을이었다.

설화산을 등에 지고 눌러 앉은, 조용하고 평화로우면서도 고풍스런 동네. 반석다리 옆 물레방아를 비롯해서 마을 곳곳에 전통 기와집과 초가집이 그대로 남아 있는 것은 물론이려니와 돌담 따라 이어진 고샅길 또한 자연 그대로의 흙길이었다.

서울 남부터미널에서 유구 행 시외버스를 타고, 온양 들머리에서 장항선 건널목을 지나 법곡 고개를 넘어 송악 역촌에서 내리면 그 마을에 갈 수 있었다. 송남초등학교 담장을 끼고 걷다가 반석다리 건너 마을 초입으로 들어설라치면 저절로 좋은 영감이 떠오르곤 했다.

필자가 묵은 곳은 그 동네에서 가장 규모가 크고 운치 뛰어난 영암군수 댁(건재고택)이었다. 그 저택은 안채, 사랑채, 행랑채 등 여러 채의 건물로 이루어져 있었다. 솟을대문 기와지붕 위로는 그림에나 나옴직한 멋진 소나무가 구부러져 올라가고, 기화이초奇花異草 우거진 그 안마당으로는 구불구불한 도랑을 따라 맑은 물이 졸졸졸 흐르고 있었다.

필자는 그때 행랑채에 기거했다. 행랑채에는 대문간 좌우로 다섯 개의 방이 있었고, 나는 두어 달씩 장기간 그 방 한 칸을 차지해 작품에 몰입했다. 그 방은 나만의 아지트인 셈이었다. 나는 그 아지트에서 장편소설 『열망』 『술래잡기』를 위시하여 여러 편의 중·단편소설을 썼다. 글을 쓰다가 몸이 나른해지면 설화산 기슭이나 저 건너 송악저수지로 산책에 나서곤 하였다.

그런데 웬일일까, 80년대 후반에 들어와 그 마을은 종종 매스컴에 오르내리면서 전국적으로 유명세를 타기 시작했다. 외지인이 몰려들었고, 수시로 영화와 텔레비전 드라마를 촬영하느라 동네가 시끌벅적하였다. 사정이 이렇게 되자 이제는 오양골을 떠나 더 조용한 곳을 물색했다. 이를테면 아지트를 옮기기로 작정한 셈이었다.

그리하여 이번에는 설화산을 한 바퀴 우회하여 충남 천안시 광덕면 광덕리로 거처를 옮겼다. 웅장한 광덕산을 등에 지고 눌러앉은 조용한 마을, 호두나무로 유명한 광덕사 아래 S 회장 댁 문간방에 새로운 둥지를 틀었다. 필자는 몇 해 동안 그곳을 자주 드나들면서 장편 『술래잡기』의 후속편인 『바람잡기』『구름잡기』를 써서 마침내 3부작을 완성했다. 그 아지트에서 작품을 쓰다가 휴식을 취할 때에는 안양암과 광덕사를 거쳐 운초雲楚 김부용金芙蓉 시인 묘소까지 그 일대를 한 바퀴 돌아오곤 하였다. 그런데 이 마을 역시 언제부턴가 외지인들의 발길이 빈번해지고 있었다.

그 후 필자는 그 마을을 떠났다. 마침 원고지 시대가 저물면서 컴퓨터 시대가 다가오고 있었다. 이제는 원고지와 만년필 대신 컴퓨터 자판을 두들겨 원고를 쓰게 되었다. 따라서 필자는 꼼짝없이 내 방 컴퓨터 앞을 지키지 않을 수 없었다. 휴대용 노트북이 없는 것은 아니지만, 컴퓨터에다 프린터까지 싸들고 산간벽지를 찾아 떠돌기에는 어려움이 많기 때문이었다.

하지만 설화산과 광덕산을 어찌 잊을 것인가. 필자는 그곳에서 참으로 많은 글감을 얻었다. 단편소설 「산행」「동행」「먼길」「낮달」 같은 작품은 모두 그곳을 내왕하면서 얻은 수확이었다. 그동안 컴퓨터에 매달려 살면서도 머리를 식힐 때에는 종종 오양골과 광덕리를 찾곤 하였다.

이제 그 마을은 깜짝 놀랄 만큼 변했다. 설화산 아래로 왕복 4차선 도로가 시원하게 뚫렸고, 오양골은 유명 관광지로 떠올라 사시사철 관광객의 발길이 쇄도하고 있다. 항상 고즈넉했던 광덕리 또한 이제는 더 이상 산간 마을이 아니다. 광덕리 가는 길은 울퉁불퉁한 자갈길이었는데 이제는 미끈한 아스팔트 포장도로로 변했다. 그런 도로변에는 군데군데 러브호텔까지 들어서 있으니, 지금은 지금대로 새로운 느낌으로 좋은 글감을 제시해 주는 셈이다. (『문학의집·서울』 2015. 9월호)

아파트 숲속, 삶의 정취
―양천구 목동 목마공원에서 파리공원까지

양천구 목동은 대단위 아파트 단지로 형성돼 있다. 1980년대 하늘 높이 치솟던 집값과 말썽 많던 부동산 투기를 잠재우고 고질적인 주택난을 해소하기 위해 서울특별시는 이곳에 신시가지를 건설했다.

저 옛날 어떤 감여가堪輿家가 천호지벌, 즉 천호가 들어와 살 만한 곳으로 예언했던 땅. 그러나 비만 내렸다 하면 물난리를 겪던 이곳에 지금처럼 대단위 아파트 단지가 들어서리라고 믿는 사람은 흔치 않았다.

사실 본격적인 신시가지 개발 이전만 해도 이곳 목동 일원은 서울의 여느 변두리와 다를 바 없었다. 논과 밭, 그 언저리에는 허름한 가옥과 영세한 공장들이 드문드문 흩어져 있었다. 한여름 장마철에는 행여 안양천이 범람할세라 배수펌프장의 양수기들이 일제히 비상 가동에 들어가곤 했다.

타임머신을 타고 거슬러 올라가면 이곳 목동은 본래 경기도 김포 땅이었다. 1936년 4월 1일 일제의 조선총독부는 영등포를 경성부에 편입했고, 해방 후 정부는 서울의 구역 확장 계획에 따라 1950년 3월 경기도 시흥군

동면에 속했던 구로, 도림, 번대방리를 서울로 편입했다. 그 후 정부는 또다시 서울의 대규모 구역 확장 계획을 세우고 1963년 1월 1일 김포군 양동면, 양서면 전역과 부천군 오정면 및 소사읍의 각 일부, 시흥군 신동면 전역과 동면 일대를 서울 영등포구로 편입했다.

1977년 9월 1일 안양천 서쪽 지역이 영등포구에서 강서구로 분리되었고, 목동 일대의 신시가지 조성 이후 인구가 급격히 증가함에 따라 1988년 강서구에서 양천구가 새로 떨어져 나왔다. 그러니까 이곳 목동은 김포군→영등포구→강서구→양천구로 소속을 바꾸면서 오늘에 이르렀다.

1985년 목동 1단지부터 주민들이 입주하기 시작해서 1986년 2단지, 3단지, 4단지, 5단지, 6단지가 모두 입주를 완료했다. 1단지부터 6단지는 경인고속도로 진입로 북동쪽에 위치해 있고, 경인고속도로 건너편 남쪽으로 7단지부터 14단지까지 줄줄이 이어진다.

이제 양천구 목동은 자주 매스컴에 오르내린다. 주택 문제, 부동산 가격 문제 등이 거론될 때마다 목동은 강남의 아파트와 함께 가장 빈번하게 텔레비전 화면이나 신문 지면을 장식한다. 말하자면 서울 지역 아파트 단지의 대표적 아이콘으로 떠오른 셈이다.

분양 당시 미분양의 수모를 겪었던 목동아파트. 하지만 상황은 얼마 안가 크게 달라졌다. 서울의 여러 동네들이 물난리를 겪는 동안 목동은 어떤 홍수에도 끄떡하지 않았다. 이와 함께 여러 고등학교들이 앞다투어 명문대학 합격률을 드높이면서 목동의 인기를 견인했다. 여기에 쾌적한 환경까지 맞물려 이제 목동은 살기 좋은 동네로 굳건히 자리매김했다.

필자는 이곳이 강서구였던 1986년부터 목동에 들어와 살고 있다. 그때만 해도 아파트 단지 이외의 목동 중심축은 대부분 공터로 남아 있었다. 어떻게 보면 허허롭기까지 했지만, 누군가가 가꾸는 호박밭이나 고추밭을 지날라치면 은근히 향수에 젖곤 하였다. 그런 호박밭과 고추밭 사이에서는 수숫대가 흐늘흐늘 바람에 흔들리고 있었다.

1986년 3단지를 시작으로 1995년 2단지를 거쳐 2003년 한신청구아파트로 옮겨 다니는 동안 어느덧 30년 가까운 세월이 흘렀다. 따라서 목동이라면 구석구석 모르는 곳이 없다. 인근 용왕산 나무들에서 거리의 뒷골목에 땅거죽을 뚫고 솟아오른 잡풀 한 포기에 이르기까지 어느 것 하나 낯선 것이 없다.

목동의 큰 특징은 자동차 전용 도로가 거의 대부분 일방통행으로 되어 있다는 사실이다. 따라서 외지의 운전자들이 들어와 한 번 길을 잘못 들어서면 뺑뺑 돌면서 헤매게 마련이다. 아니나 다를까, 목동에 들어와 길을 찾느라 헤맸다는 사람은 한둘이 아니다. 하지만 일방통행의 기본 원리를 파악하면, 아니 이정표만 잘 보면 일방통행이 얼마나 편리한 시스템인가를 쉽게 알 수 있을 것이다.

여기에 덧붙여 목동의 자랑으로 무성한 수목들을 꼽을 수 있다. 동네이름인 목동의 '목'자가 '나무목木'이기도 하지만, 당초 신시가지를 조성할 때 은행나무, 감나무, 느티나무, 단풍나무, 목련, 벚나무, 메타세쿼이아, 마로니에 같은 각종 나무들을 많이 심었다. 아파트 단지 안, 도로변, 공원 등 발길 닿는 곳마다 여러 나무들과 만날 수 있다. 어쩌면 삭막했을지도 모를 아파트 숲을 나무들이 잘 감싸 주고 있다고나 할까.

안양천 제방에 오르면 깔끔한 산책로가 있다. 심호흡을 하며 활보하기에 아주 좋다. 산책로 주변 곳곳에는 양천구 구목區木인 감나무가 자란다. 나무들 사이로 군데군데 이런저런 운동 기구가 설치돼 있어서 체력 단련에 도움을 준다. 안양천 건너편은 영등포. 양평교가 양천구 목동과 영등포구 양평동을 이어 주고, 안양천이 한강과 만나는 하류 쪽으로 눈길을 돌리면 인공폭포가 한눈에 들어온다.

안양천 제방 아래 도로 건너편 일방통행로 안쪽에 신시가지의 중심축이 있고, 그 중심축에는 관공서, 상가, 공원, 각종 편의 시설 등이 옹기종기 이어진다. SH공사집단에너지사업단(열병합발전소)과 이대목동병원 사이에 목마공원이 있다. 이 공원은 3단지와 5단지 사이의 파리공원과 함께 목동 주민들의 중요한 휴식 공간이다.

이 목마공원에서 파리공원에 이르는, 중심축의 한 복판 오솔길을 걷는 재미가 쏠쏠하다. 중심축의 구간마다 '청소년문화의 거리' '꽃향기와 새소리의 거리' '평화의 거리'라는 명칭이 붙어 있다. 이 거리들은 자동차 없는, 그야말로 사색과 삶의 정취가 물씬 묻어나는 값진 산책로인 것이다.

'청소년문화의 거리'는 목5동문화센터 앞에서 한가람고등학교, 월촌중학교 뒷길로 이어진다. 학생들, 즉 청소년들이 자주 내왕하는 길이어서 그런 이름이 붙었다. 이 거리에는 언제나 회화나무 향기가 가득하다.

목5동문화센터는 과거 목6동주민자치센터였던 곳으로, 종래의 목6동이 목5동으로 통합되자 종래의 행정관서 청사에서 문화센터로 역할과 기능을 바꾸었다. 이 문화센터에는 각종 교양 및 스포츠 등 다양한 프로그램이 마련돼 있어 주민들의 발길이 끊이지 않는다.

도로를 살짝 건너면 '꽃향기와 새소리의 거리'. 번잡한 도심에서 이런 샛길을 걸을 수 있다는 것이 경이롭다. 이 거리에는 현재 목5동복합센터 건립 공사가 한창이다. 목5동주민센터가 낡고 협소하여 미래의 행정 수요에 부응하고자 양천구가 초현대식 복합센터를 건립하고 있는 것이다.

이 '꽃향기와 새소리의 거리'를 지나 다시 횡단보도를 사뿐히 건너면 '평화의 거리'가 나온다. 도로 건너 '꽃향기와 새소리의 거리'가 목5동복합센터 건립 공사로 말미암아 주민들의 발길이 다소 뜸한 반면, 이 '평화의 거리'에는 낮이나 밤이나 인파로 북적댄다. 여러 금융 기관과 학원, 음식점, 편의점, 미용실, 노래방, 약국 등 상가가 밀집해 있기 때문이다.

이 거리에서 빼놓을 수 없는 명소는 뭐니 뭐니 해도 도심 속의 사찰 법안정사法眼精舍. 그 앞 횡단보도를 건너면 대내외적으로 널리 알려진 파리공원이 나온다. 이는 프랑스의 수도 파리에서 이름을 따온 명칭으로, 서울과 파리의 자매결연을 상징하는 공원이다. 한여름에는 주민들이 몰려나와 발 디딜 틈이 없을 정도로 붐빈다. 프랑스 파리에는 서울공원이 있다.

파리공원에서 다시 횡단보도를 건너면 천주교 목5동성당과 만난다. 색유리로 치장한, 건축미를 한껏 자랑하는 이 동네 명소 중의 명소라고 말할 수 있다. 성당과 양천도서관 사이에 '배움의 거리'가 있다. '배움의 거리'는 바로 양천도서관의 장서를 통해 많은 것을 배울 수 있기 때문에 붙여진 이름이다. 양천도서관 곁에 양천우체국이 어깨를 맞대고 있다.

이곳을 지나면 '썬앤문분수광장'이 펼쳐진다. 이 분수광장은 경인고속도로 진입로 지하 차도 복개 부분에 조성한 휴식 공간이다. 이곳에 서울시립목동청소년수련관이 있고, 거리는 다시 저쪽 행복한백화점과 기독교방송국 앞 축제의 거리로 뻗어 나간다. 축제의 거리 또한 늘 인파가 북적대는 곳으로, 어떤 때는 한창 자라나는 학생들이 몰려 나와 스케이트보드를 타거나 폭죽을 터뜨리기도 한다.

필자는 거의 매일 중심축의 오밀조밀한 이 거리를 걸으면서 참으로 많은 것을 생각했다. 과거를, 오늘을, 내일을, 문학을, 인생을…. 따라서 이 길이야말로 내게는 사색의 길 바로 그것이라 하겠다. (문화일보 2014. 10. 2)

불가리아·터키·그리스 기행

7월 3일(금) 흐림

서울은 본격적인 장마철에 들어섰다. 금방이라도 소나기가 내릴 것 같은, 구름이 낮게 드리워진 끄무레한 날씨 속에 집을 나섰다.

15시 30분, 아내가 늦둥이 아들 명원이를 데리고 도로변까지 나와 배웅해 주었다. 무슨 까닭인지 대학에 다니는 두 딸은 아파트 현관에서 의례적인 인사만 할 뿐이었다. 그래도 대학생쯤 되었으면 최소한 택시 정류장까지 나와 인사하는 것이 예의이겠지만, 그 아이들은 저희들대로 무슨 사정이 있는 모양이었다.

어쨌거나 잠시 후 택시에 오르자 명원이가 울상을 지었다. 아니나 다를까, 택시가 필자 한 사람만을 태우고 떠나자 녀석은 '으앙!'하고 울음을 터뜨렸다. 녀석은 우리가 함께 어디론가 외출하는 줄 알았던 모양인데, 아빠 혼자 홀쩍 떠나게 되자 못내 실망한 모양이었다.

16:00 경 김포공항에 도착했다. 공항 대합실에는 일행이 삼삼오오 집결

하고 있었다. 비교적 시간을 잘 지키는 멤버들이라 생각했지만, 출국 수속을 마칠 때까지도 여성 시인 S씨가 나타나지 않는 것이었다. 그분이 나타나지 않음으로써 우리 일행은, 특히 집행부 책임자(단장: 한국문인협회 신세훈 부이사장, 총무: 김여옥 시인)의 애를 태우게 했다.

S씨는 항공기 이륙 시간이 임박했을 때에야 허겁지겁 나타났다. 그녀는 별로 미안해 하는 기색도 없이 태연자약하게 나타났으므로 다른 분들의 불평과 눈총을 받아야 했다.

우리는 서둘러 항공기에 올랐다. 우리가 탑승한 항공기는 아시아나항공 소속 OZ511편. 이윽고 출발 시간(18:05)이 되자 항공기는 활주로를 박차고 치솟아 공중으로 비상하기 시작했다.

항공기 안에 설치된 와이드 스크린을 통해 고도, 비행 속도, 남은 비행시간, 풍속 등이 소개되고 있었다. 컴퓨터 시대, 컴퓨터 시스템에 의해 그런 안내 자막이 줄줄이 나오고 있었다.

항공기는 아시아 대륙을 횡단하고 있었다. 화장실에 내왕하면서 창밖을 내다보면 거대한 산맥이 시야에 들어오곤 하였다. 스튜어디스가 별도로 안내하지 않더라도 중국 영공 어디쯤 날고 있다는 것을 짐작할 수 있었다.

항공기는 해 지는 방향인 서쪽으로 비행하기 때문에 늦은 시간까지도 계속 창밖 풍경을 바라볼 수 있었다. 말하자면 항공기는 지는 해를 좇아 날아가는 셈이었다. 지난해 해군 순항훈련분대에 편승, 미주 대륙을 향해 이동할 때와는 반대 현상이라고 하겠다.

약 11시간 40분 동안 비행한 끝에 우리는 터키 이스탄불 공항에 무사히 안착했다. 도착 시간은 4일 05:40으로, 현지 시간은 3일 23:40. 따라서 서울과의 시차는 정확히 6시간. 이곳 시간이 서울보다 6시간 늦는 것이다.

공항에서 입국 수속을 마치고 25인승 관광버스에 올라 예니서팔라스

(Yenisehir Palas) 호텔로 이동한 시간은 3일 24:00. 호텔에 도착하여 일기를 쓰고 있는 지금, 시계는 4일 02:15를 가리키고 있다. 서울 시간은 지금 08:15일 것이다.

캄캄한 밤에 공항에서 호텔로 이동했으므로 이스탄불의 전경을 볼 수 없는 것이 유감이었다. '9일기도'가 남아 있다. 얼마 후 눈을 뜨자마자 공식 일정에 들어가야 하므로 일단 기도부터 바치기로 했다.

7월 4일(토) 맑음, 소나기

간밤에는 잠도 오지 않았다. 이곳까지 날아오는 항공기 안에서 잠깐잠깐 눈을 붙인 탓도 있지만, 그보다는 아침 일찍 일어나야 한다는 강박 관념이 잠을 멀리 쫓아버렸기 때문이었다.

07:00, 샤워를 마치고 식당으로 내려가 조찬을 들었다. 빵에 꿀(석청)을 발라 간단히 식사를 마쳤고, 디저트로는 여러 과일을 먹었다. 그런데 이곳 과일 중에는 살구가 매우 인상적이었다. 그 맛 또한 어느 과일 못지않게 독특했다.

식사 후 호텔 프런트 데스크에서 얼마간의 용돈을 환전했다. 이 나라 화폐 단위는 리라. 환율은 1달러에 26만 7천 리라. 화폐는 액면 10만 리라짜리에서 5만 리라짜리 등 고액권이 많은데, 화폐의 지질이나 인쇄술 등이 조잡한 편이다.

물이 비싸다. 객실의 미니바에 있는 0.5리터짜리 물 한 병 값은 1.5달러로서 이 나라 돈으로 약 40만 리라. 간밤에 미니바에서 물을 꺼내 마시고, 그 값을 치르면서 우리는 한바탕 웃었다. 물 한 병에 40만 리라였으므로 우리는 이를 우리의 화폐 단위인 원으로 수평 계산, 물경 40만 원 짜리 물을 마셨다면서 낄낄댄 것이다.

한편, 우리는 잠시 휴식을 취하다가 08:30 시내 관광길에 나섰다. 우리는 가이드의 안내를 받아 버스 편으로 이동했다. 가이드는 호산나여행사 김종선 실장이었다.

우리는 히포드롬(Hippodrome)의 오벨리스크(Obelisk)를 비롯하여 성 소피아 성당(St.Sophia), 토카프 궁전(Topkapi Palace) 등을 돌아보았다. 그중에서 가장 인상에 남는 곳은 역시 성 소피아 성당이었다.

이 성당은 A.D. 4세기 경에 지어진 것으로, 그 후 이슬람 시대에는 이슬람 교도들이 이슬람교 회당으로 이용했다. 본래 천주교 성당으로 천장과 벽에는 성서 중심의 성화가 그려져 있었으나, 이슬람 교도들이 그 위에 백회로 덧칠을 하고 이슬람교 중심의 그림을 그려 넣은 것이 큰 특색이었다.

오후에는 전통 시장을 한 바퀴 둘러보았다. 그 시장에서는 각종 보석류와 민예품 등 관광 상품을 판매하고 있었다. 세계적인 관광 도시답게 시장에는 관광 상품 점포들이 빼곡하게 들어차 있었다.

잘 알려진 바와 같이 이스탄불은 아시아와 유럽을 잇는 교통의 요충이며, 유라시아의 문화가 만나는 곳이다. 따라서 도처에 아시아의 문화와 유럽의 문화가, 그리고 고대 문화와 현대 문화가 혼재돼 있다.

그 가운데 고대 건축물은 그 규모나 휘황찬란한 미관으로 우리의 관심을 끌기에 충분했다. 특히 그 건축물의 돔은 매우 인상적이었다. 고대부터 발달해 내려온 기하학적 공법이 그러한 건축물을 창조한 것이다.

돔으로 이루어진 건축물 가운데 성 소피아 성당이 가장 원조 격이라 말할 수 있다. 이 성당은 유스티니아 대제 때 지은 것으로, 여러 개의 돔으로 연결시킨 건축 양식이 특이할 뿐만 아니라, 그 내부의 모자이크 벽화는 화려함의 극치를 보여 주고 있었다.

이 건물은 종교 시설로서 국가가 지었다는 사실도 역사를 이해하는 데 큰 도움을 준다고 하겠다. 가이드 김 실장의 설명에 따르면, 유스티니아 황제가 국가 재정을 투입하여 이 성전을 지었다고 한다. 말하자면 국립 교회인 셈이다.

소피아의 어원語源은 '하느님의 지혜'라는 뜻이라고 한다. 옛 사람들은 거의 대부분 하느님을 섬겼고, 이를 입증이라도 하듯 성 소피아 성당은 웅장함을 자랑하고 있었던 것이다.

토카프 궁전은 현재 박물관으로 쓰이고 있는데, 이곳에 전시된 각종 도자기들과 무기류는 단연 압권이었다. 특히 중국산 도자기들은 거의 예외 없이 실크로드를 통해 유입된 것으로 청자, 백자 등을 가릴 것 없이 그 번조술이나 문양면에서 단연 세계 최고 수준을 자랑하고 있었다.

도자기들 중에는 명나라 시대의, 즉 명나라 때의 명문銘文이 들어간 것도 여러 점 전시돼 있었다. 중국의 문화는 이곳에서도 찬란한 광휘를 발휘하고 있었던 것이다.

토카프 궁전에서 세례자 요한의 유골 일부를 볼 수 있었다. 세례자 요한의 유골은 한쪽 팔 일부와 두개골 일부였다. 그밖에도 모세의 지팡이, 모하멧의 콧수염, 요셉의 모자(터번), 아브라함의 밥그릇, 다윗의 칼과 방패가 전시돼 있었는데, 이러한 문화재들을 모두 요르단에서 약탈해 왔다고 한다.

어쨌든 이스탄불이야말로 실크로드의 출발점이자 종점으로서, 동서양의 문물이 공존하는 역사의 현장이라고 해야겠다. 따라서 관광 명소일 뿐만 아니라 살아 있는 역사 교육장이라 해도 과언이 아닌 것이다.

터키는 일찍이 6·25 한국전쟁 때 우리나라를 돕기 위해 병력을 파견해 준 나라였다. 그들은 유엔군의 일원으로 공산군 퇴치를 위해 용맹하게 싸웠고, 아직도 전상자戰傷者들이 도처에서 어려운 삶을 꾸려 가고 있다고 한다. 현재 이 나라는 경제적으로 낙후돼 있는 것 같다. 이제 터키 국민들은 옛 오스만 터키 시대의 영화를 간직한 채 열심히 국력을 키워 가고 있다.

일찍이 오스만 터키는 아프리카 북부까지 세력을 확장했던 강국이었다. 하지만 제1차 세계 대전 대 독일과 손잡고 전쟁에 참여했다가 패전한 이후 드넓은 영토를 연합군 측에 할양하였고, 그 뒤로 국력이 크게 위축되었다. 그럼에도 불구하고 현재 이 나라의 영토는 아시아와 유럽에 뻗쳐 있다.

말마라 해협을 사이에 두고 국토가 양쪽으로 뻗쳐 있는데, 아시아에 97%가, 그리고 유럽에 3%가 자리 잡고 있다. 이에 따라 터키는 아시아 국가이면서 동시에 유럽 국가임을 강조하고 있다. 이러한 맥락에서 터키는 이미 오래 전부터 EC 가입을 추진하고 있다는 것이다.

저녁에는 현지 교민이 운영하는 H 식당에서 식사했다. 호텔에서 식당으로 이동하는 동안 얼마나 엄청난 폭우가 내리던지 앞을 내다볼 수 없을 지경이었다. 식당에서는 된장찌개, 김치 등을 내놓았는데 형식만 된장찌개이고 김치일 뿐 그 맛이란 수준 이하라는 생각이 들었다. 한때 한국에서 오는 관광객들로 그런대로 재미를 본 적도 있었지만, 한국이 이른바 IMF 사태를 맞이한 이후 관광객의 발길이 뚝 끊김으로써 식당은 현상 유지도 어려운 실정이라고 한다.

식사를 마치고 호텔로 돌아왔을 때 여간 피곤하지 않았다. 어제 장시간 항공기를 탄 데다 온종일 강행군을 계속했으므로 피곤할 수밖에 없었다. 일행 가운데 연장자들이 많다. 필자는 아직 40대 후반이지만, 일행의 대부분이 연세 많으신 분들로 그분들은 누구라 할 것 없이 지칠 대로 지쳐 있었다.

성서의 에베소서를 다시 읽어야 할 것 같다. 그동안 서양사에 관해서는 별로 연구할 기회가 없었는데, 서로마가 멸망한 이후 동로마 시대의 역사에 대해서도 좀 더 연구해 보고 싶다.

이와 함께 돌궐의 이동 경로를 공부해야 터키의 역사를 제대로 이해할 수 있을 것 같다. 현재까지 알고 있는 작은 식견으로는 이 나라 역사를 이해하는 데 한계가 있을 수밖에 없다. 요컨대 학문에는 끝이 없다. 이 드넓은 세상에서 무엇인가를 캐내어 얻기 위해서는 항상 눈이 열려 있어야 한다는 생각이다.

7월 5일(일) 맑음, 소나기

지구촌 어디를 가나 이상 기온 현상이 일반화되어 있는 것 같다. 지난해 태평양을 일순하는 과정에서도 엘니뇨 현상 등 여러 기상 이변을 경험했었다. 터키도 요즘 이상 기온 현상을 보이고 있다는 것이다.

예년의 경우 여름 내내 비가 내리지 않고, 6월에서 8월까지 3개월 동안은 건기라고 하는데, 금년에는 이상하게, 특히 우리가 도착한 이후 이처럼 폭우가 내린다고 한다. 비는 이 나라 사람들에게 결코 반가운 손님이 아니다. 하수도 등 배수 시설이 제대로 되지 않아 낮은 지대에 사는 시민들이 물난리를 겪어야 하기 때문이다.

간밤에는 엄청난 소나기가 내렸다. 폭풍우를 동반한 소나기가 퍼부어 몇 차례나 잠에서 깨어나야 했다. 비바람 소리가 어떻게나 요란한지 잠을 이룰 수가 없기 때문이었다.

아침 일찍 일어나 호텔 앞 공원으로 산책 나갔다가 낯선 장면들을 목격했다. 공원에는 10여 명의 노숙자들이 건물 추녀 밑에 웅성거렸고, 송아지만 한 개들이 떼 지어 몰려나와 어슬렁거리고 있었다.

이곳 개들은 유난히도 덩치가 컸다. 어디에선가 낯선 개 한 마리가 나타나자 공원에서 놀던 개들은 텃세라도 하는 듯 그 개를 향해 일제히 달려들었다. 그 바람에 낯선 개는 똥줄이 빠지게 달아나 어디론가 자취를 감추고 말았다.

조찬을 마치고 오전 관광에 나섰다. 우리 일행은 코라 교회(Chora Church, Kariye Museum)를 둘러보았다. 이 교회는 현재 박물관으로 쓰이고 있는데, 비잔틴 문화의 전형으로 르네상스 건축의 전형이 됐다고 한다. 아홉 차례에 걸친 십자군 전쟁에서 유럽 사람들이 이 나라 문화에 눈을 뜨게 됐고, 그것이 유럽에 전파되어 훗날 르네상스 건축 문화를 낳게 했다는 것인데, 십자군 전쟁은 끝내 실패로 끝났지만, 그 전쟁을 통해 유럽 사람들은 이곳의 문화를 유럽에 이식시키게 되었던 것이다.

코라 교회는 건물 자체도 장엄 웅대했지만, 그 미술적 조형이 뛰어났고, 특히 그 내부의 모자이크 벽화는 타의 추종을 불허할 정도로 정교했다. 그 벽화는 성서의 스토리를 미술적으로 표현한 것인데, 거기에 담긴 메시지야말로 '살아 있는 성서'라 해도 과언이 아니었다.

오후에는 캄리카 힐(Camlica Hill)에 올라 이스탄불의 전경을 내려다보았다. 캄리카 힐은 서울의 남산과 같은 곳으로, 그 산 정상에 올라서자 이스탄불의 전모가 손에 잡힐 듯 한눈에 들어왔다. 거대한 사원들, 그 사원들의 돔과 첨탑들이 매우 인상적이었다.

우리는 위스키 달러(Whisky Doller)를 거쳐 골든 혼(Golden Horn)으로 이동하여 간단히 점심식사를 해결했다. 그런 다음 저 옛날 식수를 확보하기 위해 건설했다는 지하 저수지 등을 일별했고, 오후에는 유람선에 올라 보스포러스(Bosphorus) 해협을 일주했다. 보스포러스 해협은 흑해(Black Sea)와 말마라 해역(Marmara Denizi)을 잇는 병목과 같은 해협인데, 곧 이

해협이 아시아와 유럽의 분계선이다. 이 해협을 중심으로 한쪽은 아시아, 다른 한쪽은 유럽이라 지칭되는 것이다.

어쨌거나 보스포러스 해협에서 바라본 아시안 사이드와 유러피안 사이드는 참으로 아름다운 풍광을 보여 주고 있었다. 해협을 운항하는 대형 선박들, 아시아 대륙과 유럽 대륙을 연결하는 두 개의 대형 현수교와 로마 시대의 성곽 등은 큰 감명을 안겨 주었다.

보스포러스 해협을 통과하면서 비잔틴 문화의 일단을 볼 수 있었던 것은 큰 행운이자 축복이었다. 해협 일대야말로 비잔틴 문화가 살아 숨 쉬는 역사의 현장인 셈이다.

해협 좌우로 아름답게 지어진 목조 가옥들은 오스만 터키가 낳은 또 하나의 건축 문화라고 한다. 그런 형태의 목조 가옥들은 오스만 터키 시대부터 정형화되었다는 것이다.

어쨌든 야트막한 산기슭을 따라 형형색색으로 들어선 그 가옥들은 바다와 어울려 절묘한 조화를 이루고 있었다. 특히 바다에 인접해 있는 가옥들의 경우 바다가 곧 마당이자 정원인 셈이었다. 어떤 주민들은 마루 난간이나 마당 가장자리에 나와 바다에 낚싯대를 드리우고 있었으므로 저절로 탄성을 자아내게 하였다. 평화로운 광경이었다.

우리는 보스포러스 관광을 마치고, 어느 가죽 제품 공장에 들렀다. 그곳은 각종 가죽 제품을 만들어 판매하는 곳인데, 공장 직원들이 패션쇼까지 벌이면서 우리들의 구매 의욕을 자극했다.

일행 가운데 몇몇이 그곳에서 가죽 제품을 구입했다. 벨트, 핸드백, 점퍼, 자켓 등 이것저것 선물을 구입하는 일행들. 각자 주머니 사정이 어떤지는 몰라도 혹여 일시적인 충동구매는 아닌지 걱정되는 일면도 없지 않았다.

그분들은 그분들대로 계산이 없지 않겠지만, 지금 IMF 사태를 맞아 심각한 경제난을 겪고 있는 국내 사정을 감안할 때 한푼이라도 외화를 절약해야 한다는 생각에 일말의 우려가 없지 않았던 것이다.

17:00, 일행은 이스탄불을 떠나 불가리아 국경 지대로 달리기 시작했다. 드넓은 평원. 고속도로 연변의 광활한 평야에는 해바라기와 밀이 출렁거리고 있었다. 해바라기의 나라. 끝도 보이지 않는 지평선으로 해바라기가 노랗게 피어 있는 정경은 그야말로 장관이었다.

우리 일행을 태운 25인승 관광버스는 시속 100킬로미터 이상으로 질주했다. 그런데 이스탄불을 출발한 지 한 시간쯤 되었을 때, 고속도로 중앙 분리대 건너편 대향 차로對向車路에 끔찍한 충돌 사고가 발생해 있었다.

어떤 승용차가 앞서가던 다른 승용차를 추돌한 듯, 사고 현장에는 젊은 남자가 숨을 거둔 채 누워 있었고, 피해 승용차는 형체를 알아볼 수 없을 정도로, 좀 더 노골적으로 표현하자면 휴지를 구겨 놓은 것처럼 왕창 일그러져 있었다.

사고 현장 뒤편으로는 각종 차량들이 밀려 엄청난 체증을 빚고 있었다. 그러나 우리가 달리는 차로는 시원히 뚫려 있었다. 운전기사는 계속 액셀러레이터를 밟았는데, 국경까지는 당초 예상보다 많은 시간이 소요되었다.

20:40 경 우리는 국경 지대에 도착, 일단 출국 수속에 들어갔다. 그런데 해가 지면서 기온이 급강하했으므로 우리는 소매 긴 옷을 꺼내 입는 등 한바탕 부산을 떨어야 했다. 지중해성 기후의 일교차를 실감하는 순간이었다.

한편, 그곳 국경선에는 출입국관리사무소만 있을 뿐 민가나 상가는 전혀 찾아볼 수가 없었으므로 우리나라 휴전선 부근의 어느 전방 초소에 들어선 듯한 착각을 불러일으켰다. 우리는 그곳 지명조차 알 길이 없었다.

이제껏 가이드를 맡아 준 김 실장은 자기가 이스탄불로 돌아갈 일만 걱정하고 있었다. 김 실장은 그곳 국경 지대까지 안내해 주는 것만으로 자신의 역할이 끝났다고 생각하는 모양이었다.

우리가 도착한 국경에는 지명 표시를 찾아볼 수가 없었다. 사실 그곳 국경에는 마을이 형성돼 있지 않았고, 오직 국경임을 알려 주는 일단의 시설물만 있을 뿐이었다.

그런데 출국 수속은 간단치 않았다. 출입국관리사무소 직원들에게 서비스 정신 같은 것은 전혀 찾아볼 수가 없었다. 그들은 세월아, 네월아, 질질 시간을 끌면서 애를 먹이는 것이었다.

일행 가운데 여러 사람이 짜증을 내거나 불만을 토로했다. 그러나 말도 통하지 않는 남의 나라에 와서 괜히 불만을 토로해 봤자 별로 도움 될 일도 없는 것이다.

한 시간 이상 지났을까, 우리 일행은 간신히 출국 수속을 마쳤다. 그런 다음 우리는 무거운 휴대품을 이끌고 불가리아 영토 안으로 들어섰고, 이번에는 불가리아 측 출입국관리사무소에서 입국 수속에 들어갔다.

주변 산에는 어둠이 짙게 드리워져 있었고, 우리는 손짓 발짓 섞어 가면서 입국 수속을 밟았다. 그런데 우리를 영접하기로 되어 있던 대우—불가리아 현지 법인의 직원은 보이지 않았다.

몸이 후끈 달아오른 김여옥 시인이 전화로 연락하여 대우—불가리아 직원을 찾아냈다. 그는 이 국경에 와서 장시간 기다렸으나, 우리 일행이 나타나지 않자 국경에서 제법 떨어진 어딘가에서 휴식을 취하고 있었던 듯했다.

우리는 입국 수속을 마친 뒤에도 대우—불가리아 직원을 기다리느라 지루한 시간을 보내야 했다. 더구나 우리는 아직 저녁식사도 해결하지 못한 터라 모두가 시장기를 느끼고 있었다.

근처에 패스트푸드점이라도 있었으면 간단히 요기라도 할 수 있었을 텐데, 우리는 배고픔보다도 모든 계획이 빗나가고 있음을 더욱 걱정했다. 요컨대 대우-불가리아 직원을 만나지 못함으로써 혹시 이곳에서 길을 잃고 헤매지 않을까 염려되었던 것이다.

얼마 후 대우-불가리아 직원이 관광버스를 이끌고 현장에 도착했다. 그는 김여옥 시인의 전화 연락을 받고 부랴부랴 달려온 것이었다. 대우-불가리아 직원은 L 대리로서 그는 젊고 친절한 사람이었다. 그는 몹시 미안해 하면서 우리를 버스로 안내해 주었다. 우리 일행은 그제서야 대우-불가리아 회사에서 준비한 김밥으로 저녁식사를 해결했다.

관광버스는 산악 지대의 가파른 길을 굽이굽이 달려가고 있었다. 캄캄한 밤, 창밖으로 얼핏얼핏 보이는 것이라곤 울창하게 우거진 숲뿐이었다. 하늘에는 열이틀 달이 떠 있었지만, 깊은 계곡을 달리고 있었으므로 바깥 사정을 분간할 수가 없었다.

얼마 후 작은 도시가 나타났는데, 우리는 불가리아의 이 국경 도시가 마르코 타르노보(Malko Tarnovo)라는 것을 알게 되었다. 하지만 이곳 지리에 까막눈인 우리는 어디로 가는지도 알 수가 없었다. 우리는 그저 관광버스에 '실려 가고' 있을 뿐이었다. L 대리 역시 이곳 불가리아에 온 지 1주일밖에 안 되었으므로 무엇무엇을 설명해 줄 형편이 아니었던 것이다.

우리는 새벽 03시쯤 어느 도시에 도착, 한 호텔에 여장을 풀었다. 객실에 마련돼 있는 여러 가지 서비스 용품을 보고 호텔 이름을 알 수 있었다. 이 호텔 이름은 이베로텔 게르가나 비치(Iberotel Gergana Beach). 방은 1인 1실, 독방으로 배정되었다. 필자의 방은 803(B)호. 파도 소리가 객창을 때리고 있으나, 여기가 과연 어느 도시인지 알 길이 없다. 내일 아침 날이 밝아 봐야 현지 사정을 파악할 수 있을 것이다.

7월 6일(월) 맑음, 비

아침 일찍 일어났다. 창문을 열자 탁 트인 바다가 시야에 들어왔다. 어젯밤에는 줄곧 어둠 속을 달려왔으므로 어디가 어딘지 분간할 수도 없었는데, 날이 밝자 이곳이 어느 해안이라는 것을 알게 되었다.

샤워를 마치고 로비로 내려가 프런트 데스크에서 당분간 쓸 용돈을 조금 환전했다. 이곳 화폐 단위는 레바로서, 1달러에 1,760레바. 따라서 레바의 화폐 가치는 우리나라 돈보다 약간 싸다고 하겠다.

이곳은 불가리아의 휴양 도시 바르나(Varna)에 위치한 알베나(Albena) 지역이었다. 대우─불가리아 소속 G 부장은 회사 일로 아직 이곳 알베나에 도착하지 않은 상태였다. 사실 우리의 이번 불가리아 여행은 순전히 G 부장의 주선에 의한 것이었다. 그러나 그는 회사 일로 아직 이곳에 도착하지 않았고, L 대리가 G 부장 대신 모든 업무를 맡고 있었다.

대우─불가리아 현지 법인은 소피아에 있고, G 부장은 그곳에 근무하고 있는데, 회사에 긴급한 일이 발생하여 아직 이곳에 오지 못하고 있었다. 따라서 그가 도착할 때까지는 L 대리가 우리를 안내하기로 되어 있던 것이다.

현재 우리가 머무르고 있는 알베나 지역은 지난 1960년대 후반부터 집중 개발된 곳으로, 약 40여 개의 호텔이 밀집돼 있는데, 객실 수만 해도 13,000여 개를 헤아린다고 한다.

호텔 앞에는 흑해의 해안선이 길게 뻗쳐 있어 공기가 맑고 풍광이 매우 수려하다. 이 같은 자연 경관에 힘입어 관광업이 성업 중이라고 한다. 이 근래 러시아, 스칸디나비아, 독일 등에서 찾아오는 관광객의 발길이 끊이지 않는다고 하는데 흑해를 바라보는 자연 경관과 울창한 숲이라든가 어쨌든 장차 세계적인 관광지로 더욱 각광을 받게 될 것 같다. 물론 현재도 관광 도시, 휴양 도시로서 명성이 높지만, 천혜의 입지 조건을 감안한다면 앞으로 발전 가능성이 무궁무진하다고 판단된다.

아침식사 후 우리는 대우―불가리아 측에서 제공해 준 관광버스 편으로 발칙(Balcik) 지역을 돌아보았다. 버스 안에서 내다본 지평선은 끝 간데가 없었다. 그 드넓은 평원에는 해바라기와 밀이 재배되고 있었다.

한편, 우리의 관광 안내는 불가리아의 예쁘장한 여대생이 맡아 주었다. 그러나 그 학생은 한국말을 한마디도 할 줄 몰랐고, 따발총 같은 영어로 뭐라 떠드는지라 그 말을 제대로 알아들을 수가 없었다.

이따금 L 대리가 불가리아어로 그 여대생과 대화를 나누었지만, 그것만으로는 의사소통이 부족하기 짝이 없었다. 더욱이 관광을 위한 홍보물이 전무全無한 상태였으므로 우리는 지도 한 장 없이 그 여대생의 안내를 받고 있을 뿐이었다.

아침에 호텔 프런트 데스크에서 홍보물을 구하려고 깜냥껏 노력했으나, 간단한 약도 한 장 준비돼 있지 않았다. 오랜 세월 사회주의 국가로 남아 있다가 지난 1989년에야 시장 경제로 돌아선 나라여서 그런지 관광객을 위한 서비스 측면에서 상당히 허술하다는 인상을 지울 수 없었다.

우리는 온종일 관광을 했으면서도 그곳 지명地名을 정확히 기억할 수가 없다. 요컨대 지도를 구하지 못한 데다 통역마저 제대로 이루어지지 않았기 때문이었다.

저녁에 G 부장이 도착했다. 그는 소피아에서 항공기 편으로 날아와 융숭한 만찬을 베풀어 주었다. 구관이 명관이라고 할까, 그는 이 나라에 와서 1년 이상 근무한 터라 불가리아의 역사와 문화에 대해 많은 정보를 가지고 있었다.

이 나라 사람들의 식사 시간은 매우 길다. 예컨대 식당에서 음식을 주문해 놓고서도 하염없이 기다려야 한다. 결코 서두르지 않는다는 측면에서는 장점일 수도 있겠으나, 주문한 음식을 식탁에 올리는 데 너무 많은 시간을 소비하는 것 같다.

저녁식사는 초저녁부터 시작하여 장장 23:00까지 계속되었다. 주문한 음식이 한 가지씩 한 가지씩 나오기 때문에 그 많은 시간이 소요되는 것이었다. G 부장의 친절한 설명은 이 나라의 역사와 문화를 이해하는 데 많은 도움이 되었다. 그러나 아직도 시차 극복이 덜 된 상태였으므로 일행 모두가 몹시 피곤해 하였다.

현지 시간으로 23:00는 본국 시간으로 7월 7일 05:00이 된다. 따라서 우리 일행들 중에는 하품을 베어 무는 사람들이 대부분이었다.

어쨌든 현지 시간으로 자정이 넘어 객실에 몸을 던졌다. G 부장이 음식을 대접해 준 곳은 흑해가 바라다보이는 해안에 위치하고 있었는데, 그 인근에 산에서 흘러내리는 천연 유황 온천이 있었다.

일행이 식사하는 동안, 그리고 호텔에서 그곳까지 왕복하는 동안 장대같은 소나기가 내려 긴장감이 감돌았다. 번개와 천둥을 동반한 소나기가 억수로 퍼부어댔기 때문이었다. 그러나 다행히도 소나기는 열대 지방의 스콜처럼 잠깐잠깐 지나가곤 하였다.

일행 가운데 K, J 등 '지방방송'이 등장하여 여행 분위기에 찬물을 끼얹기 시작했다. 그들은 주최 측에 이것저것 노골적인 불만을 토로하면서 다른 사람들의 눈살을 찌푸리게 하였다.

정해진 일정에 따라 조용히 움직여 주면 그만인 것을 그들은 중도에 스케줄을 바꾸자고 제안하였다. 다분히 다른 분들의 의견을 무시한 독선적인 처사가 아닐 수 없었다. 한마디로 말해 피곤한 사람들이었다.

7월 7일(화) 맑음

흑해의 파도 소리를 들으며 눈을 떴다. 어제 만찬이 늦게까지 진행되었던 관계로 몹시 피곤했다. 간밤에 무슨 꿈을 꾸었으나, 그 내용은 까맣게 잊었다.

어제 우리가 만찬에 참석했던 그 마을 이름은 드루즈바라고 하는데, 철자를 알 수 없어 표기가 정확하다고 말할 수는 없다. 식당 이름은 시리우스 레스토랑. 우리는 그 식당에서 돼지고기를 주원료로 한 이 나라 토속음식을 먹었다. 그런데 이곳 음식은 매우 짠 것이 특징이었다.

G 부장의 설명에 의하면, 이 나라에서는 돼지를 방목한다고 했다. 어떻게 돼지를 방목하는지 신기하게 느껴졌으나, 아직 그런 사육장을 직접 목격하지는 못했다. 내일 소피아로 이동하는 길에 혹여 돼지 사육장을 볼 수 있을지 모르겠다.

먼저 '9일기도'로 새아침을 열었다. 파도 소리가 들려오는 이 아침이야말로 신선하기 이를 데 없다. 공해로 찌든 목과 허파가 완전히 세척되는 것만 같다.

조찬을 마치고 바르나로 이동했다. 바르나는 이 나라에서 세 번째로 큰 도시인데 인구는 약 35만 명이라고 한다. 이곳 알베나에서 바르나까지 약 2시간 30분 가량 소요됐다. 바르나까지 가는 동안 표고는 점점 높아지고 있었지만, 경사가 완만한 데다 대평원이 펼쳐져 있었으므로 풍광이 아주 수려했다.

숲과 농장. 숲이 아닌 곳에는 농장이, 농장이 아닌 곳에는 숲이 울창하게 우거져 있었다. 끝도 없는 평원에 밀밭, 포도 농장, 해바라기 밭이 이어지고 있었다. 가도 가도 농가는 보이지 않고 광활한 농경지가 펼쳐져 있는데, 이 나라의 국토가 대부분 한 평도 버리기 아까운 기름진 옥토라는 생각이 들었다.

바르나는 전통적인 교육 도시로서, 큼직큼직한 대학들이 시야에 들어왔으며, 대형 성당들도 눈길을 끌었다. 바르나 해안에는 조선소도 있었는데, 규모 면에서는 우리나라 조선소보다 훨씬 왜소해 보였다.

우리는 그곳을 지나 다시 1시간 가량 달려 데세바비치에 도착했다. 그곳에는 로마 시대의 성곽을 비롯, 도처에 옛 유적들이 남아 있었다. 그중에서 가장 관심을 끄는 것은 역시 성당이었다. 데세바 지역에는 기원전에 세워진 성당이 열두 군데나 있었다. 현재 관광 코스로 남아 있는 성당 두 곳을 들렀는데, 벽면을 가득 메운 벽화들이 온전하게 잘 보존돼 있었다.

이러한 벽화들은 프레스코 안료 착색 기법을 사용해 그렸기 때문에 수명이 길다고 한다. 프레스코 안료 착색 기법은 석회석에 자연 염색 원리를 이용한다고 하는데, 이에 대해 보다 자세히 알기 위해서는 전문가의 자문 내지 별도의 연구가 필요할 것 같다.

로마인의 체취가 살아 숨 쉬는 데세바비치에서 점심식사를 마치고 수필가 강석호 선생과 둘이서 조용한 레스토랑에 앉아 흑해를 바라보며 콜라를 마셨다. 필자는 담배도 한 갑 주문했는데, 콜라 두 잔 값과 담배 한 갑 값을 합쳐 3,000레바를 지불했다. 우리 돈으로 환산하면 약 2,400원 꼴인데 물가가 비교적 싼 편이라고 하겠다.

레바 대 우리 돈의 환율은 1 대 0.8이다. 따라서 현지 화폐 금액에 0.8을 곱하면 우리 돈과 비슷한 금액이 나온다. 가령 화장실 사용료는 1인당 200레바인데, 우리 돈으로 환산하면 160원 꼴인 셈이다.

우리는 데세바비치를 떠나 바르나를 거처 18:00 경 다시 알베나의 게르가나비치호텔에 도착했다. 우리가 묵고 있는 알베나도 넓게 보면 바르나에 속한 지역이라고 하겠다.

그런데 이곳 지명은 잘 기억되지 않는다. 취재 수첩을 가지고 열심히 필기를 하면서 관광하고 있지만, 그것만으로는 정확한 표기를 기대하기 어려운 실정이다. 요컨대 관광 가이드북이 없기 때문인 것이다.

데세바비치에서 돌아온 뒤에는 숙소, 즉 게르가나비치호텔에서 잠시 휴식을 취했다. 한눈에 들어오는 흑해의 전경이 그림보다도 더 아름답다. 짓푸른 바다 위로 갈매기, 제비들이 어지럽게 날아다는 데다 마침 흰 요트 한 척이 떠 있었다. 갈매기와 제비들이 발코니까지 날아와 금방이라도 손에 잡힐 것 같다. 이곳 제비들은 동체 꼬리 부분에 흰 띠를 두르고 있는 것이 큰 특색이다.

특히 필자의 방 803호(B) 앞 발코니 천장 모퉁이에는 제비가 집을 짓고 새끼를 쳤는데, 제비집에서 새끼 제비들이 재재골거리는 모습을 지켜보고 있노라면 기분이 좋아진다. 뭔가 길조吉兆라고 생각되기 때문인 것이다.

그런데 발코니에 나가면 엄마 제비, 아빠 제비가 혹여 제 새끼를 해치지나 않을까 걱정하는 경계가 대단하다. 새끼를 사랑하기 때문에, 그리하여 그들은 새끼들의 안위를 책임져야 하기 때문에 그처럼 노심초사하는 것이다. 자식이 다칠까 봐 걱정하는 것은 인간이나 다른 동물이나 다를 바 없다고 하겠다.

저녁에는 인근에 있는, 이곳 불가리아인이 경영하는 한 중국음식점에서 식사했다. 중국인은 없으나, 음식점은 중국풍 그대로 연출돼 있었다. 이곳에 머무는 동안 중국인은 한 사람도 만나지 못했다. 그 음식점 안에는 불가리아인들이 식사를 하고 있었다. 그동안 우리를 위해 수고해 준 알베나 관광 회사의 버스 운전기사 미스터 스테판과 그 가족들도 중국 음식을 즐기고 있었다.

식사 후에는 해변 백사장에 나가 바람을 쐬었다. 열나흘 달이 휘영청 밝았다. 파도 소리는 밤이 깊어지면서 더욱 선명해지고 있었다.

오늘은 서광수(보니파시오) 형제 댁에서 레지오 마리애 주회가 열리는 날인데, 이렇게 남의 나라에 와 있어서 부득이 불참할 수밖에 없는 실정이다. 교우들이 그립다. 아무쪼록 좋은 주회가 되기를 빌어마지않는다.

술을 마시지 않으니까 매우 좋다. 얼마 전 '9일기도'를 시작하면서 술을 입에 대지 않기로 작정한 이후 그것을 실천에 옮기고 있다.

마침내 일행들 중에서 K, J가 소외되기 시작했다. 그들은 출국하던 날부터 괜히 잘난 체 하더니 급기야 일행들로부터 미움을 사게 된 것이다. 왜 그렇게 처신해야 하는지 답답하기 짝이 없다. 아무쪼록 서로 양보하고 용서하는 분위기가 조성됐으면 좋겠다.

7월 8일(수) 맑음, 비

조찬을 마치자마자 아침 일찍 알베나를 출발, 온종일 이 나라 국토를 횡단하면서 소피아로 달렸다. 오는 도중 평원을 지나 산맥을 넘었다. 대체로 맑은 날씨였으나, 이따금 소나기가 내리곤 하였다. 마치 열대 지방의 스콜을 연상케 하였다.

중간에 트로노바를 둘러보았다. 그곳은 옛 왕도로서 성곽이 매우 견고한 건축술을 자랑하고 있었다. 그곳에 대한 자료는 별도로 수집하는 것이 좋을 듯하다.

우리는 소피아에 도착, 쉐라톤호텔에 여장을 풀었다. 시내의 한인식당에서 저녁식사를 마치고 호텔로 돌아오자 자정이 넘었다. 너무 피곤하여 일기를 줄이기로 한다. 오늘은 이 나라 국토를 횡단하면서 자연 풍광을 섭렵했다는 데 큰 의의가 있다고 하겠다.

오늘에서야 비로소 불가리아 지도 한 장을 구했다. 호텔에서 파는 지도를 산 것이다. 이 지도를 보고서야 우리가 다닌 길을 어느 정도 감지할 수 있었다.

7월 9일(목) 흐림

아침 일찍 일어나 대우−불가리아 측에서 제공한 승합차 편으로 소피아 교외로 이동했다. 그곳에 리라산이 있었다. 우리는 2개조로 나누어 한 조는 본격적인 등산에 나섰고, 등산에 자신이 없는 분들은 그 대신 시내 관광에 나서기로 하였다.

필자는 등산조에 참여키로 하고, 리라산 입구까지 승합차 편으로 이동한 뒤 그곳에서 본격적인 등산을 시작하였다. 리라산은 해발 2,800미터의 고산으로, 산 정상에는 만년설이 쌓여 있다.

우리는 앞서거니 뒤서거니 산을 오르기 시작했다. 등산로는 비교적 평탄했다. 일행의 대부분이 등산 장비를 갖추지 않은 상태였으나, 산을 오르는 데는 별 지장이 없었다. 필자의 경우 신발은 등산화가 아닌 단화를 신고 있었는데, 등산로가 비교적 순탄하여 별 불편을 느끼지 않았다. 그저 가벼운 마음으로 오를 수 있는 산이었다.

차가 닿는 곳에 베이스캠프가 있고, 중턱에는 군데군데 산장이 있었으며, 드문드문 외딴 민가도 나왔다. 쭉쭉 뻗어 올라간 적송赤松이며, 삼나무가 하늘을 찌를 듯했다.

나무가 이처럼 잘 가꾸어져 있다니 놀라웠다. 중턱으로 올라가면 올라

갈수록 울울창창한 산림이 수해樹海를 이루고 있었다. 그런 산림 사이에는 엉겅퀴꽃이 지천으로 피어 있었다.

우리는 점심을 굶어야 했다. 현지 가이드와 소통이 이루어지지 않은 탓이었다. 대우-불가리아 측의 G 부장은 우리를 베이스캠프까지만 안내해 주고 돌아갔는데, 현지 가이드는 우리의 점심에 대해서는 아는 바 없다고 잡아떼는 것이었다.

짐작컨대 G 부장이 현지 가이드에게 식대 등 충분한 비용을 제공하지 않고 등산 안내에 따른 수고비만 지급한 모양이었다. 그렇지 않다면, 현지 가이드가 뭔가 착각을 했는지도 모를 일이다.

어쨌든 우리는 점심도 쫄쫄 굶은 채 정상을 향해 올라갔는데, 위로 올라갈수록 기온이 쑥쑥 낮아져 추위를 감당할 길이 없었다. 우리 일행은 대부분 평상복 차림이었으므로 오들오들 떨면서 정상에 도전했다.

정상이 가까워지자 호수가 나타났다. 본래 이 산 정상 부근에는 일곱 개의 호수가 있다고 하는데, 우리는 그 첫 번째 호수에 도착한 것이다. 호수 부근에는 외지에서 원정 나온 산악인들의 등산 장비를 싣고 올라온 말들이 물을 마시거나 풀을 뜯으며 한가로운 시간을 보내고 있었다.

호수 주위에는 이끼 등 고산 식물 일색이었고, 그보다 높은 언덕에는 군데군데 빙벽이 흩어져 있었다. 빙벽 주위에는 만년설이 주욱 이어져 있었다.

우리는 호수 옆 산장에서 꽁꽁 언 몸을 녹였다. 실내로 들어가 따끈한 커피 한 잔과 초콜릿 한 개씩 나눠 먹자 추위가 다소 풀리는 것이었다.

그곳에 도착해 있던 외지의 산악인들은 우리를 이상한 눈길로 바라보고 있었다. 그들은 튼튼한 장비를 갖추고 이곳까지 올라왔지만, 우리는 평상복 차림으로 이 고지대까지 올라왔으므로 비정상적인(?) 인간들로 보이는 모양이었다.

하기야 우리의 산행은 무모한 도전이라 해도 과언이 아니었다. 그 엄청난 산을 오르면서 장비도 갖추지 않은 평상복 차림인 데다 간식거리조차 준비하지 않은 '맨손'으로 나섰기 때문이었다. 특히 신세훈 선생 같은 분은 반바지 차림으로 산행에 나섰던 것이다.

이와 관련, 필자는 수년 전 국내에서 겪었던 일련의 시행착오를 떠올리지 않을 수 없었다. 벌써 십여 년 전의 일이었다. 아산군(현재는 아산시) 송악면 외암리에서 고시 준비 중이던 A씨와 함께 저녁 늦게 출발, 천안시 광덕면 광덕리로 가기 위해 광덕산에 오른 적이 있었다.

그때 우리는 광덕산 정상에서 큰 위기를 만났다. 당초 우리의 예정과는 달리 우리가 정상에 올랐을 때, 해가 꼴깍 넘어갔기 때문이었다. 우리는 사경을 헤매며 송악면 외암리로 되돌아 왔는데, 하산 직후에는 장대 같은 소나기가 쏟아지는 것이었다. 만약 한 시간만 더 산에서 헤맸더라면 목숨을 잃고 말았을 것이다.

우리가 리라산 정상에 도착, 산장에 머무는 동안 하늘에 구름이 몰려오기 시작했다. 언제 소나기가 퍼부어댈지 모르는 상황이었다. 더욱이 우리는 우비雨備를 준비하지 않아 더 걱정하지 않을 수 없었다.

우리는 서둘러 하산하기로 결정했다. 내려오는 길에도 추워서 몹시 혼났다. 체온을 올리기 위해 평소보다 훨씬 빠른 속도로 발걸음을 재촉했으나, 워낙 산이 높은 데다 산림이 울창하였고, 더욱이 이따금 가랑비가 내렸으므로 기온 자체가 낮아 체감 온도는 한결 낮은 느낌이었다.

굳이 겨울 산행이라고 말할 수는 없지만, 한겨울을 방불케 할 정도로 온몸이 오들오들 떨렸다. 모름지기 산에 오르거나 물에 들어갈 때에는 일단 자연에 대한 외경심이랄까 두려움 같은 것을 가지고 출발해야 하는데, 우리는 헐렁한 여름 옷차림 그대로 산에 올라 이를 딱딱거리며 추위에 떨지 않으면 안 되었다.

더군다나 점심조차 걸렀기 때문에 추위를 견디기가 더 고통스러웠다. 바람 끝은 차갑고, 배는 고프고…. 그야말로 우리는 이중, 삼중의 고통을 감내하여 하산의 발길을 재촉했다.

특히 최근 잇따라 소나기가 내려 군데군데 계곡마다 급류가 흘러내리고 있었다. 그런 곳에는 쓰러진 거목으로 외나무다리가 설치돼 있었다. 우리는 그런 외나무다리를 건너는 등 각종 위험과 싸우며 무사히 하산하였다.

자동차가 닿는 곳, 즉 오전에 출발했던 산장, 즉 베이스캠프에 도착했을 때는 일행 모두가 축 늘어져 있었다. 우리는 그곳에서 햄버거 한 개와 커피 한 잔으로 허기를 달랜 뒤 승합차에 올라 시내로 돌아왔다.

저녁에는 일행이 대사 관저를 방문, 이석조 대사 주최 만찬에 참석했다. 쌀밥, 김치, 메밀묵, 오이김치 등 맛깔스런 음식이 구미를 돋구었다. 당초 가든파티가 예정돼 있었으나, 비가 오락가락하는 바람에 우리는 실내로 자리를 옮겼다.

그런데 실내에는 다소 좌석이 부족했다. 만찬이 진행되는 동안 비가 그쳤으므로 필자는 대사 내외와 함께 다시 정원으로 자리를 옮겨 식사했다. 이석조 대사는 격의 없이 대화할 수 있는, 오랜 지기知己 같은 인상으로 다가왔고, 우리는 화기애애한 분위기 속에서 만찬을 즐겼다.

만찬을 마치고 다시 쉐라톤호텔로 돌아왔다. 낮에 너무 떨었기 때문에 몹시 피곤했다. 내일을 위해 일찍 몸을 눕히기로 한다.

7월 10일(금) 맑음

오전에 시내의 주요 관광 명소를 일별했다. 옛 공산당 중앙당사를 비롯, 대통령궁, 소피아 성당을 돌아보았다. 오후에는 백화점에 들러 이것저것 상품들을 눈여겨보았다. 한데 이 나라에서 생산된 제품은 전혀 찾아볼 수가 없었다. 오죽하면 담배까지도 수입품 일색이었다.

소설가 김지연 선생의 호의로 가족들에게 줄 작은 선물을 샀다. 아내와 딸들에게 줄 선물로 립스틱 한 개, 목걸이 세 개를 골랐다. 가난한 가장으로서 겨우 싸구려 물건을 살 수밖에 없었다. 하기야 돈이 남아돈다 해도 외국에 나와 외화를 낭비하고 싶은 생각은 추호도 없었다. 지난날에 그랬던 것처럼 외화를 한푼이라도 절약하기 위해 안간힘을 쓰고 있는 것이다.

그러나 아무리 절약해도 소슬찮게 외화가 축나고 있다. 예컨대 팁, 물값, 차값 등 야금야금 쓰는 돈인데도 그 합계는 적지 않다. 말하자면 가랑비에 옷 젖는다고 할까, 하여간 돈이란 자기도 모르는 사이 축나게 마련인 모양이다.

하긴 일행 중 다른 분들에 비하면 필자는 전혀 외화를 쓰지 않는 셈이다. 오늘 현재 사용한 금액은 50달러 미만인 것이다.

저녁에는 우리가 체류하고 있는 쉐라톤호텔의 국제회의장에서 한-불가리아 공동 주최 '문학의 밤' 행사가 있었다. 이는 이번 여행의 메인이벤트로서, 한-불가리아 양국 문인들이 공동으로 개최하는 최초의 문학 행사라는 점에서 큰 의미를 갖는 것이었다.

불가리아 정부 측에서 문화성 차관이 대표로 나왔고, 우리나라 정부를 대표하여 이석조 대사가 자리를 빛내 주었다. 그밖에도 이 자리에는 불가리아의 문인들이 대거 참석하였다.

'문학의 밤' 행사는 양국 시인들이 시를 낭송하는 것으로 진행되었다. 이를 위해 이미 우리나라 시가 불가리아어로 번역되어 출판된 바 있지만, 우리나라 시인들이 시를 낭송하면 소피아대학의 최건진 교수가 통역했다.

불가리아 시인들이 시를 낭송할 때에는 역시 최 교수가 우리말로 통역해 주었다. 이렇듯 한—불가리아 양국 시인들이 시를 통해 문화 교류를 가질 수 있었던 것은 양국의 우호 증진은 물론 우리 문학의 세계화라는 점에서 아주 바람직한 일이었다.

행사를 마치고 만찬이 있었다. 우리는 불가리아 측 문인들과 여러 테이블에 뒤섞여 즐거운 환담을 나누다가 호텔 객실로 올라왔다.

7월 11일(토) 맑음

일행은 08:15 관광버스 편으로 쉐라톤호텔을 출발했다. 관광버스는 대우—불가리아에서 전세 낸 것으로, 알베나 도착 이후 우리는 이동할 때마다 줄곧 이 버스를 이용하고 있다. 운전기사 미스터 스테판은 콧수염을 기른 30대 청년으로 운전 솜씨가 매우 노련했다.

우리는 굽이굽이 이어지는 협곡을 달리다가 리라성에 들렀다. 리라성은 사방이 산으로 둘러싸인 협곡에 자리 잡고 있었는데, 어떤 전란에도 점령된 적이 없었다고 한다. 그만큼 이 성은 천연 요새에 자리 잡고 있었던 것이다.

성 안에는 오랜 역사를 가진 고색창연한 성당이 있었다. 그 성당은 마치 공주 마곡사麻谷寺를 연상케 하였다. 주변 산세나 성당의 위치 등 모든 분위기가 그런 인상을 자아내는 것이었다. 성물방에서 30레바짜리 양초를 구입하여 예수님과 성모님 앞에 촛불을 밝혔다.

성곽 어귀로 되짚어 나오다가 우리는 이곳 특산품으로 알려진 꿀을 사기로 하였다. G 부장의 설명에 의하면, 불가리아 꿀은 전통적으로 알아준다는 것이었다. 하기야 자연이 훼손되지 않은 데다 온갖 꽃이 지천으로 널려 있어 소위 가짜 꿀이 있을 리 없고, 생산량도 많아 가격이 저렴할 수밖에 없다고 판단되었다.

우리는 10:15 다시 그곳을 떠났다. 버스가 출발한 직후 일행 중 K씨가 돌연 위경련을 일으켜 우리를 당황케 하였다. 그는 이스탄불 도착 직후부터 말썽을 부려 일행들의 눈살을 찌푸리게 했는데, 종당에는 위경련까지 일으킴으로써 일행에게 심려를 끼치고 있었던 것이다.

소피아에서부터 승용차 편으로 우리를 에스코트해 주던 G 부장이 진땀을 흘리며 그를 싣고 어디론가 달려갔다. 우리는 그들이 돌아올 때까지 발목이 잡혀 길에서 시간을 보내지 않을 수 없었다.

이곳은 산간이어서 병원이 있을 리 만무했다. 우리는 혹여 일이 잘못되는 것이 아닌가 싶어 몹시 걱정했다. 나중에 자세히 알게 된 일이지만, 문제의 K씨는 인근 어느 화장실에 들러 용변을 보고 뒤틀리는 속을 가까스로 진정시켰다는 것이다.

그러나 그가 다시 돌아올 때까지 나머지 일행은 여간 걱정한 것이 아니었다. 남의 나라에 와서 큰 병을 얻었다면 보통 일이 아니기 때문이었다. 한데 개중에는 그의 발병을 고소하게 생각하는 사람도 없지 않았다. 그동안 그가 너무 설레발을 치면서 여러 사람의 심기를 건드려 놓았기 때문이었다. 그럼에도 불구하고 K씨가 무사히 돌아와 일단 한숨을 돌릴 수 있었다.

우리는 국도로 나와 G 부장과 작별하였다. G 부장은 불가리아에 남아 다시 근무를 해야 하기 때문에 소피아로 돌아갔고, 우리는 미스터 스테판이 운전하는 전세버스 편으로 그리스를 향해 달려가기 시작했다.

우리는 정확히 13:14 마침내 국경 지대에 도착하였다. 국경에는 양국을 가르는 철조망이 도로 좌우로 높고 길게 이어져 있었다. 문득 우리나라의 전방 군사분계선에 이른 듯한 기분이었다. 어쩌면 양국 사이에 불법으로 월경越境하는 사람들이 많아 그처럼 철조망을 쳐놓았을지도 모른다는 생각이 들었다.

우리가 불가리아에서 이곳까지 달려온 도로는 더프니카(Dupnica), 블라고에바르드(Blagoevgrad)를 잇는 국도로서 국경의 작은 마을은 쿨라타(Kulata)였다.

우리는 출입국관리사무소에서 출국 심사를 마친 뒤 다시 그리스 영토로 들어서서 입국 심사를 받았다. 국경을 넘는 각종 차량들이 길게 줄지어 늘어서서 수속을 밟고 있었다.

국경을 통과하자 그리스의 산과 들이 시야에 들어왔다. 이제까지 보아 왔던 불가리아의 산야와 별로 다를 바 없었지만, 도로 포장이나 이정표 등 각종 시설들은 불가리아와 비교할 바가 아니었다. 그리스는 역시 불가리아보다 훨씬 높은 수준을 보여 주고 있었던 것이다.

불가리아가 아직 개발도상국에 머물고 있는 반면, 그리스는 역사와 전통을 자랑하는 선진국으로서, 작은 시설물에서도 국력의 차이를 엿볼 수 있었다. 그리스의 농촌은 평화롭게 보였다. 세계 어디를 가든 농촌 풍경이야 평화롭게 보이는 것이 인지상정人之常情이지만, 훼손되지 않은 자연이며 잘 가꾸어진 나무들이라든가 어쨌든 그리스의 농촌 풍경은 짐짓 고향에 돌아온 듯한 정감을 안겨 주었다.

우리는 점심도 거른 채 강행군을 계속, 17:00 경에야 도로변의 어느 허름한 음식점에서 허기를 달래며 뒤늦은 점심을 먹었다. 해가 뉘엿이 기우는 것을 보면서 우리는 다시금 발길을 재촉하지 않을 수 없었다.

미스터 스테판의 관광버스는 그리스의 국도를 따라 달리다가 어느 고속도로로 들어서서 질주했다. 어느덧 해가 져서 주위에는 땅거미가 내리고 있었다. 얼마쯤 달렸을까, 데살로니키(Thesaloniki)라는 이정표가 보이는가 했더니, 버스는 다시 국도로 들어서서 계속 달려가고 있었다.

이제 길을 안내할 사람은 아무도 없었다. G 부장과 헤어진 이후 우리는 모든 것을 스테판에게 의지할 뿐이었다. 그런데 스테판은 길을 잘못 들어서서 엉뚱한 길을 달리고 있는 듯했다. 왜냐하면 약 한 시간 전에 지나쳤던 데살로니키가 다시 나타났기 때문이었다.

선무당이 사람 잡는다는 말도 있지만, 필자는 이 나라 지리에 까막눈이면서도 도로에 서 있는 이정표만은 똑바로 보아왔다. 그러나 가이드도 없이 무작정 나선 우리로서는 스테판에게 항의할 수도 없는 입장이었고, 설령 항의를 한다 한들 역시 길을 잘 모르는 스테판이 무엇을 어떻게 할 것인가.

불가리아의 소피아에서 그리스 아테네까지는 약 850킬로미터인 것으로 알려져 있다. 하지만 중간에 지름길을 잃고 헤매는 바람에 우리는 더 골탕을 먹지 않을 수 없었다.

우리는 머나먼 버스 여행을 거쳐 아테네 시내로 들어선 뒤에도 숙소로 지정된 프레지던트호텔을 찾느라 갈팡질팡하였다. 스테판은 이 길 저 길로 버스를 운전하였고, 일행은 창밖으로 눈길을 던지면서 프레지던트호텔 간판을 애타게 찾았다.

우리는 드디어 새벽 02:20 프레지던트호텔을 찾는 데 성공하였다. 그러니까 11일 오전 08:14에 출발하여 12일 새벽에야 아테네의 숙소에 도착한 것이다. 우리가 불가리아의 소피아를 출발하여 이곳까지 오는 데 약 18시간이 소요된 셈이다.

물론 중간에 리라성 관광이 있었고, 꿀 사는 시간, K씨의 위경련, 국경

통과, 뒤늦은 점심식사 등 지체된 시간이 있었던 것도 사실이었다. 그러나 이처럼 많은 시간이 걸린 데에는 스테판이 중간에 길을 잘못 들어 엉뚱한 길로 헤맨 시간이 적지 않은 탓이었다.

호텔에 도착했을 때, 현지 가이드도 보이지 않았다. 당초 G 부장은 그리스에서 우리를 안내해 줄 가이드를 위촉해 놓고 있었는데, 프레지던트 호텔에서 기다리기로 했던 현지 가이드는 그림자조차 찾을 길이 없었다.

김여옥 시인이 전화로 비상 연락을 취했다. 그러자 현지 가이드가 뒤늦게 나타났다. 그는 우리를 눈이 빠져라 기다리고 있다가 예정된 시간이 훨씬 지나도록 우리 일행이 나타나지 않음으로써 집으로 돌아갔던 것이다.

어쨌든 이번 여행에서는 모든 일이 꼬이기만 했다. 어느 것 한 가지 매끄럽게 진행되는 것이 없었다. 일행 중에는 노골적인 불만을 토로하는 사람도 있었지만, 그러나 우리들의 이번 여행은 어차피 시행착오를 각오하지 않을 수 없었다.

그만큼 당초부터 집행부의 업무 추진 방식이 허술했고, 현지 관계자들의 협조 또한 엉성하게 진행된 것이 사실이었다. 그나마 이번 여행의 메인이벤트라 할 수 있는 한—불가리아 '문학의 밤' 행사만이라도 차질 없이 치른 것이 다행이라는 생각이 들었다.

7월 12일(일) 맑음

08:00에 기상했다. 허둥지둥 식사를 마치고 로비에 집결했으나, 운전기사 스테판이 보이지 않았다. 버스는 주차장에 주차돼 있었지만, 어떻게 된 일인지 운전기사는 오리무중五里霧中이었다. 이번 여행 중에는 이상하다 싶을 정도로 시행착오가 많은데 문제의 본질은 소통이 원활하지 못한 탓

이다.

　운전기사는 10:30 경에야 어슬렁어슬렁 나타났다. 그는 다른 호텔에 가서 잠을 잤고, 우리와의 약속 시간도 어긴 채 뒤늦게 나타난 것이었다. 그러나 어느 누구도 불가리아어를 알지 못했으므로 항의할 수도 없는 입장이었다. 특히 스테판은 영어를 한마디도 알아듣지 못하기 때문에 더욱 난감하기 짝이 없었다.

　현지 가이드도 뒤늦게 나타났다. 어젯밤에 우리 일행, 가이드, 운전기사가 정확히 시간 약속을 했더라면 이런 일이 없었을 텐데 모두가 서툴게 일을 진행하는 바람에 또다시 엄청난 시간 누수가 생긴 꼴이었다.

　어쨌거나 우리는 금싸라기 같은 시간 손실을 감수하면서 다시 관광버스에 올랐고, 아크로폴리스, 파르테논 신전, 고린토 운하와 그 일대를 살펴보고 돌아왔다. 천주교 신자의 한 사람으로 성지 고린토 지역을 돌아본 것은 큰 수확이었고, 그런 점에서 매우 뜻깊은 여행이라 생각되었다.

　오늘은 명원이 생일이다. 지난해에는 해군 순항훈련을 참관하느라 바다에서 윤정이, 효정이 생일을 맞이하며 그 아이들과 식사 한 끼 나누지 못하는 것을 몹시 애석해 했었는데, 이번에는 명원이 생일을 이런 식으로 보내게 되었다. 공교롭게도 세 아이의 생일을 바다에서, 또는 해외 남의 땅에서 맞이한 것이다.

　저녁에는 인근 한인식당에서 한식으로 만찬을 들었다. 맛은 대단한 것이 아니었지만, 그럼에도 불구하고 모처럼 된장찌개를 먹음으로써 속이 한결 개운해지는 느낌이었다.

　한편, 소피아 쉐라톤호텔에서부터 두 사람이 공동으로 침실을 사용하고 있는데, 필자는 줄곧 이상훈 시인과 방을 함께 쓰고 있다. 그는 이번 여행의 일행 중 가장 젊은 문인으로 매너가 아주 좋은 노총각이다. 여간 다행이 아닐 수 없다.

연일 과로한 터라 저녁에는 입술이 부르텄다. 끼니를 거르고 잠을 설치면서 무리한 행보를 거듭했기 때문에 지칠 만큼 지친 것이다.

7월 13일(월) 맑음

02:00에 일어났다. 캄캄한 새벽이었다. 당초 일정표에는 07:00에 기상, 17:00까지 이스탄불 공항에 도착하기로 되어 있었으나, 이 같은 계획은 아주 위험하다는 문제 제기가 있었기 때문이었다.

스테판이 길을 잘 안다면 몰라도, 그렇지도 않은 상황에서 아테네에서 이스탄불까지의 소요 시간을 10시간으로 계산한 것은 어느 모로 보나 큰 착오라고 판단되었던 것이다.

일행은 어제의 피로도 잊은 채 꼭두새벽에 일어나 여장을 챙겼고, 프레지던트호텔 로비에 집결하였다. 지난 며칠 동안 강행군을 거듭한 터라 모두 피로한 기색이 역력하였고, 특히 소설가 김지연 선생을 비롯한 여성 문인들은 얼굴이 부숭부숭한 형편이었다.

그런데 또다시 문제가 발생했다. 운전기사가 보이지 않는 데다 가이드까지 나타나지 않는 것이었다. 새벽잠을 설치고 일어났지만, 운전기사가 나타나지 않음으로써 우리의 일정에 다시금 착오가 생긴 것이다.

운전기사 스테판은 03:30 쯤에야 꾸물꾸물 나타났다. 가이드는 끝내 보이지 않았으므로 우리들은 서둘러 버스에 올랐다. 요컨대 갈 길이 바쁘기 때문이었다.

버스는 곧 그곳을 떠나 지중해를 끼고 끝도 없이 질주했다. 두어 시간에 한 차례씩 소변을 보기 위해 노상에 정차한 것을 제외하고, 버스는 쉴 사이도 없이 앞으로 집어삼킨 도로를 뒤로 밀어내면서 계속 달렸다.

이윽고 먼동이 터서 날이 밝아왔을 때, 우리는 어느 도로변의 이동식 패스트푸드점을 발견했다. 그 간이 패스트푸드점은 트럭 적재함을 이용해 만든 점포였다.

우리 일행은 햄버거와 콜라를 사들고 야전군처럼 길거리에 주욱 늘어앉아 아침식사를 때웠다. 개울 건너에는 목화밭이 널따랗게 펼쳐져 있었다. 우리는 개울을 건너 목화밭으로 달려가 소변도 해결했다.

일행은 버스가 이동하는 동안 도로변의 이정표와 지도를 대조해 보면서 우리의 이동 경로를 점검해 보곤 하였다. 우리는 지중해 연안을 따라 그리스를 일주하고 있는 셈이었다.

지난번 이스탄불에서 소피아로 이동할 때에는 불가리아 영토를 완전히 횡단했으나, 이번에는 지중해 연안을 따라 그리스 영토를 한 바퀴 일주하는 셈이었다.

길은 가도 가도 끝이 없었다. 과거 중국을 방문했을 때, 하얼빈에서 장춘까지 열차 편으로 이동한 적은 있었지만, 자동차를 이용해 이처럼 먼 육로를 달려 보기는 이번이 처음이었다.

아테네에 머무는 동안 필자는 가로수로 조성돼 있는 뽕나무들을 보면서 놀라움을 금치 못했다. 어쩌면 저 옛날 실크로드를 따라 중국의 뽕나무가 이곳까지 전해지지 않았나 생각되기도 하였다.

그런데 그리스의 농촌에서는 올리브, 목화, 옥수수, 해바라기를 집중적으로 재배하고 있었다. 지난번 불가리아 국토를 횡단할 때에는 그 어마어마한 해바라기 농장, 밀 농장을 보고 입을 다물지 못했으나, 그리스의 농촌은 또 다른 풍경을 연출하고 있었던 것이다.

우리 일행은 데르모필레(Thermopile), 라미아(Lamia), 이아리사(Iarisa),

데살로니키(Thessaloniki), 드라마(Drama), 카발라(Kavala), 코모티니(Komotini), 페랄(Ferral)을 경유하여 그리스-터키 국경에 도착하였다. 그리스 쪽 국경은 한가롭고 평화로운 농촌 마을이었다.

스테판은 그리스의 출입국관리사무소에서 출국 수속을 밟았다. 그가 버스를 세워 놓고 출국 수속을 밟는 동안 우리는 근처를 배회하며 한적한 국경의 민가들을 기웃거렸다.

농가에는 청포도 나무들이 드문드문 서 있었는데, 포도 알이 싱그럽게 매달려 있었다. 우리는 손에 닿는 포도 알을 따 입에 넣어 보기도 했다. 포도 알은 아직 덜 익은 상태였지만, 이곳 포도는 달면서도 시지 않은 독특한 맛으로 다가왔다.

포도송이에는 포도 알이 듬성듬성 박혀 있었다. 그렇기 때문에 포도송이 자체는 별로 탐스러운 것이 못 되었지만, 어쨌거나 말갛게 속까지 들여다보이는 포도 알 자체는 매우 인상적이었다.

우리는 그리스 국경을 통과하여 작은 다리를 건넜다. 그러자 그곳에는 형형색색의 자동차들이 터키 입국 수속을 밟느라 길게 줄지어 있었다. 차라리 그곳은 대형 주차장을 방불케 하였다.

뙤약볕이 쏟아지고 있었다. 필자는 이곳에서도 지중해성 기후의 특성을 피부로 느낄 수 있었다. 햇볕은 따갑지만, 일단 그늘 밑으로 들어서면 그런대로 시원함을 느낄 수 있기 때문이었다. 요컨대 햇볕이 강렬한 대신 습도가 낮아 이런 현상이 나타나는 것이다.

터키 입국 수속을 밟는 데에는 꽤 오랜 시간이 필요하였다. 스테판의 버스가 그리스 국적이었다면 이처럼 애를 먹지 않았을 텐데, 터키 사람들은 은연중 불가리아 사람들을 경계하고 멸시하는 모양이었다.

하기야 터키는 오랜 세월 자유 진영으로 존속해 왔고, 불가리아는 소련의 위성 국가로서 공산주의를 고수해 온 나라가 아니던가. 더욱이 두 나라는 인접 국가이기 때문에 영토 분쟁 등 과거사의 앙금이 그대로 남아 있는 모양이었다.

어쨌든 터키의 출입국관리사무소 관계자들은 스테판을 이만저만 골탕 먹이는 것이 아니었다. 결국 스테판은 터키 사람들에게 얼마간의 뇌물을 주고서야 국경을 통과할 수 있었다. 지난번 터키에서 불가리아로 입국할 때에는 그런 수모를 당하지 않았었는데, 이번에는 출입국관리사무소의 관계자들이 어떻게 까다롭게 구는지 국경 통과 수속을 밟는 데만 무려 두 시간 이상 소요되었다.

스테판은 인내력이 대단한 사람이었다. 그는 터키 사람들이 무슨 모욕을 주더라도 꿋꿋이 참아 내고 있었다. 터키 사람들은 아무런 잘못도 없는 스테판을 마치 풀 먹은 개 나무라듯 '조져대는' 것이었지만, 그러나 스테판은 군말 없이 그들의 오만과 무례를 수용하는 것이었다.

어쨌든 우리는 그런 우여곡절을 거쳐 터키 땅으로 들어설 수 있었다. 스테판은 다시 이스탄불을 향해 달리기 시작하였다. 점심도 거른 채 우리는 달리고 또 달렸다. 어느덧 해가 져서 어두워지고 있었다.

우리가 이스탄불 국제공항 부근 클래식파크호텔(Classic Park Hotel) 앞에 도착했을 때에는 18:00이 훨씬 지나 있었다. 그러니까 우리는 약 15시간 동안 달려온 것이다.

그곳에는 G 부장의 부인이 집에서 준비한 김밥을 가지고 와 기다리고 있었다. 우리는 그곳에서 다른 중형 버스로 갈아탔고, 이제까지 며칠 동안 수고해 준 스테판과 작별했다.

신세훈 선생과 김여옥 시인이 스테판에게 얼마간의 팁을 주었는데, 스테판은 고마워서 어쩔 줄 모르는 것이었다. 그는 어느 모로 보나 성실한 사람이었다. 인내심도 대단했지만, 그의 운전 솜씨는 가위 달인의 경지라 해도 과언이 아니었다. 우리는 그동안 그의 운전 실력에 탄복했던 것이다.

우리는 공항으로 가는 버스 안에서 김밥으로 허기진 배를 채웠다. 말하자면 점심 겸 저녁식사를 해결한 셈인데, 식사 후에는 갈증을 이기지 못해 연신 물을 들이켰다. 집을 나서면 고생인 것이다.

어쨌든 우리는 공항에 도착, 출국 수속을 마친 뒤 대합실에서 잠시 휴식을 취했다. 그러고 나서 서울행 아시아나 항공기에 올랐다. 여러 모로 유익한 여행이었다. 특히 신세훈 선생과 김여옥 시인의 노고가 컸다.
(1998)

제4부
인생의 변곡점

인생의 변곡점

 1996년이었다. 아기를 가진 아내의 몸이 무거워지고 있었다. 만삭을 앞두고 이런저런 걱정이 앞섰다. 필자는 46세, 아내는 45세였다. 큰딸과 작은딸은 어느덧 고등학교에 다니고 있었다. 늦둥이 아기를 낳아 어떻게 키우고 가르칠 것인가를 생각하면 여러 번민들이 종횡으로 꼬리를 물었다.

 일단 교육 보험에 가입했다. 만일 내가 불의의 사고를 당한다 해도 아기의 교육만은 보험 회사가 책임지도록 안전 장치를 마련했다. 최우선적인 조치였다. 필자의 경우 어린 시절 연로하신 부모님 슬하에서 성장한 터라 제대로 공부하기가 어려웠다. 한창 학업을 닦아야 할 나이에 가장 역할을 맡아야 했으니 그 비애란 이루 말할 수가 없었다.

 사실 그때의 아픈 경험을 들추지 않더라도 곧 태어날 아기의 교육 문제를 심각하게 고민하지 않을 수 없었다. 아무리 생각해도 반드시 교육 보험을 들어둘 필요가 있었다. 혹자는 그게 뭐 대수냐고 말할지 모르지만 내게는 결코 쉬운 일이 아니었다. 매월 불입해야 할 보험료가 가장 큰 문제였다.

필자는 인생의 대부분을 전업작가로 살아왔다. 하지만 인기 작가가 못 되는 터라 생활이 항상 불안정했다. 무엇보다도 고정 수입이 없었다. 따라서 섣불리 보험을 들거나 은행 대출을 받을 형편이 못 되었다. 매월 이자를 감당할 능력이 없기 때문이었다. 직장인 같으면 고정적으로 나오는 월급이 있어 그 범위 안에서 보험도 들고 은행 대출을 받을 수 있으련만 별 볼일 없는 전업작가, 즉 수입이 일정치 않은 날품팔이에게는 보험이며 은행 대출이 그림의 떡일 뿐이었다. 사정이 이러한지라 아기를 위해 교육보험을 선택하기까지에는 비상한 각오와 결심이 필요했다.

그해 7월 12일 마침내 늦둥이 아들이 태어났다. 둘째딸과 무려 17년 터울이었다. 신선한 충격이었다. 과거 두 딸을 얻었을 때와 마찬가지로 아기의 탄생이 무척 신비롭게 느껴졌다. 그때 신의 계시인 듯 심경에 큰 파문이 일었다. 이 아기를 잘 키우려면 영육 간에 좀 더 건강하게 살아야겠다는 생각이 들었고, 뭔가 새롭게 변화하지 않으면 안 되겠다는 간절함이 내면에서 꿈틀거렸다. 무엇보다도 이리저리 뒤죽박죽으로 뒤엉킨 삶을 추스르고 크게 각성할 필요가 있었다.

이런 맥락에서 천주교에 입교하기로 작정했다. 사실은 중학교 때 성당에 나가 두어 달 교리 공부를 한 적이 있었다. 하지만 성당이 워낙 먼 데다 고학에 지쳐 중도에 포기하고 말았다. 그 뒤로 가끔 절에 다니며 예불도 드리곤 했지만, 그것만으로는 위안을 찾기가 힘들었다. 여러 가지 상념으로 골몰하다가 결국 천주교를 선택했다.

1997년 1월 5일 종로구 평창동 '피정의 집'에서 박귀훈(요한) 신부님으로부터 전격적인 세례를 받았다. 대부님은 원로 소설가 홍성유(토마스 모아, 1928~2002) 선생님이었다. 그때부터 필자는 프란치스꼬라는, 좀 더 정확히 말하자면 프란치스꼬 카라치올로라는 긴 세례명을 갖게 되었다.

신앙적으로 새롭게 태어난 인생의 변곡점이었다. 일생일대의 기쁜 날이었다.

참고로 살펴보자면 프란치스꼬 카라치올로 성인은 이탈리아의 주교님으로 성직자를 위한 수도회를 개창하고 청빈하게 살다가 애석하게도 짧은 생애를 마치신 분이다. 영명축일은 6월 4일이다. 필자의 생일은 음력으로 4월 그믐날인데, 태어나던 그해의 4월 그믐날을 양력으로 환산하면 6월 4일이 된다. 이에 따라 박귀훈 신부님께서 프란치스꼬 카라치올로 성인을 주보로 정해 주셨다.

아무튼 아기가 태어나기 전에는 교육 보험에 들었고, 아기가 태어난 뒤에는 이렇듯 종교에 귀의했다. 그 후 목5동성당에 교적을 올렸다. 그러고는 이듬해 10월 22일에는 본당에서 강우일(베드로) 주교님으로부터 견진성사를 받았다. 그때도 대부님은 홍성유 선생님이었다.

지극히 당연한 말이지만, 입교 이후 줄곧 즐겁고 행복한 신앙생활을 할수 있었다. 그동안 반장, 구역 총무, 구역장 등 소공동체 활동도 열심히 했다. 연령회 총무도 했고, 레지오 마리애에 들어가 쁘레시디움(Pr.) 간부를 두루 거쳐 꾸리아(Cu.) 단장까지 역임했다.

이 과정에서 1999년 7월 21일에는 과감히 술을 끊었다. 시도 때도 없이 엄청나게 퍼마시던 술을 벼락처럼 단칼에 끊어버리자 교우들은 물론 일가친척들까지 놀라자빠지는 것이었다. 하기야 누가 보더라도 해가 서쪽에서 뜰 만큼 경천동지할 일이었다.

돌이켜보면 늦둥이 아기의 출생을 전후하여 내 삶에는 교육 보험 가입, 천주교 입교, 금주 등 놀라운 변화들이 있었다. 특히 신앙생활을 통해 큰 축복과 은총을 누릴 수 있었다. 지난 20여 년 동안 냉담 같은 것은 해 본적이 없었다. 일찍이 초·중·고 통산 12년을 개근한 나의 사전에는 애당초

'냉담'이라는 단어가 존재하지 않는다. 오히려 세월이 흐르면 흐를수록 세례 받을 때의 그 초심이 더욱 단단해지는 느낌이다.

어느 사이엔가 대부님과 박귀훈 신부님이 돌아가셨고, 견진성사를 주신 강우일 주교님은 오래 전에 제주교구장으로 부임하셨다. 내 인생에 중대한 변곡점을 마련해 준 늦둥이 아기는 어느덧 어엿한 일류 대학생이 되어 군대까지 다녀와 복학했다. 교육 보험은 최근 만기가 지났고, 술은 한 번 끊어버린 뒤 한 방울도 입에 대지 않았다. 그랬다. 역시 천주교에 귀의한 것은 현명한 선택이었다. (한국가톨릭문인회 창립 50주년 기념문집. 2020)

내 성인 이야기

1997년 1월 5일 서울 종로구 평창동 소재 '피정의 집'에서 원로사제이신 박귀훈(요한) 신부님으로부터 세례를 받았다. 대부님은 원로 소설가이신 백파 홍성유(토마스 모아, 1928~2002) 선생님이었다. 이제 박 신부님도, 홍 선생님도 이승에서는 뵈올 수 없게 되었다. 대부님에 이어 박 신부님께서도 이미 선종하셨기 때문이다.

아무튼 그해 첫 주일이었던 그날 필자는 홍 선생님 내외분의 안내로 평창동 '피정의 집'에 가서 박 신부님을 찾아뵈었다. 그때 신부님께서 대뜸 생일을 물었다. 필자의 생일은 음력으로 4월 그믐날인데, 태어나던 해의 음력 4월 그믐날은 양력으로 환산할 경우 6월 4일이라고 말씀드렸다.

그러자 신부님께서 영문판인지 라틴어판인지 아무튼 두툼한 성인전 원서를 보여 주시면서 6월 4일을 영명축일로 한 몇 분의 성인들 가운데 한 분을 직접 선택해 보라고 말씀하셨다. 사실은 그때까지 아무런 마음의 준비가 없었고, 엉겁결에 '당한' 일이어서 여간 당혹스럽지 않았다.

그런데 몇몇 성인들 존함 가운데 'St. Franciscus Caracciolo'에 눈길이 멎었다. 좀 더 솔직히 말하자면 괜히 가슴이 콩당거려서 그 존함 앞의 'St.'와 'Fran…' 정도만 크게 보일 뿐 다른 글자들은 눈에 잘 들오지도 않았다.

필자는 뭐가 뭔지도 모르면서 그 이름을 선택했다. 그러고 나서 잠시 후 주일 미사가 봉헌되었다. 그때 강보에 싸여 엄마의 품에 안긴 어느 젖먹이 어린이가 유아 세례를 받는 자리에서 '느닷없이' 세례를 받았다. 그러니까 필자는 이름도 알 수 없는 그 어린이에게 '빌붙어' 무임승차하듯이 얼렁뚱땅 세례를 받은 것이었다. 그뿐 아니라 그 직후 과분하게도 양형 영성체의 특별한 은혜까지 누렸다.

그날 필자는 신부님께서 내주신 세례증명서 서식에 자필로 인적 사항을 쓰고 세례명 난에는 '프란치스꼬'라 기재했다. 신부님께서는 그 서류에 당신의 존함을 특유의 필치로 단아하게 쓰시고는 날인까지 해주셨다. 필자는 신부님의 말씀에 따라 그 세례증명서를 가지고 돌아와 거주지 성당 사무실에 제출했다.

그러고 나서 며칠 후 주보의 본당 전입 교우 소개란에 '이광복 프란치스꼬'라는 이름이 주소와 함께 게재되었다. 이를 본 레지오 단원 두 분이 짝을 지어 찾아와 정성어린 기도를 해주었다. 이만저만 고마운 것이 아니었다. 그런데 그 단원들과 이런저런 대화를 나누던 중 한 단원이 물었다.

"무슨 프란치스꼬이십니까?"

헉! 프란치스꼬면 프란치스꼬였지 '무슨 프란치스꼬'도 있나. 필자는 그 단원이 던진 질문을 도저히 이해할 수가 없었다.

"예에? 무슨 프란치스꼬라니요?"

"아씨시의 프란치스꼬도 있고, 프란치스꼬 하비에르도 있고… 프란치스꼬 성인이 여러 분이잖아요?"

하지만 필자는 말문이 막혀 쩔쩔 맬 수밖에 없었다. 세례 당일 외국어 판 성인전에서 'St. Fran…'까지는 분명히 보았지만 너무 흥분했던 나머지 뒤의 글자들을 제대로 못 본 탓이었다. 유아에게 '얹혀서' 얼떨결에 세례를 받다 보니 이런 봉변 아닌 봉변, 망신 아닌 망신을 당하는구나. 필자는 마음속으로 그런 생각을 하면서 그 다음 주일 평창동 '피정의 집'에 가서 박 신부님께 주보성인의 풀 네임을 여쭤 보았다.

그러자 신부님께서는 작은 메모지에 'St. Franciscus Caracciolo'라고 써 주셨다. 그 후 필자는 그 메모지를 수첩 갈피에 잘 끼워 가지고 다녔다. 그러다가 다른 교우들이 '무슨 프란치스꼬'냐고 물으면 신부님의 친필을 보여 주면서 당당하게 '프란치스꼬 카라치올로'라고 답변했다. 그럴 경우 다른 교우들은 거의 예외 없이 '그런 프란치스꼬'도 있느냐면서 되물었다.

어쨌든 아직까지 필자와 동명의 세례명을 가진 또 다른 교우를 만나지 못했다. 하지만 필자는 여러 자료들을 찾아 나름대로 공부하면서 프란치스꼬 카라치올로 성인이 어떤 분인가를 자세히 알게 되었다.

1563년 10월 13일 나폴리 왕국의 귀족 중에서도 최고의 가문에서 태어난 성인께서는 '작은 성직자의 수도회'를 창립했고, 수도원 원장으로 있으면서 몸소 겸양을 실천한 분이었다. 특히 그분의 일생은 환시와 예언의 은혜로 충만했다. 1608년 6월 4일 "자, 천국으로 갑시다!"라는 짧은 유언과 함께 44년 7개월의 짧은 일기를 마친 그분은 1807년에 시성되었다.

성인께서는 너무 아까운 연세에 선종하셨지만, 여러 가지로 부족하기 짝이 없는 필자는 이 주보성인의 보살핌으로 오늘도 행복한 신앙생활을 하고 있다. 이와 함께 필자는 이메일의 아이디를 'fran604'로 쓰고 있다. 이는 성인 존함의 앞부분 'fran'과 축일인 6월 4일의 조합이다.

세례를 받고 교적에 등재한 직후 누추한 집에까지 방문해 주었던, 즉

'무슨 프란치스꼬'냐고 물었던 본당 레지오 단원들과는 지금까지 절친하게 지내고 있다. 하느님께서 허락하신 만큼 살다가 훗날 저승에 가게 되면 꼭 성인을 찾아뵙고 싶다. (『생활성서』 2010. 8월호)

A.J.크로닌의 『천국의 열쇠』

'발바닥 신자'라는 말이 있다. 주일마다 미사 참례를 위해 집에서 성당까지 꼬박꼬박 '발바닥' 품을 파는 신자. 여기에 '얼굴' 잘 내밀고, 이따금 이런저런 '입놀림'까지 보탠다면 미상불 '삼위일체 신자'라고 말할 수 있겠다. 나야말로 한때 본당에서 연령회 총무에다 구역장도 하고, 꾸리아 단장까지 했으니 모름지기 '삼위일체 신자'로 살아오지 않았나 싶다.

하지만 그런 직분을 내가 직접 선택한 것은 아니었다. 누군가의 권유에 의해 마지못해 했을 뿐이다. 말하자면 내키지 않는 일을 남들로부터 등 떠밀려 어쩔 수 없이 맡았던 셈이다.

사정이 이렇다 보니 나의 신앙이란 물어볼 필요도 없다. 노골적으로 말해서 신앙의 '신'자조차 꺼내기 어려운 실정이다. 사실 언젠가 몇몇 교우들과 신부님을 모시고 허심탄회한 대화를 나누는 자리에서 나 자신 '나일론 신자'라고 진솔하게 고백했다. 그러자 신부님께서 말씀하시기를, '나일론 끈이 더 질기다'고 해서 모두가 한바탕 크게 웃은 적도 있었다.

그렇다. 나는 움직일 수 없는 이른바 '삼위일체 신자' 또는 '나일론 신자'이면서도 누군가가 나의 종교를 물어올라치면 주저하지 않고 기꺼이 '천주교 신자'라고 답변해 왔다. 어디 그뿐인가. 누군가와 식사를 하게 되면, 설령 상대가 초면일지라도 그 앞에서 예외 없이 성호를 '기똥차게' 긋고 식사 전 기도를 바쳐 당당하게 천주교 신자임을 드러냈다.

　개뿔이나 별 신심도 없으면서 나는 이렇듯 뻔뻔하게 신자 행세를 하고 있다. 스스로 생각해도 참 어처구니없는 일이다. 그렇다면 나는 과연 언제쯤 신자다운 신자로 거듭날 수 있을까. 신심이 풀풀 넘쳐나는 교우들을 볼 때마다 그렇게 부러울 수가 없지만, 아무리 몸부림쳐도 내가 가야 할 길은 보이지 않는다. 나는 어쩌면 끝까지 '나일론 신자'로 살다가 '나일론 신자'로 죽게 될지도 모르겠다. 이제껏 살아온 별 볼일 없는 신앙생활로 미루어 짐작컨대 그럴 확률이 매우 높다.

　더욱이 세상살이가 힘들 때마다 나는 하느님을 적잖이 원망했다. 유년 시절 이후 죽자 사자 고난의 가시밭길을 헤쳐 왔건만, 그리하여 이제는 그 무거운 멍에를 벗겨 주실 때도 되었건만 하느님께서는 왜 이토록 가혹한 고난을 안겨 주는 것일까. 하느님에 대한 회의까지는 아니지만, 인간사가 고르지 못하다고 느낄 때마다 곧잘 하느님 탓으로 돌리곤 했다.

　불공평한 사회. 대립과 반목이 극과 극을 달리는 사회. 노력에 비해 대가가 보장되지 않는 사회. 물질이 인성까지를 오염시키는 부조리한 사회. 인간이 기술과 자본의 노예로 전락한 시대. 온갖 범죄와 전쟁이 끊이지 않는 인간 사회…. 그런 현실을 돌아볼 때 과연 하느님께서는 어디에서 무엇을 하고 계신지 궁금하기 짝이 없었다.

　하지만 A.J. 크로닌의 장편소설 『천국의 열쇠』를 읽으면서 참으로 많은 것을 느꼈다. 크로닌은 1896년 스코틀랜드에서 태어났다. 그의 부친은 천주교 신자였고, 모친은 개신교 신자였다. 그는 어린 시절 불의의 교통사고로 부모를 잃고 고아가 되어 친척집에서 외롭게 성장했다. 그는 청소년 시절, 유머와 사랑이 넘치는 외할아버지의 영향을 많이 받은 것으로 알려져 있다.

그는 1925년 글래스고대학교에서 의학박사 학위를 받고 제1차 세계 대전 때에는 군의관으로 종군하였으며, 종전 후에는 남南 웨일즈와 런던에서 개업하여 전문 의사로 활약했다. 그러다가 과로를 못 이겨 의업을 포기하는 대신 요양 중 작가 수업에 몰두하여 1931년 『모자 장수의 성』을 발표하면서 문단에 데뷔했다. 그로부터 10년 뒤인 1941년 크로닌은 불후의 명작 『천국의 열쇠』를 발표했다.

이 작품은 주인공 프랜시스 치점 신부의 회고담으로 시작된다. 고아로 자라난 치점은 신학생 시절부터 해맑은 영혼을 지키며 성실성과 인간의 양심을 바탕으로 높은 이상을 추구한다. 하지만 이상과 현실 사이에는 괴리가 있을 수밖에 없다. 냉엄한 현실은 도리어 그의 성실성과 양심을 배척하지만, 그러면 그럴수록 치점은 자기 소신을 더욱 굳게 다진다.

그 반면, 어린 시절의 친구이자 동급생인 안셀모 밀리는 철저히 현실적으로 살아간다. 그는 신학교에서 반장 노릇도 하고, 선배 성직자들의 두터운 신임을 받아 승승장구하다가 나중에는 주교의 지위에까지 오른다. 말하자면 절친한 친구 치점과는 정반대의 삶을 살아가는 것이다.

한편, 교회는 보수적인 중진 성직자들과 심심찮게 갈등을 빚어온 치점 신부를 중국 선교사로 보낸다. 두말할 나위도 없이 중국은 그 나라 특유의 문명과 도덕률로 말미암아 천주교 신부가 활동하기 어려운 지역이다. 하지만 치점은 중국이 낳은 공자의 가르침까지 흡수하면서 자기 나름대로 독특한 신앙을 확립해 나아간다. 이 과정에서 그는 흑사병과 싸우고 물난리를 겪는 등 온갖 어려움과 마주친다. 여기에 수녀원 수도자들과의 갈등은 그의 고통을 한층 가중시킨다. 그럼에도 불구하고 그는 다른 종교들을 넉넉한 이해와 폭넓은 사랑으로 아우르면서 사제로서의 직무를 성실히 수행한다. 특히 작가 크로닌은 이 작품의 주인공 치점의 입을 통해 곳곳에서 강력한 메시지를 전하고 있다.

"지옥이라는 곳은 말일세. 인간이 희망을 잃어버린 상태를 말하는 거라네."(388쪽)

"당신의 정의(定義)대로 한다면 그리스도교 신자란 누구를 말하는 겁니까? 7일 중에 하루만 교회에 나가고 나머지 6일은 거짓말도 하고, 중상모략으로 남을 속이면서 살아가는 사람들을 가리키는 겁니까?"(403쪽)

1981년에 타계한 크로닌의 역작 『천국의 열쇠』에는 무엇보다도 영혼을 끌어당기는 힘과 우리네 평범한 인간에게 던져 주는 따뜻한 위안이 있다. 그뿐 아니라, 이 작품은 이상과 현실을 상호 교직交織하면서 진정한 구원에 이르는 길이 무엇인가를 깊이 생각케 해준다. 그런 점에서 이 작품이야말로 명작 중의 명작이요 고전 중의 고전인 동시에 특히 신자들의 필독서라고 말할 수 있다. (평화신문 2009. 8. 19)

투명한 영혼

성경에 보면, 예수께서 여러 가지 기적을 행하는 대목이 나온다. 가나의 혼인 잔치에서 물을 술로 변화시키는 기적, 바다 위를 걷는 기적, 빵 다섯 개와 물고기 두 마리로 5천 명을 먹인 기적 등등 그 기적을 헤아리자면 한이 없다.

그중에서도 병자 치료의 기적은 우리에게 많은 시사점을 던져 준다고 하겠다. 예수는 질병과 장애로 고통 받는 숱한 사람들에게 치료의 은혜를 베풀었다. 예컨대 베드로의 장모 집에서 베드로의 장모와 많은 환자들을 낫게 한 일, 나병 환자와 백부장 하인의 치료, 귀신 들린 자와 중풍 병자의 치료, 혈루병 든 여인을 고치고 야이로의 딸을 살리신 일, 장님들을 눈뜨게 한 일… 등은 그 대표적 사례라 할 것이다.

그렇다면 예수는 왜 질병과 장애로 신음하는 그런 사람들에게 특별한 은혜를 베풀었을까. 이 점에 대해 많은 의견들이 있지만, 또 종교적 관점에서 여러 견해가 있을 수 있지만, 그럼에도 불구하고 필자가 단순명료하게 생각하기에는 질병과 장애로 고통 받던 그들의 영혼이 육신 멀쩡한 그 어떤 사람들보다도 깨끗하고 순수했기 때문이라 믿고 있다.

사실 그 당시 병자와 장애인들에게는 질병이나 그 자체보다도 더 감당하기 어려운 고통이 있었다. 사회로부터 밀어닥치는 혹독한 냉대와 멸시가 바로 그것이었다. 그들은 어떻게 보면 '버려진 사람들'이었다. 더욱이 예수 이전의 사람들은, 치료 불능의 병자나 장애인들을 절대자의 형벌을 받아 그렇게 된 자로 인식하고 있었다.

바꿔 놓고 생각해서 병든 자나 장애인의 입장에서 볼 때 이 얼마나 기막히고 억울한 일인가. 병들고 육신이 자유롭지 못한 것도 서럽건만, 그것도 모자라 절대자의 형벌이라는 낙인까지 찍어 모두가 배척하고 있었으니 이 얼마나 통탄할 일인가. 병들고 나약한, 그리고 장애인이라고 해서 어찌 그런 수모와 멸시를 당하며 살아야 한단 말인가.

그렇다. 예수는 종래의 그런 그릇된 관념, 검증되지 않은 사회 통념을 송두리째 뒤엎어버렸다. 그뿐 아니라, 그들에게 더욱 따뜻한 사랑을 베풀었다. 그는 나병 환자를 고쳐 주었고, 장님에게 광명을 찾아 주었으며, 앉은뱅이를 벌떡 일어나게 해주었고, 심지어 죽은 사람을 살려내기까지 하였다.

어디 그뿐인가. 예수는 소위 사회 지도층으로서 종교적으로나 정치적으로나 막강한 영향력을 행사하던 율법학자와 대사제들을 매섭게 비판하고 질타한 반면, 도리어 소외되고 고통 받는 저 밑바닥 사람들에게는 아낌없는 사랑을 베푸는 가운데 그들의 영혼까지 구원해 주었다.

예수는 또 사람이 안식일을 위해서 있는 것이 아니라, 안식일이 사람을 위해서 있는 것이라고 설파했다. 이는 바리사이파 사람들의 주장에 대한 반론이었지만 종래의 고정 관념을 뒤엎는 발상의 대전환을 제시한 가르침이었다. 그 당시의 가치관을 감안할 때 이는 곧 폭탄 선언이었다.

그렇다면 인간 예수는 분명 기존의 통념을 송두리째 갈아엎은 혁명가 중의 혁명가였다. 그는 결국 십자가에 못박혀 가장 비참하게 짧은 생을 마감했지만, 그러나 영광스럽게 부활함으로써 그가 정녕 보통 인간이 아니라 바로 하느님의 아들 그리스도임을 입증해 보였다.

자, 이렇게 볼 때, 인간들을 바른 길로 인도하기 위해 이 세상에 온 예수가 버림받고 고통 받는 사람들에게 더 많은 사랑을 베푼 것은 당연한 일이 아니겠는가. 예수는 사회적으로 가장 천대 받던 사람들에게 그런 사랑을 스스로 실천해 보임으로써 우리에게 많은 교훈을 주고 있는 것이다.

필자는 지난 세월 많은 사람들을 접하며 살아왔다. 물론 그 과정에서 훌륭한 사람들을 많이 만났으며, 그들로부터 분에 넘치는 사랑을 받기도 하였다. 그러나 개중에는 정신적 타락과 부패가 극에 달한, 아예 치유 불능의 상태로 전락한 인간들도 없지 않았다.

고위 공직자 청문회를 볼 때마다 여간 불쾌한 것이 아니다. 그들은 부동산 투기, 위장 전입, 논문 표절 등 온갖 비리에 찌들어 있다. 그토록 지저분한 사람들이 고위 공직을 맡겠다고 나서는 자체가 난센스 아니고 무엇인가. 그들에게는 최소한의 염치와 체면조차 없는 것 같다. 그들은 고위 공직을 탐내기에 앞서 인간성 회복부터 실천해야 할 것이다.

또한 부자들, 이른바 졸부들 중에는 저만 잘났다고 뻐기는 얼치기들이 너무 많다. 그들에게서 인간미를 발견하기란 쉽지 않다. 그러므로 예수께서는 일찍이 부자가 천국에 가는 것을 낙타가 바늘구멍으로 들어가는 것보다 더 힘들다고 말했다. 참으로 진리 중의 진리가 아닐 수 없다.

그까짓 코 묻은 돈 몇 닢 손에 쥐었다고 목에 힘을 주며 거들먹거리는 덜 떨어진 무리들을 보면 목구멍에서 욕지기가 치밀어 오른다. 오늘날 우리 사회에는 그런 저질들이 넘쳐난다.

겉보기에 육신은 멀쩡하건만 그 내면의 영혼은 어쩌다 그렇게 되었을까. 최근 사회적으로 큰 물의를 빚고 있는, 끊으려야 끊을 수 없는 견고한 고리와 고리로 연결된 권력자들의 골 깊은 부정과 부패는 무엇을 의미하는가. 정말 이 혼탁한 시대에서는 깨끗하고 투명한 영혼이 그저 그리울 뿐이다.

눈은 몸의 등불

성경에 보면, 눈은 몸의 등불이라 했다. 그런데 예수는 이 말에 이어 눈과 몸의 관계를 교묘히 설명하였다. 즉 예수가 덧붙이기를, 눈이 성하면 온몸이 밝을 것이지만 눈이 성하지 못하면 온몸이 어두울 것이라고 했다.

눈이 성하면 온몸이 밝다? 눈이 성하지 못하면 온몸이 어두울 것이다? 얼핏 생각하면 이 말은 어딘지 앞뒤가 잘 안 맞는, 거꾸로 잘못 표현된 이야기처럼 들린다.

우리는 일상생활을 통해 종종 눈과 몸의 관계를 체험한다. 자야 할 시간에 잠을 설쳤다거나, 과로를 했다거나, 과음을 했다거나, 감기 몸살에 걸렸다거나 해서 온몸의 컨디션에 이상이 왔을 때에는 어김없이 눈에 모종의 신호가 나타난다. 예컨대 눈이 게슴츠레하다든가, 충혈이 된다든가, 눈곱이 낀다든가 하는 현상들은 그 대표적 사례라 할 것이다.

달리 말하자면 눈이 성치 못해서 온몸이 찌뿌드드한 것이 아니라, 그보다 앞서 온몸에 이상이 왔으므로 눈에 그런 현상이 나타나는 것 아닐까.

그런데도 예수는 눈이 성한가 그렇지 못한가에 따라 온몸의 컨디션이 좌우되는 것처럼 이야기했다.

그렇다면 예수가 빈말을 한 것일까. 그럴 리가 없다. 예수는 눈과 몸의 컨디션을 이야기한 것이 아니라, 눈과 마음의 빛이 갖는 상관관계를 강조한 것이었다. 예수의 메시지는 마음의 빛이, 빛이 아니라 어둠이라면 그 어둠이 얼마나 심각할 것인가를 전달코자 했던 것이다.

사실 상대방의 눈빛을 보면 어느 정도 그 사람의 속내를 알 수 있다. 마음이 맑고 깨끗한 사람의 경우 대부분 눈빛이 투명하지만 무엇인가를 숨기고 내숭을 떠는 사람의 경우에는 눈빛이 밝을 리 없다. 그런 사람일수록 눈빛이 어딘지 모르게 사특하고 음흉하게 마련인 것이다.

그런 점에서 눈은 감정의 창이라고 말할 수 있겠다. 화난 사람의 눈빛이 고울 리 없고, 온유한 사람의 눈빛이 표독스럽게 나타날 리 없음을 생각한다면 눈은 곧 마음의 빛이자 온몸의 등불이 아니고 무엇일까.

그래서 신입 사원 면접을 비롯, 사람과 사람이 처음 만나는 자리에서 눈과 그 눈빛이 갖는 의미는 각별할 수밖에 없다. 눈이 곧 그 사람의 인상을 좌우하기 때문이다.

어디 그뿐인가. 스포츠맨들은, 특히 격투기 같은 운동에 종사하는 현역 선수들은 눈빛에 특별한 신경을 쓴다. 가령 권투나 레슬링 같은 격렬한 경기가 벌어질 때, 본격적인 시합에 들어가기 전부터 서로 눈을 부릅뜨고 눈싸움하는 예를 얼마든지 볼 수 있지 않은가. 그들은 강렬한 눈빛으로 상대방의 기선을 제압하기 위해 그렇게 눈싸움을 벌이는 것이다.

또, 수사 업무에 오래 종사한 사람들은 우선 검거된 피의자의 눈빛부터 살핀다고 한다. 상대방의 눈빛을 보면 피의자가 진범인지 아닌지를 재각 알 수 있으니까. 또, 문제의 피의자가 진범일 경우 범죄 사실을 쉽게 자

백할 사람인지 아니면 끝까지 자기의 범죄를 은폐하며 날 잡아 잡수, 하고 오리발을 내뻗을 사람인지 점칠 수 있으니까.

그런가 하면 눈빛은 조직의 명령 계통에서도 아주 중요하게 작용한다. 눈빛만으로도 상사의 의중을 척척 파악하는 부하 직원. 또 부하 직원의 눈빛을 보고 업무의 진척 상황을 감지해 내는 상사. 그것은 서로가 서로의 마음을 읽어 내는 교감交感 없이는 사실상 불가능한 일이라고 하겠다.

특히 군대 같은 조직에서는 더 말할 나위가 없다. 명령에 살고, 명령에 죽는, 군대라는 특수한 집단의 경우 상관과 부하 사이에 눈빛만으로도 원활한 의사소통이 이루어져야 하지 않을까. 실지로 역사상 최강을 자랑했던 로마 군대의 경우 지휘관의 눈빛만으로도 부하들이 일사불란하게 움직였다고 한다.

그런데 눈빛을 이야기하자면 뭐니 뭐니 해도 사랑의 눈빛을 빼놓을 수가 없다. 사랑의 눈빛. 이 얼마나 아름답고 고귀한 것인가. 사랑 가득한 눈빛으로 가족을, 이웃을, 더 나아가 이 세상 모두를 바라볼 수 있는 사람이 과연 몇이나 될까.

한편, 사람에게는 눈빛 이외에도 눈치라는 것이 있다. 눈치가 빠르면 절간에 가서도 젓갈을 얻어먹는다는 말이 있지만, 그 반면 눈치가 없으면 어디를 가든 얼간이 취급을 받다가 나중에는 미움을 사기 안성맞춤이다.

앞에서 말했다시피, 눈이 감정을 드러내는 창이라고 한다면 눈치는 삶의 윤활유潤滑油 같은 것이라고 하겠다. 눈치가 있어야만 어느 자리에 가든 누구한테도 미움 받지 않고 원만히 지낼 수 있으니까.

그런데 이 눈치라는 것이 엉뚱한 방향으로 잘못 발달해도 큰 문제가 아닐 수 없다. 어떤 사람들은 여기저기 기웃기웃 눈치를 살피면서 오직 그 눈치만으로 살아가기도 하는데, 그런 사람들일수록 낱낱 행동 양식이 교

활할 뿐만 아니라 진실과는 거리가 멀게 마련이다.

문제는 눈치가 발달하더라도 긍정적으로 잘 발달해야 한다는 사실이다. 그래야만 삶을 보다 부드럽게 해줄 수 있지 않을까. 눈치가 부정적으로 잘못 발달하면 더 큰 부작용과 폐해를 낳게 된다고 하겠다.

역시 가장 중요한 것은 눈 그 자체가 아닐 수 없다. 눈빛도 좋고 눈치도 좋지만 사람에게는 우선 눈이 있어야 한다. 사물을 정확히 바라보는 건강한 눈. 그런 눈이 없을 때, 그리하여 앞을 보지 못할 때 겪어야 하는 불편을 우리가 어찌 상상이나 할 수 있을 것인가.

필자의 경우 최근 시력이 급격히 떨어지고 있다. 나이 탓일까, 그 좋던 시력이 자꾸 떨어져 이제 안경 없이는 사물을 제대로 읽어낼 수조차 없게 되었다. 시야가 흐려지니까 저절로 청각 기능까지 흐리멍덩해졌고, 그 연장선상에서 기억력까지 점점 쇠퇴하고 있어 여간 불편한 것이 아니다.

시력에 관한 한 자신 있다고 뻐겨왔던 젊은 날의 오만과 교만, 그리고 눈의 중요성을 망각한 채 눈을 무자비하게 혹사시켰던 무지가 사뭇 후회스럽다. 그리하여 건강은 건강할 때 지켜야 한다는 교훈이 더욱 새삼스럽게 다가오는 것이다. (국방부 『마음의 양식』 2002. 가을호)

아름다운 성가정성당

목동 신시가지의 명소이자 이 지역 주민들의 쉼터로 유명한 파리공원 옆에 아름다운 아담한 성당이 있다. 목5동성당이다. 이 성당은 목동 신시가지가 조성되면서 이 지역의 성화聖化를 위해 설립됐다. 지난 1985년부터 목동 신시가지아파트 1단지 입주가 시작되었고, 이를 시작으로 그 이듬해 가을에는 2단지부터 6단지까지 입주가 완료됐다.

당시 천주교 서울대교구는 이 지역의 사목을 위해 등촌동성당 관할 아래 공소를 설치했고, 본각사本覺寺 앞 가건물, 엄지미 마을 가건물 등을 전전하던 이 공소를 모태로 1987년 2월 6일 목5동성당을 설립했다. 이때 성가정을 주보성인으로 모신 목5동성당에는 박노헌(요한 금구) 신부가 초대 주임으로 부임했다. 관할 지역은 1단지~6단지와 한신청구아파트, 우성아파트에다 목마공원에서 현대백화점에 이르는 신시가지 중심축이 포함된다.

그러나 목5동성당은 자체 성전을 갖지 못해 2단지 신목중학교 건너편

로얄빌딩에서 셋방살이를 하지 않으면 안 되었다. 일찍이 이문동성당을 건립한 바 있는 박노헌 신부는 그 특유의 추진력으로 성전 건립에 착수했다. 그리하여 성당 설립 이후 장장 7년의 대역사 끝에 1994년 6월 5일 현재의 멋진 성당을 준공하게 됐다. 성당 건물에는 한꺼번에 1천 명 이상이 입당할 수 있는 대성전을 비롯하여 사제관, 수녀원, 성체조배실, 만남의 방, 교리실, 영안실 등이 고루 갖추어져 있다.

한편, 한 군데도 엉성한 곳 없이 오밀조밀한 이 성당은 안팎이 언제나 밝고 깨끗하다. 어디 그뿐인가. 이 성당의 성직자·수도자·평신도가 모두 일치된 모습으로 밝고 깨끗한 신앙 공동체를 이루면서 '사랑'과 '나눔'과 '섬김'을 실천하고 있다.

특히 목5동성당에는 서울대교구 서서울지역청이 들어와 있다. 서울대교구가 정진석(니콜라오) 교구장 취임 이후 교구를 효과적으로 관리·관할하기 위하여 지난 2002년 중서울, 동서울, 북서울, 서서울 등 4개 지역으로 나눌 때 목5동성당을 서서울 지역의 중심 성당으로 삼고, 이곳에 교구장 대리 박순재(라파엘) 몬시뇰을 상주토록 했다.

그러다가 정진석 교구장의 추기경 서임을 계기로 지역청의 교구장 대리도 종래의 몬시뇰에서 주교로 격상됐다. 이에 따라 박순재 몬시뇰이 지난 1월 새 임지로 떠나고, 조규만(바실리오) 주교가 이곳에 부임했다. 그러므로 목5동성당은 교구장 대리가 상주하는 주교좌 성당이라고 말할 수 있다. 이로써 목5동성당의 위상은 대내외적으로 한층 더 돋보이게 됐다.

그동안 목5동성당의 신앙을 이끌어온 주임 신부의 면면을 보면, 초대 박노헌 신부의 뒤를 이어 최용록(프란치스코) 신부, 김구희(세례자 요한) 신부, 홍문택(베르나르도) 신부를 거쳐 현재는 오승원(이냐시오) 신부가 사목을 맡고 있다. 이렇듯 쟁쟁한 성직자들이 사목해 나오는 과정에서 이

성당은 서울대교구 안에서도 손꼽히는 성당으로 눈부신 발전을 거듭했다.

현재 신자 수는 1만 명을 넘어섰고, 주민 수 대비 약 25퍼센트의 신자율을 보여 주고 있다. 이 같은 수치는 지역 주민 4가구 당 1가구 꼴로 가톨릭 신자라는 얘기다. 우리나라 천주교의 전국적인 신자율이 10퍼센트 대인 점을 감안한다면 목5동성당 관할 지역의 신자율은 단연 최고 수준인 셈이다.

주일 전례는 토요 특전을 포함, 모두 7대가 봉헌된다. 주일 미사에는 연인원 약 3천 5백여 명의 신자가 참여한다. 현재 이 성당에는 교회의 기본 조직인 각 구역·반과 사목위원회 이외에도 성소후원회, 군종후원회, 주일학교, 해나리 은빛대학, 성모회, 성체조배회, 연령회, 성가대, 전례해설단, 복사단, 제대회, 전례꽃꽂이회, 울뜨레아, ME, 나비스, 레지오 마리애 등등 여러 신앙 공동체가 끊임없는 기도와 함께 활발할 활동을 벌이고 있다.

이 가운데 레지오 마리애는 6개 꾸리아(Cu.), 80여 개의 쁘레시디움(Pr.)에 7백 50여 명의 단원으로 구성돼 있다. 이들은 '우리가 함께 할게요' 활동을 통해 매주 일요일 영등포 역전 일대의 노숙자 3백여 명에게 점심을 제공하는 등 남모르는 봉사 활동을 펼친다. 이렇듯 목5동성당은 아름다운 가정, 아름다운 세상을 지향하며 착실히 신앙의 꽃을 활짝 피워나가고 있다. (중앙일보 지역판. 2006)

[주 : 그 후 조규만 주교는 원주교구장으로 착좌했고, 이영춘(세례자 요한) 신부, 박광원(세례자 요한) 신부를 거쳐 현재는 박희원(보니파시오) 신부가 주임으로 본당 사목을 이끌고 있다. 역대 주임 신부 중 박노헌 최용록 홍문택 이영춘 신부는 선종했다.]

나의 묵주 이야기

1997년 1월 5일 서울 종로구 평창동 '피정의 집'에서 박귀훈(요한) 신부님으로부터 세례를 받았다. 대부님은 저 유명한 원로 소설가 백파 홍성유(토마스 모아, 1928~2002) 선생님이었다. 그 기쁜 날 대부님께서 세례 기념 선물로 예쁜 묵주를 주셨다. 축성은 당연히 박 신부님께서 해주셨다. 이것이 묵주와의 첫 인연이었다.

그 직후 본당 레지오 마리애 단원으로 입단했다. 잘 알려진 바와 같이 레지오 마리애는 성모님의 군대로서 기도와 활동을 그 생명으로 하고 있다. 주회 때 공식적으로 바치는 묵주 기도 5단은 두 말할 나위도 없거니와 평소에도 줄기차게 묵주 기도를 바쳤다. 주일 미사 때에는 일찍 성전에 입당해서 미사 시작 전 반드시 묵주 기도 5단을 바치곤 했다.

세월은 흘렀다. 예나 지금이나 신심은 별 볼일 없지만, 레지오 마리애 안에서 '짬밥' 숫자가 늘어나다 보니 쁘레시디움(Pr.) 서기를 거쳐 단장 감투를 쓰게 되었다. 그러던 어느 날이었다. 대부님께서 세례 기념 선물로 주신 그 뜻깊은 묵주에 이상이 생겼다. 묵주 알 가운데 두 톨이 깨져 달아났다. 따라서 그 묵주 알만 좇아 기도를 하다 보면 성모송 두 번을 빠뜨리게 되어 있었다.

그 무렵, 갓 서품을 받은 따끈따끈한 새 신부님이 부임해 오셨다. 새 신부님은 레지오 마리애에 큰 관심을 보여 주셨고, 각 쁘레시디움 단장들에게 특별히 로마 교황청 성물방에서 직접 구입해 오신 묵주를 축성하여 선물로 주셨다. 이를 계기로 주회 때에는 대부님께서 선물로 주신 묵주 대신 새 신부님께서 주신 묵주를 애용하게 되었다.

그로부터 얼마 후 이번에는 본당 주임 신부님이 바뀌었다. 새로 부임해 오신 주임 신부님은 레지오 마리애를 그야말로 '꽉꽉' 밀어 주셨다. 특히 주임 신부님은 레지오 마리애 단원들을 총동원하여 직접 묵주를 만들도록 권장하셨다. 그때쯤 해서 필자는 꾸리아(Cu.) 간부가 되어 있었다.

주임 신부님은 꾸리아 월례회의 때 훈화를 통해 본당 레지오 마리애 단원들이 묵주를 만들어 중국 등 묵주를 구입하기 어려운 해외의 신자들에게 보내자고 제안하였다. 그때부터 우리 성당에는 급기야 묵주 만들기 열풍이 불었다. 꾸리아에서는 묵주 만들기 대회를 열고, 각 쁘레시디움에 십자고상과 묵주 알과 철사 등 재료 이외에도 펜치 등 묵주 만드는 공구를 제공해 주었다.

필자는 어느 사이엔가 묵주 만드는 일류 기술자가 되어 있었다. 그리하여 각 쁘레시디움 단원들에게 시범을 보이면서 그들에게 묵주 만드는 요령을 가르쳐 주었다. 묵주 알 구멍에 철사 끝을 끼워 넣고 펜치로 착착 감아 돌려 고리를 만들고, 다시 묵주 알을 끼워 연결해 나갈 때의 그 기쁨은 이루 말할 수가 없었다.

각 쁘레시디움 단원들은 온 정성 다해 묵주를 만들었다. 우리 단원들의 묵주 만들기 활동은 당연히 기도의 연장이었다. 그 당시 필자는 결혼을 앞 둔 딸의 행복을 간구하면서 한 알 한 알 열심히 묵주 알을 꿰어 나갔다. 아 니나 다를까, 시간이 지나면 지날수록 묵주는 무더기로 쌓였고, 주임 신부 님께서는 본당 사목회 관계자와 레지오 마리애 간부들을 대동하고 중국 으로 가서 현지 교우들에게 그 묵주를 대량 전달하였다.

그런데 웬걸 이번에는 우리 성당의 묵주 만들기 대회가 이웃 성당으로 소문이 나서 그곳 레지오 마리애 단원들이 우리 성당 주임 신부님을 통해 묵주 만들기를 지도해 달라고 공식적으로 요청해 왔다. 이때 필자는 동료 꾸리아 간부들과 그곳 성당을 방문해 묵주 만들기 시범을 보여 주었다. 물 론 그곳 레지오 마리애 단원들도 모두 기뻐했다.

그 후 필자는 꾸리아 단장 이외에도 구역장 등을 거치면서 여러 차례에 걸쳐 주교님과 본당 신부님으로부터 묵주 선물을 받았다. 그리하여 이제 내 방에는 여기저기 손닿는 곳마다 각종 묵주가 널려 있다. (단행본 『가톨 릭문학』. 2012)

용왕산 숲속을 거닐며
-유경촌(티모테오) 주교님께

주교님, 안녕하셨습니까.

지금 나라 안은 온통 메르스 문제로 들끓고 있군요. 평소 들어 보지 못했던 해괴한 질병이 우리의 건강을 위협하고 있습니다. 많은 사람들이 불안과 공포에 떨고 있습니다. 사망자가 여러 명 발생했고, 연일 확진 환자와 의심 환자가 늘어나고 있는 실정입니다.

저는 우리 동네 용왕산에서 이 편지를 씁니다. 용왕산은 온갖 나무들로 울창하게 우거져 있습니다. 숲 사이에서 시원한 바람이 불어옵니다. 제법 굵직굵직한 나무들이 높이 팔을 뻗어 하늘을 가리고 있습니다.

오늘은 휴일인데도 주민들의 발길이 한산합니다. 아마도 메르스 때문이 아닌가 합니다. 메르스 감염을 우려하여 사람이 많이 모여드는 곳을 피해 어디론가 발길을 돌린 것 같습니다.

고개를 들어 주교님이 계신 명동 쪽을 바라봅니다. 저 멀리 남산을 비롯한 서울의 여러 명산들이 한눈에 들어옵니다. 산들은 예외 없이 검푸른 숲으로 짙게 물들어 있습니다. 참 보기 좋은 정경입니다.

지난 1999년이었습니다. 그 당시 주교님께서는 우리 성당 제1보좌신부님으로 오셨습니다. 신부님은 우리 신자들에게 참 많은 것을 일깨워 주셨습니다. 강론도 강론이지만, 우리가 어떻게 살아야 하는가를 솔선수범으로 보여 주셨습니다. 신자들 사이에서 신부님의 인기가 하늘을 찔렀습니다.

본당 '일치의 날' 행사 때였습니다. 우리는 Y 고등학교를 빌려 강당에서 미사를 봉헌한 다음, 모든 신자들이 교정에 어우러져 축제의 한마당을 벌였습니다. 점심시간에는 신자들이 구역 별로 텐트 밑에 도란도란 모여 앉아 식사를 나누었습니다. 그때 신부님께서는 우리 구역 텐트에도 오셨습니다.

신부님은 우리가 무심코 사용하는 1회용 제품을 보시고는 자못 놀라워하셨습니다. 나무도시락, 나무젓가락, 종이컵 등등 우리 주위에는 1회용 제품이 널려 있었습니다. 신부님께서는 무참히 베어지는 나무, 날로 심각하게 오염되는 자연 환경 등을 종합적으로 염려하셨습니다.

종이만 해도 그렇습니다. 본래 종이라는 물질은 이 세상에 존재하지 않습니다. 종이를 만들려면 우선 나무를 베어내 펄프를 만들어야 합니다. 따라서 우리가 1회용 종이 제품을 남용하는 동안 어디에선가 아름드리 나무가 속절없이 쓰러지게 마련입니다. 그뿐이 아닙니다. 1회용 제품은 환경을 오염시키는 주범이기도 합니다.

맞습니다. 우리가 조금 덜 쓰고, 덜 먹고, 덜 입으면 당연히 자연에게 피해를 덜 끼칠 수 있겠지요. 그렇게 되면 자연도 우리를 잘 보호해 주지 않을까요.

몸에 밴 근검절약으로 본당 신자들에게 큰 감화를 안겨 주시던 신부님께서는 얼마 안 가 돌연 우리 성당을 떠나셨습니다. 세월이 꽤 흘렀습니다. 신부님께서는 2013년 12월 급기야 세인의 축복 속에 주교님이 되셨습니다. 메르스 확산으로 나라 안이 발칵 뒤집어진 오늘, 녹음방초 푸짐하게 우거진 용왕산 숲속을 거닐다 보니 새삼 주교님이 그립습니다.

안녕히 계십시오. (『숲에서 띄우는 편지』 문학의집·서울. 2015)

명예해군의 명예

저는 지난 8월 25일 계룡대에 가서 해군참모총장(해군대장 문정일)으로부터 대한민국 명예해군으로 위촉받았습니다. 명예해군 번호는 7호입니다. 그러니까 저는 우리나라 해군 창설 이래 통산 일곱 번째로 명예해군에 위촉된 것입니다.

아시는 분은 아시겠습니다만, 소설가인 저는 지난 1997년 해군본부의 특별 초청으로 해군사관학교 제52기 순항훈련을 참관한 바 있습니다. 그때 저는 순항훈련함대 지휘부에 소속되어 현역 장병들과 해군사관학교 졸업반 생도들의 대규모 훈련을 지켜보았습니다.

훈련 기간은 장장 104일간이었고, 항정은 무려 24,427마일(지구 둘레의 약 1.3배)이었습니다. 한국 해군의 최정예 군함으로 편성된 순항훈련함대는 그해 9월 4일 진해 기지를 출항하여 괌·하와이·캐나다·미국·멕시코·과테말라·에콰도르·칠레·타히티·사모아·사이판을 일순하는 가운데 태평양을 마당처럼 누비면서 고강도 훈련을 전개하고 12월 18일 귀항

했습니다.

이를 계기로 저는 해군과 특별한 인연을 맺게 되었습니다. 그리고 저는 그동안 순항훈련 항해일지 『태평양을 마당처럼』을 단행본으로 간행한 데 이어 해군과 관련된 작품을 몇 편 발표했습니다. 이와 함께 저는 나름대로 군인을 위한 기도도 비교적 많이 바쳤습니다.

해군 당국에서는 저의 순항훈련 참관 경력과 그 후의 제 역할, 비록 미미하긴 하지만 해군을 사랑하고 아끼는 충정을 긍정적으로 평가하여 명예해군으로 위촉한 것 같습니다. 아무튼 이로써 해군과 저는 이제까지의 인연을 한 차원 더 끌어올리게 되었습니다.

그런데 그날 제가 해군참모총장으로부터 위촉장과 명예해군증, 각종 기념품과 선물을 받을 때 퍼뜩 주님과 성모님이 떠올랐습니다. 그리고 훈련 기간 중 태평양의 함상에서 군종 신부님의 집전으로 봉헌하던 주일 미사가 떠올랐습니다. 미사에 참례하는 신자는 겨우 5~6명에 지나지 않았는데, 그나마 군종 신부님께서 다른 함정으로 옮겨 타신 뒤에는 우리들끼리 공소 예절로 전례를 갈음해야 했습니다.

그래도 우리 신자들은 주일을 거룩하게 보내기 위해 최선을 다했고, 미사나 공소예절이 끝난 뒤에는 갑판에 나가 음료를 나누며 친교의 시간을 갖곤 했습니다. 명예해군 위촉식이 진행되는 동안 그때의 함상 신앙생활이 선연하게 오버랩되면서 저 끝도 없는 태평양 망망대해가 파노라마처럼 뇌리를 스치고 지나갔습니다.

그런데 명예해군은 그야말로 명예해군일 뿐 특별한 혜택을 받는 것은 아닙니다. 특전이 있다면 현역 해군 장병에 준하여 해군 호텔이나 골프장, 콘도미니엄 등 해군 복지 시설을 이용할 수 있다는 것뿐입니다. 그러나 그 어떤 권력이며 재신보다도 명예, 즉 이름 석 자에 죽고 사는 문학인의 입장에서 본다면 이번 명예해군 피촉의 의미는 참으로 소중한 가치라 하겠습니다.

한편, 저는 그동안 그해 순항훈련에 참가했던 장병들과의 돈독한 유대를 계속 확대 발전시켜 나왔습니다. 이번에 제가 계룡대에 갔을 때 당시 순항훈련을 지휘했던, 그중에서 현재 해군본부에 근무하는 고위 장교들은 저를 기다리고 있다가 열렬히 환영해 주었으며, 당일 근무를 마친 뒤에는 모두 집합하여 이날 명예해군 위촉식 행사와는 별도로 융숭한 축하의 자리까지 마련해 주었습니다.

참고로 말씀드리자면, 1997년 순항훈련함대 지휘부 고위 장교들은 지난 몇 년 동안 전원 승진하는 신기록을 세웠습니다.

당시 사령관은 준장에서 소장으로, 5명의 대령들은 진급 서열(해군사관학교 졸업 기수)에 따라 차례차례 준장으로 진급하였습니다. 그러니까 소장으로 승진한 사령관을 포함, 6명의 실력파 장성들이 앞서거니 뒤서거니 군함의 마스트에 제독 깃발을 휘날리게 된 것입니다.

참모들도 속속 중령에서 대령으로 승진하여 승승장구하고 있습니다. 그들은 본부를 비롯, 예하 각급 부대의 요직에서 한국 해군의 중추적 역할을 담당하고 있습니다. 짐작컨대 올 가을 정기 인사 때 또다시 영관 장교들의 승진 행진이 계속될 것으로 보입니다. 당시 순항훈련을 통해 실무 적응 능력 배양에 나섰던 52기 생도들도 어느덧 대위가 되었습니다.

아무튼 1997년 순항훈련함대 지휘부는 놀라운 기록을 세웠습니다. 이는 대한민국 해군 순항훈련함대사령부 역사상 최초의 일입니다. 물론 그 이후에도 그런 일이 없었습니다. 따라서 이 같은 기록은 아직까지 전무후무한 일이라 하겠습니다. 훗날 이러한 일이 생긴다 해도 그것은 어디까지나 '타이기록'일 뿐 기록 갱신에는 미치지 못한다 할 것입니다.

특히 순항훈련 중 제가 승함했던 천지함의 함장은 재작년 준장으로 진급, 최정예 부대를 지휘하다가 올해에는 과거보다 훨씬 규모가 커진 순항훈련함대 사령관이 되어 이 훈련을 총지휘하게 되었습니다. 여기에 민간인인 저까지 명예해군으로 위촉됨으로써 1997년 순항훈련 멤버들은 이만저만 환호하는 것이 아닙니다. 당시 이 훈련에 참가했던 기자, 방송 작가 등 4인의 민간인 중 가톨릭 신자인 제가 유일하게 명예해군으로 위촉된 것은 성모님의 전구에 의한 주님의 확실한 은총이라 믿어 의심치 않습니다.

한편, 저는 개인적으로 24,427마일의 항해 기록과 함께 명예해군이라는 또 하나의 색다른 기록을 갖게 되었습니다. 특히 명예해군에게는 '제대'가 없습니다. 따라서 저는 진귀한, 그야말로 명예로운 기록을 갖게 된 것입니다.

제가 이 글을 적는 까닭은, 제 개인의 명예도 명예이지만 저 자신 군종후원회 회원이기 때문입니다. 군인들은 우리의 아들딸들입니다. 그들은 우리의 미래이기도 합니다. 따라서 군인들을 위한 후원은 아무리 강조해도 지나침이 없다 하겠습니다.

군인 주일 때 본당에 오시는 군종 신부님들께서 거의 예외 없이 하시는 말씀입니다만, 군대 안에서 우리 천주교는 개신교 등 다른 종교에 비해 미흡한 부분이 많다고 생각합니다. 올해에도 군인 주일은 어김없이 다가옵니다. 눈에 넣어도 아프지 않을 아들딸들을 군대에 보내신 부모님들, 특히 현역 군인으로 복무 중인 청년 신자들을 위해 더 많은 기도와 후원이 절실하다 하겠습니다. 물론 저 자신부터 그들을 위해 기도를 많이 바치겠습니다.

평화의 주님,
오늘도 조국을 지키고

정의와 평화를 위해 헌신하는 군인들을 굽어보시어
어려움을 이겨내는 굳건한 힘과 용기를 주소서.
주님의 자녀들은
복음에 따라 더욱 충실히 살아가게 하시고
아직 주님을 모르는 군인들에게는
주님의 자녀가 되는 은총을 주소서.
또한 군종 사제들은 굳건한 믿음과 열정으로
군인들을 보살피게 하시고
저희는 열심히 기도하고 후원하여
군의 복음화에 이바지하게 하소서.
우리 주 그리스도를 통하여 비나이다. 아멘.
이광복 프란치스꼬 두 손 모음.
(천주교 목5동성당 홈페이지. 2003)

주님, 그에게 영원한 안식을 주소서

지난해 가을이었다. M이라는, 어느 미지未知의 자매님으로부터 뜻하지 않은 전화가 걸려 왔다. 그 자매님은 간단히 자신을 소개하면서 친정어머니가 위중하신데 어떻게 하면 대세를 받을 수 있느냐고 문의해 왔다. M 자매님은 외짝 신자로서 임종 직전의 모친을 하느님 품안으로 인도하기 위해 수소문 끝에 필자에게 자문 겸 도움을 요청한 것이었다.

그 전화를 받고 필자는 우선 환자의 병세부터 알아보았다. 문제의 환자는 지병인 간경화 증세가 악화되면서 간암으로 발전하여 병원에서도 치료를 포기한, 말하자면 임종을 앞두고 '초읽기'에 들어가 운명의 시간만을 기다리는 상태에 있었다.

필자는 곧 본당으로 달려가 대세 문제를 협의했고, 거의 한나절이 지나도록 어려운 과정을 거쳐 반장님, 지역장님, 총구역장님을 한자리에 모실 수 있었다. 우리는 어떻게 하면 가장 모범적으로 원만하게 대세를 베풀 수 있을 것인가 심도 있게 논의한 뒤 투병 중인 환자의 집으로 이동하였다.

환자의 연세는 64세. 우리나라 국민의 평균 수명으로 따진다면 아직 건강하게 더 사셔야 할 연세인데 어쩌다 그런 몹쓸 병에 걸려 이렇게 고통을 받아야 하는지 참으로 안타깝기 짝이 없었다.

우리는 교회법에 준거한 소정의 절차를 거친 다음 '요안나'라는 세례명도 정했는데, 본인이며 가족들까지 모두 그 이름에 만족해 하였다. 우리는 곧 먼저 '주님의 기도'와 '성모송'을 바쳤고, 총구역장님 주관으로 환자에게 조건부 대세를 베풀었다. 이로써 환자가 지난날의 죄를 씻고 하느님의 자녀로 거듭나는 한편, M 자매님은 모친 살아생전 무엇과도 바꿀 수 없는 가장 큰 효도를 하게 된 셈이었다.

우리는 그 환자가 세례 받은 것을 기뻐하며 다함께 성가를 부른 뒤 그 집에서 나왔다. 대세를 베푸신 총구역장님과 증인으로 참여한 필자는 대세보고서를 작성하여 즉각 본당에 제출했는데, 우리가 그 뜻깊은 성사를 성공적으로 마치고 본당에서 헤어질 때에는 벌써 해가 설핏해지고 있었다.

그로부터 50여 일 후…. 성당은 대림 시기를 맞이하여 바쁘게 돌아갔고, 계절은 어느 사이엔가 겨울의 한복판으로 들어서 있었으며, 특히 아침 저녁으로는 기온이 영하로 뚝 떨어져 모진 강추위가 계속되고 있었다.

그러던 어느 날 하루는 얼마 전 대세를 베풀 때 그 자리에 동참했던 반장님으로부터 전화가 걸려왔다. 급기야 요안나 자매님이 E대 목동병원에서 선종했다는 것이었다. 필자는 그분의 영혼을 위해 화살기도를 바치면서 즉시 구역장님에게 연락을 취했다.

그러자 구역장님도 쏜살같이 뛰어 나왔다. 구역장님과 필자는 곧 본당으로 가서 요안나 자매님의 선종 사실을 알린 뒤 십자고상은 물론 성수와 『성교예규』를 준비하여 E대 목동병원으로 달려갔다. 아니나 다를까, 요안나 자매님은 이미 운명하였고, 유가족은 고인을 병실에서 영안실로 모시기 위해 몇 가지 수속을 밟는 중이었다.

　구역장님과 필자는 곧 유가족 측과 협의하여 영안실에 성물과 영정 등을 갖추어 빈소를 마련하고는 가장 먼저 위령 기도를 바쳤다. 그날부터 2박3일 동안 필자는 영안실을 들락날락하며 연도, 입관 예절, 사도 예절, 출관 예절을 도와드리다가 발인 당일 반장님, 또 다른 반장님, 그리고 M 자매님의 대모님과 함께 장지까지 수행하였다.

　특히 반장님 중에는 다른 쁘레시디움 간부도 계셨는데, 그분은 레지오 활동을 오래 하신 터라 아주 노련하였다. 비록 소속 쁘레시디움은 각기 다르지만 레지오의 '짬밥'이 말해 주듯 모든 예절을 진행하는 데 손발이 척척 잘 맞았다.

　화장이 진행되는 동안 필자는 그 자매님들과 더불어 위령 기도는 물론 묵주 기도를 바치면서 요안나 자매님의 영원한 안식을 빌었다. 그리고 우리는 최종적으로 용미리 '추모의 집(납골당)'에 고인의 유해를 안치하기까지 M 자매님을 비롯한 여러 유가족들을 성심성의껏 도와드렸다.

　주님의 은총 속에 모든 예절은 일사천리로 아주 매끄럽게 진행되었다. 우리가 예절을 수행하는 동안 M 자매님을 제외하고는 외인 일색인 유가족들이 천주교의 독특한 의식과 기도에 이따금 경이驚異의 눈길을 보내곤 하였다.

　장례를 마치고 돌아와 일주일쯤 지났을까, 필자는 우연히 아파트 단지의 좁은 골목길에서 M 자매님과 마주쳤다. 그런데 그 자매님의 얼굴은 그전과 달리 활짝 피어 있었다. 모친이 병석에 계실 때 수심으로 가득했던 그 얼굴에 환한 화색이 도는 것이었다.

　그뿐이 아니었다. M 자매님은 선종하신 모친을 위하여 삼우제 때는 물론 49재 때에도 연미사를 봉헌하였고, 특히 유난히도 매서운 한파가 휘몰

아치던 49재 때에는 아직 외인으로 남아 있는 모든 가족들을 전원 성당으로 안내하여 미사성제에 참례하였다.

필자는 그날 마침 꽁꽁 얼어붙은 성당 앞 횡단보도에서 교통정리를 하다가 49재 연미사 참례 차 성당을 찾은 유가족 일행과 정면으로 마주쳤다. 유가족들이 요안나 자매님의 장례 때 도와준 것을 기억하여 '코가 땅에 닿도록' 인사하는데, 그분들의 인사가 얼마나 깍듯하고 정중한지 도리어 이쪽이 민망할 지경이었다.

물론 필자의 봉사는 하찮은 것이었고, 레지오 단원으로서 마땅히 해야할 일을 했을 뿐이었다. 그러나 그분들이 진심으로 고마워하는 것을 볼 때, 더군다나 유가족들이 자진하여 전원 입교하겠다는 뜻을 밝혀 왔을 때 이만저만 가슴 벅찬 것이 아니었다.

도대체 삶과 죽음이란 무엇일까. 요안나 자매님과는 평소 일면식도 없었으면서 대세를 베풀 때부터 우리가 영결永訣하는 마지막 순간까지 그분 일에 깊이 관여했으니 어쩌면 하느님께서 진작부터 그분과 필자를 특별한 인연으로 점지해 주시지 않았나 생각되는 것이다.

주님, 요안나에게 영원한 안식을 주소서.

영원한 빛을 그에게 비추소서. 아멘.

(천주교 목5동성당 『해나리』 2002)

절두산切頭山을 바라보며

　좋은 친구가 있었습니다. 저보다 두 살 아래인 그 친구는 참 좋은 사람이었습니다. 우리는 두 살이라는 나이 차이와는 관계없이 아주 가깝게 지냈습니다. 어린 시절 교육자 집안에서 성장한 그 친구는 나이에 걸맞지 않을 만큼 순박한 마음을 가지고 있었습니다.

　우리는 자주 만났습니다. 그 친구는 우리 고향 사람이면서 또 교우였고, 견진성사 동기이면서 늘 의기가 투합하는 좋은 이웃이었습니다. 특히 그 친구는 마음씨가 착했으므로 언제 만나도 반갑기만 했습니다.

　그 친구는 신앙 공동체 안에서 봉사 활동도 열심히 했습니다. 구역 총무에다 레지오 마리애 간부로서 참 열심히 뛰었습니다. 또한, 그 친구는 남부럽지 않은 학력과 능력을 가지고 있었습니다. 그런데도 그런 학력과 능력에 비해 뭔가 일이 잘 풀리지 않는 듯했습니다. 대개 마음씨 착한 사람들이 그렇듯이, 그 친구는 늘 손해만 보고 살았던 것 같습니다.

　주위를 돌아보면 사람은 누구나 스스로 해결할 수 없는 자기만의 아픔과 상처를 키우며 살아가게 마련인가 봅니다. 그렇습니다. 사람은 자기의 능력과 이상을 제대로 발휘할 수 없을 때, 그리고 말 못할 깊은 상처를 받을 때 가슴속에 회한의 응어리를 키우는 법입니다.

재작년이었습니다. 자그마한 사업에 손댔던 그 친구는 밤잠을 설치면서 과로한 나머지 황달黃疸을 앓게 되었습니다. 눈의 흰자위가 노랗게 변하고 얼굴빛까지 누렇게 변하는 황달 말입니다.

처음에는 환자 본인뿐만 아니라 가족들도 별로 대수롭지 않게 생각했습니다. 주위를 돌아보더라도 황달에 걸렸다가 완치된 사람은 많으니까요. 그러나 시일이 흐를수록 그 친구의 병세는 흑달黑疸로 바뀌면서 심각성을 더해 갔습니다.

그 친구는 몇몇 병원을 옮겨 다니며 정밀 진찰을 받았습니다. 그 결과 담도膽道에 이상이 생겼다는 의료진의 소견이 나왔습니다. 그러니까 그 친구는 사업도 잘 풀리지 않는 상태에서 몸을 혹사시켜 스트레스에다 병만 얻은 셈이었습니다.

그때까지만 해도 희망이 있었습니다. 의료진이 말하기를, 치료만 잘하면 나을 수 있다고 했으니까요. 그러나 큰 병원에 장기간 입원하여 보다 정밀한 진찰을 받은 결과 나중에는 '담도암'이라는 무서운 진단이 나왔습니다. 그야말로 날벼락 같은 진단이었습니다.

가족들은, 환자 본인이 암환자라는 사실을 알게 될까 봐 쉬쉬하면서 그 친구를 암으로부터 건져 내기 위해 백방으로 노력했습니다. 물에 빠지면 지푸라기라도 잡는다는 말이 있습니다만, 가족들은 암에 효험이 있다는 것이면 무엇이든 구해 나르는 등 그 환자를 위해 동원 가능한 모든 수단을 총동원하였습니다.

하지만 그 친구의 병세는 조금도 차도를 보이지 않았고, 그해 가을 급기야 목숨 건 대수술을 받았습니다. 불행 중 다행이라고나 할까, 하느님의 도우심으로 그 친구는 조금씩 회생의 기미를 보였습니다. 가족들은 물론 주위의 친구들이 모두 좋아했습니다. 이제 섭생만 잘하면 대수술의 후유증을 극복하고 곧 본래의 건강을 회복할 것으로 기대되었습니다.

길고 지루한 겨울이 가고 새봄이 왔습니다. 날이 풀리자 저는 그 친구를 용왕산으로 불러내 가벼운 운동을 도와주었습니다. 집에 하염없이 누워 있는 것보다는 가벼운 운동이 건강 회복에 좋다고 했기 때문이었습니다.

그 친구 역시 운동을 하려고 꽤 노력했습니다. 어떤 날에는 그 친구가 먼저 전화를 걸어와 용왕산에 가자고 제의하기도 했습니다. 그럴라치면 저는 밀린 원고 등 만사 제쳐 놓고 우리가 늘 만나는 길목으로 달려 나가곤 했습니다.

그러나 그 친구는 용왕산을 오르는데도 힘겨워했습니다. 그건 그럴 수밖에 없었습니다. 대수술을 받은 지 얼마 되지 않았으니까요. 그 친구는 통원 치료를 받으면서 수시로 병세를 점검 받곤 하였습니다. 하지만 곧 쾌차하리라는 기쁜 소식은 들을 수가 없었습니다.

그뿐 아니라, 그 친구는 시간이 흐를수록 더욱 쇠잔해지는 느낌이었습니다. 처음에는 쉬엄쉬엄 용왕산 맨 꼭대기 용왕정까지도 올라갈 수 있었는데 나중에는 중도에서 몇 발자국 떼어 놓다가 그만 허물어지듯 주저앉곤 하였습니다. 그러다가 황사가 본격적으로 날아올 무렵에는 그나마 아예 운동을 포기하고 말았습니다.

그 직후 그 친구는 다시 입원했습니다. 그런데 이게 웬일입니까. 지난번 수술로 완전히 뿌리 뽑힌 줄 알았던 암이 재발했다는 치명적인 진단을 받았습니다. 어찌 놀라지 않을 수 있겠습니까. 가족들이야 더 말할 나위가 없겠습니다만, 그때 제가 받은 충격은 이만저만 큰 것이 아니었습니다.

지난해 여름, 그 친구는 우리 동네 한 병원에서 생사를 넘나드는 마지막 투병에 들어갔습니다. 하지만 불행하게도 그 친구의 병세는 하루하루 더 악화되기만 했습니다. 의료진도 비관적인 소견만 내놓았습니다. 참으로 안타깝기 짝이 없었습니다.

그러던 어느 날, 그 친구는 의식을 잃고 말았습니다. 그저 깔딱깔딱 힘겨운 숨만 내쉴 뿐이었습니다. 그때 그 친구네 구역장님이 본당 주임 신부님을 모시고 병원으로 달려왔습니다. 신부님께서 병자 성사를 집전하시는 동안 저는 차마 그 친구를 눈뜨고 볼 수가 없었습니다.

그러나 저는 그 친구의 가족들과 함께 임종을 지켜보아야 했습니다. 기가 막혔습니다. 억장이 무너져서 뭐라 할 말이 없었습니다. 제 기분이 그럴 때야 가족들의 심정인들 오죽했겠습니까. 결국 그 친구는 연로하신 모친과 오열하는 자매님, 아직은 어린 아들을 남겨둔 채 50세를 일기로 홀연히 삶을 마감했습니다.

그 친구를 땅에 묻고 돌아올 때 저는 가슴이 찢어지는 비통함을 느꼈습니다. 그 후 저는 이제까지 단 하루도 그 친구를 잊은 적이 없습니다. 용왕산에 오를 때마다 그 친구의 발자취를 돌아보았고, 새삼 삶과 죽음의 의미를 되새겨 보곤 하였습니다. 제가 생각할 때, 삶과 죽음은 멀리 동떨어진 개념이 아니라 동전의 양면처럼 늘 붙어 다니는 것 같습니다.

한편, 저는 언제부턴가 용왕산 꼭대기 용왕정에 오르면 거의 예외 없이 유장히 흐르는 한강 저쪽 절두산을 바라보곤 했습니다. 이 땅의 숱한 순교자들이 피 흘리며 무참히 죽어간 절두산 말입니다.

순교자 성월입니다. 저는 그동안 해외에 나가서도 몇 군데 순교 성지를 순례한 바 있습니다만, 용왕정에 올라 절두산을 바라보노라면 모진 박해 속에서 목숨 바쳐 신앙을 증거하고 하느님의 영광을 드러낸 순교자들의 최후가 눈에 보이는 것 같기도 합니다.

　사람은 누구나 죽습니다. 산다는 것은 어쩌면 죽음을 향해 끊임없이 달려가는 과정인지도 모릅니다. 주님의 은총 속에 사는 날까지 열심히 살다가 아무런 후회나 회한도 없이 평화롭게 주님 곁으로 다가갈 수만 있다면 더 바랄 나위가 없겠습니다. (천주교 목5동성당 『해나리』 2003. 9월호)

대자에게 드리는 글

지난 세월 세례 성사 또는 견진 성사 때 십여 차례 대부를 섰습니다. 하지만 자진해서 대부를 선 적은 한 번도 없었습니다. 그때마다 피치 못할 사정으로 어쩔 수 없이 대부를 섰습니다. 교리 공부를 마치고 세례를 받게 된, 그러나 마땅한 대부를 구하지 못해 어려움을 겪는 분들의 간청이나 아니면 누군가의 부탁을 뿌리치지 못해 숙명적으로 대부를 섰을 뿐입니다. 그런데도 제 대자는 무려 10여 명이나 됩니다. 지난해 12월 25일 성탄대축일에 본당에서 박광원(세례자 요한) 주임 신부님으로부터 세례를 받은 김기준(베드로) 형제님도 그중의 한 명입니다.

저는 여러 모로 부족합니다. 일찍이 견진 성사를 받았으니 대부의 조건을 갖추었다고는 하지만, 그건 형식상의 요건일 뿐 저 자신 인간적으로나 신앙적으로 많이 모자랍니다. 그런 사람이 어떻게 감히 대부를 서겠습니까. 달리 말하자면 제대로 사람 노릇을 못하고 삽니다.

근래의 일입니다. 평소 존경해 마지않던 P 형제님께서 돌아가셨습니다. 좀 더 정확히 말하자면 그 당시에는 그분이 돌아가셨다는 사실을 전혀 알지 못했고, 장례를 마친 지 대여섯 달 후에야 P 형제님의 대부님으로부터 그분의 선종 소식을 전해 들었습니다. 청천벽력 같은 비보였습니다.

저는 명색이 구역 총무에다 구역장까지 역임한 전력을 가지고 있습니다. 한때는 잠깐이나마 연령회 총무를 맡았던 적도 있습니다. 그런가 하면 레지오 쁘레시디움(Pr.) 단장에다 꾸리아(Cu.) 단장까지 역임했습니다. 만약 그런 일에 관여하고 있을 때였다면 당연히 P 형제님의 선종을 몰랐을 리 없었겠지요. 하지만 봉사 활동을 접은 채 간신히 주일 미사에만 참례하게 된 이후로는 각종 정보에 까막눈이 되었습니다. 간혹 교우들과 대화를 나누다 보면 저 자신이 얼마나 본당 소식에 캄캄한가를 절감합니다.

P 형제님의 선종 소식은 사뭇 충격적이었습니다. 저는 곧 그 댁으로 조문을 가리라 생각했습니다. 그런데 웬걸 차일피일 미루는 사이 조문 그 자체를 새까맣게 까먹고 말았습니다. 핑계가 없었던 것은 아닙니다. 저는 그 직전에 몸이 무척 아파 사경을 헤맨 적이 있었습니다. 노골적으로 말씀드리자면 사실상 저승 문턱까지 다녀왔습니다. 그러고 나서 P 형제님의 타계 소식을 들었을 무렵에는 입원과 퇴원을 되풀이하고 있었습니다. 생사의 경계선을 넘나드는 혹독한 투병이었습니다.

그렇다 하더라도 핑계는 어디까지나 핑계일 뿐입니다. 저는 지금까지도 P 형제님 댁에 조문을 가지 못했습니다. 그동안 해가 바뀌고 또 바뀌었습니다. 제 건강은 하루하루 좋아져 급기야 큰 고비를 넘어섰습니다. 하지만 새삼 조문을 가기에는 생뚱맞을 만큼 이미 늦어버렸습니다. P 형제님의 영원한 안식을 빌며 기도할 뿐 이제는 그 유가족들을 대할 면목조차 없게 되었습니다. 부끄러운 고백입니다.

이렇듯 말 못할 사연은 한두 가지가 아닙니다. 제가 미처 깨닫지 못한

죄는 또 얼마나 될지 가늠할 길이 없습니다. 이런 함량 미달의 쭉정이 신자가 대부를 선다는 것은 필경 하느님과 대자를 욕되게 하는 짓이 아니고 무엇이겠습니까. 따라서 저는 누군가가 대부를 서 달라고 요청해 오면 예외 없이 손사래를 치며 빠져 나갈 궁리부터 했습니다.

지난해 6월이었습니다. 본당 교중 미사 때 예비 신자 입교 환영식이 있었습니다. 그때 평소 잘 알고 지내오던, 그래서 눈에 번쩍 띄는 예비 신자가 있었습니다. 김기준 국회의원이었습니다. 반가웠습니다. 김 의원 가족이 모두 독실한 신자인 점을 감안한다면, 그는 가족들 중에서 가장 뒤늦게 주님께로 다가선 것입니다.

한편, 제 친구들 중에는 이름만 대면 누구나 알 수 있는 유명 정치인이 여러 명 있습니다. 저는 일부러 그들과 일정한 거리를 두고 살아왔습니다. 피차 가는 길이 다르고, 그쪽이나 이쪽이나 본연의 삶이 바쁜 까닭입니다. 그런가 하면 우리 사회의 일각에는 정치권이나 정치인에 대한 냉소적인 시각이 존재하는 것도 사실입니다.

하지만 김기준 의원은 달랐습니다. 그는 언제나 겸손하고 다정했습니다. 따라서 김 의원과는 어떤 자리에서든 편안하게 허심탄회한 대화를 나눌 수 있었습니다. 그는 경기고와 서울대 무역학과를 나온 일꾼으로 외환은행노동조합 위원장, 전국금융산업노동조합 위원장, 지점장 등을 두루 거쳤습니다. 1999년부터 18년 동안 목동에 살아온 그는 지난 2012년 제19대 총선에서 민주통합당(새정치민주연합→현 더불어민주당) 비례 대표로 국회에 입성했습니다. 특히 양천갑 지역위원장을 맡은 이후에는 오목교역 인근에 사무실을 내고 지역의 현안들을 세심하게 살펴왔습니다.

아무튼 언제나 성실한 그는 교리 공부와 미사 참례에도 열심이었습니다. 국회 본회의 개회 중에도 꼬박꼬박 성당에 나왔습니다. 미사 후 그를 만나 국밥 한 그릇 나누는 것도 제게는 큰 즐거움이었습니다. 그는 교리 공부를 이끌어 주시는 최원모 발렌티노 회장님 등 명도회 봉사자들에 대한 감사의 말씀을 빠뜨리지 않았습니다.

그러던 어느 날이었습니다. 그는 난데없이 제게 대부를 서 달라고 부탁해 왔습니다. 참으로 난감했습니다. 언제나 그랬듯 처음에는 극구 사양했습니다. 하지만 몇 차례 거듭된, 김 의원의 정중한 요청 앞에서 더 이상 물러설 수가 없었습니다.

대망의 세례식 날 저는 떨리는 마음으로 대부를 섰고, 김 의원은 베드로라는 세례명과 함께 하느님의 자녀로 거듭났습니다. 그때 저는 실로 착잡한 상념에 풍덩 함몰되었습니다. 제 자신의 부족함으로 말미암아 양심에 켕기는 것이 하도 많기 때문이었습니다. 오는 4월 13일 제20대 총선이 예고돼 있습니다. 김 베드로 형제님은 예비 후보 등록을 마치고 우리 양천 갑구 출마를 공식 선언했지만, 저로서는 기도 이외에 마땅히 도와줄 방도가 없습니다.

저는 사랑하는 대자들에게 간곡히 당부하고 싶습니다. 이 못난 대부처럼 어영부영 살지 말고, 하느님 앞에 부끄럽지 않은 참다운 신앙인으로 떳떳하게 살아 가라고 말입니다. (천주교 목5동성당 『해나리』 2016)

제5부

훈련병 아들에게 보내는 편지

고마운 3남매

어린 시절 이후 고생을 참 많이 했다. 살아오는 동안 마음에 이런저런 상처들이 켜켜이 쌓였다. 무엇보다도 대학을 못 다닌 것이 한으로 남았다. 초등학교 시절부터 공부를 잘한 편이었고, 어느 대학에 장학생으로 선발되기도 했지만, 가정 형편 때문에 학업을 접어야 했다. 그 대신 모진 세파를 헤치느라 죽을 고생을 하지 않으면 안 되었다.

돌이켜보면 그 고단한 역경 속에서도 즐거운 일이 있었다. 1973년 문화공보부(현재의 문화체육관광부) 문예창작 현상모집 장막희곡 입선, 1974년『신동아新東亞』논픽션 현상모집 당선, 1976년『현대문학現代文學』소설 초회추천初回推薦, 1977년『현대문학』소설 완료추천完了推薦, 1979년『월간독서月刊讀書』장편소설 현상모집 당선은 큰 기쁨으로 다가왔다. 이 같은 입상 경력은 결국 내 인생행로를 결정짓는 분수령이 되었다.

1978년 결혼 이후 첫딸이 태어났고, 1979년 둘째딸이 태어났다. 아이들의 탄생은 경이로운 충격이었다. 기쁘고 행복했다. 형편이 넉넉지 못해 제대로 뒤를 밀어줄 수가 없었다. 아이들은 가난 속에서도 새록새록 건강하게 잘 자라 주었다. 이 딸들이 성장하여 대학을 마치고 좋은 짝을 만나 결혼할 때 가슴이 뿌듯했다.

1996년 아주 늦게, 이번에는 아들이 태어났다. 놀라웠다. 둘째딸과는 무려 17년 터울이었다. 이 늦둥이 아들 또한 무럭무럭 자라는 동안 많은 기쁨을 안겨 주었다. 딸들이 그랬듯 아들 역시 말을 잘 듣고 착해서 별로 걱정할 일이 없었다.

2014년 겨울이었다. 아들이 명문 대학에 거뜬히 합격했다. 낭보 중의 낭보였다. 정확히 말하자면 그해 12월 5일이었다. 내 생애 영원히 잊지 못할 가장 극적인 날이었다.

며칠 동안 덩실덩실 춤을 추고 싶었다. 그 흔한 대학 졸업장이 없어 온갖 불이익을 보며 살아온 이 못난 아빠의 한을 일거에 풀어 주는 것만 같아 눈물이 핑 돌았다. 그 희열을 뭐라 표현할 길이 없었다.

고진감래苦盡甘來라 했다. 쓴 것이 다하면 단 것이 온다는 뜻이다. 두 딸과 늦둥이 아들은 쓰디썼던 내 인생을 이렇듯 달디단 행복으로 반전시켜 주었다. 아이들 3남매가 정말 고맙다. (단행본 『바람이 분다·2』 문학의집·서울. 2020)

늦둥이 아들

우리 집안은 조상 대대로 줄곧 종가가 아닌 작은집에서, 그 작은집에서 다시 작은집으로 내려오다가 6대조 이래로 종가를 형성하게 되었다. 그런데 6대조 이후 손이 워낙 귀해서 독자 아니면 양자로 근근이 명맥을 이어왔다. 이러한 사실은 우리 족보에 잘 나타나 있거니와, 유교 사회에서 혈통의 연속성, 즉 종통宗統의 계승을 중시했던 옛 어른들의 입장에서 볼 때 참으로 절체절명의 절박한 사정이 아닐 수 없었다.

우선 가까운 선대만 살펴보자면 고조·증조부는 잇따라 독자로 내려왔고, 할아버지 때에 이르러 가까스로 형제분이 태어났다. 할아버지 형제분은 같은 동네에서 살았는데, 종가는 12남매를 두었으나 돌림병 탓이었는지 무려 10남매를 낳자마자 차례차례 모두 잃고 간신히 형제분을 살려냈다. 그리고 작은집은 아드님 세 분과 따님 한 분이 그 뒤를 잇게 되었다.

여기에서 말하는 종가의 형제분이 바로 나의 큰아버지와 아버지였다. 집안의 운명은 기구했다. 할아버지께서 원인 불명인 채 44세를 일기로 급서急逝하신 이후 집안은 속절없이 몰락했고, 아버지 형제분은 풍비박산의 틈바구니에서 농토며 뭐며 돌아볼 겨를도 없이 겨우 목숨만을 건져 이웃 마을로 비접을 떠나지 않으면 안 되었다. 그것은 살아남기 위한, 종통이라도 잇기 위한 유일한 선택인 셈이었다.

그 후 아버지 형제분의 삶은 고난의 가시밭길 바로 그것이었다. 그런 험난한 세월의 한복판에서 아버지 형제분은 송곳 꽂을 땅도 없이 가정을 이루었지만 불행은 거기에서 그치지 않았다. 아버지 형제분은 한평생 허리가 휘도록 고생만 하셨고, 특히 종통을 이어야 할 큰아버지께서는 후사를 두지 못함으로써 언제부턴가 한잔 술로 절손絕孫의 서러움을 탄식하곤 하였다.

그러나 우리 아버지는 줄줄이 자녀들을 낳았다. 딸, 딸, 아들, 아들, 딸, 아들…. 이렇게 6남매를 낳는 동안 우리 부모님도 위로 두 딸을 빼고 내리 3남매를 잃었다. 영아사망률嬰兒死亡率이 높았던 시절, 두 아들과 딸을 젖도 떼기 전에 잃은 것이었다. 그러고는 나를 낳았다. 그때 아버지의 연세 마흔하나였다. 그러나 아버지는 그런 나를, 죽지 않고 근근이 살아난 늦둥이 아들을 당신의 형님께 양자로 들여보낸 것이었다.

대관절 종통이 무엇인지, 유교 사회의 법도가 무엇인지, 겨우 젖 떨어진 귀한 아들을 당신의 형님 댁으로 떠나보내 했던 아버지 어머니의 심정은 어떠했을 것인가. 다행히도 내가 큰집으로 떠난 이후 생가生家에서 3남 1녀의 4남매가 더 태어났지만, 우리 부모님은 해괴한 운명 속에 생이별한 이 못난 아들로 말미암아 살아생전 이만저만 피눈물을 흘린 것이 아니었다.

어쨌든 이런 우여곡절 속에 나는 결국 종가의 대를 이어가야 할 종손이 되었다. 그렇건만 나 자신 결혼 후 연년생으로 딸만 둘을 낳았다. 이 얼마나 통탄할 일인가. 종가의 대를 잇기 위해 큰집에 양자로 들어간 내가 덜렁 딸만 둘을 낳았으니, 종가의 절손은 불을 보듯 뻔한 일이었고, 그 연장선상에서 굳이 말하자면 내 부모님의 피눈물까지도 무의미해진 셈이었다.

이제는 시대가 달라졌다. 아들과 딸을 구분하여 뭘 어쩌자는 것인가. 하지만 남들도 다 둔 아들이 없어 못내 서운한 것은 사실이었고, 오래 전에 돌아가신 생가, 양가의 부모님이 그리워질 때마다 무거운 죄책감을 느끼지 않을 수 없었다. 그렇다고 아들이나 딸을 내 뜻에 따라 선택적으로 낳을 수 있는 것은 아니었다.

나는 일찌감치 득남得男에의 꿈을 접고 두 딸을 가르치는 일에만 주력하느라 골병이 들 지경이었다. 그런데 이게 웬일일까, 내 나이 불혹을 훨씬 지난 뒤에 집사람이 돌연 아기를 갖게 되었고, 내 나이 마흔여섯에 늦둥이 아들을 낳게 되었다. 작은딸과는 무려 열일곱 살 터울이었다. 그것은 가위 기적인 셈이었다. 두 딸은 벌써 시집가서 어느덧 아기엄마가 되었는데, 이 늦둥이 아들은 이제 겨우 초등학교에 다니면서 우리 집안에 웃음을 선사하는 귀염둥이 노릇을 톡톡히 하고 있다.

결론적으로 말하자면, 나는 이 녀석의 출생을 계기로 종래의 모든 걱정과 근심을 일거에 떨쳐버리고 새롭게 태어났다. 따라서 이 녀석이야말로 내 인생의 결정적 전환점을 마련해 준 것은 물론, 더 나아가 우리 가문에 새로운 희망을 불어 넣어 준 보배라고 말할 수밖에 없겠다. (「내 생애 그 사람」. 2003)

사랑하는 아들 명원에게

명원아. 내 나이 마흔여섯, 네 어머니 마흔다섯에 너를 낳았다. 그러니까 너는 누가 뭐래도 늦둥이라고 말할 수밖에 없겠지. 부자간인 우리는 무려 45년이라는 세월의 격차를 안고 살게 된 거야.

네가 태어났을 때 얼마나 기뻤던지. 그것은 기쁨이라기보다 차라리 감격이었다. 너는 우리 집안의 꿈이었고 희망이었다. 너는 그런 꿈과 희망에 값하고도 남을 만큼 잘 자라 주었다.

특히 네 누나들이 결혼하여 신접살림을 차린 이후 아빠와 엄마는 너에게 모든 것을 걸었다. 그랬다. 네 누나들이야 건강하게 잘 자랐고, 또 좋은 배필을 만나 행복한 가정을 꾸리게 되었으니 우리의 나머지 삶을 너에게 거는 것은 당연한 일이었지.

그럼 여기에서 살짝 비밀 이야기를 털어놓을까. 아빠는… 음, 이 못난 아빠는 유년 시절 이후 너무 불우한 삶을 살아왔단다. 세 살 때 큰집의 양자로 들어가 비참하기 이를 데 없는 가난 속에 허우적대야 했으니까.

그중에서도 굶주림은 한평생 가장 아픈 기억으로 따라다니며 나를 괴롭히곤 했지. 어디 그뿐인가. 중·고등학교에 다니는 동안 30리 길을 걸어서 통학하느라 얼마나 고생했던지. 참고서는 사 볼 엄두도 내지 못했고, 학용품마저 턱없이 부족하여 제대로 학업에 전념할 수가 없었단다.

그래도 어린 시절의 나는 주위 사람들로부터 '재주 있다'는 말을 들었다. 그런 칭송은 내게 큰 힘을 실어 주었지. 하지만 조상 전래의 가난만은 내 힘으로 어떻게 해 볼 도리가 없었단다.

그런 가난 속에서 나는 문학에의 꿈을 키웠지. 그리고 스무 살 되던 해, 입에 풀칠이나 해 보자고 나 혼자 훌쩍 고향 떠나 낯설고 물설기 짝이 없는 서울로 올라왔단다.

그날 이후 고생은 말이 아니었다. 가도 가도 끝이 없는 험난한 가시밭길. 학교 다닐 때에는 모범생 중의 모범생으로 남부럽지 않은 칭송을 들었지만, 그 고난의 가시밭길에 접어든 이후로는 쓰디쓴 좌절을 느끼지 않을 수 없었단다.

실의와 좌절의 연속. 그 과정에서 아빠는 자학의 길을 걷게 되었지. 가난한 집안에 태어난 것도 억울한데 사회에서 받아야 했던 쓰라린 멸시와 냉대는 참으로 감당하기 어려웠다.

그것은 가슴속에 상처로 남았고, 그 상처는 다시 한의 응어리로 자라나 나중에는 영혼까지 갉아먹게 되었어. 소설가가 된 이후에도 삶을 지탱하기가 어려워 참으로 절망의 구렁 속을 헤매지 않을 수 없었다.

그러다가 너의 뒤늦은 출생 이후 아빠는 너에게 새로운 희망을 걸게 되었지. 그런 점에서 너야말로 하느님께서 아빠에게 주신 가장 큰 은총이자 축복이었다.

명원아. 아빠처럼 뼈저린 한을 키우지 말고 부디 자중자애하면서 오래

오래 영혼과 육신이 두루 건강하게 살아가기를 기원해 마지않는다. (『오늘
은 남은 내 생의 첫날 – 우리 시대를 대표하는 문인 101인의 가상유언장』. 경덕출
판사. 2006)

훈련병 아들에게 보내는 편지

[주 : 사랑하는 아들 명원이가 대학 2학년 1학기를 마치고 2016년 10월 17일 충남 논산 육군훈련소에 입소했다. 소속은 제27교육연대 1교육대 1중대 3소대 3분대 144번으로 11월 23일 신병 훈련 수료식을 마치고 11월 25일 경기도 의정부시 호원동 소재 미군 부대(Camp Jackson) 라이트먼 부사관학교(Wightmen Noncommissioned Officers Academy) 카투사교육대[KTA—Katusa Training Academy]로 이동하여 카투사 교육을 이수한 뒤 12월 14일 미 제2사단 본부대대 작전중대 정보작전처 지휘연락반 일반행정병으로 배속되었다. 그 후 평택 기지로 이동, 2018년 7월 16일 카투사 병장으로 만기 제대했다. 명원이가 훈련을 받는 동안 필자는 육군훈련소 사이트를 통해 아들에게 편지를 썼다. 이 사이트에는 올릴 수 있는 글자수가 정해져 있어 아무리 긴 사연을 쓰고 싶어도 그럴 수가 없었다. 아들이 신병 교육을 받는 동안 주고받은 편지를 전문 공개한다. 자녀를 군대에 보낸 부형들에게 작은 참고가 될 것으로 기대한다.]

27연대 1교육대 1중대 3소대 3분대 144번 이명원(01)

－2016. 10. 25(화)

사랑하는 아들 명원에게.

잘 지내겠지? 어머니 스마트폰으로 들어온, 육군훈련소 홈페이지에 올라와 있는 제27교육연대 1교육대 1중대 3소대 3분대 사진, 군복 입은 네 사진을 보니 가슴이 뭉클하구나. 표정이 밝아서 한층 위안이 된다.

네가 입대한 이후 엄마와 나는 하루도 너를 잊은 날이 없다. 특히 네 방을 들여다볼 때마다 만감이 교차한다. 네가 건강하게 장성하여 나라를 지키러 나갔다는 사실이 정말 대견하구나.

집에는 아무 이상 없다. 엄마는 집안일에 바쁘고, 나는 사무실 업무에 심혈을 기울이고 있다. 수빈이네와 민준이네도 잘 지낸다. 부여 작은집, 고모네, 외갓집 가족들도 모두 건강하단다.

명원아. 너는 어렸을 때부터 아주 착했다. 어디 내놓아도 부끄럽지 않은 자랑스러운 아들이다. 따라서 군대 생활도 모범적으로 아주 잘 하리라 믿어 의심치 않는다.

사나이 대장부라면 아무리 힘든 훈련이라도 잘 극복해야겠지. 또, 이 나라 젊은이라면 마땅히 병역의 의무를 다해야겠지. 병영 생활은 평생 잊지 못할 소중한 체험이 될 거야. 그 체험은 두고두고 큰 자산이 되어 성공의 원동력으로 작용하리라 확신한다.

사랑하는 아들 명원아. 언제 어디를 가더라도 비굴하지 않은, 씩씩하고 당당한 사람이 되기를 기원한다. 가을이 깊어가면서 기온이 뚝뚝 떨어지고 있다. 감기 걸리지 않도록 유념하기 바란다. 아버지 씀.

명원에게서 온 첫 번째 편지(01)

부모님께.

잘 지내십니까? 저는 어느덧 육군훈련소 첫 주 금요일 저녁을 맞고 있습니다. 입대 전에는 걱정을 많이 했었는데, 막상 와 보니 생각했던 것보다 훨씬 좋은 여건에서 생활하게 되어 다행으로 생각하고 있습니다. 입대한 월요일부터 지난 목요일 아침까지는 입대 장소였던 입영심사대에서 생활했습니다. 그곳에서 신체검사와 인성 검사, 지능 검사 등을 받고 예방접종을 받았습니다.

수요일 저녁에는 종교 활동 시간이 있었습니다. 저는 천주교에 가서 초코파이 2개와 콜라 1캔을 받았습니다. 입대하기 전에는 그다지 소중하다고 생각하지 않았던 것들이 소중하게 느껴집니다. 초코파이도 이렇게 맛있는 줄 몰랐습니다.

목요일 오전에는 입영심사대를 떠나, 본격적으로 훈련을 받게 될 교육연대에 입소했습니다. 이곳에서 앞으로 5주간 군사 훈련을 받게 된다고 합니다. 지금까지(1주차)는 정신 교육 위주로 진행되고 있어, 큰 강의실 같은 곳에서 수업을 듣습니다. 육체적으로 큰 어려움도 없습니다. 밥도 생각했던 것보다 훨씬 맛있어서 만족스럽습니다.

교육을 담당하는 중대장(대위), 소대장(중사), 분대장(일병~병장)들도 생각했던 것보다 훨씬 친절하게 가르쳐 줍니다. 지금까지 얼차려 한 번도 받지 않았습니다. 같이 생활하는 분대원(14명)들과도 벌써 친해졌습니다. 카투사들끼리 같이 생활해서 그런지, 다들 착하고 똑똑합니다. 분대 내에 서울대 컴퓨터공학부 학생도 있고, 바로 옆자리 훈련병은 연세대에 다닌다고 합니다. 일과 중 여유가 생길 때 분대원들과 이야기를 나누는 것도 소소한 재미입니다.

처음 3일 정도까지는 시간이 정말 안 갔는데, 지금은 그래도 버틸 만합니다. 어서 모든 훈련을 끝내고 수료하고 싶습니다. 교육을 할 때, 행정병이 와서 단체 사진을 찍습니다. 육군훈련소 홈페이지의 '연대별 코너'에서 '제27교육연대'를 클릭해서 들어가시면 제 사진이 있을지도 모릅니다. 저는 16-77기입니다. 이 택배가 도착할 때쯤이면 '내 자녀 찾기'에도 분대 사진이 올라올 것입니다. 인터넷 편지로 뉴스도 함께 알려 주시면 감사하겠습니다. 건강히 계십시오.

2016년 10월 21일 금요일 20:20

제27교육연대 2교육대 1중대 3소대 3분대 144번 훈련병 이명원 올림.

27연대 1교육대 1중대 3소대 3분대 144번 이명원(02)

－2016. 10. 26(수)

사랑하는 아들 명원에게.

오늘도 잘 지냈겠지? 밥 잘 먹고, 훈련 잘 받고, 잠도 잘 자고 있겠지? 어디 아픈 데나 없는지 모르겠구나. 옛말에 이르기를, 집을 나서면 고생이라 했다. 그래. 집을 떠나 군문에 이런저런 고생이 많겠지. 특히 군대는 적과 싸워서 이겨야 하는 집단이므로 강인한 정신력과 체력을 요구하는 곳. 네가 흘리고 있을 땀과 눈물의 분량을 짐작하고도 남는다. 하지만 아무리 고된 훈련이라도 그것이 강력한 군인으로 거듭나는 필수 과정임을 깊이 명심하고 잘 극복하기 바란다.

사랑하는 아들 명원아. 너는 고교 시절 집을 떠나 기숙사 생활을 했고, 그동안 여러 차례 해외여행도 했던 터라 일찍이 체험하지 못한 군대에서도 잘 적응하리라 믿는다.

엄마는 잘 지내고 있다. 나는 오늘 강원도 평창에 가서 강의를 하고 왔다. 지하철 2호선 강변역(동서울) 시외버스터미널에서 시외버스를 타고 내릴 때 휴가 나온 여러 장병들과 마주쳤다. 네 생각이 떠올라 콧날이 시큰했다.

조금 전 집에 돌아와 보니 네가 발송한 소포가 도착해 있구나. 눈에 익은 네 글씨, 너무 반가워 이번에는 가슴이 먹먹해지네. 허걱! 골판지 상자 안에는 옷과 신발, 소지품에다 자필 편지까지 들어 있구나. 너의 체취가 듬뿍 배어 있는 물건들을 하나하나 만져 보며 네가 씩씩하게 군대 생활 잘하고 돌아와 큰 인물로 우뚝 서기를 기도했단다.

사랑하는 아들 명원아! 아버지는 이 세상 모든 사람들 중에서 너를 가장 사랑한다. 너는 나의 분신이니까. 우리 집안을 이어갈 기둥이니까. 아무쪼록 부디 건강하기 바란다. 너를 위해 끊임없이 기도할게. 아버지 씀.

27연대 1교육대 1중대 3소대 3분대 144번 이명원(03)

−2016. 10. 27(목, 1)

사랑하는 아들 명원아.

오늘도 잘 지내고 있겠지? 집에는 별일 없으니 아무 걱정하지 말고 훈련에만 전념하기 바란다.

어제 네 소포 안에 들어 있는 각종 안내문과 편지 잘 읽었다. 특히 효성과 정성으로 가득한 네 편지를 읽으면서 큰 감동을 받았다. 한 줄 한 줄 읽는 동안 목이 메고 가슴이 찡했다. 우리 명원이가 이렇게 성장했구나. 정말 장하다.

오는 11월 23일 수료식 때 나는 안타깝게도 연무대에 갈 수가 없구나. 지난번 입대 당일 말한 것처럼 빠지려야 빠질 수 없는, 빠져서는 안 되는, 내가 총지휘해야 할 중요한 공식 행사가 있어 무척 괴롭구나. 군인으로 거듭난 우리 명원이를 꼭 보고 싶었는데 하필이면 그날 큰 행사를 치르게 되었으니 이게 무슨 운명인지 모르겠구나. 이제 어머니와 첫째누나 중심으로 면회단을 구성하여, 곧 면회접수표를 네 앞으로 우송할 계획이다. 직계

가족이라야 영외 외출이 허용된다는 안내와 11월 11일까지 신청하라는 공지를 충분히 숙지했다.

사랑하는 아들 명원아.

그래도 카투사로 근무하게 될 동료 중 서울대와 연세대 학생들이 있다니 다행이다. 그들 또한 재학 중 군에 입대했을 테니 전우들끼리 대화가 잘 통하리라 믿는다. 어느 누구와도 사이좋게 지내면서 돈독한 우정을 쌓기 바란다.

나는 오늘 '행복한 백화점' 스튜디오에 가서 인터넷에 올라온 27연대 1교육대 1중대 3소대 3분대 단체 사진을 큼지막하게 인화했다. 사진이 참잘 나왔다. 이 사진을 서재에 걸어 놓고 아침저녁으로 바라보며 네 무운을 빌기로 했다. 이 사진은 필경 두고두고 좋은 기념이 될 것 같구나. 또 소식 전할게. 파이팅! 아버지 씀.

27연대 1교육대 1중대 3소대 3분대 144번 이명원(04)
－2016. 10. 27(목, 2)

사랑하는 아들 명원아.

오늘도 하루 해가 저물어 밤이 깊어가고 있구나. 오늘 일과도 잘 소화해 냈겠지? 그래. 우리 명원이는 침착하고 사려 깊고 인내력이 대단하니까 어떤 어려움도 잘 극복해 내리라 믿는다. 사나이 가는 길에 무엇이 두려우랴. 너는 일찍이 맛본 특공 체험을 거울삼아 어떤 난관도 거뜬히 이겨 내리라 확신한다. 오늘 네가 겪고 있는 일련의 어려움은 훗날 인간사 모진 세파를 헤쳐 나아가는 데 불퇴전의 저력으로 작용할 것이다.

어머니는 오늘도 가사를 돌보느라 바빴다. 나는 사무실 업무에 집중하면서 다른 한편으로는 너를 위해 기도했다. 직원들에게도 네 이야기를 자주 하고 있다. 네가 군대라는 새로운 세계를 체험하고 있듯, 나 또한 늦둥이 아들을 군대에 보낸 새로운 체험 앞에서 참으로 할 말이 많구나.

누나들은 여성이니까 군대에 가지 않았다. 우리집에서 군대에 간 자녀는 네가 유일하다. 그러므로 여러 생각들이 꼬리를 물고 이어진다. 특히 아들인 네가 대견하다는 것을 실감한다.

　나는 내일 큰 행사를 치르고, 오후 늦게 밤차로 부여에 간다. 모레 아침 그곳 보훈문학관에 가서 강의를 해야 하기 때문이다. 오래 전에 초청을 받았다. 논산까지 고속버스 차표를 예약해 놓았는데, 부여 작은집에 가서 1박 하고 모레 아침 강의에 나선다. 따라서 내일 저녁에는 편지를 쓰지 못할 것 같다. 양해 바란다.

　나는 지금 27연대 1교육대 1중대 3소대 3분대 단체 사진을 서재에 걸어 놓고 수시로 바라본다. 이 세상에 둘도 없는 아들 명원아. 건강하게 훈련 잘 받기 바란다. 파이팅! 아버지 씀.

27연대 1교육대 1중대 3소대 3분대 144번 이명원(05)

－2016. 10. 28(금)

사랑하는 아들 명원아.

오늘도 잘 지내고 있겠지? 어머니와 나도 잘 지낸다. 네가 입대한 뒤 허전한 마음을 달래면서, 그러나 우리 아들이 장성하여 자랑스러운 국군으로 우뚝 섰다는 긍지와 자부심을 느끼면서 하루하루 열심히 살고 있다. 물론 너를 위한 기도를 빠뜨리지 않고 있다.

어제 저녁과 오늘 아침 네가 보낸 소포 상자를 다시 살펴보았다. 곳곳에 묻어 있는 네 체취를 느끼고 싶었기 때문이지. 육군훈련소 정문 그림에다 인물 그림 두 컷까지 눈여겨보았다. 입영심사대와 면회 때 방문해야 할 연대 위치를 혼돈할까 봐 그림을 그렸겠지. 손편지를 쓸 때 혹시 잘못 쓸까 봐 주소를 두 번씩이나 적어 놓은 너의 그 치밀함에 혀를 내둘렀다. 또 면회접수표를 꼭 회송해 달라는 부탁 또한 두 번씩이나 적었더구나.

한편, 오늘 오후 늦게 나는 당초 예정대로 부여에 간다. 저녁에 편지 못 쓰는 사정인지라 재차 양해를 구한다. 그 대신 논산을 거쳐 부여까지 왕복하는 동안 너를 위해 열심히 기도하마. 육군훈련소 근처까지 내왕하면서도 너를 만나지 못하는 심정이 몹시 안타까울 따름이다.

　종교 활동 때 천주교에 찾아가기를 참 잘했다. 나는 프란치스꼬, 어머니는 프란치스카, 첫째누나는 크리스티나, 첫째 매형은 필립보, 수빈이는 루치아, 둘째누나는 로사, 너는 유아 세례를 받은 바오로… 따라서 네가 성당에 가는 것은 당연하다. 더군다나 나는 우리 성당 군종후원회 회원이란다. 혹여 어려운 일이 있거든 군종 신부님께 말씀드려라. 그러면 당연히 도움을 주실 것이다. 또 소식 전할게. 파이팅! 아버지 씀.

27연대 1교육대 1중대 3소대 3분대 144번 이명원(06)

－2016. 10. 29(토)

사랑하는 아들 명원아. 오늘도 잘 지냈겠지? 집에는 별일 없다. 어머니는 여전히 집안일에 바쁘고, 나는 어제 부여에 갔다가 오늘 집으로 돌아왔다. 어머니의 말씀인즉, 오늘 네게서 전화가 걸려왔다고 하더구나. 그 소식을 전해 들으면서 반갑고 흡족한 미소를 머금었단다.

어제 부여 재원네 집에서 1박했다. 네 작은아버지, 작은어머니, 재원이, 현정이를 모두 만났다. 밤늦게 도착한 터라 서둘러 잠을 청했으나 머릿속은 네 생각으로 가득했다. 부여에서 연무대까지의 거리가 멀지 않으므로 네 모습이 뇌리에 간절히 사무쳤다.

아침 일찍 일어나 궁남지를 한 바퀴 돌아본 뒤 은산면 보훈문학관에 가서 특강을 하고, 여러 문인들을 만나 이런저런 대화를 나누었다. 특강은 아주 성공적이었다. 중간중간 박수갈채를 많이 받았다.

오후에는 부여의 작은아버지들과 삼촌을 시내의 한 음식점으로 초대하여 정답게 식사했다. 네 입대 당일 연무대까지 와 주어 고맙다는 말과 함께 스마트폰에 저장된 3분대 사진을 보여 주었다. 그러자 작은아버지들과 삼촌이 네 모습을 눈여겨보고는 대견하다고 상찬하더구나.

눈에 넣어도 아프지 않을 복덩이 명원아. 부여에서 18:50 버스를 타고 밤길을 가로질러 조금 전 집에 돌아왔다. 약간은 피곤했다. 하지만 어머니로부터 네 전화 소식을 전해 듣는 순간 모든 피로가 말끔히 씻겨 내려가는 것을 느꼈다.

어느덧 가을이 깊어 환절기로 들어섰구나. 아침저녁으로 무척 쌀쌀하네. 일교차가 심한 이런 때일수록 감기 걸리지 않도록 조심해야겠지. 내일 성당에 가서 너를 위해 열심히 기도할게. 집 걱정 말고 잘 지내렴. 파이팅! 아버지 씀.

27연대 1교육대 1중대 3소대 3분대 144번 이명원(07)
－2016. 10. 30(일)

사랑하는 아들 명원에게.

오늘도 잘 지냈겠지? 집에는 별일 없다. 11시 교중 미사에서 너를 위해 계속 기도했다. 미사가 끝나갈 무렵, 드디어 기적이 일어났다. 스마트폰에 진동 신호가 들어왔다. 얼른 액정 화면을 들여다보았다. 지역 번호 '041'로 시작되는 전화가 들어오고 있었다. 그 순간, 너한테서 걸려온 전화임을 직감했다. 아니나 다를까, 잠깐 네 목소리를 듣는 순간 꿈인지 생시인지 그 감격을 뭐라 표현할 길이 없었다.

재빨리 번개처럼 대성전 밖으로 나와 콜렉트콜 전화를 받기 위해 안내 멘트에 따라 '아무 번호'나 눌렀다. 하지만 여전히 똑같은 멘트가 반복되어 계속 '아무 번호'를 눌렀지만, 전화는 연결되지 않았다. 네가 세 번씩이나 전화를 걸어 주었는데도 나는 키패드의 '아무 번호'만 눌렀을 뿐 끝내 통화를 하지 못했구나. 결국 오늘의 기적은 허무하게 지나가고 말았다. 뭔지는 모르지만 아마 통신 기기의 기계 장치에 문제가 있었던 것 같구나.

나로서는 너와 통화할 수 있는 절호의 기회를 놓쳤다. 너는 너대로 아버지가 콜렉트콜 전화조차 받을 줄 몰라 통화에 실패한 것으로 생각할 수도 있겠지. 네가 아주 귀한 찬스를 얻어 세 번씩이나 전화를 걸었을 텐데 얼마나 실망했을까. 정말 안타깝다. 이런 찬스는 다시 오지 않을 텐데 이게 무슨 일인지 모르겠구나.

비록 2, 3초 정도의 눈 깜짝할 사이였지만 네 목소리를 들을 수 있었던 것만으로 만족해야 할까. 점심식사를 마치고 사우나에 들어가 있는 동안에도 아쉬움과 안타까움에 멘붕 상태를 벗어날 길이 없었다. 오늘은 정말 가슴 아픈 하루였다. 또 소식 전할게. 아버지 씀.

27연대 1교육대 1중대 3소대 3분대 144번 이명원(08)

－2016. 10. 31(월)

사랑하는 아들 명원에게.

어느덧 시월의 마지막 날이구나. 네가 입대한 지 꼭 2주가 되었네. 오늘도 잘 지냈겠지? 집에는 별일 없다. 어머니는 여전히 가사에 바쁘다. 나도 잘 지낸다. 이 모두가 네 덕택이라 생각한다. 너처럼 나라를 지키는 장병들이 있어 우리 민간인들이 편안하게 지낼 수 있는 것 아니겠니? 우리가 평소 두 다리를 쭉 뻗고 편안히 잠잘 수 있는 것도 모두 전선을 지키는 장병들 덕분이지.

아침에는 이슬비가 솔솔 내렸고, 그때부터 기온이 급강하했다. 사무실에서 온종일 춥게 지냈다. 나야 이렇게 편안한, 배부른 말을 하고 있지만, 너는 훈련장에서 얼마나 고생했니? '위국헌신爲國獻身 군인본분軍人本分'을 외치는 너의 모습이 눈에 선하다. '위국헌신 군인본분'은 안중근 의사께서 휘호로 남기신 명언이다.

오늘부터는 '지피지기知彼知己 백전불태百戰不殆'를 외친다고 들었다.

이 명구는 저 유명한 『손자병법孫子兵法』에 나오는 교훈이다. 그렇다. 상대방을 알고 나를 알면 백전을 치르더라도 위태롭지 않다. 이 가르침은 병영에서뿐만 아니라 일상생활이나 처세술에서도 두루 적용되는 말이다.

내일은 육군훈련소 창설 기념일이어서 훈련을 하루 쉬는 것으로 알고 있다. 11월 첫날을 맞아 편안한 마음으로 새로운 한 달을 설계하기 바란다. 네가 없는 우리집은 무척 허전하고 쓸쓸하구나. 네가 비운 자리가 그만큼 크다는 뜻이다.

예로부터 고진감래苦盡甘來라 했다. 어려움이 지나가면 즐거움이 오게 되어 있다. 어떠한 고난도 거뜬히 뛰어넘을 수 있는 강인한 극기克己의 정신을 키우기 바란다. 계속 파이팅! 아버지 씀.

27연대 1교육대 1중대 3소대 3분대 144번 이명원(09)

−2016. 11. 1(화)

사랑하는 아들 명원에게.

오늘도 잘 지냈겠지? 집에는 별일 없다. 11월 1일이구나. 이달 한 달도 좋은 일만 가득하기를 기원한다. 오늘은 논산훈련소 창설 기념일이어서 훈련을 쉬었겠구나. 하지만 영내 생활이란 그 자체로서 군대 근무인지라 여러 가지로 힘들었겠지? 어디 그뿐인가. 훈련에 몰입할 때보다는 집 생각도 더 났겠지? 정다운 친구들도 떠올렸겠지?

지난 1997년이었다. 나는 그해 9월 4일부터 12월 18일까지 104일 동안 해군사관학교 제52기 순항훈련을 참관했다. 그때, 너는 갓 돌 지난 어린 아기였단다. 우리 함대는 진해에서 출항하여 태평양을 마당처럼 누비면서 7개국(미국·캐나다·멕시코·과테말라·에콰도르·칠레·프랑스) 11개 항구(괌·하와이·밴쿠버·샌디에이고·아카풀코·푸에르토게트살·과야킬·발파라이소·타히티·사모아·사이판)를 순방했다. 태평양을 건널 때 한 번, 돌아올 때 한 번, 이렇게 적도를 두 번씩이나 통과했다.

이 과정에서 낯선 세상을 만나곤 했다. 항구에 닿아 상륙할 때마다 이국異國의 경이로운 풍광에 신선한 충격을 받았다. 하지만 나에게는 말 못 할 사연이 있었다. 그리움이었다. 수평선 저 너머로 해가 뉘엿이 기울고 망망대해에 노을이 시뻘겋게 물들면 고국이 그리웠다. 집이 그리웠다. 가족들이 그리웠다. 특히 한창 재롱을 부리던 네가 그리워 정말 미치고 환장할 지경이었다. 요즘 네가 무척 보고 싶다. 서가에 붙여 놓은 네 사진을 보고 또 보면서 그리움을 달래고 있지만 기갈을 면할 길이 없구나. 추워지는 날씨에 건강 잘 챙기기 바란다. 계속 파이팅! 아버지 씀.

27연대 1교육대 1중대 3소대 3분대 144번 이명원(10)

― 2016. 11. 3(목)

사랑하는 아들 명원에게.

오늘도 잘 지내고 있겠지? 집에는 별일 없다. 어머니는 여전히 가사에 바쁘고, 나는 사무실 업무에 집중하고 있다. 평소 나는 컴퓨터를, 어머니는 스마트폰을 이용해 네게 편지를 쓴다. 그저께는 어머니가 편지를 쓰느라 애를 먹었다. 스마트폰 상태가 말썽을 부렸기 때문이다.

어제는 내가 온종일 무척 고생했다. 육군훈련소 홈페이지가 제대로 작동되지 않았다. 네 친구 몇 사람이 네게 편지를 썼더라만 나는 사무실과 집에서 네게 편지를 쓰려고 부단히 노력했으나 여의치 못했다. 계속 '점검 중'이라는 안내만 나와 황당하기 짝이 없었다. 결국 어젯밤에는 자정 무렵까지 낑낑 고생만 하다가 편지 쓰기를 포기했다. 결과적으로 잠만 설친 꼴이 되었지만, 네가 연일 고된 훈련을 이겨낸다고 생각하면 내 잠 따위는 사실상 아무것도 아니다.

컴퓨터 문제를 놓고 어머니와 이런저런 의논을 많이 했다. 그런데 수빈

엄마도 컴퓨터 편지를 쓰다가 실패했다는 이야기를 전해 들었다. 어제는 우리 가족에게 일진이 참 안 좋았던 날인 것 같다. 그 대신 스마트폰으로 쓴 어머니의 편지가 들어갔으니 작은 위안으로 삼을 수 있었다.

오늘 사무실에 출근하여 바쁜 일 제쳐 놓고 이렇게 몇 자 적는다. 날씨가 추워지고 있어서 걱정이다. 특히 너는 훈련병인지라 더욱 고생이 많겠지?

네가 알다시피 나는 계백 장군, 이순신 장군, 안중근 의사를 흠모하며 강인한 정신력으로 살아왔다. 아버지의 아들답게, 사나이 대장부답게 어떤 어려움도 굳건히 이겨내기 바란다. 또 소식 전할게. 파이팅! 아버지 씀.

27연대 1교육대 1중대 3소대 3분대 144번 이명원(11)

– 2016. 11. 3(목)

사랑하는 아들 명원에게.

오늘도 잘 지냈겠지? 집에는 별일 없다. 어머니는 가사에 바빴고, 나는 사무실 업무와 문화체육관광부 회의와 평생교육원 강의로 분주한 하루를 보냈다. 여기저기 전동열차를 타고 이동하는 과정에서 줄곧 너를 생각했다.

엊그제는 1997년 해군 순항훈련 때의 그리움을 주제로 편지를 썼다. 그때 너는 참 예쁘고 귀여웠다. 너는 본래 우리집에 큰 행운과 기적을 가져온 복덩이였다. 너는 96년 7월 12일 이대목동병원에서 태어났다. 나는 그날의 기쁨을 잊은 적이 없다. 손 귀한 집안에, 딸들만 있던 우리 가정에 아들이 태어났으니 참으로 큰 경사였다. 딸도 귀한 존재임에 틀림없지만, 네가 태어나 새 식구로 합류함으로써 우리집에서는 딸들과 아들이 골고루 어울려 살아가게 되었다. 우리집에는 만복이 깃들었다. 부여 작은아버지들과 삼촌, 고모네를 비롯한 집안 모두가 너의 탄생을 축하해 주었다.

네가 태어났을 때 우리 내외는 이미 40대 중반이었고, 누나들은 벌써

고등학교에 다니고 있었다. 너를 낳고 나서 그 이듬해, 97년 1월 5일 나는 천주교 세례를 받았다. 종래의 생활 습관을 버리고 새롭게 살기 위한 선택이었다. 그 후 나는 열심히 성당에 다니면서 너를 위해 기도했다. 아니나 다를까, 너는 새록새록 자라면서 우리 가정에 웃음과 즐거움과 행복을 안겨 주었다. 그때부터 집안 일 모두가 술술 잘 풀렸다.

그렇다. 누가 뭐래도 너는 좋은 심성을 가지고 태어났다. 부모 말을 잘 들어 주었고, 공부 또한 아주 잘해서 나무랄 데가 없었다. 아들아, 사랑한다. 추워지는 날씨에 건강 잘 챙기기 바란다. 파이팅! 아버지 씀.

27연대 1교육대 1중대 3소대 3분대 144번 이명원(12)

− 2016. 11. 4(금)

사랑하는 아들 명원에게.

오늘도 잘 지냈겠지? 집에는 별일 없다. 어머니는 건강하다. 나도 건강하게 잘 지낸다. 오늘은 부여 막내삼촌 생일이어서 아침 일찍 축하 전화를 해주었다. 작은아버지들과 삼촌이 저녁에 회식을 했단다. 나, 그리고 부여의 작은아버지들은 이렇듯 서로가 서로를 챙기며 형제의 사랑을 돈독히 다져 나왔다. 그러므로 우리 집안에는 불화가 없고, 형제간에 늘 화목이 넘쳐난다.

날씨는 꽤 풀렸다. 지난 며칠 동안 기온이 뚝 떨어져 날씨가 스산했다. 하지만 오늘은 그런대로 포근한 느낌이었다.

사랑하는 아들 명원아. 너는 어렸을 때부터 아주 일찍 한자漢字를 배워 좋은 성적을 기록했고, 특히 수학에서 놀라운 실력을 발휘했다. 네가 각종 경시대회에 나가 입상하는 것을 보고 나는 네 재주가 범상치 않음을 느꼈다. 아니나 다를까, 너는 초등학교와 중학교와 고등학교 과정을 거치는 동안 줄곧 탁월한 성적으로 희망찬 미래를 예고했다.

지난 2014년 12월 5일 네가 서울대학교 경영대학에 합격했을 때 나는 탄복을 아끼지 않았다. 예로부터 될성부른 나무는 떡잎부터 알아본다고 했다. 너는 이미 어린 시절부터 특출한 두각을 나타냈고, 마침내 대학 입시에서 우리 가족 모두에게 행복한 감격을 안겨 주었다.

그때 나는 정말 이 세상을 다 차지한 것처럼 기뻤다. 어디 그뿐인가. 1학년 1학기를 수석으로 장식했다. 아, 이 얼마나 대견한 일인가. 수재들만 모여 있는 명문 대학에서 수석을 차지하다니 참으로 경탄할 일이었다.

나는 너를 믿는다. 너의 웅비와 성공을 확신한다. 앞으로 네 인생을 잘 가꾸기 바란다. 아버지 씀.

27연대 1교육대 1중대 3소대 3분대 144번 이명원(13)

— 2016. 11. 5(토)

사랑하는 아들 명원에게.

오늘은 운이 참 좋았다. 너와 통화할 수 있는 행운을 누렸으니까. 행복은 결코 멀리 있는 것이 아니었다. 네 목소리를 들을 수 있었던 것만으로도 행복했다. 잘 지내겠지? 어머니와 나는 집에 있으니까 늘 비슷비슷한 일상을 되풀이하고 있지만, 너는 군대라는 새로운 사회에서 하루하루 색다른 체험을 하고 있으리라 유추해 본다.

오늘 오후 어머니와 나는 경기도 군포의 한 병원에서 장기 요양 중인 네 고모님을 찾아뵈었다. 사전에 연락이 닿은 고모부님도 와 계셨다. 올해 78세인 고모부님은 노령이긴 하지만 그런대로 건강을 잘 유지하고 계시더구나. 하지만 75세인 고모님은 병석에 누운 채 언제 일어날지 모르는, 아니 어쩌면 영원히 일어나지 못할 수도 있는 기약 없는 투병을 하고 있다. 그럼에도 고모님은 우리 내외가 병실로 들어서자마자 네 안부부터 물었다. 내 스마트폰에 저장해 놓은 네 사진을 보여드렸다. 그러자 고모님과 고모부님은 너의 밝은 표정을 살펴보시고는 아주 흡족해 하셨다.

　잠시 후 병원 근처 음식점에서 고모부님에게 저녁식사를 대접했다. 마침 식사가 끝나갈 무렵 어머니의 스마트폰으로 네 전화가 걸려왔다. 우리 3인은 전화를 바꿔 가면서 너와 통화할 수 있었다. 뭐라 말할 수 없을 만큼 기뻤다. 지난번 내 스마트폰으로 전화를 걸어왔을 때 통화에 실패한 일도 있고 해서 일종의 트라우마가 있었던 차에 이게 웬 떡인가 싶었다. 눈물이 핑 돌았다. 네 목소리를 들은 고모부님도 무척 기뻐하셨다. 사랑하는 아들아, 가문의 명예와 자존심을 살려 어떤 난관도 잘 극복하리라 믿는다. 계속 파이팅! 아버지 씀.

27연대 1교육대 1중대 3소대 3분대 144번 이명원(14)
－2016. 11. 6(일)

사랑하는 아들 명원에게.

오늘도 잘 지냈겠지? 집안에는 별일 없다. 성당 미사 때 너를 위해 열심히 기도했다. 오후에는 사우나에 들어앉아 땀을 흘리면서 '가문'이라는 화두를 잡고 많은 것을 생각했다.

우리의 본관은 한산韓山이다. 시조는 고려 숙종 때 권지호장權知戶長을 지내신 윤경允卿 할아버지, 저 명성 높은 목은牧隱 색稽 할아버지는 시조 할아버지의 7세손이다. 목은 할아버지는 일찍이 원나라 제과制科에 급제, 고려 말 최고의 석학이며 대유大儒로서 공민왕 때 문하시중門下侍中을 지내셨고, 그 어른의 문하에서 권근權近 변계량卞季良 정도전鄭道傳 정몽주鄭夢周 등 학자와 명신이 대거 배출되어 성리학의 주류를 이루었다. 사육신의 한 분이신 백옥헌白玉軒 개塏 할아버지, 『토정비결土亭秘訣』의 토정土亭 지함之菡 할아버지, 선조 때의 대문장가로 영의정을 지내신 아계鵝溪 산해山海 할아버지는 역사 속에 우뚝 섰다. 아무튼 우리 가문은 조선에서 무려 문과 급제자 195명, 상신 4명, 대제학 2명, 청백리 5명, 공신 12명을 배출했다.[두산백과사전 참조]

현대에도 우리 일가들은 각계각층에서 눈부신 활약을 하고 있다. 나는 시조 할아버지의 28세손, 목은 할아버지의 22세손이다. 따라서 너는 시조 할아버지의 29세손, 목은 할아버지의 23세손이 된다. 우리 부자는 끝까지 고려의 충신으로 남으신 목은 할아버지처럼, 목숨을 던져 사육신으로 남으신 백옥헌 할아버지처럼 가문의 명예와 긍지를 지켜야 한다. 장차 네가 가문을 찬연히 빛내면서 나라를 위해 큰일을 하리라 믿는다. 건강을 기원한다. 파이팅! 아버지 씀.

명원에게서 온 두 번째 편지(02)

사랑하는 부모님께.

이제 날이 슬슬 추워지는데 건강하신지요? 저는 저번 주 동화주차가 끝나고 이제 1주차 훈련을 받고 있어요. 아직까지는 정신 교육만 받고 있어서, 체력 단련 외에는 딱히 몸을 쓸 일이 없어요. 그저께부터였던가, 이곳에 감기 환자가 급증하고 있어요. 저도 어제는 콧물이 꽤 나서 감기에 걸린 것이 아닌가 걱정했어요.

그래서 최대한 몸을 사리고, 침낭 속에서 따뜻하게 잤더니 오늘은 많이 나아졌어요. 감기 때문에 의무실에 가는 인원이 꽤 되는데 저는 의무실에 안 가도 내일쯤이면 콧물이 뚝 끊어질 것 같아요.

같은 생활관을 쓰는 분대원들과는 벌써 꽤 많이 친해졌어요. 농담도 주고받고, 얘기를 나누다 보면 시간이 빨리 지나가는 것 같아서 기분이 좋아요. 다음 주부터는 영외 훈련을 나가는데, 분대원들과 함께 하면 어떤 훈련이라도 잘 받을 수 있을 것 같아요. 그리고 이틀에 한 번씩 불침번을 서고 있어요. 한 시간씩, 자다가 일어나서 불침번을 서야 해요. 어제도 23:30~0:30 한 시간 동안 불침번을 섰어요. 그래도 취침 시간이 넉넉해서 피곤하다는 생각은 들지 않아요. 불침번 끝내고 침상으로 돌아올 때 정말 기분이 좋아요.

이곳에서 규칙적으로 생활하는 것이 이제 많이 적응됐어요. 처음에 왔을 땐 늦게 자는 습관 때문에 22시에 잠이 잘 오지 않았는데, 어느새 적응이 되어 이제는 거의 눕자마자 잠들어요. 밥은 먹을 만해요. 항상 배고플 때 먹다 보니 다들 순식간에 식판을 비워내요. 얼른 수료해서 사회에서 먹었던 맛있는 음식물을 많이 먹고 싶어요. 부식/야식으로 컵라면도 한 번 나왔고, 견과류 믹서도 몇 번 나오긴 했지만 여전히 배가 고프네요. 일요일 종교 활동에서 주는 초코파이가 정말정말 맛있어요. 그래서 주말이 더욱 기다려져요.

토요일에 찍었던 분대 사진이 육군훈련소 홈페이지에 올라왔다는 소식을 들었어요. 저도 그 사진을 받았는데, 잘 나와서 기분이 좋았어요. 개인 사진도 찍어서 저는 받았는데, 인터넷으로는 어디에서 확인하실 수 있을지 모르겠네요.

인터넷 편지는 그날그날 출력해서 주기 때문에 제가 받아볼 수 있어요. 지금까지 써 주신 것들도 잘 받았어요. 혹시 인터넷 편지를 통해 주요 뉴스를 알려 줄 수 있나요? 여기에 국방일보라는 신문이 있기는 한데, 국방 관련 뉴스와 칼럼밖에 없어서 제가 궁금한 것들은 거의 알 수가 없네요. 바깥세상이 어떻게 돌아가고 있는지 궁금해요. 오늘도 인성 교육을 받으러 법당으로 이동하는데, 수료식 참석을 위해 영내로 진입하는 차량들이 많이 보였어요. 저도 얼른 무사히 훈련을 마치고 수료하고 싶어요. 11월 23일에 수료할 때까지 지시 사항 잘 따르면서 안전하게 훈련 받을게요.

어느새 이곳 논산에서의 시간도 30% 정도 흘렀네요. 남은 70%도 빠르게 지나가면 좋겠습니다. 건강하세요.

　10/21(목) 정오 명원 올림.

　　[주 : 10월 17일 월요일에 입대했으므로 '저번 주 동화주차가 끝나고 제1주차'와 '논산에서의 시간도 30% 정도'라는 표현을 감안할 때 10/21은 10/27의 오기인 듯. 10/21은 목요일이 아니고 금요일이며, 10/27이 목요일임.]

27연대 1교육대 1중대 3소대 3분대 144번 이명원(15)

−2016. 11. 8(화)

사랑하는 아들 명원에게.

잘 지냈겠지? 집에는 별일 없다. 나는 어제 충남 천안에 있는 우정공무
원교육원에 출장 가서 1박 2일 동안 열심히 작품 심사를 하고는 오후 늦게
귀가했다. 따라서 지난번 부여 문학 특강 때와 마찬가지로 어제는 네게 보
내는 편지를 쓰지 못했다. 미안하구나. 하지만 내 마음은 낮에나 밤에나
항상 너에게 가 있다. 천안에서 작품 심사를 하는 동안에도, 또 어제 저녁
잠자리에 들어서도 줄곧 너만을 생각했다.

오늘 집에 돌아오자마자 네가 보낸 자필 편지를 읽었다. 10월 21일(목)
정오에 쓴 편지가 어제야 집에 도착했단다. [주 : 10월 17일 월요일에 입대
했으므로 명원이의 편지 중 '저번 주 동화주차가 끝나고 제1주차'와 '논산
에서의 시간도 30% 정도'라는 표현을 감안할 때 10/21은 10/27의 오기인
듯. 10/21은 목요일이 아니고 금요일이며, 10/27일이 목요일임.] 무척 반
가웠다. 글자 한 자 한 자에 네 체취가 듬뿍듬뿍 묻어나는 것만 같아 가슴

이 뭉클했다.

항상 배고픔을 느낀다니 눈물겹다. 초코파이가 그렇게도 맛있었다는 대목에서는 뭐라 할 말을 잃었다. 그래. 훈련병에게는 민간 사회의 음식이 그립겠지. 하지만 네가 좋아하는 음식을 제공할 수 없으니 안타깝구나.

정국이 매우 시끄럽다. 소위 '최순실 국정 농단 사건'이 불거졌기 때문이다. 이 사건의 핵심은, 박 대통령의 측근인 최순실이 국정을 농단하면서 각종 탈법 행위를 자행한 데 있다. 야권과 국민의 분노가 하늘을 찌른다. 어머니가 최근의 신문을 우송했으니 관련 기사를 참고하기 바란다.

사랑하는 아들 명원아. 사람은 모름지기 자신의 본분을 알아야 한다. 이번 사건의 경우 박 대통령과 최순실과 그 패거리의 빗나간 처신을 이해할 길이 없다. 우리 명원이는 하늘을 우러러 한 점 부끄러움도 없는 공명정대한 인물로 대성하리라 믿는다. 건강과 행운을 기원한다. 파이팅! 아버지 씀.

27연대 1교육대 1중대 3소대 3분대 144번 이명원(16)
− 2016. 11. 9(수)

사랑하는 아들 명원에게.

오늘도 어김없이 하루 해가 저물었다. 잘 지내겠지? 집에는 별일 없다. 어제 저녁 인터넷에 새로 올라온 1중대 3소대 3분대 사진을 보았다. 이번에는 네가 소속 부대를 알려 주는 '3소대'라 적힌 피켓 모양의 종이를 들고 있더구나. 반가웠다. 오늘 어머니와 함께 동네 백화점 스튜디오에 가서 네 사진을 내려 받아 인화했다.

미국 대통령 선거에서 트럼프 후보가 압도적으로 당선됐다. 대부분의 우리 국민들이 클린턴을 응원했지만 미국 국민들은 트럼프를 선택했다. 국내 정국이 어수선한 이 마당에 미국 대통령 선거마저 우리 뜻대로 되지 않았다. 클린턴과는 달리, 트럼프는 예측 불허의 변화를 몰고 올 것으로 관측된다. 우리나라에도 방위비 부담 증액, 각종 조약의 변경 등 많은 것을 요구하지 않을까 걱정된다.

엊그제 편지에서는 우리 가문의 내력을 축약해서 몇 자 적었다. 연일 고된 훈련으로 지친 너에게 딱딱한, 듣기에 따라서는 고리탑탑한 가문 이야기를 적어 보낸 까닭인즉 조금이라도 자긍심을 심어 주려는 뜻이었다. 네가 알다시피 모든 생명체에는 유전 인자라는 것이 있다. 집안에는 집안의 내력이 있고, 그 내력은 우리의 체내에 유전 인자로 흐르고 있다는 사실을 잘 알아야 한다.

　뿌리 없는 나무가 없는 것처럼 조상 없는 인간은 있을 수 없다. 나는 평소 목은 할아버지와 백옥헌 할아버지를 생각하며 청렴강직하게 살아왔다. 어떤 경우에라도 불의와는 타협하지 않았고, 올바른 길을 걸으며 정정당당하게 내 소신을 펼쳤다. 너도 육체적으로나 정신적으로 강건한 사람이 되어 깨끗하게 살리라 믿는다. 파이팅! 아버지 씀.

명원에게서 온 세 번째 편지(03)

사랑하는 부모님께.

추운 날씨에 잘 지내시는지요? 저는 내복, 방상 내·외피 등 여러 겹으로 껴입고 다녀서, 추위 때문에 힘든 일은 거의 없습니다. 훈련소에 입소한 지도 3주가 되어 가네요. 정신 교육은 진작에 다 끝났고, 2주차에는 영외 교육을 나갔어요.

월요일에는 화생방 훈련을 했어요. 화요일에는 훈련소 창설 기념일이라 영화 「인천상륙작전」을 봤어요. 수요일에는 경계 교육을 받았어요. 초소에서 근무할 때의 보고, 수하 요령에 대해 배웠어요. 목요일에는 사격술 예비 훈련을 했고, 바로 어제 금요일에는 공포탄을 한 발 쏘고 조준하는 연습을 했어요.

훈련 자체는 체력적으로 큰 어려움이 없어요. 각 훈련의 교장이 모두 영외에 있어 짧게는 5분, 길게는 40분씩 걸어가야 해요. 가는 길에 민가를 지나는데, 그것들을 보면 금방이라도 집에 갈 수 있을 것만 같아요. 경계

교육을 하러 갈 때에는 연무읍 마산4리라는 마을을 지났는데, 거기에 있는 구자곡초등학교를 보면서 사회에 나와 있는 듯한 기분이 들었어요. 행군할 때 메는 군장은 10kg도 넘지만, 그런 소소한 구경의 재미 덕분에 버텨낼 수 있는 것 같아요.

화생방 교장으로 가기 위해 훈련소 문을 나서면 바로 천안―논산 간 고속도로(주 : 호남고속도로로 바로잡음) 위를 가로지르는 군사용 보도 육교예요. 거길 건너면서 고속도로의 차들을 바라볼 때면 입소하던 날이 떠오르네요. 수료식까지 포함하면 이곳 육군훈련소에서 30일을 보내게 되는데, 오늘이 20일차니까 이제 막 반환점을 돌았네요. 영외로 훈련을 나가니 시간이 빠르게 지나가는 것 같아 다행이에요.

그리고 부탁드릴 게 하나 있어요. 입소하는 날, 훈련소에서 화장품류 사용이 안 된다고 해서 집에 보냈는데, 이제 방침이 바뀌어 사용 가능하다고 하네요. 사용 가능한 종목은 1)로션, 2)썬크림, 3)립밤, 4)핸드크림 총 4가지인데, 이 중 로션과 썬크림만 있으면 될 것 같아요. 로션은, 제 방 책장 화장품 놓는 자리에 'SNAIL SKIN'이라고 쓰인 초록색 통이 있어요. 썬크림은 제가 집으로 보낸 택배 박스 안에 있던 흰색 썬크림으로요. 이 두 가지만 소포로 보내 주세요. 다른 품목이 있으면 반송해야 하니, 그 두 가지만 소포 부탁드릴게요.

수료식 날에는 치킨이 가장 먹고 싶네요. 고기도 먹고 싶고… 여기에서는 많은 인원들이 생활하다 보니 고기반찬을 많이 먹지 못해서 아쉬워요. 그래도 우유는 꼬박꼬박 나오고, 가끔씩 붕어싸만코, 피자빵 같은 부식도 나와요. 밖에 있을 땐 편의점에서 아무 때나 사먹을 수 있었던 초코바, 아이스크림 같은 것들이 여기에서는 정말 소중하게 느껴지네요. 얼른 훈련 마치고 많이 먹고 싶어요.

오늘은 개인 정비 시간을 가지며 휴식하고, 내일 아침에는 성당 미사에 가요. 남은 훈련 건강히 받겠습니다. 안녕히 계세요.

11/5(토) 10:22 명원.

27연대 1교육대 1중대 3소대 3분대 144번 이명원(17)

－2016. 11. 10(목)

사랑하는 아들 명원에게.

잘 지내겠지? 집에는 별일 없다. 오늘 나는 천안 독립기념관에 다녀왔다. 오후에는 천안 일대에 비가 주룩주룩 내렸다. 네 생각이 꼬리를 물었다. 훈련소 일대에도 비가 내릴 텐데 야외 훈련을 받느라 얼마나 힘들까 걱정했다.

집에 돌아와 네가 보낸, 11월 5일(토)에 작성한 세 번째 편지를 읽었다. 훈련 자체에는 체력적으로 큰 문제가 없다고 하니 일단은 다행이다. 하지만 집이 그립고, 먹고 싶은 것도 많다는 대목에 이르러서는 마음이 짠했다. 수료식을 기다린다는 간절한 속내 또한 충분히 이해하고도 남는다.

사랑하는 아들 명원아. 나는 너를 위해서 산다. 네가 알다시피 누나들은 오래 전에 결혼하여 가정을 이루었다. 어디 그뿐인가. 누나들은 자녀들까지 두었다. 하지만 너는 아직 학업 중에 있고, 병역의 의무를 다하기 위해 군대에 가 있다. 근무 연한을 마치고 제대해 돌아와 학업을 계속해야겠지. 그러므로 너는 우리 집안의 희망인 것이다.

　본래 우리 가문은 부여 일대에서 떵떵거리며 살았다. 그런데 나의 할아버지(네게는 증조할아버지) 때 가세가 기울어 부모님 때에는 극빈極貧의 밑바닥까지 추락했다. 이에 따라 나는 세상에 태어나면서부터 배를 많이 곯았고, 간신히 고등학교를 졸업한 뒤 적수공권赤手空拳으로 객지에 나와 사회생활을 시작했다. 앞길을 개척하기가 무척 힘들었다. 그것은 고난의 가시밭길이었다.

　이렇듯 처참한 삶을 살아왔던 터라 너한테만은 그런 고통을 대물림하지 않으려고 부단히 노력해 왔다. 그렇다. 너 한 사람만 훌륭하게 잘 풀리면 무슨 여한이 있겠는가. 꼭 성공하기를 기원한다. 파이팅! 아버지 씀.

27연대 1교육대 1중대 3소대 3분대 144번 이명원(18)

─2016. 11. 11(금)

사랑하는 아들 명원에게.

오늘도 잘 지냈겠지? 집에는 별일 없다. 어머니는 가사에 열중했고, 나는 사무실에서 업무에 몰입했다. 오후에는 '예술의 기쁨'에서 열린 제2회 시예술아카데미문학상 및 2016년도 미네르바신인상 시상식에 다녀왔다. '예술의 기쁨'은 저 유명한 김남조 시인이 세운 재단법인으로 효창동에 위치한다. 그곳에는 각종 행사를 열 수 있는 강당이 있다. 시예술아카데미는 문협 이사장이신 문효치 시인이 후학을 가르치는 사숙私塾이고, 미네르바는 문 시인이 발행하는 권위 있는 문학지로서 문단 안팎의 주목을 받고 있다. 그러니까 오늘 행사는 시예술아카데미와 미네르바가 '예술의 기쁨' 강당에서 개최한 행사인 것이다.

행사는 매우 성공적이었다. 우리 문단의 탁월한 문인들이 대거 참석했다. 공식 행사가 끝난 뒤에는 근처 음식점에서 푸짐한 뒤풀이 식사를 나누었다. 그 분위기가 화기애애했다. 돌아오는 전철 안에서 기도를 많이 했다. 너는 우리 집안의 희망이자 자존심의 아이콘이다. 나는 너를 위해 모든 것을 희생할 각오가 되어 있다. 이는 네게 부담을 주기 위해 하는 말이 결코 아니며, 너에게 용기를 불어넣어 주기 위한 나의 간절한 몸짓이다.

사랑하는 아들 명원아. 너의 미래는 엄청나게 원대하다. 그 무한한 미래를 향해 끊임없이 노력하며 언제 어디서나 자존심을 지키기 바란다. 가문의 자존심, 내가 어떤 난관에도 굴하지 않고 지켜온 자존심, 네가 재학 중인 명문 서울대의 자존심을 생명처럼 여기며 최선을 다할 때 너는 마침내 큰 영광을 차지할 수 있을 것이다. 건강과 행운을 기원한다. 파이팅! 아버지 씀.

27연대 1교육대 1중대 3소대 3분대 144번 이명원(19)
—2016. 11. 12(토)

사랑하는 아들 명원에게.

잘 지내겠지? 집에는 별일 없다. 조금 전 잠시나마 네 목소리를 듣게 되어 무척 기뻤다. 너는 잘 지낸다고 말해 주었다. 그러나 나는 안다, 네 훈련이 얼마나 힘든가를. 제식 훈련, 화생방 훈련, 각개 전투, 사격술 등등 모두가 고된 훈련이다. 너는 이 훈련들을 수행하느라 땀과 눈물을 흘리고 있겠지. 더욱이 부대에서 주는 음식 이외에는 먹고 싶은 음식도 먹지 못하니 그 고생이란 이루 말할 수 없을 것이다.

하지만 어쩌랴. 어떤 어려움도 참을 수밖에 없지 않은가. 차제에 극기 克己의 인내력을 기른다고 생각하면서 모든 훈련을 잘 견뎌 내리라 믿는다. 아니, 너는 착하고 머리가 좋으니까 가장 모범적인 훈련병으로 지휘관과 동료들의 사랑을 받을 것이다.

나는 모처럼 주말을 맞아 성당 교우가 운영하는 인천의 한 치과에 다녀왔다. 지금까지는 주말이라 해도 쉰 적이 없었다. 뭐가 그렇게도 바쁜지

숨 돌릴 틈이 없었다. 하지만 오늘은 운이 좋았다고나 할까, 다른 스케줄 없이 일시적으로 쉴 수 있는 자유를 얻어 치과에 다녀온 것이다.

며칠 전부터 어금니가 몹시 아팠다. 피로가 겹쳤던 탓으로 잇몸이 붓곤 하더니 오른쪽 윗니가 흔들흔들하였다. 아니나 다를까, 치과에서 위쪽 어금니 한 대를 뽑았다. 약간은 허전한 생각이 들었다. 세월이 흐르면서 여기저기 고장 나는 곳이 많구나.

시국이 무척 어지럽다. 오늘 백만 명의 인파가 광화문 일대에서 박근혜 대통령 퇴진을 외치며 사상 최대의 촛불 집회를 가졌다. 부산·대구·광주 ·대전 등 전국 각지에서도 시위가 일어났다. 행운을 기원한다. 파이팅! 아버지 씀.

27연대 1교육대 1중대 3소대 3분대 144번 이명원(20)

－2016. 11. 13(일)

사랑하는 아들 명원에게.

잘 지내겠지? 집에는 별일 없다. 주일 미사에서 줄곧 너를 위해 기도했다. 점심식사를 마치고 사우나에 다녀왔다. 땀을 흘리면서 너와 즐겼던 대화의 시간을 회상했다. 우리 부자는 종종 사우나에 들어가 벌거벗고 진지한 대화를 나누곤 했었지. 행복한 시간이었다.

어제 광화문과 시청 앞과 청와대 앞을 가득 메운 백만 인파가 대통령 하야를 외쳤다. 국민들의 분노가 하늘을 찔렀다. 최순실 국정 농단으로 불거진 이번 사태는 걷잡을 수 없는 상황으로 치닫고 있다. 전국 각지에서, 또 해외 동포들까지 현지에서 촛불 시위에 동참했다.

TV조선, MBN 등 종편에서는 시위 상황을 실시간으로 중계했다. 집회 현장에는 발 디딜 틈이 없었다. 그럼에도 어제 집회는 질서정연하게 평화적으로 끝났다. 시민들은 쇠파이프나 몽둥이를 사용하지 않았다. 경찰도 물대포를 쏘지 않았다. 시위가 끝난 현장에는 휴지와 쓰레기가 없었다.

이 근래 금수저, 은수저, 흙수저 같은 말들이 유행했다. 박 대통령은 금수저 중의 금수저로 은수저나 흙수저의 삶을 살피지 못했다. 최순실 일파에 휘말려 국민들이야 죽건 말건 오불관언이었다.

우리 사회에는 금수저들이 많다. 은수저들도 많다. 하지만 흙수저는 더 많다. 나는 흙수저도 못 되었다. 나에게는 본래 수저 자체가 없었다. '무수저'였다. 입에 풀칠하기도 바빴지만, 그렇다고 먹고살기 위해 더러운 짓은 하지 않았다. 얼어 죽는 한이 있어도 곁불을 쬘 수가 없었다. 물에 빠진다 한들 사람의 탈을 쓰고 어찌 개헤엄을 칠 것인가. 우리는 끝까지 명예와 자존심을 지키자. 파이팅! 아버지 씀.

27연대 1교육대 1중대 3소대 3분대 144번 이명원(21)

— 2016. 11. 16(수)

사랑하는 아들 명원에게.

어느덧 낙엽이 지고 있구나. 잘 지내지? 건강하지? 집에는 별일 없다. 어머니는 집안일에 바쁘고, 나는 사무실 업무에 열중하고 있다. 지난 이틀 동안 육군훈련소 홈페이지 서버에 문제가 생겨 편지를 쓰지 못했다. 양해하기 바란다. 보고 싶구나. 무척 그립구나. 꿈에서라도 만나고 싶은, 눈에 넣어도 아프지 않을 우리 아들 명원이가 그 힘든 훈련을 어떻게 받고 있는지 궁금하다.

요즘 시국이 아주 어수선하다. 국민들은 의식이 높은데 정치권은 아직도 수준 미달이다. 정치권의 한심한 작태에 실망을 금할 길 없다. 하지만 대부분의 성실한 국민들은 자기 위치에서 자기가 할 일을 한다. 그것이 진정한 애국이고 겨레 사랑이다. 괜히 목소리만 키우는 사람보다 겸손한 자세로 조용히 자기 직무에 충실하는 사람이 존경받는 사회, 그런 사회야말로 우리가 지향해야 할 건전한 사회인 것이다.

사랑하는 아들 명원아. 진정한 승리자는 최후에 웃는다. 끝까지 훈련을 잘 이겨내기 바란다. 본래 마라토너는 출발선에서부터 골인 지점까지 꾸준히 달린다. 전반에 힘을 낭비하면 풀코스를 완주할 수가 없다. 진짜 선수는 후반전 막판 스퍼트에 강하다. 이런 교훈을 거울삼아 수료식의 영광을 차지하는 그날까지 최선을 다하기 바란다.

너는 결코 외롭지 않다. 너를 믿는 아버지와 어머니, 누나들과 매형들과 조카들이 있다. 어디 그뿐인가. 작은아버지, 작은어머니와 삼촌을 비롯하여 너를 응원하는 일가친척들이 있다. 학우들도 있다. 주위의 모든 사람들이 너에게 거는 기대는 헤아릴 길이 없다. 건강과 행운을 기원한다. 아버지 씀.

27연대 1교육대 1중대 3소대 3분대 144번 이명원(22)

－2016. 11. 17(목)

사랑하는 아들 명원에게.

훈련 잘 받았겠지? 밥도 잘 먹었겠지? 불침번도 잘 서겠지? 집에는 별일 없다. 어머니는 가사에 바쁘고 나는 사무실 업무와 문단 회의와 평생교육원 강의로 분주하게 지냈다. 그 바쁜 일상 속에서도 나는 결코 너를 잊은 적이 없다.

며칠 전 편지에서 금수저, 은수저, 흙수저, 무수저에 관해 말한 적이 있었다. 박 대통령은 태어날 때부터 금수저였고, 나는 아예 수저 자체를 갖지 못한 채 태어났다. 박 대통령이 아니더라도 주위에는 금수저, 은수저가 수두룩하다. 하지만 나는 박 대통령을 비롯한 어떤 수저도 부럽지 않다. 지금까지 살아오면서 결코 나쁜 짓을 하지 않았고, 조금씩 운명을 바꾸어 인생 드라마를 역전시켰기 때문이다.

사랑하는 아들 명원아. 나는 지금 이 세상에서 가장 행복한 사람이다. 가족들 건강하고, 결혼한 네 누나들 아이들 낳아 잘 살고, 명석한 네가 명문 서울대에 들어가 깃발을 날리며 가문을 빛내고 있다. 가정 화목하고, 동기간들과 우애 좋고, 이웃과 더불어 정답게 지내다 보니 저절로 행복이 들어온다.

돌이켜보면 참 힘든 세월이었다. 앞이 보이지 않는 캄캄한 여건 속에서도 나는 스스로 운명을 개척했다. 문단 데뷔 이래 지난 40년 동안 줄기차게 작품을 써왔고, 한국문인협회 부이사장으로 재선되어 상임이사를 겸임하는 가운데 문단에서 중요한 역할을 맡고 있다.

그렇다. 나는 어둠을 빛으로, 불운을 행운으로, 절망을 희망으로, 슬픔을 기쁨으로, 불행을 행복으로 반전시키며 숨가쁘게 달려와 이렇듯 행복의 노래를 부르고 있다. 역시 인생은 살 만한 가치가 있다. 끝까지 힘을 내자. 파이팅! 아버지 씀.

27연대 1교육대 1중대 3소대 3분대 144번 이명원(23)

－2016. 11. 18(금)

사랑하는 아들 명원에게.

잘 지내겠지? 건강하지? 밥 잘 먹겠지? 잠도 잘 자겠지? 훈련 잘 받겠지? 불침번도 잘 서겠지? 지휘관이나 조교들의 명령에 잘 따르겠지? 동료 전우들과도 정답게 지내겠지?

집에는 별일 없다. 어머니는 항상 바쁘다. 나 또한 분망한 나날을 보내고 있다. 이것저것 해야 할 일이 참 많다. 그래서 행복하다. 일은 하면 할수록 그만큼 보람이 되어 돌아온다. 일을 열심히 하다 보면 반드시 다양한 성취감이 뒤따라오게 마련이다. 뭔가 일을 할 수 있다는 것, 그 자체로서 참으로 행복한 것이다.

네가 입대한 지도 어언 한 달이 지나갔네. 너는 이제 힘들고 괴로운 순간들을 헤쳐 나오며 이제 영광의 결승점을 향해 치닫고 있다. 다음 주 수요일이면 대망의 수료식을 갖게 되겠지. 역시 우리 아들은 대견하구나.

지난 한 달 동안 나는 너를 만나지 못했다. 그러므로 지난 한 달이 나에게는 10년이나 20년쯤 되는 것 같다. 네가 미치도록 보고 싶었다. 때로는 실성한 사람처럼 중얼중얼 네 이름을 부르곤 했다. 네 방 침대의 이부자리도 손대지 않고 그대로 두었다.

어제 참 기쁜 소식이 있었다. 내가 예술문화계의 발전에 기여한 공로로 제30회 예총예술문화대상을 받게 되었다. 예총예술문화대상은 한국예술문화단체총연합회(약칭 한국예총)가 시행하는 상이다. 11년 전인 2005년에는 예총예술문화상 공로상을 받았는데, 이번에는 대상을 받게 되었다. 대상은 공로상보다 상격이 훨씬 높다. 이 기쁨을 너와 나누고 싶다. 시상식은 12월 15일 오후 2시 대한민국예술인센터에서 거행된다. 건강을 기원한다. 파이팅! 아버지 씀.

27연대 1교육대 1중대 3소대 3분대 144번 이명원(24)

－2016. 11. 19(토)

사랑하는 아들 명원에게.

토요일이다. 잘 지내겠지? 집에는 별일 없다. 어머니는 오늘도 바쁘게 지냈다. 나 또한 치아 치료를 받으러 치과에 갔다가 한국문인협회 종로지부 행사에 참석하는 등 분주한 하루를 보냈다. 주말에는 좀 쉬어야 하는데 그럴 여가가 없구나. 하지만 연일 실전을 방불케 하는 혹독한 훈련에 지쳐 있을 너를 생각하면 설혹 내 몸이 부서진다 한들 억울할 것도 없다.

문협 종로지부 행사는 오후 3시 종로구청 한우리홀에서 열렸다. 공식 행사를 마치고 행사장을 나올 때 광화문 일대에는 성난 시민들이 구름처럼 모여들고 있었다. 촛불 시위를 하기 위해 집결하는 사람들이었다. 아니나 다를까, 오늘은 서울뿐만 아니라 전국 중소 도시에서 일제히 촛불 집회가 열려 대통령 퇴진을 외쳤다.

시위는 아주 평화적이었다. 과거 대규모 시위에는 거의 예외 없이 물리적 충돌이 있었다. 각목과 쇠파이프가 난무했다. 그런가 하면 경찰은 경찰대로 시위대를 향해 최루탄이나 물대포를 쏘아댔다. 하지만 지난 주말과 오늘의 촛불 집회에서는 그런 충돌이 전혀 없었다. 쓰레기도 없었다. 이번 시위에서는 시민들이 자발적으로 쓰레기를 치웠다.

한편, 오늘은 박 대통령을 옹호하는 보수 세력이 서울역에서 별도의 맞불 집회를 열었다. 그들 또한 질서정연하게 시위를 벌였다. 일부에서는 두 집단의 마찰을 우려했지만 결과적으로는 아무런 충돌이 없었다. 이는 우리 국민의 의식 수준이 그만큼 성숙돼 있다는 증거라 하겠다. 그렇건만 정치는 아직도 후진성을 면치 못하고 있다. 정말 안타까운 일이다. 사랑하는 아들 명원아. 행운을 기원한다. 파이팅! 아버지 씀.

27연대 1교육대 1중대 3소대 3분대 144번 이명원(25)
－2016. 11. 20(일)

사랑하는 아들 명원에게.

주일이다. 잘 지내겠지? 건강하지? 밥은 잘 먹었니? 성당에도 다녀왔겠지? 집에는 별일 없다. 어머니는 집안일에 바쁘다. 나는 성당 미사 후 사무실에 나가 일했다. 주일인데도 일이 참 많구나. 네 누나들, 매형들, 조카들, 부여 작은집, 고모네, 외갓집 가족을 모두 잘 지낸다. 이 모두가 주님의 은총이라 생각한다. 미사 때 감사하는 마음을 봉헌했다. 이와 함께 하느님께서 우리 아들 명원이 군대 생활 잘할 수 있도록 도와주시기를 간구했다.

바람이 불 때마다 우수수 떨어지는 낙엽. 가을이 깊어지면서 겨울의 문턱이 얼마 남지 않았음을 실감할 수 있네. 그동안 강도 높은 훈련을 받느라 힘들었지? 나는 깊은 밤 육군훈련소 홈피에 들어가 훈련 장면 사진들을 정밀히 검색해 보고 있다. 그러면서 우리 아들 명원이가 그 고된 훈련을 어떻게 극복해 낼 수 있을까 걱정을 많이 했다. 하지만 너는 본래 심성이 착하고 머리가 명석하여 어떤 어려움도 능히 극복해 낼 수 있으리라 확신한다.

이렇듯 내가 너에게 보내는 신뢰는 끝이 없다. 무한대라는 뜻이다. 내가 너를 믿지 못하면 이 세상에 누가 너를 믿겠니? 나는 너를 믿고, 너는 나를 믿어야 한다. 그것이 부자, 즉 아버지와 아들의 관계인 것이다.

이제 꼭 2일 남았구나. 내일과 모레를 지나면 23일에는 수료식. 어머니와 누나와 매형들이 면회를 가기로 되어 있지만, 나는 한국문인협회 제36차 전국대표자대회를 진행해야 하는지라 갈 수가 없단다. 허걱! 보고 싶구나. 건강을 기원한다. 파이팅! 아버지 씀.

27연대 1교육대 1중대 3소대 3분대 144번 이명원(26)
－2016. 11. 21(월)

사랑하는 아들 명원에게.

잘 지내겠지? 집에는 별일 없다. 어머니는 오늘도 바쁘게 지냈다. 나는 직원들과 함께 사전 답사 차 전북 정읍으로 출장을 다녀왔다. 23일부터 24일까지 1박2일 일정으로 한국문인협회 제36차 전국대표자대회를 개최해야 하기 때문이다.

정읍으로 갈 때 천안－논산 간 고속도로를 지나 호남고속도로로 합류하는 과정에서 네 생각을 부쩍 많이 했다. 지난번 네 편지에는 호남고속도로를 천안－논산 간 고속도로로 잘못 언급한 대목이 있었다. 사실 천안－논산 간 고속도로 위에는 훈련병이 내왕하는 육교가 존재하지 않는다. 네가 건넜다는 연무읍 마산4리 그 군사용 보도 육교는 호남고속도로에 있으니까 나중에라도 참고하기 바란다.

사실은 서울을 떠나 남쪽으로 달려갈 때 네 얼굴이 눈앞에 어른거렸다. 우리 일행은 지난 10월 17일 네가 입대하던 날 달려간 그 도로를 따라 정읍으로 향했다. 공주 정안휴게소에서 잠시 쉬었고, 논산과 강경을 지나 우리의 목적지인 정읍을 향해 달렸다.

이제 꼭 하루가 남았구나. 결승점이 손에 닿을 듯 다가와 있다. 오늘 저녁 자고 내일 하루만 훈련을 더 받으면 모레 23일에는 수료식을 하겠지. 참 수고했다. 너는 일생일대 영원히 잊지 못할 큰일을 해냈다. 장하다. 정말 장하다. 우리 아들 멋지고 장하다. 논산에서의 군사 훈련은 네가 앞으로 살아가는 데 아주 값진 원동력으로 작용하리라 믿는다.

아, 보고 싶구나. 그런데도 정작 수료식 날 한국문인협회 행사 때문에 면회를 갈 수 없으니 안타깝구나. 잘 이해하리라 믿는다. 내일 훈련 잘 받고 최후의 승리를 쟁취하기 바란다. 건강하여라. 파이팅! 아버지 씀.

명원에게서 온 네 번째 편지(04)

사랑하는 부모님께

엄마, 아빠 잘 지내시죠? 오늘은 12월 5일 월요일이에요. KTA에 도착하고 나서 지금까지 쉴 틈 없이 일정을 소화하느라 편지를 쓰지 못한 점 이해해 주세요. 11월 25일 금요일에 논산 육군훈련소를 떠나 이곳 의정부 카투사교육대에 왔어요.

원래 신연무대역에서 군용 열차를 타고 퇴계원역에 내리게 되어 있었는데, 국군수송사령부 호송대대 측의 착오로 일반 여객 열차를 타고 오게 되었어요. 논산역에서 호남선 열차를 타고 용산역에 내렸어요. 무궁화호 열차를 탔는데, 좌석이 예약되어 있지 않아서 열차 중간에 있는 '열차 카페' 안에 다같이 끼겨 앉아 왔어요.

그렇게 용산역에 내리니 미군 교관들이 소리를 치며 줄을 세웠어요. 용산역 광장에 집결하여 순식간에 소대를 분류하고 버스에 태웠어요. 논산역에서 용산역까지 잠시나마 사회를 경험할 수 있었어요. 버스를 타고 강변북로, 서울 외곽순환고속도로를 거쳐 왔는데, 강변북로를 지날 때 강 너머로 목동이 보였어요. 정말 집에 가고 싶었어요.

이곳 의정부 Camp Jackson은 서울시 경계와 맞닿아 있어요. 부대 정문 바로 앞으로 1호선 전철이 지나가고, 부대 옆으로는 외곽순환고속도로 고가도로가 지나가요. 건물 밖을 지나다닐 때면 1호선 전동열차가 오가는 게 보이는데, 제가 거기에 타고 있었으면 좋겠다는 생각을 해요.

여기 교관들은 미국인과 한국인으로 구성되어 있는데 미국인이 더 많아요. 고등학교 때 영어로 수업을 많이 들어서인지 전달 사항을 이해하기는 어렵지 않아요. 1주차에는 ELT라고 하는 군사 영어 수업을 들었어요. 미군 계급과 군사 예절 등을 영어로 배웠어요. 2주차에는 WTT라고 해서, 논산에서 배웠던 것과 비슷하게 방독면 쓰는 법, 소총 조작하는 법 등을 배운다고 하네요.

여기 평일 일과는 거의 맨날 같아요. 04:30 기상, 04:50 집합, 05:00−06:00 오전 PT, 06:00−06:50 개인 정비, 07:00−07:30 조식, 07:30−11:30 오전 수업, 11:30−12:30 중식, 12:30−15:30 오후 수업, 15:30−17:00 오후 PT, 17:00−17:50 석식, 이후 자유시간, 21:00 취침.

다른 건 다 쉽고, PT가 꽤 빡세네요. 미군 기준에 맞추어 열심히 하고 있어요. PT Test를 총 3회 보는데, 3차 Test에서 Fail 하면 유급(Holdover) 돼요. 저는 1차, 2차 모두 잘 통과했기 때문에 계속 열심히 하면 3차도 통과할 것으로 기대하고 있어요.

숙소(Barrack)는 3인 1실이고, 방 2개가 화장실로 연결되어 있어요. 논산과는 비교할 수 없을 만큼 좋은 환경이에요. 밥도 미국식으로 잘 나와요. 애슐리랑 비교할 수 있을 정도로 맛있어요. 고기를 많이 먹으니 힘도 나네요. 계속 이렇게 수료 때까지 열심히 하려구요. 그럼 수료식 날에 뵙겠습니다.

12/5(월) 명원 올림

(편지는 뒷면으로 이어지고 있음)

◎ 규칙적으로 생활하니 건강해지는 느낌이에요.

◎ 고기반찬을 많이 먹을 수 없어 밥만 많이 먹던 논산과는 달리, 여기에서는 고기를 더 많이 먹고 있어요. 단백질을 많이 섭취하니 확실히 힘이 나고 배도 잘 안 꺼지네요.

◎ 따뜻하고 쾌적한 방에서 묵으니 감기도 금방 나았어요. 논산에서 3주간 달고 살던 감기가 이곳에 오니 3일 만에 나았어요.

◎ 14일 수요일에 졸업식을 하고 자대 배치를 한 뒤 1시간 동안 면회를 한다고 하네요. 여기에서 잘 먹고 있어서 그런지 딱히 엄청 먹고 싶은 건 없네요. 그냥 가져 오기 편하신 걸로 가져다 주시면 될 것 같아요. 포장되는 음식…?

[향후 일정]

12/7(수) 선발직 briefing (전투병 등)

12/8(목) 선발직 interview

12/9(금) 기록사격(M-4 소총)

12/10(토) 휴식 등

12/11(일) 종교 활동 및 휴식

12/12(월) 3차 PT Test

◎ 12/7(수) 이후로 우편물 수령이 불가하다고 하니 답장은 안 보내 주셔도 됩니다!

[부록] 소설가 이광복(李光馥) 연보

| 약력 |

1951년 음력 4월 30일(양력 6월 4일) 충남(忠南) 부여군(扶餘郡) 석성면(石城
　　　面) 증산리(甑山里) 원증산(元甑山) 마을에서 부친 이진구(李辰求, 一
　　　名 喜成) 님과 모친 윤대순(尹大順) 님의 4남 3녀 중 장남으로 출생.
　　　본관은 한산(韓山). 누님 두 분과 동생 넷이 있음

1953년 종가(宗家)의 후사(後嗣)로 백부 이창구(李昌求) 님과 백모 강만순
　　　(姜萬順) 님에게 입양(入養)되어 같은 마을에서 자람. 유년기에는 이
　　　같은 사실을 모르다가 나중에야 알았음

1964년 석양초등학교 졸업(제7회)

1967년 논산대건중학교 졸업(제17회)

1969년 서라벌예술대학 전국 고등학생 문예작품 현상모집 희곡부문 가작1
　　　석 입선

1970년 논산대건고등학교 졸업(제19회)

1972년 노동청(현 고용노동부) 공보담당관실 근무

1973년 문화공보부 문예창작 현상모집 장막희곡 입선

1974년 극작워크숍 제2기 동인

1974년 동아일보사 『신동아(新東亞)』 논픽션 현상모집 당선

1975년 한국문인협회 『월간문학(月刊文學)』 편집부 기자

1976년 『현대문학(現代文學)』 9월호 단편소설 초회추천(初回推薦)

1977년 『현대문학』 1월호 단편소설 완료추천(完了推薦)

1979년 『월간독서(月刊讀書)』 장편소설 현상모집 당선

1983년 독립기념관건립추진위원회 전문위원

1989년 한국소설가협회 사무차장

1991년 한국소설가협회 사무국장

1992년 한국문인협회 이사(제19대~제23대 연임)

1993년 한국소설가협회 운영위원

1994년 한국소설가협회『한국소설(韓國小說)』편집위원

1995년 한국소설가협회 감사

1995년 국제PEN클럽한국본부 이사(제28대~제34대 연임)

1995년 중경공업전문대학(현 우송대학교) 문예창작과 강사

1996년 '문학의 해' 조직위원회 행사분과 위원

1997년 해군사관학교 제52기 순항훈련 참관

1999년 한국소설가협회 중앙위원

2000년 김동리-박목월문학관 건립추진위원회 발기위원

2001년 국제PEN클럽한국본부 이사, 문화정책위원장 겸 사무처장

2001년 한국소설가협회 이사

2001년 문학의집·서울 창립 회원

2003년 대한민국 명예해군(제7호, 현)

2005년 한국문인협회 편집국장(사무처장 대우)

2007년 한국문인협회 소설분과회장(제24대)

2007년 월간『문학저널』주간

2009년 재경부여군민회 자문위원(현)

2010년 한국소설가협회 부이사장(제10대)

2011년 한국문인협회 부이사장(제25대) 겸 상임이사

2011년『월간문학』주간

2011년『계절문학』(2015년 가을호부터『한국문학인』으로 제호 변경) 주간

2011년 안수길전집간행위원회 편집위원

2011년 (재)나누리장학재단 창립 이사

2012년 서울남부지방검찰청 시민위원(제4기)

2013년 한국문인협회 평생교육원 소설창작과 교수

2013년 서울남부지방검찰청 시민위원(제5기)

2015년 한국문인협회 부이사장(재선, 제26대) 겸 상임이사

2015년 제1회 세계한글작가대회 집행위원회 위원

2015년 문학신문(文學新聞) 고문

2016년 한국소설가협회 부이사장(재선, 제13대)

2016년 한국문학진흥 및 국립한국문학관건립공동준비위원회 위원장

2016년 제2회 세계한글작가대회 집행위원회 위원

2016년 전라남도 남도문예 르네상스 자문위원

2017년 문화체육관광부 문학진흥정책위원회 위원

2017년 국립국어원 말다듬기위원회 위원

2017년 국제PEN한국본부 자문위원(현)

2017년 사비신문 고문(현)

2017년 한국현대문학희망포럼 대표(현)

2017년 서울남부지방검찰청 시민위원(제9기)

2017년 전라남도 남도문예 르네상스 자문위원(연임)

2018년 한국소설가협회 부이사장(3선, 제14대)

2018년 국립한국문학관건립운영소위원회 위원

2019년 한국문인협회 제27대 이사장(현)

2019년 『월간문학』 『한국문학인』 발행인 겸 편집인(현)

2019년 월간문학출판부 발행인 겸 편집인(현)

2019년 한국문인협회 서울지회장(현)

2019년 한국문인협회 평생교육원 원장(현)

2019년 한국예술문화단체총연합회 부회장(제27대)

2019년 한국문예학술저작권협회 이사

2019년 국립한국문학관 이사(제1기)

2019년 6·15민족문학인남측협회 대표회장(현)

2019년 제3회 아시아문학페스티벌 조직위원회 위원

2020년 제6회 세계한글작가대회 조직위원장

2020년 한국문인협회 문단실록간행위원회 위원장

2020년 통일부 제10기 통일정책최고위과정 수료

2021년 한국예술문화단체총연합회 부회장(연임, 제28대, 현)

2021년 국립한국문학관 이사(연임, 제2기, 현)

2021년 목포문학박람회 자문위원(현)

| 작품 활동 |

1978년 장편소설 『풍랑의 도시』(고려원) 간행

1979년 장편소설 『목신(牧神)의 마을』(월간독서 출판부) 간행

1979년 장편소설 『목신의 마을』이 KBS-R 연속극으로 제작 방송됨

1980년 제1창작집 『화려한 밀실』(도서출판 금박) 간행

1980년 제2창작집 『사육제(謝肉祭)』(도서출판 열쇠) 간행

1980년 장편소설 『폭설』(신현실사) 간행

1980년 제1콩트집 『풍선 속의 여자』(육문사) 간행

1986년 제3창작집 『겨울여행』(문예출판사) 간행

1986년 전래동화 『에밀레종』(일신각) 간행

1988년 중편소설집 『사육제』(고려원) 간행

1989년 장편소설 『열망』(문예출판사) 간행

1990년 장편소설 『술래잡기』(문이당) 간행

1991년 장편소설 『목신의 마을』(문성출판사) 재간행

1991년 장편소설 『폭설』(민문고) 재간행

1991년 제2콩트집 『슈퍼맨』(예원문화사) 간행

1992년 단편 「절벽」이 KBS-TV 미니시리즈로 극화 방영됨

1993년 장편소설 『겨울무지개』(우석출판사) 간행

1994년 장편소설 『바람잡기』(남송문화사) 간행

1995년 장편소설 『송주임』(자유문학사) 간행

1995년 장편소설 『이혼시대(전3권)』(자유문학사) 간행

1995년 광복 50년 기록영화 『시련과 영광』(120분. 국립영화제작소) 대본 집

필. 세종문화회관 상영, KBS-TV 방영

1996년 남미 이민 기록영화『꼬레야 꼬레야니』대본 집필. K-TV 방영

1997년 장편소설『삼국지(전8권)』(대교출판사) 간행

1998년 항해일지『태평양을 마당처럼』(도서출판 지혜네) 간행

1998년 정부수립 50년 기록영화『아, 대한민국』(120분. 국립영상제작소) 대
　　　본 집필. 세종문화회관 상영, KBS-TV 방영

1999년 장편소설『한 권으로 읽는 삼국지』(대교출판사) 간행

2000년 장편소설『안개의 집』(이노블타운) 발표

2001년 제4창작집『먼 길』(행림출판사) 간행

2001년 장편소설『사랑과 운명』(행림출판사) 간행

2002년 시베리아 횡단철도 기록영화『한러친선특급』대본 집필. K-TV 방영

2003년 시사평론집『세계는 없다』(도서출판 연인) 간행

2004년 장편소설『불멸의 혼-계백』(조이에듀넷) 간행

2005년 정인호 애국지사 전기『끝나지 않은 항일투쟁』(도서출판 신원기획)
　　　간행

2007년 소설선집『동행』(청어출판사) 간행

2010년 교양서적『금강경에서 배우는 성공비결 108가지』(청어출판사) 간행

2011년 교양서적『천수경에서 배우는 성공비결 108가지』(청어출판사) 간행

2011년 장편소설『계백』(『불멸의 혼』개작, 청어출판사) 간행

2012년 장편소설『구름잡기』(새미출판사) 간행

2013년 장편소설『안개의 계절』(뒤뜰출판사) 간행

2016년 장편소설『황금의 후예』(청어출판사) 간행

2017년 교양서적『문학과 행복』(도화출판사) 간행

2018년 연작소설『만물박사(전3권)』(청어출판사) 간행

2020년 산문집『절망을 희망으로』(도화출판사) 간행

| 상훈 |

1987년 대통령표창 수상

1990년 제7회 동포(東圃)문학상 수상

1992년 제2회 시(詩)와시론(詩論)문학상 수상

1994년 제20회 한국소설문학상 수상

1995년 제14회 조연현문학상 수상

1995년 대통령표창 수상

2005년 제1회 문학저널 창작문학상 수상

2005년 제19회 한국예총 예술문화상 공로상(문인부문) 수상

2007년 노동부장관 표창 수상

2012년 제28회 PEN문학상 수상

2014년 제14회 들소리문학상 수상

2014년 부여 100년을 빛낸 인물(문화예술부문) 수상

2016년 제30회 한국예총 예술문화대상(문인부문) 수상

2016년 제3회 익재(益齋)문학상 수상

2017년 제9회 정과정(鄭瓜亭)문학상 대상 수상

2017년 한국지역연합방송(KNBS) 대상 수상

2017년 문화체육관광부장관 표창 수상

슬픔을 기쁨으로

초판 1쇄인쇄 2021년 6월 10일
초판 1쇄발행 2021년 6월 15일

저 자 이광복
발행인 박지연
발행처 도서출판 도화
등 록 2013년 11월 19일 제2013 - 000124호
주 소 서울시 송파구 중대로34길 9-3
전 화 02) 3012 - 1030
팩 스 02) 3012 - 1031
전자 우편 dohwa1030@daum.net
인 쇄 (주)현문

ISBN ㅣ 979-11-90526-38-8 *03810
정가 15,000원

잘못 만들어진 책은 교환해 드립니다.
저자와 출판사의 허락 없이 책의 전부 또는 일부 내용을 사용할 수 없습니다.

도화道化, fool는
고정적인 질서에 대한 익살맞은 비판자,
고정화된 사고의 틀을 해체한다는 뜻입니다.